王昕朋小说精选集

王晨题

王昕朋

著

寸土寸金

作家出版社

图书在版编目（CIP）数据

王昕朋小说精选集 / 王昕朋著 . -- 北京：作家出
版社，2022.3

ISBN 978-7-5212-1522-9

Ⅰ . ①王… Ⅱ . ①王… Ⅲ . ①小说集 – 中国 – 当代
Ⅳ . ① I247

中国版本图书馆 CIP 数据核字 (2021) 第 185010 号

王昕朋小说精选集·寸土寸金

作　　者：王昕朋
书名题字：王　蒙
责任编辑：赵　莹
装帧设计：鸿儒文轩
出版发行：作家出版社有限公司
社　　址：北京农展馆南里 10 号　　邮　　编：100125
电话传真：86 – 10 – 65067186（发行中心及邮购部）
　　　　　86 – 10 – 65004079（总编室）
E – mail: zuojia@zuojia. net. cn
http: // www. zuojiachubanshe. com
印　　刷：唐山嘉德印刷有限公司
成品尺寸：170 × 240
字　　数：301 千字
印　　张：21
版　　次：2022 年 3 月第 1 版
印　　次：2022 年 3 月第 1 次印刷
ISBN 978-7-5212-1522-9
总 定 价：968 元（全十一册）

目 录

寸土寸金

一

北州市东郊的大龙湖这些天成了北州最吸人眼球的焦点，甚至引起全省和周边省市的关注。用新闻记者出身的市政府秘书长夏天的话说，咱北州是全省最穷的市，只有计划生育一项在全省排得上名次，没想到一个大龙湖让北州出了名。

北州是个农业大市，大龙湖是20世纪50年代后期和60年代初期，为了抗旱排涝两次人工开挖的水库，主要用于农田水利灌溉和蓄洪。过去，只有周边乡村的人们知道这儿有座水库，干旱的时候引水浇地，酷暑的傍晚大人孩子在靠近堤坝的水里洗澡。乡里有个大龙湖水库管理站，负责平时的日常管理工作。站长和两个工作人员都不是吃商品粮的脱产干部，还得顾着自家的责任田，管理站的门常常是"铁将军"站岗。到了20世纪80年代初期，水库也一度跟着土地一样实行了承包，一下子涌出大大小小上百个养殖场，有养鱼的、养虾的、养鳖的，有种莲藕的、种葫芦的、种芦苇的，整个水库被分成多少个辖区，争水打架的、抢鱼斗殴的甚至为了占水道打群架的几乎天天不断，水库的水质也渐渐发生变化。到了20世纪80年代中期，湖南部一个村的人们突然发现水下有煤炭。这一发现引起了周边村子抢煤大战，连续几年出了人命。后来，乡里把水库收回来，开办了一个乡煤矿，日夜不停地开采，煤炭是开采出来了，也让周边的几个村子富了一阵子，成为那个年代第一批拆了50年代的草房、盖绿砖红瓦小楼的，而大龙湖的水变黑了，变臭了，湖北一位叫原本的中学老教师给学生上作文课时称其为死亡之水。湖西当时姓韩的村主任背着干粮到省里上访，要求关闭小煤矿，给农民留口饭吃。十几年后，煤炭开采终于停了，因为塌陷，大龙湖也扩大了十几平方公里，但已经"骨瘦如柴"，没有了湖的模样，仅有湖中央残留点积蓄下来的水，有人称之为一个大坑。有的在湖里种玉米，有的在湖里乱采挖，有的在湖里盖临时仓库，还有的在湖里搭建厂房搞起加工厂。渐渐地，城市生活垃圾向这里集中，又变成了垃圾场。周围的村民因为失去了靠水吃水的资本，有的由开煤矿一夜富起来，而煤矿关停后又一夜变穷。

近年来，随着城市建设和发展需要，北州城区需要向周边拓展。北州地处四省交界，西部和南部与邻省只有十几公里，北部也没有了拓展的空间，经过几番论证，转向城东地区。一段时间，大龙湖北和湖南地区房地产业红红火火，上了几十个楼盘。大龙湖的治理也摆到了重要议事日程。两年前，市委、市政府决定清理、整治大龙湖，得到了全市市民的热烈拥护。市长张金阳本人就收到几百封赞扬他的人民来信。清理整治用了两年多的时间，整个大龙湖面貌焕然一新。湖底的污泥全都迁出用作加宽湖堤，湖堤全都用石头镶嵌，上边是双向四车道、双向行人道、盲人道，还建起了古色古香的亭台楼阁，湖中增加了一座两万多平方米的湖心岛。从大运河引来的清新水灌满湖，绿绿的湖水碧波荡漾，与辽阔的蓝天、湖畔的青山相映成一幅美丽的山水画。原本激动地写了首打油诗：

改革春风吹活了大龙湖水
一湖珍珠哟一湖翡翠
站在湖边我想放声歌唱
曲儿未响人已陶醉……

从整治大龙湖开始，北州新闻媒体每天都在声势浩大地进行宣传，把大龙湖比作浴火重生，而浴火重生的大龙湖又如何美丽。《北州日报》记者丛琳在报上还开辟专栏，每天发表一篇来自大龙湖的报道。在一篇报道大学生志愿者参加大龙湖义务劳动的文章中，她这样写道："这些年轻的学子对大龙湖的未来充满了憧憬，尽管每个人心中描绘的图画不一样，但有一样是共同的，那就是未来的大龙湖是北州璀璨的明珠，北州亮丽的风景。"市民们翘首以待竣工这一天。市委、市政府顺应民意，把竣工庆典放在五一节小长假的第一天举行。新闻媒体一周前就做了报道，一大早闻讯而来的市民就把湖堤站满了。来晚的，有的站在自家车上，有的爬到湖边树上观看。带着一群工作人员来回奔忙的夏天，衬衣湿透了，嗓子冒烟了，走路也打晃了，可掩饰不住内心的激动，乐呵呵地向张金阳汇报说，今天前来参加竣工庆典的市民初步统计有十万人之多。

张金阳眉眼都朝外溢着笑意：我沿路看见不少邻省牌号的车呢！

夏天说：高速路收费口统计，周边兄弟市来的车辆比去年多了十几倍。

住建局长说：住建局网上有不少邻市的市民咨询大龙湖周边有没有新楼盘，房价多少？

张金阳说：噢，还有这事？他看了看表，整了整红色领带，庆典开始吧！

张金阳一行刚出指挥部的门，一群记者就围了上来，纷纷向张金阳抛出准备好的问题。

记者甲：张市长，大龙湖整治今天竣工，请问您作为整治工程总指挥，有什么话要对全市民众说吗？

张金阳：我一会儿在庆典会上要说。

记者乙：张市长，在这两年里，您每天早上六点就到工地，晚上忙完市政府的工作无论多晚都到工地检查进度。大龙湖的水里有您的汗滴。请问您此刻感到自豪吗？

张金阳看了那位记者一眼：同志，大龙湖水里有全市人民的汗水，不要把成绩归于某一个人，尤其是我，我只不过是一个普通劳动者。我相信每一个北州人此刻都会感到自豪。

《北州日报》女记者丛琳突然从张金阳身后发问：张市长，大龙湖整治竣工，只是万里长征第一步。请问市委、市政府对大龙湖下一步的开发规划出来了吗？

张金阳在昨天的市政府常务会议上的确说过这句话，当时丛琳和一些媒体记者就在现场采访。但是一天之间，让他说出具体规划，实事求是地说为难他了。夏天见状，赶忙给张金阳解围：记者同志们请到会场去，庆典马上要开始了。

庆典仪式在大龙湖水库北岸小广场举行。这个小广场取名为龙腾文化广场，象征着北州市在改革开放大潮中腾飞。张金阳自认为小广场是其得意之作，昨天晚上十点多他还独自到小广场来过，在小广场一条石椅上坐了一会儿。广场周边几十座雕塑，分别是 20 世纪 50 年代以来北州市各个历史阶段、各个行业领域为北州发展做出过突出贡献、省部级以上表彰奖励过的先进人物。一座高大堪称丰碑的石碑上刻着碑文，记载着大龙湖从一个抗旱排涝的小型水库到现在全国二线城市城中湖排名第一的发展过程。当初，不少人建议碑文请张金阳撰写，张金阳严厉地拒绝了。他说：我张金阳只是千千万万个参加过大龙湖治理的普通一员，而且是个后来者，我有什么资格在这座丰碑上留下自己的名字！最后，他建议请原本执笔撰写碑文。这件事在北州传为佳话。这个小广场大约能容纳一万人，所以也有人称之为万人广场。张金阳一行到达广场庆典台时，台上已经站满了人，西装革履的大多是北州机关干部、周边省市负责旅游的领导、为大龙湖治理提供过赞助和援助或者承担施工的企业界领导，唯独老教师原本穿着一件淡蓝色的对襟衣服，一副布衣形象。张金阳和台上的人一一握手，握到一个身材瘦小但精明干练的中年人时，中年人把头伸到他的耳边说了两句悄悄话：市长，赵常委说他本来打算亲自过来捧场，省委临时有会走不开。他让我给您捎个信，说他想尽快看到整个大龙湖开发规划！不知是广场上音乐太响没听清，还是对中年人的话不感兴趣，张金阳只是象征性地点了点头，又去和下一位握手。

庆典在欢快的乐声中开始，又在欢快的乐声中结束，前后仅用了四十分钟的时间。这也体现了张金阳喜欢开短会的工作作风。会后庆典主席台上的人合影时，张金阳把排在最后一排的原本拉到中间和自己站在一起。丛琳在台下感动地说：张市长这人做事就是注意细节。往往是细节看出人品，领导干部尤其是这样！丛琳说这话时，还看见一个在场的人们不易发觉的细节：那个身材瘦小但精明干练的中年人想拉张金阳单独合影，张金阳扭过头假装和原本说话没有接受。站在丛琳身边的市电视台一位记者也看到了，嘲讽地说了句：这个孙家祥也真够不要脸的，硬把热脸往张市长冷屁股上贴，还大老板呢，恶心！她回头又问丛琳：哎，丛姐，张市长专访你拿到了吗？我们约了他几次，他的秘书回话说他太忙没时间，让我们多采访大龙湖整治工地的劳模人物。我这样空着手回去，肯定要挨台领导批！

丛琳不以为然：你们台领导也在现场，他为什么也没说动张市长？张市长要真是好大喜功的领导，咱想要的新闻稿不早就到手了。

两人再抬头朝庆典主席台看去，张金阳不知什么时候已经走了。一些市民在喜气洋洋地拍照。

二

张金阳是和夏天同车回城的。

车上的电台正播放着庆典新闻。女播音员的声音兴奋而又激动："大龙湖的整治竣工，不仅给北州和周边城市增加了一道美丽风景，更重要的是为北州带来新的商机，新的经济增长点。在庆典现场，本台记者采访了几位企业家。他们纷纷表示，一定借大龙湖整治竣工的东风，抢抓商机，加大投资力度，为北州的经济腾飞做出新的贡献。下面，请听本台记者采访天大置业集团董事长孙家祥的现场录音。"

夏天看见张金阳的眉毛皱了一下，赶忙拍了拍司机的肩膀：关了关了，让张市长好好休息休息。

张金阳摆摆手：欸，听听，听听这些企业家怎么说。

记者：请问孙董事长，你此刻的心情怎样？

孙家祥：我和北州市广大市民一样，心情十分激动、十分兴奋。整治大龙湖，我们天大置业集团先后出动一千多台次挖掘机，赞助了一百多万元资金。我们希望北州城市更美丽，北州人民生活更幸福。为此，我们已经做好了参与大龙湖开发建设的准备。

记者：孙董事长，北州人民谢谢你！请问，你对大龙湖下一步的开发建设有什么建议？

孙家祥：我是一个商人，对商机十分敏感也十分看重。我认为，大龙湖的整治竣工给大龙湖甚至整个北州市带来了新的商机。据我了解，在全国二、三线城市中，城中有大龙湖这么大水面的屈指可数。这绝不仅仅是一湖水，而是一湖黄金珠宝。大龙湖周边可以说寸土寸金。

记者：孙董事长，请你说得更明白点。

孙家祥：我是搞房地产开发的，这些年一直在北州搞地产。北州的好地方是不少，但我认为大龙湖最有前途，沿湖开发高档商品房，一定会把北州的房价拉动提升。不知你听说了吗，大龙湖周边的房价这一个月上涨了不少……

张金阳朝夏天点点头。夏天会意，立即让司机关闭了电台。

夏天说：这个孙家祥倒是会抓商机，也会造舆论。

张金阳不以为然地笑了笑：他能看到的，其他房地产商也能看到。大龙湖寸土寸金，恐怕早有人在做开发梦了。

夏天也笑了：听这话市长早已胸有成竹了？下一步大龙湖就是咱们北州的新的经济增长点了，我也觉得信心百倍。

张金阳拍了一下夏天的大腿：老夏，咱是一个班子的，你这话说得有点见外。接着又说：李书记去中央党校学习之前，我和李书记碰过。李书记昨天回来后，还没顾得上商量。

夏天一愣：李书记回北州了？怎么没出席今天的庆典？

张金阳平静地说：今天省环保督察的来北州，李书记说他在家负责接待和汇报。

夏天听了很感动，发自内心地赞叹：张市长，咱全省和邻近的外省几个市都称您和李书记是"黄金搭档"。有您和李书记两个"一把手"同心同德，北州这几年才有这么快的发展速度，这么大的变化。

张金阳脸上的笑容瞬间消失了，神情变得严肃起来，沉默了一会儿才说：夏秘书长，夏老弟以后不要再这样说，北州市就一个"一把手"，那就是市委李书记。"黄金搭档"也不是指我和李书记两个人，而是市委、市政府和市人大、市政协几套班子。没有大家的共同努力，北州怎么会快速发展？对不对？说到最后，他开怀地笑了。他这一笑，让夏天紧张的心情一下子放松了，连说：那是，那是！

从大龙湖到位于市中心的市政府只有十多公里，但由于道路狭窄、拥堵，车子行走了将近一个小时。到了朝市政府拐弯的十字路口，张金阳脱口而出地说：憋死我了！秘书长啊，庆典现场连个临时公共卫生间也不设，不注重细节呀！夏天忙检讨：我的工作失误，我的工作失误。

突然，一直沉默不语的司机惊慌地叫了一声：大院被堵了！

张金阳和夏天伸头朝前看，果然发现市政府大院里三层外三层围了很多人，门外整齐地停放着农用小卡车、摩托车、电动车、三轮车。司机说：八成是来上访的。夏天说：可能是大龙湖周边村子或社区的。他们可能是看大龙湖周边的地价要涨了，觉得自己过去拆迁补偿低或者卖房的房价低，想着让政府给点好处。

张金阳突然笑了：我看是李苏书记在开门办公。他见夏天用疑惑的目光看着自己，又说：你看院外停放的那些车辆井然有序，门口的大路畅通无阻，不就说明问题了。夏天点点头表示同意。

司机已经在路边停下车，回头看了一眼夏天：秘书长，咱们现在怎么办？

没等夏天回答，张金阳解开领带，和西服一起放在座位上，然后拉开了车门，一边侧身下车一边对司机说：你去停车吧，我和秘书长也过去听听他们的意见。

渐渐走近市政府大门口，夏天发现那里的人群果然安静。他的个子高，眼也尖，比张金阳早些看见站在台阶上的一个留着小平头、正在讲话的中年男人。他低声对张金阳说：是李书记。

张金阳点点头。他这时也看见了市委书记李苏。

四十三岁的李苏比张金阳小两岁，在省委机关工作时还曾一度做过张金阳的下属，张金阳当副厅长时，他是处长。六年前，张金阳到北州来做市委常委、常务副市长，他接替张金阳当了副厅长。又过两年，他从副厅长的岗位到了北州邻近的一个市当市长，张金阳同年也当选为北州市市长。今年初，原北州市委书记离任，省委决定李苏到北州任市委书记。他开始心里还有点打怵，怕和当过自己上级、年龄比自己长的张金阳不好和睦相处。两年多过去了，事实证明张金阳还是过去他了解的张金阳，忠诚担当，正直坦荡，不计较个人得失，工作起来敢"玩命"。两人住在同一个公寓，同一张桌上吃饭，吃得还是同一锅饭，心往一处使，劲往一处用，在工作上配合得非常愉快。当然，有时也因为意见不同在常委会上发生争执，甚至在宿舍里拍过桌子。但从来没有因此产生嫌隙和隔阂。有时是他认识到自己错了，主动到张金阳那里检讨。事实证明是张金阳错了，张金阳也会主动向他认错。在他和张金阳的带动和影响下，北州官场这几年风气日渐好转。今天上午，他向省环保督察组汇报完工作，就赶到了市委、市政府主要领导接待日现场。

市委、市政府主要领导接待日制度过去也有，但用北州市民的话形容"是挂在墙上好看的画，给人看的"。丛琳曾写过一份"内参"，反映市民对接待日的意见，原任市委书记看后大发雷霆，说丛琳是在歪曲事实，污蔑市委领导。李苏来到北州后，主持市委常委会对这个制度进行了修订和完善，同时制定了考核细则。他和张金阳率先垂范，带头执行，只要是他俩的接待日都不落下，有时因公差在外推迟了，回来也尽快补上。听说今天来的人多，他建议把接待放在院里。一个工作人员给他搬来把椅子，想让他坐着。他看见湖西五区的老韩头在人群中，搬着椅子走到老韩头面前。老韩头说：李书记，这是你的位子，我怎么敢坐？李苏笑了笑说：您是长者，在这里只有长幼之分。说着，他扶着老韩头落了座。

老韩头觉得坐着不舒服，又站起来，平静地对周围的人说：各位，咱们有话好好说。谁也不许来歪的邪的。

李苏满面微笑，阳光般的目光是亲切的、真诚的、谦恭的，让面对他目光的人不得不对他产生一种信任感。

一个穿着中式丝绸旗袍、脖子上佩戴着珍珠、手腕上戴着和田玉手镯、脸上像抹了一层粉的中年妇女走到李苏面前，两手上下摆动，一张口唾沫星子乱飞：李书记，我们几代人都住在大龙湖边上，前年天大置业集团在我们那儿搞开发，征了我家的地，拆了我家的房，一亩地才赔偿四万元钱，房子一平方米也才补偿一平方米半。这才两年，听说下一步大龙湖周边开发，一亩地赔偿费已经涨到二十万元，房子一平方米补偿二十平方米，那我们不就亏大了吗？我们要求重新给我们赔偿和补偿！

不赔不补就把我们的地和房子退给我们！一个中年男人跟着那个中年妇女在后边喊：我们支持马二嫂子。

人群中有些骚动。

老韩头瞪了马二嫂子一眼，欲言又止。

李苏说：大家都说说，有什么意见和要求尽管提出来。

马二嫂子有人支持，好像信心更强了，没等别人说话又开了口：李书记，听说大龙湖四周要盖许多新楼盘。我们也不提过分要求，给我们每户补一套房子，我们出租出去，挣点房租钱，这样亏得少一点。

住都不够，还出租呢，你们家房子多吧？人群中有人讥讽马二嫂子：谁不知道你们家上次就要了底商房子开了药铺。

马二嫂子回头恼怒地朝人群中看了一眼，又看了看老韩头，低声叫了句：舅姥爷。她的意思是请老韩头替她说话，帮她助助阵。老韩头犹豫片刻，扶着椅子缓缓地站起来，指着马二嫂子，不紧不慢地说：李书记，我们村和她的要求不一样。我们是想听听市委、市政府对大龙湖沿边开发怎么规划的？是不是会征求我们老百姓的意见？

李苏正要开口，已经挤进来的张金阳抢先回答道：老韩大叔请放心，大龙湖周边的开发规划一定会听取你们的意见和建议。我们这几年的所有城市规划都是通过各种方式广泛征求市民意见的。比如大龙湖整治，就在你们周边村贴过告示征求意见，镇上和居委会还开过会征求意见，对吧，老韩大叔？

老韩头见一个是市委书记、一个是市长，都这么尊重自己，这么平等待人，心里既高兴又激动：对，对，这几年老百姓对北州的发展变化很肯定，都说市委的决策越来越民主越科学，办事都以人民为中心……

马二嫂子对老韩头的话显然不满意，手指着老韩头发难：韩村主任，你不要倚老卖老。你是三十多年前的湖西村主任，现在湖西村已经没有了，你也代表不了任何人。你们湖西村欺负我们湖北村的日子早已过去了。

马二嫂子的话立即引起在场的原湖西村、现在的湖西社区居民的不满，和她吵起来，有的说：你马二嫂子也是湖西嫁到湖北村的，连湖西的人话也不会说了吗？长者为大，老韩大爷还是你舅姥爷，就是你爹你妈在他面前也得规规矩矩。有的说：前年拆迁时就你领头湖北村的人闹，拆迁困难户、钉子户都出在你们村，大龙湖周边十几个村谁不知道你闹到最后得到的补偿最多。你给我们说今天是市委领导接待日，来找市委、市政府领导说大龙湖下一步开发规划，没想到来闹补偿。现在讲法制，讲规矩，你还以为会哭的孩子有奶吃呀？！有的说：你只说当年的补偿费比现在的低要二次补偿，咋不说当年的各种成本也低，你们上访时费用也低……

湖西社区一些人针对马二嫂子说的这些话，让在场的湖北社区的大多数人心服，连马二嫂子也一时哑口无言。可是，也有几个跟着马二嫂子、坐着马二嫂子的宝马车来的湖北社区人反驳湖西社区的人。两边互相指责，甚至翻出了多年不和的老账。李苏和张金阳眼看着两个社区的人争执在升级，矛盾在加剧，赶忙低声交换了一下意见。张金阳说：李书记，我和湖北社区的一起回去，有些问题到现场再说。李苏想了想，点点头：好吧，我再听听湖西社区的意见。

征得李苏同意后，张金阳对马二嫂子和湖北社区的人说了去社区调研的意见，湖北社区的人一听市长要去社区都很高兴，噼里啪啦给张金阳鼓掌。

马二嫂子的眼珠子转了转，眉头皱了皱，一时找不到再坚持下去的理由，也勉强答应了。不过，马二嫂子临走撂下句话：市委、市政府不能给湖西的吃"小灶"，给他们什么政策，也得给我们什么政策。

张金阳他们走后，李苏又和老韩头聊了一会儿。临走，老韩头邀请李苏到湖西社区他的家里坐坐。李苏说：我一定去。老韩叔，听说您那个院子瓜桃李枣样样尽有，整个一个小果园。老韩头哈哈大笑：这事您也知道呀？！停了一下，又看了看李苏，犹犹豫豫，好像有话要说。李苏拉着他的手，恳切地说：老韩叔，还有什么话尽管说。原本在一旁接上说：李书记，老韩头怕你笑话他。他是想说，能不能把他那个村、他家那个小院完整地留下……

三

大龙湖周边下一步开发的规划摆上了市委、市政府的议事日程。

张金阳受市委和李苏的委托，连续召开几个不同部门、不同人员参加的座谈会，就大龙湖下一步开发规划征求意见。

其实，大龙湖周边的开发早在张金阳还没来北州上任时就开始了。那些年，北州和全国一些地方的城市一样搞"土地财政"，大举开发房地产，上一届市委书记甚至提出，让北州的土地资源由死变活，由长庄稼变为长钱，不仅北州一些企业转型做房地产，外地的一些开发商也纷至沓来，曾有一年北州卖地的收入高过省会城市，受到省委的批评，上一届市委书记也因收受开发商的巨额贿赂落马。当时，大龙湖虽然还没整治，但因其地处北州东郊上风上水地区，而且拆迁成本低，除了湖东集中连片丰产农田被上级明令不得出让，湖西被煤矿开采时破坏较重开发成本高以外，湖北、湖南基本上都被用于房地产开发了，全市最大的拥有十万人口的经济适用房小区就在湖北，眼下的大龙湖实际上就剩下湖西大部和湖北一小块，用孙家祥的话说是最后一块堪称黄金之地，寸土寸金。因而，北州市委、市政府对这一片的开发相当重视。

这些年干部交流的力度加大，市一级的干部尤其是主要领导干部中大多来自外地，有来自省直机关的，有来自兄弟市的，还有中央机关来挂职的。这些市级领导大多住在同一个宾馆，在同一餐厅吃饭，但是能碰到一起吃饭的机会相对较少，因为大家的工作都很忙，有的一早起来就出去了，有的则是到省里开会或学习。晚上下班的时间也不一样，有的在办公室加班，有的在分管的部门开会，有的下乡。张金阳已经两天没和李苏碰上面，今天早上早早来到餐厅，果然在餐厅里等到了李苏。

有个好消息！张金阳开口就报喜：全国排前几名的房地产大佬"东方欲晓"看上了咱们北州大龙湖，要来投资！

李苏点点头：听说了。你见过他们了？

张金阳和李苏端着盘子在自助餐桌前打饭，两人的对话不时被一些吃早餐的机关干部打断。于是，张金阳找了张没人坐的桌子先坐下等着李苏。

李苏落座后，两人的对话才继续。那些机关干部包括夏天看到书记和市长像在私下沟通，都没有过来打扰。

张金阳："东方欲晓"管市场的副总和市场部老总在咱们北州已经考察一周了，方案出来了才和我见面。他们还是打品牌，想用他们在全国开发地产项目的统一模式。

李苏笑了笑："东方欲晓"的总裁我见过几次，都是在会上，很能讲，也有思想。

张金阳：胃口也很大，张口就是一千亩。

李苏刚刚塞到嘴里一小块馒头，一下卡在喉咙里，嗡嗡嗡发不出声。张金阳起身给他倒了杯白水，他把馒头咽下才又开口：张市长，整个湖西才有多大地儿啊？

张金阳：他们就是想把整个湖西全包了，包括湖西的大龙山。他们还建议把市委、市政府从城里迁到大龙湖来，建个新的北州行政区。

李苏沉默了一会儿，问：还有别的房地产公司有意向吗？

张金阳笑着点点头：多了。全国排名靠前的十几家都来了。咱北州更不用说，都摩拳擦掌，跃跃欲试。我昨天还和夏天开玩笑，一个变得美丽的大龙湖让北州成了房地产投资的热土！

李苏面前掉落了几粒馒头渣，他用右手食指蘸起来。餐厅服务员赶忙端着盘子过来想清扫。李苏笑着说：小时候吃饭，不小心把馒头掉地上，捡起来拍拍土嚼巴嚼巴就咽了，这餐桌上有台布，不比地上干净呀？说着，把馒头渣放进嘴里。然后又问张金阳：到湖北走一趟有什么收获？

张金阳说：社区党工委开了个座谈会，大多数群众不支持马二嫂子的意见，认为此一时彼一时，现在的地价、房价和五年前怎么能比呢，这明显不合理。但是有一个意见比较一致，就是当年建了那么大一个社区，承建的开发商只顾赚钱，恨不得把每一寸土地都盖上房子，社区绿地面积小、公共活动面积小，几万人的大社区连个文化活动室也没有，停车车位更是少得可怜，天天都发生车辆剐蹭、碰撞、拥堵的情况，交警支队的同志开玩笑说，湖北社区可以单独成立一个交通事故处理办了……

李苏沉思片刻，点点头说：这在北州的社区中恐怕不是个别现象。前些年的开发，在这方面欠账太多。所以，下一步的规划非常重要。

他看了看表：我今天到几个乡村小学去看看，明天下午市委常委会上先议议。

张金阳也吃完了，跟着李苏一起往外走。到了餐厅门口，李苏又叮嘱一句：所有项目打包上会吧。

张金阳点点头：好的，我今天就开个各部门的协调会调度一下。

李苏上车走后，夏天才从餐厅出来。张金阳把召开调度会的事给他说了，让他安排一下。两人一边向市政府办公大楼走一边说着工作上的事。不过基本上是夏天汇报，张金阳听。当夏天说到天大置业集团的孙家祥想在大龙湖湖中心岛上投资建个六星级宾馆时，张金阳突然停下了脚步。

张金阳直截了当地说：湖心岛那可是寸土寸金，他孙家祥的眼光倒挺贼！他在那建个宾馆，游人还能去吗？当初扩建湖心岛的初衷是建个供市民游玩的花园。

夏天说：是！

夏天接着把话题转到其他工作上，有关于环保的，关于社保的，关于财政的……张金阳偶尔停下脚步，打断夏天的话，表达一下自己的意见。一直到了张金阳的办公室，夏天的汇报才停下，说要安排调度会的事就出去了。张金阳看了看表，时间刚到七点十分，离八点上班还有将近一小时，于是拿着文件夹坐到沙发上，想利用这个机会看看文件。刚打开文件夹看了一眼，他的眉头就皱了起来。

这是一封用省委的信笺纸写给他个人的信函，落款是省委常委、省委秘书长赵刚。全部内容加上抬头和落款只有四行字，推荐的是让他看网上的一篇短评。他打开电脑，按照赵刚信上的提示，很快就找到了那篇短评。说是短评，其实不是短评，充其量是一个帖子。全部内容约两百字，说听大龙湖周边百姓议论说，北州市委、市政府之所以整治开发大龙湖，目的是把现在位于市中心交通拥堵、没有发展空间的市委、市政府搬到大龙湖，而且在大龙湖整治之初规划就出来了。市委、市政府的大院就建在湖畔，湖西依山建一幢公务员公寓，现在公务员不分房了，但要把北州最好的地方建供公务员优先的经济适用房，算是给公务员的福利，因为湖西要建商品房，价格一定是北州最高的。市有关部门把方案都做好了，不少公务员已经拿到了房号……张金阳看到这里拍案而起，骂了句：卑鄙！夏天这个时候突然进来了。他看到张金阳站在电脑前一副怒气冲冲的样子，好像马上明白发生了什么事，劝慰说：张市长，这个短评我昨天就看到了，之所以没给您和李书记说，一是怕影响您的心情，您现在工作那么忙，哪有闲心生这气；二是我看了直想笑，连我都不知道的事情，大龙湖周边的村就已经知道而且还议论纷纷？一看就是造谣惑众。我原想让公安局网络中心查一查发帖的是什么人，后来一想算了，爱怎么说怎么说去，他能把白说成黑，但不能把白变成黑。

张金阳的火气也消了。他指着椅子让夏天在自己对面坐下，问：你觉得发这帖子的人什么目的？

夏天很坦诚：哟，我还真没想发帖子人的目的。现在网络那么发达，每天帖子看都看不过来。我也就把它当作一般的帖子，看了就翻过去了。说完，他挠了挠头皮，皱着眉头，好像真的响应张金阳，在动脑子想问题。张金阳随手收拾着桌子上的东西，看上去不想给夏天什么压力，其实他眼角的余光一直在观察夏天的神情。夏天想了想，说：两种可能。一种是道听途说，发个帖子发泄一下；另一种是蓄谋已久，达到个人或一个利益集团的目的。张金阳问：什么目的呢？夏天笑了笑：市长，您心中肯定早有答案了，故意考我吧？张金阳没笑，而是严肃地说：我认为目的很明确，一个字：地！

张金阳说着，拿起笔记本往外走。夏天抢先一步上前开了门。他没想到张金阳一脚门里一脚门外时突然转过头来，用询问的眼神看着他，意思等着他表态。他毫不迟疑地说：张市长您说得对，我完全赞成！如果李书记看了，也一定会和您的意见不谋而合。

李苏听到这个信息时的第一反应的确和夏天说的一样。当时，他正和住建局长、教育局长、扶贫办主任一行在湖西最大的社区小学调研。在同师生座谈时，一位女教师当面提到了这个问题。她说：按照市委、市政府这个规划，恐怕我们的学校也要搬迁了。我想问问李书记，打算把我们搬到哪儿去呢？大龙湖整治开发完成了，难道我的学生连一张放课桌的地方也没有了吗？在场的人包括李苏，当时就闹了个大红脸。原本作为退休老教师代表也参加了这次座谈会，他一听这话也按捺不住着急，话里带着火药味：李书记，这不是真的吧？您能不能给我们师生一个如实的回答？

如果在其他场合、其他会议上，在座的局长都会严格遵守官场不成文的规矩，即市委一把手不说话或者不发话不指名道姓，谁也不会轻易抢话说。可此刻不同，几个局长都清楚看见李苏手中的茶杯已被他转了几圈，眉宇间也隐约透露出一股怒气。教育局长挺身而出给李苏解围，抢先解释说：这绝对是造谣！请师生不要轻信。他指着原本问：原老师，您老人家的孙子就在市委机关工作，是公务员，他领到房号了吗？

原本被问得张口结舌，脸一下子红了。

教育局长抢了先，住建局长、扶贫办主任等一行人个个不甘落后，都想在李苏面前表现一下。李苏没给他们机会，向他们做了个停止的手势，然后站起身，心平气和地对在场的师生说：请各位老师和同学相信，大龙湖是北州寸土寸金的地方，市委、市政府一定尊重广大市民的意见，拿出一个科学合理的规划。只要不符合广大市民的愿望，我们寸土不让！

座谈会场出现了短暂的沉寂，接着响起一阵雷鸣般的掌声。

这次座谈会被《北州日报》记者丛琳用半版的篇幅做了报道，标题就是《寸土不让——市委书记李苏与市民谈大龙湖开发》。张金阳看后在市政府办公会上深有感触地说：李书记的话代表了市委、市政府的意见，生态文明建设就要有寸土不让这种担当！

四

市委常委会议是在吃罢晚饭，看完中央电视台《新闻联播》之后召开的。

位于南北交界的北州，初夏的夜晚夏天的特色并不明显，加上下午突降一场小雨，气温有所下降，会议室里有点凉意。有几个与会的年龄偏大的列席人员穿上了外套。

按照会议议程，张金阳首先发言。他汇报了大龙湖周边开发规划征求意见的情况。市机关各部委办局、各县市（县级市）区、企事业单位、基层社区共征求意见一万八千多条，市报社、电视台、电台等新闻媒体以"我为大龙湖开发献一策"有奖征稿活动收到来信、微信、邮件等三万多件。他兴致勃勃地说：全市上下对大龙湖的开发投入了极高的热情，为我们科学决策奠定了基础。据市委、市政府办公室分类统计，意见大致分为五大类，分别是高档商品房，市委、市政府行政中心，湖山园林一体的市民文化公园，新大学校区，市中心医院。五大类中，高档商品房票数最高，有的甚至给出了两万一平方米的房价……

会议室里响起一片笑声。只有李苏静静地听着，不时在笔记本上记着。

张金阳也笑了笑，接着往下说：湖北、湖西的万户居民联名，强烈要求多开发高档商品房。湖北社区工委书记说得很干脆，有些居民意识到马二嫂子代表的要求市里不可能满足，改为支持建高档商品房，希望高档商品房房价能带动自己的房价上涨。

刚改任常委副市长的夏天分管城市建设，兼任大龙湖开发总指挥。他征得张金阳同意后插话说：马二嫂子在社区里对居民说，咱现在房价七八千一平方米，如果新开发的高档商品房卖到两万，咱怎么说也能超过一万二三。这话很有鼓动作用，有的家有两套三套房的居民，已经在做盘算了。

不过，我听到一个信息，有个别房地产商在社区居民中做工作，还用了非常手段。市委吴常委说，我是会前听到的，还没来得及调查。

李苏惊愕地盯着吴常委，脸上掠过一丝不快。

张金阳也停下汇报，问：你的信息来源可靠吗？

吴常委打开手机，读了条短信，接着又说：这条短信是机关一个青年干部发给我的。他是原本老先生的孙子。

会场出现了短暂的沉默。

张金阳首先打破沉默，直言不讳地表达了自己的意见：我个人认为，大大龙湖适当开发几个高档商品房项目应当是可行的。第一，大龙湖整治竣工后，这一片水而且是好水自然成了房地产开发的优势资源；像我们这样的二线城市，城中有这么一片水的不多。第二，我们北州这几年的房价比起周边的城市略显低了些，主要是缺少高档的、高品质的小区拉动和带动，如果有这么几个支撑性的项目，北州的房价起码可以做到稳中有升。第三，房价与地价始终是连在一起的，大龙湖整治开始后，周边的地价就开始出现提升，有的在建的楼盘价格一平方米涨了百分之二十到百分之三十。现在大龙湖西岸、大龙山脚下更是寸土寸金，有的地产商估价……他看见李苏皱眉头，就止住了话头。

夏天接上说：有的地产商故意漫天出价。

李苏从张金阳的话里听出他对大龙湖开发规划的基本倾向。他没有马上发表意见，而是请与会的常委和列席的部门负责人讨论。与会人员都是在官场摸爬滚打多年的，了解官场不成文的规矩，像这样的大事，市委书记和市长一般都事前交换过意见，达成了共识才会上会，以免会上因意见分歧影响双方的威望，影响班子团结。北州市市委书记、市长人称"黄金搭档"，工作配合默契，他们身处北州官场感受深刻。所以，列席的部门负责人几乎都对张金阳的意见投了赞成票，市委常委中大多数对张金阳的意见也表示支持，只有吴常委和夏天提出不同意见。

吴常委说：我先不对张市长的意见发表评论，而是说两组数字请在座的考虑。第一组数字是关于老人的。现在全国老龄化趋势明显，北州也不例外，据市老龄办统计，全市六十岁以上的老人已占到全市人口的百分之二十。第二组数字是关于孩子的，全市少年儿童占全市人口比例也接近百分之二十。这两组数字加起来就是百分之四十。但是，全市供老年人休闲健康、供少年儿童娱乐活动的场所相当贫乏。前些年的市委主要负责人热衷于房地产开发，还名正言顺、理直气壮地说，衣食住行，老百姓住房问题还没解决，要那么多绿地草木干什么？不少房地产项目挤占了绿地，甚至迎合房地产开发商的需求，把大街两边的树都砍了，弄得市民怨声载道。现在再说说我个人的意见。我认为，应当沿大龙湖多建一些绿地、公园，可以考虑在湖西建一个大公园，既保护绿水青山，也造福广大百姓。

会议室里出现了短暂的沉默，很多人的目光聚焦在李苏和张金阳脸上。李苏从容镇定，张金阳面带微笑，仅从神情上看不出两个人的心思。

夏天说：老吴，规划建议里把湖心岛建成市民公园。那个公园建成了，是咱北州目前最大的公园。

吴常委说：夏副市长说的对，建成了目前北州最大的公园。可是这个最大也就一万多平方米呀！又是在湖中心……他下边的话没说出口，但在座的都知道什么意思。

夏天说：我个人觉得老吴的意见有道理。他看了张金阳一眼，发现张金阳的表情有些不悦，停顿了一下才接着说：咱北州前几年房地产发展太快，造成空置率比周边城市高，房价却比周边城市低。固然，商品房品质、档次是一个因素，但与生态环境、生活环境也密不可分。目前，大龙湖开发之所以成热点，一是地产商炒地，二是部分人炒房，都突出表现在一个"炒"字上。这与房子是用来住的，不是用来炒的新发展理念背道而驰。再者，北州几百万百姓，这么大个城市就一个大龙湖，如果房地产开发商一拥而上，后果不堪设想。

张金阳问：夏天同志，怎么不堪设想呀？

夏天说：湖西水下和山下当年也开采过煤炭，这一片的水面是当年的煤炭塌陷形成的，龙山的植被也被严重破坏，我认为首先要恢复生态……

会议室里再次出现短暂的沉默。李苏环顾了一下会场，问：还有没有其他意见？

一位常委说：李苏同志，我个人有个不成熟的意见。

李苏微笑着说：今天就是先议一议，大家都是不成熟的意见，成熟了就不用再议了。

那个常委说：我还有一年就退休了，所以我不担心别人说我为个人着想。我们现在市委、市政府办公的地方，是 20 世纪 50 年代末建起来的，可以说已年过半百，像人过半百一样，身体各个零部件都不同程度出现损伤，每年维修费用很高。加上这些年城市建设发展，周边不断盖新房子，交通拥堵，部委办局来办事的同志多有抱怨停个车要花半小时。市委、市政府的办事机构也增加了不少，有的在附近租房子办公。这几十年来尤其是近十几年来，几届市委、市政府都有过搬迁行政中心的考虑，我个人认为在湖西划出一块地方建设新行政中心很有必要。

张金阳说：这个就不议了吧。本届政府换届后就明确表示过不考虑搬迁行政中心。李苏同志来北州工作后也鲜明地给予支持。现在，已经有别有用心的人在网上发帖说这件事了。

那个常委说：张市长，我们不能被一两个帖子左右决策。这确实是工作需要嘛！不知在座的同志注意到没有，那楼梯的木板踩上去都咯吱响，让人心里发慌。

会场上有人笑出声。

那个常委说：在座的都到兄弟城市学习考察参观过，还有几个像北州这样老古董的市委、市政府办公楼、行政区？就咱们西边邻省那个比北州财政收入差了快一倍的市，也早在八年前就建了新行政区搬进新办公楼。机关干部中有人说了，铁打的营盘流水的兵，现在的市委、市政府主要领导都是外来的，干个三五年，升的升走的走，谁还管你营盘是铁打的还是纸糊的。

这话听起来有些刺耳，也有点嘲讽的味道，所以会议室里一下子又沉默了。张金阳看了一眼李苏，意思是他要说话。李苏轻轻摇下头表示不同意。接着，李苏说话了：这也是一个方面的意见，应该提到会上议一议。我说一下我个人的意见，不影响同志们畅所欲言。我在省里工作时多次到过北州，实事求是地说，我对北州市委、市政府办公环境也有过微词。来到北州以后，想没想过建一个新的行政中心呢？想过。可是，看到咱北州还有那么多群众住在棚户区里，看到有的群众一家三代挤在三四十平方米、过去多年建设的所谓两室一厅里，这个想法很快就打消了。我和金阳同志交换过意见，只要北州棚户区改造不完成，决不搬迁新的行政中心……

会议室里响起一阵掌声。

李苏礼貌地站起来向大家鞠了个躬，摆摆手示意不要鼓掌，然后接着说：今天所议的六个方面的意见，我个人倾向于多建绿地、公园，沿大龙湖大堤两百米不安排房地产项目，湖西那片地方建一个北州文化主题公园。我们要向党中央看齐，一切以人民为中心，把人民的利益放在首位，把北州的生态文明建设好！看到有人想鼓掌，他没给机会，当即宣布：今天的会议就到这里，希望同志们再进一步征求各方面的意见，下次会议再讨论。

会议室里的人们开始向外走，李苏对板着脸的张金阳说：金阳同志，请你留步。

五

大千世界，芸芸众生。每个城市、每个社区、每个单位甚至每个家庭，都有利欲熏心的人梦里都在盼望个人的目的实现。马二嫂子这些天一直在社区内外忙碌奔波，呼唤和联络一些与她一样有着炒房梦的人。内，是指她住的湖北一个社区；外，则是她的娘家湖西社区，还有她认识的同学、朋友。她的目的只有一个，大龙湖周边建几个高档社区，房价上去了，她手里几套房子的价格也会水涨船高，先挣上一笔钱，再换个新房子。

马二嫂子八年前就在北州出了名。当时，天大置业集团在湖北搞房地产开发。马二嫂子凭着过人的精明，听到风声后第一件事就是让全家上阵，仅用了两天两夜时间就在原来的二层小楼上临时搭建了一层。天大的老板孙家祥自然不会认账，于是发生了对峙。马二嫂子在小楼上堆了几个汽油桶，放上几堆干柴，扬言谁要是敢拆她家，她就带全家老少十几口人自焚。为此，她上过报纸、上过电视，成了北州有名的"钉子户"、难缠头。孙家祥原来想改规划，把她家甩下不管了，一来改规划就要增加投资成本，二来马二嫂子扬言你孙家祥房子建成当日，就是我马家告别这个世界之时，孙家祥在全村拆完后还是让了步，多给了马二嫂子家两套两居室的房子。等到合同签完，动工拆迁时才发现，马二嫂子放在二楼上的是两桶水。孙家祥走到哪里骂马二嫂子到哪里。马二嫂子得意地说：骂呗，你能把我骂矮了不成？她把那两套两居室的房子出租，其中一套是一层，被她改造成底商出租，每月坐收房租几千元。村里人说，会哭会闹的孩子有奶吃，马二嫂子就是例证。

马二嫂子娘家在湖西，如果湖西搞房地产开发，她又摊上拆迁。所以，她不会舍得这最后一次机会。开始，她撺掇当过村领导的舅姥爷老韩在湖西居民中做工作，没想到老韩在市政府上访时突然变了主意不再支持她。她和老韩大吵大闹一顿后，左思右想又盯上了孙家祥。她找到孙家祥，寒暄两句后直奔主题：孙老板，咱俩过去当过冤家。这俗话说冤家路窄，我看得改改了。咱俩现在碰上了，还要合作，这不叫冤家路宽吗？孙家祥抽了一口雪茄，眯着眼上下打量了她一会儿，讽刺地说：看看这身材养的，哪姓马呀，该改姓熊了吧？马二嫂子平时最讨厌别人说她胖，就连她亲儿子说她胖劝她少吃也被她打了一耳光。此刻在孙家祥面前她好像没了脾气，扯着衣襟撒娇说：是呀孙老板，看你妹子连替换衣服都买不起了。孙家祥有点厌恶她，说话也不客气：有话就说，有屁就放，别在我面前掀衣服露肚皮地撩骚！我没沦落到那一步。孙家祥的话虽然很难听，马二嫂子并不恼。她说：你不是琢磨着湖西那片地方吗？你知道我娘家是湖西的吗？孙家祥这才重视起眼前这个老冤家来：怎么，你又想汽油桶里装水讹人？马二嫂子说：你想歪了，妹子这回是想帮你！孙家祥警惕性很高，一边咄咄逼人地审视着马二嫂子的眼神，一边大模大样地抽着雪茄，没有马上表态。马二嫂子半推半拉地把孙家祥弄到自己的宝马车上，和盘托出了自己的想法。

　　孙家祥耐心地听马二嫂子说完，立刻明白了她的心思，她就是想占便宜。不过，这次她不是想占他孙家祥的便宜，是想搭他的顺风车占房价的便宜。他压根儿不想和马二嫂子这样的人沾上，一旦沾上了就像蚂蟥吸进肉里很难拔掉。但是，他的天大置业要想顺利地把湖西那片风水宝地拿到手，马二嫂子倒是可以利用的对象。他掐灭了雪茄烟，推开车门跳下车，还拍了拍落在马二嫂子车座上的烟灰。马二嫂子也跟着下了车。二人凑到一起时，孙家祥还装出一副亲热的样子拍了拍马二嫂子的屁股：二嫂，你听说了吗？市委常委会上对大龙湖下一步开发有争议。李书记和张市长两人针尖对麦芒，意见不统一。马二嫂子翻了翻眼珠：唏，都想好处呗，这不明摆着。前边那个书记怎么进去的，不就是收了几百万还有两套房子！这些当官的……她突然盯着孙家祥看着：哎，孙老板，听说你给那个贪官也送了？孙家祥脸红了，摆着手说：没那事没那事。咱不说前任，就说眼前。二嫂子你有多大把握？马二嫂子神气活现，捋了捋头发：万民信听说了吗？那就是你妹子的杰作。我就不信他们现在还敢违背民意？孙家祥说：你那万民信是湖北社区的居民，湖西这边的呢？马二嫂子说：你不知道吧？湖西那个最老的村主任是我舅姥爷。孙家祥一下子振奋起来：你是说老韩头？见马二嫂子点头，他伸长脖子在马二嫂子的脖子上吻了一下：我的好大姐来，我正想找老韩头呢。你牵头请他吃饭，我买单。马二嫂子身子朝车上一靠，两腿交叉，伸出一只手：孙老板，我登门请我那个舅姥爷，总不能空着手吧？孙家祥二话没说，到了自己的车上取来一盒茶叶，一盒冬虫夏草，又放了个红包，递给马二嫂子：说定了，就这两天，我等你信！

　　马二嫂子带上东西开车走了，孙家祥冲着她的车背影狠狠地呸了一口。他上车后打的第一个电话：强子你抓紧给老爷子说，北州已经有两份万民书。对方问：不是一份万民书，怎么冒出两份了呢？孙家祥一下子火了：又出了份万民书，一加一等于二，还要我教你吗！

　　孙家祥以为他和马二嫂子在一起谋划很私密，没有人发现，万万没想到有一个人清清楚楚地看到了他们俩在一起密谋，同时也看到他给马二嫂子礼品和红包。这个人就是老教师原本。

原本虽然干了一辈子中学教师，但一个知识分子骨子里的正直和正义，让他始终关注着社会热点和社会治理。他认为社会治理是一篇大文章，这篇文章要写好，必须一遍遍修改。退休以后，他大多数时间用在社会调查和社会治理的研究上，先后给市委、市政府和有关部门写过上百篇调研报告、民间信息、百姓意见，也在报刊上发表过一些针砭时弊、抨击腐败、批评社会不良现象的文章。前任市委书记曾怀疑原本一篇文章影射自己，在全市宣传干部会上大骂原本是"害群之马"，影响北州安定团结的祸根，私下还命令公安机关对原本采取"非常措施"。公安机关认为市委书记的命令不符合法律程序，没有按他的命令办事，为此他还到省里申请撤换公安局长。李苏来北州上任后，仔细研究了原本的文章，认为原本是出于一个知识分子的良知说了些真话，不是帮倒忙，而是帮正忙；不是传播负能量，而是传播正能量。他登门拜望原本，与他促膝谈心两个多小时，耐心听取他对城市管理和社会治理的意见……从此二人成了好朋友。这次，市委、市政府就大龙湖开发征求广大市民意见，原本一方面积极参与，另一方面在社区和民众中广泛听取意见。湖北社区第一个"万民书"出现后，原本敏锐地认识到有人暗中操纵。他经过几天的了解，初步掌握了一些证据，准备继续深入了解，没想到在去湖北的路上碰见了孙家祥和马二嫂子躲在两辆汽车的夹缝里鬼鬼祟祟的场面。他知道马二嫂子和孙家祥过去因拆迁闹得不愉快，现在突然混在一起必定有隐情。他在大龙湖大堤上坐了一会儿，让湖面掠过的带着温度的风吹着，清理了一下前前后后的思路。他意识到马二嫂子下一步的目标是湖西社区，采用的无怪乎还是鼓动居民写联名信或者上访的老一套办法。这次不能让他们再得逞！他想着想着，马上骑上自行车赶往湖西社区。

湖西村老主任老韩头和原本是多年的老朋友。原本知道他在原来的村里、现在的社区威信很高，有一定的影响力和号召力。所以，他直接去了老韩头家。

老韩头住在一座具有北方特色的四合院里。四合院坐北朝南，有一排堂屋，东厢房是客房和库房，西厢房是厨房、卫生间和存放杂物的小库房，院子里有两棵上了年纪的银杏树，高大魁伟、枝繁叶茂，仿佛天然的遮阳伞。院子另一隅种的是桃树、梨树，还有一片菜园，整个院子仿佛一片绿洲，生机勃勃。原本到时，老韩头正坐在银杏树下边喝茶边听着收音机里播放的地方戏。

原本说：老哥你真有福呀，快活像神仙。

老韩头等原本坐下，边给他倒茶边叨唠：我劝过你多少次，让你和我一样过快活的日子，你呢，老是觉得天降大任，一会儿也不愿停歇。你活该！

活该活该我活该。原本呵呵笑着说：老哥，人的体质不一样，你呢是静养型的，我呢是活动型的，要是让我和你一样，我肯定活得不舒服！

老韩头说：好好，我过去说不过你，现在说不过你，这辈子恐怕没有说过你的机会了。说吧，你这个大忙人无事不登三宝殿，今天来找我什么事？

原本把凳子朝老韩头身边挪了挪，正准备和他说正经事，门口汽车喇叭响了两声，接着马二嫂子粗大嗓门的声音响起：舅姥爷，我就猜着您在家。看看，还是孙女了解您吧。

马二嫂子看见原本和老韩头并肩坐着，惊讶地瞪大了眼睛，说话也有点结巴：原老师也在呀！说着，她把一个西瓜放在石桌上。然后进了卫生间。原本盯着那个西瓜心里想，这马二嫂子对她舅姥爷真够意思，半路上把孙家祥的礼品调了包。又想，假如马二嫂子半路上不去买西瓜，可能会在自己之前见到老韩头。她来老韩头家，十有八九和孙家祥见面所谈之事有关。

马二嫂子好像是在卫生间里打电话。这个电话一打就是十几分钟。她出来后大大方方搬了把椅子坐在老韩头和原本对面，手机放在面前的石桌上。不等老韩头和原本开口，她就开门见山地说明了来意：舅姥爷，您老人家听说市里边的规划了吗？老韩头不太高兴地摇摇头：你这孩子说话从来是颠三倒四。市里的规划多了，你说的是什么规划？再说，我这退休多年的老头子怎么能知道市里的规划。马二嫂子被老韩头劈头盖脸一顿训，脸上一阵红一阵白，眼睛忽闪忽闪地好像要掉泪。可是，她的目光不敢正视原本，原本看她时，她就转过脸，不想让原本从她的眼睛里看出什么秘密。原本很镇静，慢腾腾地喝着茶，仿佛对这爷俩的话不感兴趣。老韩头的话说完，马二嫂子没有马上回答，而是对原本说：原老师，您今天怎么得闲了？您要是有事先忙去吧，我和舅姥爷说点家里的事。原本对马二嫂子的逐客令正愁没法回答，老韩头却抢先发了火：你这孩子怎么越大越没规矩，越大越不懂礼貌？原老师是我多年的老朋友老哥们儿，他来找我聊天陪我喝酒关你什么事？你找我能有什么私事？有事明儿再说，我今天陪原老师，没空！眼看马二嫂子下不了台，原本赶忙接过老韩头的话：老韩哥，你亲外甥孙女来看你找你说事，你何必对她发火呢。咱哥俩聊天的时间还多着呢，改天我再来找你。他说着慢慢起身，摆出一副要告辞的架势。老韩头发了脾气，用手杖挡住了原本：你要走，咱哥俩的交情就此一刀两断，你以后别再来找我，我也不想再见到你。然后挥着手杖对马二嫂子说：你先回去吧，回去吧，别搅了我们老哥俩的雅兴！

马二嫂子的手机恰在这时响了。她拿起手机就向外走，到了门口又回过头狠狠地瞪了原本一眼。

又想拉我和她一起折腾事！老韩头等马二嫂子出门后，亲自去关上大门，回到石桌前就抱怨开了：就她那点出息，还想让我上当，哼，老子吃的盐比她吃的饭都多。

原本问：老哥，你知道她来的目的？

老韩头说：她一开口我就猜到她想说什么话想做什么事。规划规划，不就是大龙湖开发的事吗？市领导尊重咱老百姓的意见，咱们也得出于公心，提出合理化建议。她呢，就是为自己想得多，只要自己得好处。上次去市政府上访就是她给我装的药，回来我后悔死了。咱是几十年的老党员，怎么到了关键时刻就立场不稳了呢？唉……老韩头擦了擦眼睛。

原本听了老韩头的一席话，心里既感动又惭愧。见到老韩头之前，自己还曾怀疑他会站在马二嫂子和开发商一边呢！他反客为主，主动给老韩头倒了杯茶：老哥，这两天有房地产开发商在湖西转悠吗？老韩头摇头：没有，最起码我没见到。你听到什么了吗？原本如实相告：我今天看到你外甥孙女和那个孙家祥在一起嘀咕了半天。这个姓孙的，从大龙湖整治一开始就盯上了湖西这块地，据说私下里连盖房子的规划都做好了。

老韩头正要说话，门外响起一个熟悉的声音：老韩叔在家吗？

老韩头和原本几乎同时站起身，异口同声地说：李书记！

老韩头慌慌张张去迎李苏，李苏却大大方方地推门进来了。

李苏：老韩叔，我来赴约了！他看见站在石桌旁的原本，又上前一步和原本握手。然后四下环顾一眼，闻了闻，赞叹道：花香鸟语，方寸江南！

老韩头听了十分高兴，一一指点着院子里的树向李苏介绍。可能是他故意安排，最后才介绍银杏树。他动情地说：我们这祖上就有种银杏的习俗，家家户户院前或院后或院里都有，我这两棵树的树龄五十年，最多能排个儿子辈。龙山的山前山后，银杏古树少说有两百棵。

原本插话说：这几年成了北州一景，不说游客，就来照相的都源源不断。

李苏问：老韩叔，这么多年别的村新房子换了好几茬，草房变瓦房，瓦房变小楼，你们村却没有多少家换新房，听说就是舍不得和古银杏分开是不是？

老韩头擦了擦眼睛，连连点头，不好意思地说：李书记，不怕您笑话，我的老辈子就说过，银杏，银杏，杏……

李苏和原本跟着笑了。

落座后，李苏看了一眼马二嫂子临走留在石桌上的半瓶矿泉水，漫不经心地问了一句：老韩叔，还有客人呀？

老韩头哼了一声：我那个外甥孙女！让我骂跑了。老韩头说着，把马二嫂子留在石桌上的半瓶矿泉水扔到垃圾桶里。

没等李苏开口问，老韩头就和原本你一句我一句地说开了。

原本说：那个孙家祥就是想盖龙湖花园高档别墅。

李苏问：老韩叔，你们五区的居民什么想法？

老韩头端起茶杯从石桌边站起来，边转着圈子边说：我支持建个大公园。大龙湖周边的房地产项目太多了。过去我主政时开煤矿、水上养殖、办小化工厂，对大龙湖要得太多，把生态环境搞得太差，现在想想，绿水青山就是金山银山这话说得太好了，咱得留下一块绿地给老百姓和子孙后代。

原本高兴地扑腾站起来，由于起身急，膝盖碰到了石桌边沿，疼得直咧嘴。他上前一步紧紧握着老韩头的手，喊了声"老哥"，就哽咽着说不出话来。

李苏微笑着点点头。

<h1 style="text-align:center">六</h1>

马二嫂子出门刚上车，看见一个穿着白色连衣裙子的姑娘带着一群小学生在村子里参观，正在一棵古银杏树前向小学生们讲解什么。她想了，噢，这不是那个和张金阳关系特好的《北州日报》记者吗？

马二嫂子摁了几下汽车喇叭。丛琳扭头看了她一眼，有点不高兴：这是些孩子，别吓着他们！

换在平时，马二嫂子哪能接受丛琳这样小姑娘家的批评。可是今天她忍住了，从车上跳下来，走上前张开双臂做出一副要拥抱丛琳的姿态：大记者妹子，我是你马姐。怎么，不认识了？丛琳嘲讽地说：认识，北州的大名人岂能不认识。马二嫂子哈哈大笑：我还以为你把姐姐忘了呢。我可没忘，那年第一个称我为钉子户的就是你和你那个《北州日报》！你知道吗，当时还有不愿拆迁的人到村里来找我，见面叫我钉大姐，笑死我了，哈哈，哈哈。

丛琳知道被马二嫂子这种人缠上，就像蚂蟥叮咬在身上，不是一会儿半会儿就能脱身的。同时，她也想了解一下马二嫂子现在的心态，从这个嘴无遮拦的女人那里得到点新闻线索。所以，她对那些小学生的班长叮嘱了几句，让他们先自由活动，然后才和马二嫂子坐在车上聊了起来。马二嫂子说：我今天不在这碰见你，这两天也会去单位找你。丛琳一惊：二嫂，找我有事？马二嫂子说：又是拆迁的事。你听说了吗，妹子？咱市的市委书记和市长吹胡子瞪眼、拍桌子摔板凳地干起来了！丛琳故作惊讶，眼睛瞪成小灯笼，问：为啥？马二嫂子瞪着丛琳看了一会儿，一拍丛琳的大腿：妹子你给我装是不？北州的啥新闻你不是抢在姐前边知道。丛琳说：你说的这事我就不知道。马二嫂子可能不想和丛琳耽误时间，就直言不讳地说：还不是为大龙湖开发那点事嘛！张市长支持开发高档商品房，李书记却要建绿地建公园。丛琳说：这都为工作，不至于像你说的干起来。马二嫂子十分精明，马上改口说：这就形容，形容你还不懂吗，妹子？丛琳装作不明白，看着马二嫂子的眼睛，问：马二嫂子，这和你找我有啥关系？马二嫂子说：这太有关系了妹子！我知道你和张市长很熟，和张市长能说上话。丛琳嘿嘿笑了：马二嫂子，谁说我能和市长说上话。说上的都是工作上的话。马二嫂子又使劲拍了下丛琳的大腿兴奋地说：我想让你给张市长捎的话也是工作，而且是支持张市长的工作。他听了一定很高兴。丛琳好像没听明白，又好像来了兴趣，目不转睛地看着马二嫂子。马二嫂子说：你转告张市长，我们大龙湖周边的居民都支持他。公园再好那叫公园，姓公；绿地再大那上边长的是树，不是房子。妹子，姐给你说句掏心窝子的话，我就想让咱北州，准确点说让我家那房子的房价像火箭一样呼呼地往上蹿……

丛琳说：我听明白了。问一句马二嫂子，你这是大龙湖周边居民的意见吗？

马二嫂子愣了一下，点点头说：是，是。我过两天把居民签字的东西给你送去。

丛琳已经弄清了马二嫂子的心思，不想再和她谈下去，借口孩子们等得太久了，就和马二嫂子告辞了。

马二嫂子等丛琳带着孩子们走远了才从包里掏出手机看了一眼，又急又气地差点跳起来。她的手机荧屏上排列着没接的来电二十多个，没看的信息十多条，而且全是孙家祥一个人的。她低声骂了一句：该死的手机招呼不打就静音了！接着，她赶忙给孙家祥回电话。孙家祥的手机传来的声音是"你拨打的电话正在通话中，请稍候再拨"。她等不了稍候又拨了过去，接连拨了二十多次，孙家祥的手机一直占线，气得她跳下车，对着汽车轮胎踢了两脚。半小时过去，马二嫂子终于打通了孙家祥的电话，说出的话火辣辣的：给哪个女人打电话呢？我还以为你一口气上不来，正打算帮你叫救护车呢！孙家祥说：马二媳妇你少给我说话带刺，我干啥还轮不到你来管。马二嫂子听出孙家祥真生气了，忙嘿嘿笑着赔礼：孙老板你来真的了？我不是觉得咱俩近给你开玩笑嘛！要是换了外人，就是市长请我给他开玩笑，我也不搭理。孙家祥停顿了一下：我就是想给你说市长的事，半天找不着你。马二嫂子的神经兴奋起来，一脚蹦到车上，一边发动车一边问孙家祥：孙老板孙兄弟你在哪，我现在就去找你。孙家祥有点不耐烦：你到哪找我？我正往大龙湖赶呢。给你说吧，绝对可靠消息，张市长和李书记两个领导现在都在那儿。马二嫂子刚喝了一口可乐还没咽下去，噗地一下子全吐在方向盘上。她用袖子随便擦了擦，又喝了口可乐才问：孙老板你说吧，你让我现在咋办，你让我咋办我都听你的。孙家祥火了：你是三岁孩子，啥都叫人教啊？你动脑子想想书记市长怎么同时去那，就知道自己该做啥了。马二嫂子还想再问什么，电话里传来嘟嘟嘟的声音。她气得把手机往副驾驶座位上一扔，骂骂咧咧地开着车调头往湖西社区走。

张金阳确实来了湖西社区。他是和市住建局、环保局等部门的领导和几个专家来现场办公的。他们从龙山上来到湖西大堤上，浑身上下像被雨淋过一样，头发上往下流着汗滴，衣服前后都湿透了。一行人就地坐在大堤上休息，不熟悉的人看上去还以为是一群维修大堤的工人。张金阳招呼大伙往一起凑了凑，把一张规划图放在地上，怕风吹跑了，就用石头块把四个角压上。张金阳说：来，来，咱们一起给这个规划品头论足，都说说。

规划局局长说：张市长，从这个规划看得出东方欲晓房地产开发集团的老板的目光早盯着这地了。

住建局局长说：市长，我要说的话可能得挨你批评。要是这个规划能实施，你明年的《政府工作报告》肯定会多几次掌声！

张金阳笑笑：畅所欲言，想说啥说啥。

突然，两辆奥迪轿车在不远处停下，前后车上下来五个人。他们好像没看见张金阳一行，下车后就在那指指点点。住建局局长悄悄对张金阳说：那个胖胖的中年人就是东方欲晓房地产集团的副总。张金阳点点头：认识。规划局局长有点不高兴：我去叫他过来。看不见北州市长在这？！张金阳拉了他一把：算了，人家忙人家的咱忙咱的。话刚落音，那边又过来两辆车。前边车上下来的是孙家祥，后边车上下来的是马二嫂子。他俩和东方欲晓房地产开发集团的副总握手后，挨着站在了一起。张金阳眯着眼看了看，觉得有点稀奇，心想：这几个人怎么混到一起了？规划局局长心直口快，感叹地说：竞争对手握手言欢了！是不是想联合开发呀？不对吧，"东方欲晓"不缺资金。住建局局长说：强龙压不住地头蛇，一个孙家祥，再加上一个马二嫂子……

几个专家也在猜测、议论着。

张金阳突然站起身，拍了拍屁股上的土，好像已经胸有成竹：走吧，过去会会他们！

看到张金阳一行人说说笑笑着朝自己这边走过来，孙家祥不知为什么突然紧张起来。他一边往后退一边对"东方欲晓"的副总说：你们正面谈，我在后边辅助，先走了，先走了。他向马二嫂子招招手，示意她也赶快走。马二嫂子走到车跟前，不解地问：你不是想找市长当面谈吗，怎么见了市长像老鼠见了猫？孙家祥说：你不懂你不懂。上车，车上通电话说。

孙家祥在电话里开门见山告诉马二嫂子：这个张金阳和"东方欲晓"的老总关系不一般你不知道吧？赵强那小子让我不要和"东方欲晓"争，而是要与他们和，这样才能从他们那里分一杯。这张市长眼光多尖，让他看穿了就不好办了。马二嫂子说：都知道张市长不是那种贪官。我听说咱北州有个房地产商给他送过一幅名画，他怒气冲冲地说，你要不拿走，我就把你送检察院去，行贿是犯罪你懂吗？孙家祥听了挂断了电话。因为马二嫂子说的那个给张金阳送画的地产商就是他。他不想让马二嫂子这样的女人嘲讽他，嘲弄他。

孙家祥挂断马二嫂子的电话不一会儿，东方欲晓房地产集团副总的电话就打了过来。他对孙家祥说：老孙啊，你不是告诉我说，张市长对我们的规划很感兴趣吗？可张市长闭口不提我们的那个规划。是不是还有实力比我们更强的竞争对手呢？孙家祥说：不会不会，我说得一点也不错。你就放心吧。现在不是市委、市政府关于大龙湖开发的方案还没定嘛！那个副总噢了一声，沉吟了片刻说：好吧，咱们随时保持联系。孙家祥说：喂，喂，妈的话还没说完呢！他想了想，又拨通了马二嫂子的电话。

七

李苏和张金阳在大龙湖开发规划问题上意见产生了分歧。上次市委常委会结束时，两人交换意见，谁也没有说服谁。

张金阳认为，房地产不是污染行业，对大龙湖未来的生态保护不会产生影响，如果增加绿地可以要求开发商在容积率上考虑。北州缺少标志性建筑，对招商、吸引高科技人才都有影响。再说，高档别墅区在北州也是刚性需求，不仅北州市，周边城市也有不少人想过来买房。李苏则坚持大龙湖山水园林一体的生态文明规划。将大龙湖和沿边尤其是湖西的大龙山总体建成北州最大的园林，将全市绿化率从目前的不到百分之三十提高到百分之四十以上。两人争得面红耳赤，激动时还拍了桌子，但双方心中并没有因此产生隔阂。张金阳最后表示：只要市委定了，我保证坚决执行。

市委书记和市长工作上正常的意见分歧，到了下边却一下子变成激烈的矛盾，被扩大到几倍甚至几十倍，有的干部开始琢磨如何站队。这种官场上的诟病在党中央全面从严治党的情况下虽然有了较大改变，但毕竟根深蒂固，或者说阴魂不散，在某种程度上影响那些想干事创业的干部的积极性。夏天就是一个典型。上次市委常委会后的第二天，他就因病住进了医院，市委常委会、市政府常务会、市长办公会都请了假，更不用说其他一些部门的会议了。张金阳琢磨着不对劲，一天晚上突然一个人到医院登门看望。他想和夏天开个玩笑，借了医生的白大褂、白帽子，又戴上一只白口罩，完全像个医生打扮。

夏天正躺在床上看电视，见医生进来，微微一笑：啥时给我做手术呀，大夫？

张金阳假装没听见，拿起桌上的病历仔细看着。

夏天突然哈哈大笑：我的市长来，别再演了，你又没学过表演，怎么看都不像。张金阳摘下帽子和口罩，转了个圆圈：是嘛，我刚才对着镜子可没认出自己是冒牌货。

　　坐下后，张金阳指着病历严肃地说：我的副市长同志，你的病不轻啊！夏天知道一顿严厉的批评躲不过了，于是主动检讨说：张市长，我这胆结石手术一年前医生就建议我做了，我都给拖了下来。我承认手术并非最近必须做，可是，可是我考虑规划还没定下来，正好这段时间……他的话没说完就被张金阳打断了。张金阳说：你是想躲是非、躲清闲，说严重点你这就叫没有担当！夏天呀夏天，你这个级别的干部对我和李书记之间意见分歧都看得如此严重，怎么去教育、说服其他干部呢？夏天说：市长我错了。我的确怕支持你的意见得罪李书记，支持李书记的意见得罪你这个市长。我是想等你们意见统一了，规划定了，拼命干，交一份合格、完美的答卷，而不是自己也去当出题的人。张金阳手指着夏天，气得正要往下说，突然门被推开了，首先是沁人心脾的一阵香气，接着进来两个人，前边的那人捧着一束鲜花，后边的那个一手拎着一盒礼品。前边那个人看见穿着白大褂的张金阳惊得目瞪口呆：张、张市长您也在啊？这么巧。夏天问：孙家祥你怎么找到这里的？孙家祥哼哧哼哧没说出话，只是把身子朝墙边靠了靠。后边那个见躲不过去了，硬着头皮走到病床前：夏叔，我爸听说您病了，让我来看看您。然后又向张金阳点了点头：张叔好！夏天指着他对张金阳说：这个是……张金阳摆摆手：不用介绍了，我认识，赵强嘛，几年前就打过交道。接着指了指孙家祥，开门见山问赵强：你们认识？没等赵强回答，孙家祥抢着说：张市长，我和强哥认识好多年了，他是天大驻省城办事处经理，负责我们公司在整个省城的业务。赵强瞪了孙家祥一眼补充说：就一办事的。

　　张金阳不愿和孙家祥、赵强多聊，转过脸对夏天说：夏天同志，明天上午要开市委常委会，一会儿办公室会通知你。我先给你说一声，别误了参会。张金阳脱下白大褂搭在胳膊上，起身向外走。夏天赶忙从床上跳下来，一直追到走廊上，向张金阳解释说：张市长，这两个人平时和我没交往，我也不知他们今天为什么突然来看我。张金阳回头看了他一眼，拍拍他的肩膀。

　　张金阳走后，夏天在走廊里徘徊了很长时间，不想回到病房去。其实他心里十分清楚孙家祥和赵强一起来看他，目的就是得到大龙湖的地。这是件让他为难的事。一方面他多年来坚守一条规则，就是不和民营老板特别是民营房地产开发商交往过深，前任市委书记、再往前任的副市长，还有经常曝光的腐败分子，都是在他们面前中枪倒下的。别看他求你时哥长哥短，信誓旦旦，有什么事他担着不会牵连你，而一旦接受调查，第一个就把你咬出来。另一方面他有自知之明，大龙湖开发那么大的事，市委书记、市长都不敢一个人说了算，你一个刚上任的分管副市长不过是抓落实、干活的，说难听点，你一寸土地的家也不当。你若答应了人家，那和骗子有多大区别？可是，不回病房也不是办法，总不能半夜三更办出院手续出院吧？眼看半个小时过去了，他心生一计，到医生值班室向值班医生做了交代，然后才回到病房。

孙家祥和赵强不知因为什么事闹得不愉快，两个人都红了脸，眼光里透着怒气，赵强上衣的扣子好像被扯掉了一个，漏出一个洞。孙家祥的头发有点像刚用扫帚扫过般蓬乱。夏天回到病房后，两人虽然都笑脸相迎，但目光仍互带怒气。夏天出于礼貌先问了赵强父亲身体健康，扯了几句与他父亲赵刚交往的事，接着又问了赵强现在的工作。没等赵强说话，值班医生和护士进来了。值班医生二话没说就给夏天做检查，护士却不留情面地冲着孙家祥和赵强嚷嚷：都几点了，病人需要休息，你们快点走吧！夏天顺势对他二人说：谢谢你们来看我，既然医院有规定，你们就先回吧。

孙家祥和赵强对视一眼，无奈地告辞了。夏天指着他俩带来的礼品，对护士说：护士，麻烦你帮我登记一下，我出院后上交。

护士提起礼品盒，突然一封信掉在地上。护士弯腰捡起交给了夏天。夏天一看，信封是省委办公厅的，上边是他熟悉的省委常委、秘书长赵刚的字体。他没有马上拆开看，而是顺手放在床头柜上。他能想得出赵刚信上所说的内容，至多是几句问候的话。在当前中央全面从严治党的形势下，哪个身居高位的高官敢给自己的子女谋私利而且留下痕迹呢？所以，看与不看一样。不过夏天也清楚，这封信话虽不多但分量不轻。他想了想，拨通了李苏办公室的电话。

李苏正在办公室里和张金阳交换意见。张金阳告诉李苏在医院遇见赵刚的儿子赵强和天大置业老板孙家祥去看夏天，感叹地说：这个赵强不是省油的灯，总打着他老子的旗号在外边做事，交友也不慎重、不谨慎。

夏天的电话就是这个时候到的。他在电话里向李苏汇报了张金阳走后的情况，最后对李苏说：这个孙家祥上蹿下跳没有闲着。湖北那个"万民书"与他有关系，赵强肯定也是他拉来的。看来他对湖西那块地是志在必得！

李苏嘿嘿笑了：夏天啊，我看他连你这一关也过不去。

放下夏天的电话，李苏思考了片刻，问埋头看材料的张金阳：金阳同志，你对湖北社区那封"万民书"怎么看？张金阳抬头看了李苏一眼，笑了笑：哪有什么万民，分明就是一些人打着万民的旗号。《北州日报》记者丛琳已经在几个社区和部分居民那里做过深入调查，"万民书"上的名字里有相当多是小学生、有相当多的幼儿园的孩子，更荒唐的是还有已经死亡几年、户口都已经注销了的。天大置业开发公司的员工拿着签名用的空白纸在社区转悠，谁签个名字当场就给二十元钱。即使这样，大多数居民也表示很反感，不愿签……

李苏走到窗口，伸了个懒腰，活动了几下胳膊腿脚，回到椅子上坐下后认真地说：金阳同志，"东方欲晓"最近有什么消息吗？张金阳也很认真地回答：据我了解，东方欲晓开发集团没有做小动作，很本分也很规矩。他们就等着咱们规划定下，如果是搞房地产项目，他们就投标参与竞争。李苏递给张金阳一份材料，在手里掂了掂说：他们公司的股票这几天涨得很快。张金阳接过来看了看，眉头一皱：这算不算披露虚假信息？李苏笑了：人家只说下一步投资计划，又没说在北州拿了多少地，怎么虚假呢？张金阳没吭声。

北州地处南北方交界，整个城市既有南方的秀雅，又具北方的雄健，气候也兼具南北方融合的特点，初夏夜晚的风中已经有了轻微的热浪。张金阳看着看着，起身把外套脱了。李苏问：热了，要不要打开空调？张金阳摇头：你感冒还没好透，可别传染给了我。两人都笑了。笑罢，李苏把话题又转到大龙湖开发上。他说：我来北州工作的第二天，你在给我介绍北州市情时说过，北州前些年没有生态红线，大量地无序开发，建设上随意性大，人口资源环境严重失衡，与党中央新发展理念有很大差距。此后，我一直在调研、在观察、在思考。咱俩也多次交换过意见。我想利用大龙湖竣工后开发规划，彻底改变一下这种状况，用实际行动贯彻落实党中央新发展理念。所以，请你再认真考虑考虑。

张金阳见李苏的话虽然说得很轻松，很平淡，好像在拉家常，但话中的分量很重，道理很深，直入他的心灵深处。他庄重地点了点头，边收拾材料边说：走吧，到大龙湖边透透气，回去好好睡一觉。李苏说：好吧，咱俩打一辆出租车就够了。

虽然已经是晚上九点多钟，大龙湖湖畔依然是人潮涌动，停车场连个空车位也没有，这让市委书记和市长感到惊讶。出租司机一边找零钱，一边高兴地说：从大龙湖竣工到现在快一个月了，一直是这样。仁者爱山，智者爱水，大龙湖有山有水，老百姓都爱来这里。最多一个晚上我从城西和城北来回送了七八趟客人。李苏和张金阳下车后，他又故意补充一句：这么一个有山有水的风水宝地，要是给了一些有钱人盖别墅，老百姓心里多难受呀！

李苏和张金阳对视了一眼。

大龙湖大堤的几个观景台上站满了人，两边的人行道上隔几步就是人，湖边的沙滩上更是人流稠密。李苏和张金阳仔细观察了一下，这些人中以家庭为主，有老少三代，有夫妻带着孩子，青年恋人、青年朋友也是主体之一。大堤上下的灯都亮着，映着一张张欢快的笑脸，与倒映在湖面上犹如繁星点点的灯光相映生辉；大龙山挺拔雄健的身姿在湖面上印出的暗影，仿佛一幅仿古的山水画；沿湖四周的各种花卉散发的香气随风飘落在湖面上，又被风吹散弥漫开来，空气中的味道湿润而又清香，让人精神清爽，心情愉悦。远处，有人吹着笛子，悠扬、动人的乐声让人的情思更加悠长……夜晚的大龙湖，仿佛欢乐的海洋。李苏情不自禁，脱口而出地说了一句：都说苏杭是仙境，谁知龙湖别有情。张金阳好像也感慨万端，但没有说出口。大堤上遛弯儿的人有的看见市委书记和市长，亲热地和他们打招呼。

有的胆子大点的，还主动上前说上一两句话。老韩头和闺女女婿外孙一起来的。他告诉李苏和张金阳，看完中央电视台的《新闻联播》就过来了，现在准备回家休息。他说：这儿空气好，视野好，又干净卫生，让人心里舒坦。这些天几乎天天晚上过来待一会儿，睡觉踏实多了。李书记、张市长，感谢市委、市政府为老百姓办了件大好事！

韩大叔，您多提意见啊！张金阳说。

老韩头犹豫了片刻，嘿嘿笑了几声：我的意见给李书记都当面说了。我觉得吧，是不是还得多种点花草，多建几个公园。老夫的一己之见，书记、市长别见怪。

张金阳一愣，问：老韩大叔，假如拆迁把您安置到湖北或者湖东，您同不同意？

老韩头好像早就考虑过这个问题，不假思索地回答道：如果是在湖西建个大公园，把我安置回一百公里的老家农村，我都没意见。

李苏和张金阳一人握着他的一只手，异口同声地说：谢谢，谢谢！

人最多的地方是露天浴场，用人山人海形容一点也不过分。李苏的脚步突然迟疑不决，情绪也有些昂扬，好像跃跃欲试。张金阳笑了：怎么着，游一圈？李苏说：游一圈。李苏比张金阳麻利，下了水一个猛子钻出去二百米。张金阳习惯地先在水里适应一下，正要游的时候，一个穿着泳装的姑娘游到张金阳跟前：张市长你想游泳啊？张金阳认出是《北州日报》记者丛琳，开玩笑地说：怎么着，比一比吗？丛琳说：比就比，保证你第一。张金阳说：你要故意让我那可不行，我赢了不光彩。丛琳说：看你美的，我说的是倒数第一。

上岸后，丛琳坚持用自家车送李苏和张金阳。路上，她把马二嫂子给她说的话原原本本给李苏和张金阳说了一遍，最后恳切地说：书记、市长都在，我提个建议，大龙湖开发的规划早点定下来。

李苏和张金阳都听明白了丛琳话中的含义。

八

吃早餐的时候，李苏陪着一位客人共同进餐。张金阳本来就晚了一会儿，见李苏有客人，就和夏天坐到同一桌上。夏天说：市长，"东方欲晓"的湖西开发规划图你看了吗？张金阳打开手机微信，翻到一个页面上：收到了纸质的邮件还有微信，全方位、立体。

夏天笑了：都一样，我也是受到他们的全面轰炸。

张金阳说：昨天我和几个同志商议了一下，都觉得"东方欲晓"可能早就有战略规划了。

张金阳扭头看了一眼李苏，李苏正在给客人看手机微信，还边指指点点，不停地说着。张金阳会心一笑，对夏天说：北州市领导可能都享受一样的"待遇"。夏副市长，还有什么信息？夏天悄声说：有一条没经证实的信息，"东方欲晓"和孙家祥的天大置业联手了。中间牵线搭桥的是赵强。张金阳大吃一惊，手中的筷子竟然不知不觉地落在桌子上：我说呢，"东方欲晓"前些年在北州一直没有投资，这次在很短的时间里竟然把北州的情况尤其是大龙湖周边的情况摸得如此清楚，就连大龙湖的水文地质情况也了如指掌。昨天在湖西大堤上，我看见孙家祥和他们在一起，原来是这样。孙家祥为什么要这样做？

夏天给张金阳说了两件事。

马二嫂子是晚上偷偷摸摸到的湖西社区。她手里拿着孙家祥精心设计的联名信。信的标题很有鼓动性：坚决支持一心为民的市长的英明决策。

张金阳说：这是经过策划的。现在写人民来信和发帖子的人智商越来越高了。

她先找了几个她的发小签名。其中一个发小在她刚出门就追上她，死活把签了名的信要回，当着她的面把名字涂了。那个发小对她说：马姐你别怪我。你前脚出门，我爸我妈就骂我上了你的当。他们说得很简单，好事咋不让你舅姥爷先签名？到时候好事都让你落了，我们连口汤也喝不上。马二嫂子气得踢了那个发小两脚，转身去了老韩头家。老韩头刚从大龙湖遛弯儿回到家，准备洗洗睡觉。马二嫂子拎着礼品往老韩头面前一放，直言不讳地说：舅姥爷，您当村干部的时候我年纪还小，您没帮过我们家。我记得我爸晚上弄了一麻袋煤炭回家，让人发现告诉您，您把我爸从煤矿给开了。我爸到死都没原谅您。我从没求过您，这回得求您帮帮我。您要是还认我这个外甥孙女的话您就答应，如果不帮我，那咱从此就是路人。老韩头那是经过风雨见过世面的，一边泡着脚，一边不动声色地听她说完，冷淡地说：说吧，让我帮你做啥事？马二嫂子扑通一下跪在老韩头面前：舅姥爷，外甥孙女求求您救我。老韩头这下子慌了：你犯了什么事？马二嫂子边抹着眼泪边说：人家开发商送给我两套房子，都是一百四十平方米的，其中有一套是让我转送给您老人家，我没经您同意就帮您收下了。老韩头急了，顺手捡起拖鞋朝马二嫂子砸过去，骂道：我一世英名都让你给我毁了！他踢翻了洗脚盆，连脚也没擦就拉着马二嫂子往外走：你带我去找那个开发商，把房子给我退了。马二嫂子解释说：房子还没盖呢，现在只是开发商的设想。他们想在咱湖西这地盖高档别墅区，再盖些高档商品房，您和我妈我姐就地安置。张市长替咱老百姓着想很支持，省委有个秘书长也全力支持，可那个姓李的书记太霸道……老韩头没等她说完，顺手摸起桌子上的电视遥控器朝马二嫂子砸去：滚，你给我滚，从今往后我不想再见你！……

老韩头的电视遥控器也摔坏了吧？张金阳问。

夏天：是呀，第二天他孙子帮他买了个新的。

第二件事呢？张金阳又问。

夏天看见李苏向他招手，就停下话头走了过去。

李苏说：夏副市长，你的饭卡借我刷一下。我请客人吃饭，卡里没钱了。

夏天帮着李苏刷了卡，想送李苏和客人出门。李苏拦住他：你和张市长说话吧，我先走一步。

夏天回到餐桌前，看了看表对张金阳说：市长，饭都凉了。你看李书记也早走了，咱们吃完也走吧。

张金阳猜出夏天要说的第二件事可能与自己有关，心里更沉不住气。他也看了看表：开会的时间还早，说完再走。

夏天无奈，只好又给张金阳说了第二件事。

赵强回到省城，在家里的饭桌上，把他知道的李苏与张金阳在大龙湖开发规划上的意见分歧一五一十地说给了赵刚。赵刚边听边思考，搞房地产项目也没错，毕竟大龙湖整治竣工后的地价提高了。再说，东州也的确需要标志性的地产项目，不然房价会一直低于周边城市。赵强说：那个李苏太专横跋扈，会上不让张市长讲话。赵刚瞪了他一眼说：胡说八道，李苏就不是你说的那种人。

张金阳插话说：赵秘书长是了解李苏和我的。

夏天接着说：赵强接着就提出让赵刚帮孙家祥。爸，天大置业在北州房地产商里排名第一，那个孙老板想参与大龙湖开发。赵刚很警觉，摆摆手说：那他就凭实力投标吧！赵强说：可是张市长早已内定了"东方欲晓"那家房地产商。赵刚哼了一声，吓得赵强低着头不敢说话。过了好大一会儿，赵强见赵刚的脸色好了些才又壮着胆子说：北州人说，张市长平时对李书记言听计从，两人是"黄金搭档"，为什么这次在大龙湖开发问题上敢和李苏叫板，就是他收了"东方欲晓"的一大笔好处……赵刚问：你见到了？赵强听出父亲话里不是好意，吓得不敢再往下说。赵刚严厉地训斥了他一顿，警告他不要再和孙家祥来往，不要插手本省任何工程：我要是听说你打着我的旗号在外边招揽生意，不等别人来查，我亲自把你送到该去的地方。赵强一听吓坏了。

张金阳耐心地听完，好像没放在心上。他抹了抹嘴唇，擦了擦手，对夏天说：走吧，开会去。

根据李苏的建议，这次市委常委会放在大龙湖大堤上召开。张金阳和夏天一上车，他的手机就响了。他看了一眼来电显示，说了声：赵秘书长电话。接着，他就打开接听。

赵刚：金阳同志，方便接电话吗？

张金阳：方便，秘书长，请讲吧。

赵刚：你们马上要开会了吧？我想请你说说你现在对大龙湖开发的意见。

张金阳非常明白，话是赵刚问的，但绝非赵刚的意思，肯定是省委主要负责同志委托赵刚打的这个电话。他略一沉吟，实事求是地说：秘书长，我现在还没有改变观点。今天的市委常委会上，我还要坚持我的意见。赵刚在电话那边停顿了一下，平淡地说：金阳同志，作为老同事老朋友，我送你也是送李苏同志一句话，一定要保持生态空间山清水秀的红线意识。

放下赵刚的电话，张金阳感到非常气愤。他从赵刚最后一句话中分明听出是在给他敲警钟。尽管赵刚说得很艺术，把李苏也捎上了。听话听音，锣鼓听声，明摆着有人在省委告了他张金阳的状。有话为什么不当面锣对面鼓？就因为我张金阳支持在大龙湖开发高档房地产项目，生态红线意识就不够强吗？我来北州这几年，关闭了多少个小化工、小煤矿等有污染的企业，停建了多少个环评不合格的项目，大龙湖东的万亩园林化农田就是我张金阳推动的，北州城中的景观大道也是我张金阳来后建起来的。短短几年时间，北州的绿化率提高了近十个百分点……绿水青山就是金山银山的理念在我张金阳心里也是千斤重。没想到有人拿生态告了我一状！张金阳快速地在心里浏览了一遍可能告状之人，有一个人被他坚定不移地第一个排除，这人就是市委书记李苏。

夏天看出张金阳的情绪变化，也猜出他的心思，一时不知说啥好，只好假装翻看材料。

夏副市长，你今天又是有备而来吧？张金阳突然问了一句。

夏天冲张金阳笑了笑：张市长，咱们彼此彼此。

张金阳还没来得及说话，车已停在大堤上。

李苏和吴常委等几个常委已经到了。他们站在大龙湖西的大堤上，面对大龙湖，背对大龙山，一边指指点点一边交谈。张金阳和夏天到后，李苏宣布会议开始。

李苏首先介绍了这两周在湖北和湖西社区的调查情况。根据在民间的调查，绝大多数居民尤其是大龙湖周边社区的居民支持在湖西和大龙山建设北州文化公园。这些调查数字中，有来自市有关部门的，有来自大龙湖周边社区的，有来自原本等民间之士的，也有市新闻媒体公开征集来的。接着，夏天也介绍了几个专家座谈会、论证会、研讨会的意见，专家学者们建议北州下一步要遵循人口资源环境相均衡、经济社会生态效益相统一的原则，划定生态红线，控制开发强度，调整空间结构图，促进生产空间集约高效、生活空间宜居适度、生态空间山清水秀。

李苏说：金阳同志，谈谈你的意见。说着，把手里的一瓶矿泉水递给了张金阳。张金阳喝了一口矿泉水，清了清嗓子，淡然地说：我和各位一样，听广大人民群众的。市委一旦决定了，我和夏天同志一定抓好贯彻落实。

李苏和张金阳的手紧紧握在一起。

当天晚上，北州电视台就播出了市委、市政府决定在大龙湖西龙山脚下建设文化公园的开发规划。

九

省委巡视组组长、省委常委、省委秘书长赵刚与张金阳的谈话是在张金阳的办公室进行的。

赵刚开门见山地问：金阳同志，大龙湖文化公园作为大龙湖开发的一部分，请你给我们介绍一下招标的过程和中标单位的情况。

张金阳一听，心里咯噔一下。不过，他马上就平静下来，从大龙湖文化公园的决策过程、招标过程做了介绍。最后，他坦诚地表示：我作为总指挥，参与了整个过程。我认为没有什么问题。如果说问题，就是我个人在决策形成之前，不舍得丢了这块房地产的黄金之地，曾力主开发高档房地产项目。

赵刚说：金阳同志，中标文化公园建设项目的园林公司情况你了解吗？

大龙湖文化公园建设中标单位，是李苏曾经工作过的江南某市的一家民营园林公司。赵刚开门见山地提到这个问题，让张金阳感到有些不平。他说：赵刚同志，这个公司的情况我当然了解，因为整个招标过程都是我在主持，市纪委、市监察局也全程参与监督。

赵刚说：有人反映，李苏同志一直关心招标工作，曾经引见那家公司老板和负责招标的同志见过面。这个情况你知道吗？

张金阳一听就激动起来：赵秘书长、赵组长，你看看，这是造谣中伤，诬蔑陷害！

赵刚神情很严肃，但没有马上表态。一位副组长有点不高兴：张市长，请你不要激动，把你了解的情况如实说出来。群众有反映问题的权利。我们也必须了解清楚。张金阳确实有点不冷静，接着那位副组长的话说：党中央再三要求保护干部改革的积极性，支持干部担当作为，对那些故意诬蔑陷害干部的要严厉打击。赵刚说：金阳同志，请你和北州的广大干部放心，如果调查是诬蔑陷害，对当事者一定会严肃处理。

张金阳渐渐平静下来：我把我了解的真实情况向你们汇报一下。如果调查的事实与我所讲的不符，证明我对组织隐瞒事实真相，或者故意包庇李苏同志，我愿意接受组织的任何处分。

那家专业做园林的民营公司老板姓李，和李苏同志同姓。李苏同志在那座城市工作时和他认识，已经有几年了。这些都是李苏同志告诉我的。在我和李苏同志关于大龙湖开发规划上产生意见分歧，常委会上发生过争执的第三天，李苏同志去省委开会。散会后，他人还没回到北州，夏天同志就告诉我说，有人在省城看见李苏同志坐在那个李老板的车上，是李老板用车送李苏同志回家的。我当时就批评说这是在造谣中伤李苏同志……

你为什么会这样肯定？副组长问。

张金阳说：凭我对李苏同志的了解。我在省厅就和他一起工作，后来到北州又一起工作了两年多。对他我还是比较了解的。

如果你看到的是表面现象呢？副组长毫不留情地问，不要忘了党内有些"两面人"。

张金阳非常理解副组长的心情，对他笑了笑，摇摇头说：李苏是一位对党忠诚老实、襟怀坦荡的同志。这不是我张金阳一个人对他的评价。夏天同志对我说这件事时也表示，即使李苏同志坐了李老板的车，也不会出卖原则和李老板搞权钱交易。李苏同志回来后就给我说了与李老板见面的事。他丝毫没有隐瞒，说是他主动联系的李老板，问李老板愿意不愿意到北州投资。

赵刚问：这是不是说，李苏同志在招标之前就认定了李老板的园林公司。

张金阳说：李苏同志也给我谈了他的想法。他主要考虑那家园林公司做了二十多年城市园林，全国一些城市标志性园林不少是他们规划和建设的。而且这家公司不保守、不守旧，园林规划和建设理念时刻创新，特别擅长结合建设所在城市的历史文化、人文景观、地理特点、生态空间创造性地规划和建设。第二点是这家公司非常敬业，具有工匠精神，而且技术力量雄厚、资金雄厚，投资一个项目就会做好。最重要的一点是这家公司守法经营，廉洁经营，二十多年上百个项目招投标没有一次行贿记录，虽然是民营公司，但公司党的建设搞得有声有色，是省委多年表彰的先进党组织。

张金阳这番话引起赵刚和那位副组长的重视。赵刚说：这一点我是了解的。那个李老板本人也多次被表彰为优秀党员。但即使这样，李苏同志和那个公司老板在招标之前来往也属于不正常。那位副组长接着说：不符合组织原则。张金阳说：招标开始后，李苏同志从来没打过招呼。赵刚同志，我能不能谈谈我个人意见？赵刚点点头。张金阳说：中央领导同志对勇于改革、敢于担当的干部很关心很支持。我觉得在李苏同志邀请那家园林公司来北州投标的问题上，应当坚持实事求是，把正常的招商和以权谋私、权钱交易区分开来。我是大龙湖开发总指挥，我以党性证明，李苏同志在这次招标中没有问题。你们可以调查，如果调查证明我说的与事实不符，我张金阳愿接受党组织任何处分。

谈话结束，送走赵刚一行，张金阳想给李苏打个电话，约他到大龙湖遛弯儿，转念一想又放弃了。他相信李苏知道有人在大龙湖开发问题上告他的状，更相信李苏不会趴下。这时候给他安慰，从某种意义上说是对他的不信任。

张金阳确实太了解李苏。就在巡视组与张金阳谈话的时候，李苏正在大龙湖文化公园建设工地上，在中标的那家园林公司的李老板陪同下视察。李老板深怀歉意地说：李书记，给您添麻烦了。李苏扭头看着李老板，严肃地问：你是不是想打退堂鼓？李老板连连摇头：不是不是，李书记您误会了。我是说有人告黑状。李苏笑了：我都不怕，你怕什么？然后抬头看了看天空，意味深长地说：李老板，你看看这太阳多明亮，我们只要心中无愧，就可以尽情地享受阳光。李老板点点头：李书记，请您和北州市委放心，我们一定把北州文化公园建设好，让您和市委满意！李苏拍拍他的肩膀：不单是我和北州市委满意，而是北州人民满意。二十年甚至五十年后，希望北州的这片绿水青山能继续为北州的百姓造福。

几个头戴红色安全帽的人迎面走过来。李苏一眼就认出走在前边的是副市长、大龙湖开发副总指挥夏天。夏天大概已经来了很久，上衣的前胸被汗水湿透了。李苏和他握手时，感觉他的手有些烫，忍不住伸手摸了下他的额头，吃惊地说：夏天呀，你发烧了自己还不知道呀？夏天抹了下额头上的汗水，不在意地说：我来之前服过药，很快就退烧了，不碍事。李书记，请你到老村子，不，是老社区看看。那边快竣工了。

李苏说：好。又对李老板说：一起去看看你的作品。

夏天说的老村子，又叫老社区，就是老韩头所在的湖西五区。这个湖西五区是大龙湖西最早的村子之一。据北州志记载，早在明末清初，大龙山还是荒山野岭时，几个从北方逃荒而来的人就在这里落户了。一开始是两三户，后来越来越多，到20世纪50年代后期已形成一个上百户人家、四五百人口的大村庄。按照当时的建制叫生产大队，下边分了五个生产队，改革开放后改为村民小组，再后来改为社区。五个社区中，五区是历史最老的，房子也是最老的。这些最老的房子又是最有特色的。家家有院子，只是大小不同；院里种树，且都是银杏树；房子的结构也大体相当，下半部分是条石，上半部分是青砖，屋顶是灰瓦。由于村子顺山势而建，一排排错落有致，自然而然地又形成了排与排之间的大街、小巷。到了夏秋两季，古老的银杏树枝繁叶茂，从绿到黄，让这个社区激情四射，充满了魅力。最近几年，每逢周末和节假日，来这个小小社区旅游的人流不断。大龙湖开发规划一出来，李苏就提出这个村子保留在文化公园里，一砖一瓦、一草一木也不动，只是对公共基础设施进行改造。老韩头等五社区的居民都非常拥护。中标的园林公司根据北州市的大龙湖开发整体规划，结合五区的历史沿革、风俗习惯、民风民情进行了综合设计，更加突出了北州一带传统村落的特色。李苏一行人一进村，迎面碰上老韩头和原本。

李苏说：老韩大叔好，原老师好！

原本和老韩头也热情地与李苏、夏天打招呼。

没等李苏开口问，原本主动说：我是应老韩大哥和五社区居民之邀，来帮着他们整理村志的。

李苏高兴地说：好啊，这是件大好事。这个村子历史悠久，出过状元、将军、教授、书法家，最近这些年又出了十几名博士、硕士。村风好、民风好、家风好，是北州多年的文明村。如果编一本村志既可以教育当代，又可以留给后人。

听到市委书记夸奖，老韩头有些得意，对李苏说：李书记，我已经在居民会上说过了，村志的纸张费、印制费，包括原本老师的稿费全由我个人承担，不要居民掏一分。

原本对老韩头说：我也说过了，一分稿费不要你的。你要给稿费，那就另请高明。

老韩头说：别，别呀老弟兄。没谁比你更了解我们村的历史了。我答应你，不给你稿费，请你喝酒。

他俩的对话，引得李苏、夏天一行人哈哈大笑。

与老韩头和原本分手后，李苏一行继续往社区里走。迎面是一座拱形石桥，桥下左右是单向人行道。夏天告诉李苏：这是园林公司精心设计的。石桥是仿古建筑，也可以算作一处景观。但它的价值不仅在于旅游，而且起到护村作用，向人们明示这里是生态保护地，到此下车。李苏连说了两声：好，好！接着目光落在桥边竖立的一块石碑上。他走近一看，上边只有两行字。一行小字是：子孙后代铭记；一行大字是：绿水青山就是金山银山。一种神圣的使命感在李苏心中油然而生，同时也让他觉得肩头十分沉重。他指着石碑对夏天说：传承绿色发展理念，这其实也是村风民风的体现啊！

夏天点点头说：这是老韩头建议立的。

在五区参观了一个多小时后，李苏一行人又到了正在拆迁的三、四社区。按照规划，这里将建一座青少年图书馆。李老板告诉李苏，图书馆的建设单位是东方欲晓集团。他说：这是他们的强项，我们比不上。

夏天称赞说：这叫强强联合，优势互补，符合市场经济规律。

李老板见李苏充满深情地朝大龙湖眺望，心怦然一动：李书记，我向你和北州人民保证，大龙湖开发完成后，虽然在江北，但绝不逊于江南的园林景色。

李苏和夏天与李老板告别后，上了同一辆车。夏天犹犹豫豫，好像有话要说又不敢说。李苏拍拍他的手：夏副市长，我知道你要问张金阳同志工作调动的事，是吧？夏天点点头：李书记，现在有人说张市长是因为在大龙湖开发规划上和你意见不一致……下边的话他没有说，因为他相信李苏也听到了这些流言。他对张金阳的调动心里不痛快，又不好发牢骚，才故意在李苏面前说了这么一句。

李苏沉思了一会儿，认真地说：金阳同志调任省环保厅党组书记、厅长，恰恰说明省委对他在北州抓生态文明建设工作的肯定！现在党中央对生态文明建设越来越重视，环保厅的任务十分艰巨，相信金阳同志不会辜负组织的信任！

夏天听了，心胸一下子亮堂了许多，情不自禁地拍了拍李苏的手。他发觉自己有点失态时，不好意思地看了看李苏，李苏也在看他，两人不约而同地笑了。

十

一个月后，省环保督察组进驻北州，对北州环保问题进行巡察。一时间，北州各种传言纷起。孙家祥在电话中幸灾乐祸地对马二嫂子说：看看，张金阳一上任就杀了个回马枪，找李苏讨债来了。督察组说北州的生态环保问题欠账太多，空气污染在全省倒数第一，要对市委主要负责人问责！

《北州日报》记者丛琳在采访完李苏后，用开玩笑的口吻把传言告诉了他。李苏听后坦诚地一笑。

丛琳在自己的微博上写道："市委书记阳光般灿烂地一笑，让我坚信北州的明天会天更蓝、水更绿、山更青、地更美……"

2018 年 6 月 20 日于北京官园

万户山

一

接到去万户山街道任职的通知，范小萍几乎一夜未合眼。

干吗呢，像刚放进热锅里的鱼瞎扑腾？老伴张超钢抱怨说：你要怕到万户山干不好，毁了你这个老先进的名声，就直接给区委说呗！我就不信佟书记能用根绳子拴着你的脖子硬拖着你去？

范小萍"唉"地叹息一声：我干了半辈子工作，什么时候和组织讨价还价过？说完，她又翻了个身，轻轻拧着张超钢的耳朵，迫使他转过身来面对着她：超钢，你摸摸我这心跳得比平时要快。这是不是就叫担心？张超钢哼了一声：你呀，再过两年就退休了，去那个烂地方图啥？我倒是替你担心，担心你被那些小流氓混混给打得满地找牙！

范小萍哼了一声，起身在床沿上默默地坐了一会儿。

万户山不是一座山的名字，附近十几里连一座土丘也没有。这里其实是北州市前几年因为周边几个村子拆迁建起的一个大型安置性社区，全社区有一万零一户，时任区委主要负责同志就取了个万户山街道的名字。因为居民成分复杂，矛盾层出不穷，管理相对困难。在范小萍之前，这个社区六年间换了五任街道办党委书记。这五任街道办党委书记中，两名因社会治安、生活环境不达标平调走了；一名因强拆居民乱搭乱建房，被当事人家女主人挖破脸皮，骂到家门口而主动要求辞职；一名因嫁女儿大操大办被居民举报受到党纪处分免了职；还有一名女书记感到工作不好干，主动要求调动。不仅在大龙区，就是在整个北州市的干部中，提到万户山街道，人人摇头，个个叹息。有人嘲讽说，就是把万户山提为正厅级，按政府的机构设置和配备干部，也治不好那个地方。在北州市有首形容万户山街道的打油诗：

> 万户山里住万户，
> 市民农民不清楚。
> 八座大门难出入，
> 马路成了停车库。
> 一池死水臭半城，
> 垃圾成山居民苦。
> 东区骂声还没落，
> 西区又有棍棒舞。
> 就是皇帝老子来，
> 保准打得哇哇哭。
> 好男不娶万户女，
> 好女不敢嫁万户。

万户山街道有个在外地工作的干部，国庆节带着老婆孩子回家看望父母，下了高铁排队打的，一连十几辆出租车，司机一听说去万户山，马上摇头摆手，让他和家人感到惊讶。后来，他编了个谎，说了万户山附近的一个地名，才有出租司机让他和家人上车。刚到社区门口就遇上两个摆地摊的妇女因为争顾客大打出手，围观看热闹的人把大门堵了个水泄不通，等待进入小区的车辆排了一里多路，司机一个个急得直摁喇叭。他过去回家过节家还在村里，左亲右邻都亲亲热热，这一回他老婆感叹地说：过去听说城中村脏乱差，你这村中城也不过如此！好不容易到了门口，又遇到了烦心事。他家住的楼房门前各种各样的生活垃圾堆成了小山。居民准备过年在门前宰杀鸡鸭乱扔的一地鸡毛鸡肠子、鸭毛鸭肠子血水还都没干，他女儿吓得捂上了眼睛。而就在这时，楼上不知哪一层哪一家的窗口突然扔下一只黑色塑料垃圾袋，塑料垃圾袋到了地上砰地破裂，里边装的空矿泉水瓶就掉落在他女儿面前。他老婆抬头看了一眼，低声骂了一句：真没教养，和这样的人当邻居这日子可怎么过？这个干部当天就想找街道办事处领导好好谈一谈，可街道办事处"铁将军"把门。才过到年初三，他老婆就坚持要提前回去。理由就一个：这堆积的垃圾山一天一天增高，味道一天比一天难闻，真让人受不了。

那位干部是从事文字工作的，回去后很快就给市委书记写了一封信，信中简单讲了一下假日回乡的感受，建议加强社区尤其是万户山这种混合性新型社区治理。他动情地写道：平房变楼房，农民变市民，这并不代表就是"安居"，真正意义上的安，应当是平安、安定、安全。社区治理是一篇大文章。市委书记阅后批转到全市所有的街道办事处。范小萍作为街道办事处党委书记，也读到了这封信和市委书记的批示。就在这过后不到一周，她接到了到万户山工作的通知。和她谈话的是区委佟书记。佟书记虽然不到四十岁，头发却已经秃了一半，额头上的皱纹也像深耕过的地墒沟。他说话慢条斯理，有板有眼，即使在大会上讲话也是这样的状态，有的干部说听他说话就像听唱大鼓书的说书，该急时急不起来，该松时松不下来，一句话：让你没脾气。他简单讲了区委安排范小萍到万户山社区办事处担任党委书记的考虑，然后一口一个范大姐地叫着，动情地说：范大姐呀，您是咱们区咱们市咱们省优秀基层党务干部、模范街道办事处书记，治理万户山这重担只有您能挑得起。范小萍本想说自己再有两年就退休了，干不动了，请组织上另派年轻的同志去吧。可是她刚要开口，佟书记笑着摆了摆手说：范大姐，区委研究人选时，大家异口同声推荐您。我还拍着胸脯说，范大姐我了解，对工作从不挑挑拣拣，要是工作好干的地方，她还真不一定去呢！像万户山这样老大难的地方，她绝不会畏惧。她一辈子最喜欢挑战，有担当。咱要多几个像范大姐一样的基层党务干部，工作就不愁了！

区委书记的话说到这个份上，范小萍的心有点热也有点激动。她握着佟书记的手，连说了几句：谢谢组织的信任，谢谢组织的信任……

你这叫弱点或者叫软肋，就是经不住几句好话夸。她回家告诉张超钢后，张超钢这样说她。她反驳道：被人夸总比被人骂好吧？就连小孩子也喜欢听好听的。张超钢指着墙上挂着的一个个镜框嘲讽她说：上次女儿回来怎么说你记得不？嘿嘿，这些玩意儿值钱吗？

范小萍不高兴了，拍了下餐桌，愠怒地说：张超钢，你别在这给我瞎胡呦！给你十万二十万就是一百万，也换不来一张盖着大红印的奖状！说完，她放下筷子，起身进了卧室。张超钢见她生气了，跟着追到卧室，笑嘻嘻地说：老婆，给你开玩笑呢。我不是怕你工作太累嘛。你这些宝贝，我每天打扫卫生时都擦一遍。别生气了，吃饭，吃饭去。

范小萍没理他。他索性把范小萍抱到餐厅，摁在椅子上。范小萍嗔怪地说：看你像啥样，窗帘还没拉上呢……

上床休息后，张超钢不一会儿就打起呼噜。范小萍一点困意也没有，心里十分焦虑。佟书记对她说这事急，原来工作的办事处交接手续可以慢慢办，先到万户山街道办事处走马上任。明天就要到那地方上班了，第一个见到的会是什么样的人，第一次碰到的会是什么事，会不会……

第二天一早，范小萍不到五点就下了床，简单梳理一下就钻到厨房做饭了。过去，都是张超钢早上起来做饭。他听到厨房里锅碗瓢盆叮叮当当的响声，觉得很不习惯，穿着大裤衩子就跑了进来，不容分说夺下范小萍手里的铲子，边把她往外推边抱怨：你是新官上任，想让我失业啊！去，去，桌子上有我帮你找的晚报这些日子报道的万户山街道的新闻，看看吧，能给你提供点参考！

范小萍眼睛一热，搂着张超钢的后腰，在他脖子上亲了一口。

市晚报上那些关于万户山街道辖区发生的新闻，几乎全是负面的：某栋居民楼因水管破裂，大水漫灌，居民投诉到市政府；西南门坏了一个多月，进出车辆要绕道东南大门或其他门，造成社区里车辆严重堵塞；小区一牙科诊所聘用人员技术不过关，误将一位七十多岁老人的一颗好牙当成坏牙给拔掉了，医患之间上演了一出大打出手的闹剧；某栋楼上层男主人与下层女主人搞婚外情，竟然肆无忌惮地在双方家中同居，被下层女主人的婆婆发现，两家闹得满城风雨；一位居民网购游戏被诈骗，损失了两万多……而最多的则是关于这个社区街道环境脏乱差的报道，其中有一篇写道：当初建设万户山大型社区时，考虑到居民的健康娱乐文化活动方便，建了一个一万平方米的文化广场，现在那里垃圾堆成山，散发着刺鼻的臭气，附近的居民不敢开窗户。有的居民无奈地说：万户山社区原来没有山，现在终于有了座人工堆的垃圾山，名副其实喽！他们希望政府有关部门加大对万户山社区环境治理的力度，还居民一个美好的生态环境。

对于那些负面新闻特别是花边新闻，范小萍有些反感，但是对这篇关于环境卫生的报道却怦然心动，反复看了几遍。张超钢把饭菜端上餐桌，用筷子轻轻敲了敲桌面：哎，范书记，该用餐了！她头也没抬，抓起馒头一边往嘴里塞，一边还在低着头看。张超钢在她身后朝报纸上看了一眼，边看边感叹：一个社区里环境太差，对人的心情影响太大了，心情一不好，情绪就很差，一些不该发生的矛盾都可能发生……范小萍愣了一下，激动地猛地站起来，哐当一下，后脑勺顶到张超钢的下巴上，疼得他"哎哟哎哟"叫了几声。范小萍向他竖起大拇指，夸奖他说：钢子，你这话有哲理有见解，我今天才发现我老公不光是眼科专科医生，还懂得心理学社会学。你当我的顾问挺合适！

张超钢说：你快拉倒吧，当你的顾问都是学雷锋尽义务。再说，我就这么随口一说。

范小萍：你说得有道理。我想了想，我到万户山第一件事就从环境卫生抓起！

张超钢：你可想好了！我去过万户山出诊。那个文化广场坐落在新市民居多的十几栋楼之间。不说新市民的素质如何，在农村时长期养成的垃圾随手扔的生活习惯，改变起来要一定的时间。他停顿片刻叹息一声又说：他们中有些人没有正式工作，生活条件不如周边邻居好，加上过去在农村没人收他们的物业费，一个月几十元钱的物业费不愿掏，甚至故意把垃圾扔那里。

要是谁管，就和谁干！

范小萍边听边想边点头。张超钢说完，她好像已经胸有成竹了。她抹了抹嘴唇，抚摸一下张超钢的下巴，关切地问：老公，下巴还疼吗？说完，转身往外走，到了门口又回过头对张超钢说了一句：我最不怕耍刁耍横的！

二

有句俗话说："越想不让到的，反而到得越快。"耍刁耍横的事让张超钢说准了，也让范小萍真的撞上了。

范小萍还是多年养成的习惯，早八点上班提前一小时到街道走走看看。她到万户山时正好七点钟，办事处还没开门。她皱了皱眉头。在原来的办事处，这个时间大多数同志已经到岗开始工作。

她把电动自行车放在楼下停车棚里，然后直奔文化广场。

范小萍以前来过万户山几次，不是开会，就是参加办事处之间的环保卫生、计划生育、治安管理互查，一般深入到具体哪条路、哪栋居民楼的情况很少。这一次身份不同了，工作性质不同了，所以，一路走来她心情沉重。万户山街道太大了，名副其实全市第一个大型街道社区。范小萍知道这个社区的来历，当初因为市委、市政府东迁，建一个新的行政区，就把十几个村庄迁到了这片地方。但是，市财政没有太多资金投入，就由开发商接盘运作，盖一部分可以出售的商品房，用商品房的资金收入，来盖一部分安置房，同时支付一定的拆迁费用。这个社区建成东西长五公里，南北长三公里，光纵横交错、有名有姓的马路就有二十多条，如北京路、上海路、深圳路、泰山路、平安路、丰收路、莱茵路、伦敦路、华尔街路等。也许做社区规划的人一开始就把居民分为几个层级，那些高档的、对外销售的商品房所在马路均以大都市或者外国城市名字命名，而拆迁安置房所在的马路则以一些小地方的名字命名。范小萍听说过一件事：万户山社区街道的孩子在一起踢球，那些住在商品房的孩子，不愿和安置房的孩子一拨，还嘲笑说：上海路是大城市，丰收路是乡下，啥叫丰收，不就家里种地多收几担粮食吗？哈哈……

范小萍现在就到了丰收路，没走多远就开始眉头紧皱。本来是条双向行车的路，路两边设置有行人道，但一侧停放着各种各样的车辆，有小轿车、电动车、三轮车，让道路一下子变得狭窄，成了单行道。两边的人行道上这儿堆着几小堆垃圾，那儿放着几辆自行车，还有的地方放着乱七八糟的废弃物。路边的草坪更不堪入目，这里一片西瓜皮，那儿几个空啤酒瓶，还有一些垃圾袋也扔在草坪上。有几片草坪被人用铁丝网或者竹子围了起来，里边有的种了菜，有的当鸡圈猪圈养着鸡和猪，有一处圈起来的铁丝网中拴着几只大狼狗。那几只狼狗"认生"，看见范小萍过来，竟不约而同地一边冲着她"汪汪汪"狂叫，一边张牙舞爪地拉出欲冲出铁丝网的架势。她没有任何心理准备，吓得连忙后退，没注意撞倒了一辆电动自行车。自行车上安装的报警设备发出一阵凄惨的呼叫。她忍着腿上的伤痛，弯腰正要把电动车扶起来，身后传来一个喉咙沙哑的女人的尖叫和骂声：电动车没长眼睛，你一个大活人眼睛长错地方了吗？啊？！

范小萍回头一看，骂声是从二楼一个窗口传出来的。一个披头散发、衣衫不整的女人手里拿着牙刷，嘴里嘴外全是牙膏形成的白色泡沫，一看就刚刚起床正在洗漱。那女人是张方脸，配上一对大眼睛，加上一脸怒气，显得很凶。范小萍知道遇上"难缠头"了，只好忍气吞声，笑着对她说：大姐，我没注意，对不起！

一句对不起就算完了？那好几辆电动车你为啥偏把俺家的撞倒？那个女人没完没了，又说：你等着别走，我看看把俺的电动车摔坏了吗？真摔得折了胳膊腿，你得赔我新的！

这时，有几个行路的驻足观看，从附近楼里走出的几个居民也围了过来。一个六十开外的白头发老头低声对范小萍说：这位大姐，您赶紧走吧。"刘泼泼"是个沾一毛懒四两的主。弄不好她真让你赔她一辆新车，就是车没啥事也会喷您一身脏气。

一个身材魁伟、光着膀子的中年男人双手轻轻提起电动车，四下转了一圈，轻轻放下后感慨地说：皮毛也没伤着。"刘泼泼"肯定是一肚子气没地方出，故意找碴儿！

正说着，那个中年女人已经气冲冲地从楼里大步直奔范小萍而来。范小萍毫不犹豫地迎上前，满面笑容地伸出双手，亲切地说：婆婆大姐，对不起……

范小萍听两个人都称那个女人叫刘泼泼，以为这是邻居对她的尊称，压根没想到是泼妇的泼，是个贬义的称呼。果然，那个中年女人听了，仿佛火上浇油，勃然大怒，伸手就要抓范小萍的头发，范小萍一歪脖子躲过了。她又伸手去抓范小萍的衣襟，这回范小萍不躲，还是笑着对她说：婆婆大姐，您别着急，先看看电动车摔坏没摔坏，如果摔坏了，我赔您一辆新的！

那个中年女人火气很大，的确像一夜没有睡好，憋着一肚子火。她一手用力扯着范小萍的衣襟，把范小萍拉了个趔趄，一手指着范小萍的额头骂道：我泼我泼，我今天就泼给你看看。你是万户山第一个当着众人面骂我泼的！

范小萍这才意识到自己在不明不白的情况下犯了个错误。俗话说："打人不打脸，骂人不揭短。"小偷没被抓住现行不愿意别人说自己是贼，泼妇也不喜欢当众称其泼。她马上向那个女人赔礼道歉：刘大姐，我错了，把您的名字叫错了！您怎么骂我都接受，绝不还口！

这时，过路的一位年轻女人走上前来，大喝一声：刘欢欢你把脏手拿开！又一把抓住"刘泼泼"的手腕，用力一拧，"刘泼泼"哎哟叫了一声松开了手。接着，她朝"刘泼泼"胸前推了一把，隔开了刘欢欢与范小萍的距离，义正词严地说：刘欢欢你知不知道你在对谁要泼要横？这是区委刚派到咱万户山街道办事处的新党委书记——范小萍书记！说完，她转身拉着范小萍的手，带着歉意说：范书记，我是这个社区街道办的小冯，原想早点到班上迎接您，没想到……唉，让您一上任就看到万户山不光彩的一面，还受了这么大的委屈。我，我好难过！

哇，真是范书记，过去只在电视上见过。

看着面熟，一下子没想起来。

围观的人们议论纷纷。刘欢欢先是愣了下神，但脸上看不出有恐惧和后悔的表情，反而怒视着范小萍和冯梅子。

范小萍过去开会时见过这位叫冯梅子的姑娘，知道她是全区第一个到基层社区工作的博士、年轻党员。范小萍握着她的手晃了晃，转身笑着向刘欢欢伸出双手。刘欢欢突然倒退了两步，一手捂着胸口，一手指着冯梅子说：姓冯的，冯博士，她姓范的是你们办事处的书记，是你的书记，她管你们党员，管不了我这平民百姓。你今天当胸打我一拳头，我现在胸口像刀割一样疼。要是我的心脏病犯了，我跟你没完！

冯梅子气得脸色蜡黄，嘴唇哆嗦。旁边一位中年妇女看不下去了，斥责刘欢欢：小冯就是推了你一下，也没用多的力。你别歪搅胡缠！

哟，没听水响王八就冒出来了！刘欢欢一步跳到那个中年妇女面前，手指着她的额头，气势汹汹地说：别仗着你是上海路富人区的，就高人一等，拍马屁、拉偏架，站着说话不腰疼。

把你的手拿开！那个中年妇女丝毫不怵刘欢欢：我不管富人区穷人区，我讲的是理！

范小萍怕她俩吵起来，引起两个居住区居民之间矛盾，诚恳地对刘欢欢说：欢欢，我现在送您去医院检查。您要觉得不方便也可以自己去检查。如果您的心脏病真的犯了，我给您赔礼道歉，给您掏医疗费！

刚才那位提起刘欢欢电动车的中年男人鼓着掌对刘欢欢说：刘欢欢你这一大早就遇上喜事了，挨了一拳头，医疗费有地方出了。谁要是揍我两拳头，不，三拳头四拳头，能把这好事给我，我也甘心情愿。恭喜恭喜你！还不感谢人家范书记。

他的话明显是在冷嘲热讽甚至有煽风点火的意思，围观的人反应各不相同。有人鼓掌，有人叫好，更多的人沉默不语。冯梅子四下看了一眼，气得浑身颤抖，反驳那个中年男人：杜刚你这话什么意思？大伙都明明看到了，我就是轻轻把刘欢欢推开，根本就没打她。

刚才斥责刘欢欢的中年妇女高声喊道：我证明！

那个叫杜刚的瞪了她一眼。她也瞪了杜刚一眼，然后转身离开了。刘欢欢好像被打了一针强心剂，一步跳到冯梅子跟前，双手抦着腰围着她一边转圈子，一边滔滔不绝地说：看你长得水灵灵的跟朵桃花似的，又是博士，怎么也像俺这大老粗一样动手动脚？你没搡我，我傻，自己搡自己，我……

没等刘欢欢说完，刚才那位劝范小萍尽快离开的老头愤愤不平地说：人家范书记都这样高姿态原谅你，不和你计较，你就借坡下驴吧！

刘欢欢四下看了一眼，发现周围没有对她表示同情的眼神，杜刚晃着膀子，快快地走了，于是狠狠地说：你们，你们都是些拍马屁的，平时你们哪个不骂办事处不办好事不办人事，这回见了新来的书记就吓得尿了裤子。我刘欢欢不怕，不怕！我就在家等着，看她新来的书记能一把火把我家给点了！她边说边往后退，回到楼里去了。

刘欢欢一走，围观的人们也大都离开了，只剩下范小萍和冯梅子，还有刚才劝刘欢欢的那位老人。冯梅子把他向范小萍做了介绍：这位是达跃进……

大跃进？！范小萍以为又是绰号，问了一句：您贵姓？

老人嘿嘿一笑，诙谐地说：我这个姓比较少见，很多人都以为达跃进是我的绰号。其实，我姓达，有个名气很大的电影演员叫达式常，我就姓那个达。我"大跃进"那年出生，所以我爹给我起了这个名字！

范小萍哈哈笑了：跃进这个名字好啊老哥。现在咱们国家进入新时代了，咱在新时代还得要跃进的姿态！

达跃进摸了下满头白发，感叹道：老了，跃不起来，更进不了。

范小萍：老哥您比我才大四岁。这么跟您说吧，要是按现在的说法，咱们还都没有跨进老年行列的资格呢！

冯梅子说，达叔是丰收路居委会的党支部书记。

达跃进听了，神情一下子变得既有点惊慌不安，又有点过意不去。范小萍和他握手时，他的目光避开她的目光，无奈地说：给办事处党委丢脸了。在万户山，我们丰收路数得上脏乱差，难管理。范书记上任第一档子烦心事就发生在我们这，惭愧，惭愧呀！他低着头想了一会儿又说：说真心话，还不如村里好管。人上了楼……他指了指脑袋：这里，没啥改变！就说刘欢欢吧，不犯罪不违法，小毛小病，怎么管？很多人都说，只要把刘欢欢的菜园子给平了，万户山环境能改变一半。冯梅子说：达叔，这得有个过程。达跃进抬起头看着范小萍，诚恳地说：范书记，我连续给两任办事处党委写过辞去党支部书记的申请报告。不信您可以当面问问小冯。您今天是第一天上任，千头万绪的事情，我也不给添堵。等您忙过了这几天，我登门给您送辞职报告去。

范小萍看他说到这里时，眼圈泛红，心不禁有些触动。他说完，转身就要离开，冯梅子想去拉他：哎，达叔，您等等，听听范书记怎么说。他头也没回，反而加快了脚步。冯梅子想追他，范小萍拉住她的胳膊，冲她摇了摇头。

冯梅子着急地说：范书记，不能让达叔辞职！丰收路居委会就数他资格老，这没拆迁前他就当过村支书……

范小萍好像已经心中有数，说：我知道，我知道。

冯梅子不解地看着范小萍。范小萍拍了拍她的肩膀说：走吧梅子，咱们再到文化广场看看。

三

万户山社区的文化广场大约有足球场那么大，在全区所有社区中算是比较大的。前几年区文化局曾在这里举办全区群众文化广场舞比赛、歌咏比赛，范小萍带队来过这里。那时她所在的街道办事处是个老社区，楼房中间距离狭窄，十分拥挤，又没有停车场，有块几平方米的空地就让居民占上停车用，所以很羡慕万户山社区这片文化广场。今天一到这里，只看了一眼，心都隐隐作痛。广场的确被各种各样的垃圾占领了，有一件件废弃的家具、一团团扔掉的破棉被棉衣、一堆堆装修房子换下的旧地板地砖、一个个被雨淋后已经发烂的空纸箱、缺了两只轮子的旧自行车……五花八门，各种各样，甚至还有两辆报废了的小轿车。让她感到可气又可笑的是，一个旧衣柜上还郑重其事贴着纸条，上边写着主人的姓名、手机号码，堂而皇之地声明：没经本人同意挪用，发现立即报警。由于这些垃圾放得时间过长，经多次风吹雨淋已经发潮发霉开始腐烂，散发出的酸臭味、腥臭味在空中弥漫，沁入人的心肺，让人有一种窒息的感觉。

冯梅子见范小萍皱着眉头，不安地说：前两任办事处领导中，有的也下过决心，发过狠话，誓言要把这座垃圾山搬走，还广大居民一个好的环境。可是，居民动员不起来，这边要清理了，早有一帮子刘欢欢那样的人如临大敌，严阵以待，拉出拼命的架势。领导怕闹出乱子丢了面子影响社区稳定挨批评受处分，就认赇了。还有的领导就想安安稳稳做两年"太平官"……

当"太平官"就别干共产党的事业！范小萍感慨地说。接着又问冯梅子：居民难道看着这堆积如山的垃圾，闻着垃圾散发的刺鼻味道不厌烦、不难受吗？冯梅子皱着眉头，回答道：我觉得这一问题有几个方面，一是有些居民从农村来，有些破旧家当舍不得扔，老想着不知哪天又能派上用场；二是街道办事处经费紧张，清运垃圾又没有专项经费；三是思想工作不深入不细致，一道通知下来就让居委会、楼长向居民要清理垃圾的钱，虽然不多，一家就十块八块钱，但很多居民不愿掏……

范小萍沉默了。她了解其中的难处。像旧家具旧家电这样的大货件，要出钱"请"人拉走，有时候价格低了，花钱都难"请"到。尤其是那些二次使用价值少的垃圾根本没有人回收。当垃圾吧，近处不敢乱扔乱放，发现了罚款很重。人家帮你清运，总不能赔本吧？她问冯梅子：环卫所呢？冯梅子抱怨道：街道环卫所才不管社区里的环境卫生。铁路警察，各管一段。他们不把这当分内事。

小区没有物业公司吗？他们也不管？范小萍觉得奇怪。

冯小梅：这里的物业公司和街道办事处的领导班子一样走马灯地换。因为物业费收不上来。

范小萍无奈地笑了笑：成了八不管的难题！

这时，身后传来哐当一声响，两人回头一看是杜刚。杜刚不知扛了一包什么东西，朝地上一扔，看了她俩一眼，转身大模大样地走了。范小萍和冯梅子走近一看，杜刚扔的那只水泥袋被主人无情摔在地上，发出一声凄厉的叫声后已经散裂，里边的东西都暴露出来，有十几只空了的啤酒罐，有一堆鸡骨头，还有一些厨卫垃圾。冯梅子气愤地说：范书记您亲眼看到了，这就是万户山居民的素质！你要说他吧，那就等着挨骂，挨骂还是好的，碰上"刘泼泼"……

哎，别人这样叫她，咱们不能！范小萍制止冯梅子。

冯梅子：碰上刘欢欢那样的，踢你几脚也保不准。我有时真想打退堂鼓。

范小萍拍了拍她的肩膀，诚恳地说：梅子，我理解你的心情。

看着时间已快到八点，两人边说边往街道办事处走。这时的小区里已经热闹起来，左边路旁一连几个卖早餐的小摊前排着长队，一些人站在草坪上排队等候，一些已经买了早餐的人在草坪上或屈腿而蹲或席地而坐，旁若无人地狼吞虎咽。草坪上扔下的饭盒、餐巾纸、一次性卫生筷、剩饭等一片狼藉，不堪入目。一个四五岁大的男孩在草坪上大便，他的母亲不管不问，还若无其事地和别人说笑。右边路旁修自行车的、修锁配锁匙的、卖旧书的、卖菜的也已开张，让范小萍瞠目结舌的，竟然有两辆拉着西瓜的马车也堂而皇之地占有一席之地……

这哪里像城市社区，分明像农村菜市场！范小萍一路上一句话没说，走得很快，冯梅子几乎是一溜小跑才跟上她的步伐。进了办公室，范小萍终于忍耐不住感慨地说。

哎哟，范书记您眼真尖看得真准！一个叫何莹的办事处工作人员一边帮着擦范小萍办公室的沙发一边说：要是周六日和节假日，那就像农村逢集，不能说人山人海，那也是热闹非凡。我听住在您工作过的街道的同学说，他们经常周六日开着车到咱这地方买菜！一是新鲜，二是便宜……

冯梅子听何莹说得津津有味，不满地瞪了她一眼，内疚地说：何大姐，您快别说了。这又不是什么好事。万户山发展成今天这样子，咱们都有责任。

何莹脸刷地一下红了，刚才还是笑容可掬，瞬间变成怒发冲冠，指着冯梅子毫不客气地说：小冯，你是这两届街道书记面前的红人，红得发紫！我是他们不待见的人，边缘化的。他们给我的任务就是接接电话，接待来访，我，我有啥责任？

冯梅子顶撞她说：你难道不是办事处一员？

何莹还要和冯梅子争吵，被范小萍摆摆手制止了：小何，你忙了半天，歇歇吧。小冯，你去看看办事处的同志到齐了吗？咱们开个会。

何莹马上又换了一副笑脸：是，得搞个欢迎仪式，欢迎范书记上任。我昨天就想到了这一点……

冯梅子离开后，范小萍招呼何莹：小何你坐。喝杯茶，咱们俩聊聊。何莹惊慌地连连摆手，我在领导面前站习惯了，您要让我和您平起平坐，我不舒服，也不敢。范小萍看着她紧张而且认真的样子，扑哧笑出了声：小何，有那么严重吗？好吧，我不勉强你。你给我说说，咱万户山社区面貌能不能改变？何莹两眼一动不动地盯着范小萍的脸，捂着嘴干咳了两声，好像借此几秒钟来思考一下如何回答。范小萍不动声色，假装收拾抽屉没有看她。过了一会儿，何莹突然走到范小萍面前，趴在她耳朵上低声问道：范书记，您是不是想打退堂鼓？听说您那边还没辞掉……

范小萍站起身，拍了拍她的肩膀，微笑着反问：你这样想？

何莹非常严肃地点了点头。

范小萍又问：那你在这儿待了几年，为啥没打退堂鼓？

何莹一愣，沉默了片刻，哈哈笑了，自嘲地说：我就一小兵，在哪都是干活。

范小萍从她的神情和话语中已经悟出了些问题。她没有再继续往下问，从包里掏出笔和笔记本，一边往外走一边说：小何，我们去和同志们见见面吧！到了门外，何莹站住不动。范小萍看了她一眼，她好奇地问：范书记，您不锁门？

范小萍笑笑摇了摇头。

何莹也不解地摇了摇头。

四

　　会议整整开了三个小时，临近吃午饭时才结束。中间有激烈地争吵，何莹和冯梅子都拍了桌子；有长时间地沉默，当范小萍征求大家对社区治理的建议时，与会的人你看看我，我看看你都不开口；也有一段热烈地讨论，主要是议论到办事处经费、收入待遇、奖金等关系个人利益问题时，何莹的话最多，诸如比别的办事处的同志干得多累得多，但少领多少年终奖，少得多少福利，同在一个区，感觉是后娘生的。冯梅子有几次想打断何莹的话，范小萍都用严厉的目光制止了她。因为范小萍敏锐地意识到何莹的意见有市场，抑或说受欢迎，如果冯梅子因为这和她发生争执，肯定受到那些支持何莹意见的人的攻击，最后下不了台。

　　一个叫彭城的说话非常尖锐，也非常直率。他说：对付那些刁民不能心慈手软！该出手时就出手。前任的办事处领导走路都怕踩着蚂蚁，无怪干不成事。

　　范小萍皱了皱眉头，严肃地说：彭城同志，你这个观点不正确。怎么能把群众称为刁民呢？

　　彭城委屈地辩解道：范书记您新来乍到，不了解这个社区的情况。有人就是刁民，对他一百个好他不说你好，对他一点不好，他就骂你祖宗八代……

　　范小萍：这是个别现象。再说，为什么要让他感觉到有一点对他不好呢？那么这一点肯定是我们工作中的问题。

　　谁也不能保证工作不出任何问题。再说了，有些问题不是我们能解决的。彭城不服气地说，比方丰收路有个叫杜刚的喜欢打篮球，天天找我吵着闹着在社区建个篮球场。我说篮球场本来就有，被你们当垃圾场了。你让我上哪儿给你找地再建一个篮球场！

　　彭城的话引起多数人的共鸣，纷纷摆问题讲困难。范小萍一边认真听，一边认真地记。她对面前这些人的思想观点、基本态度渐渐有了认识，虽然不是十分清楚，但也有个八九不离十。毕竟她当了三十多年干部，二十多年是在街道办事处工作，担任办事处主任、党委书记也有近十年，对这些街道办事处干部的心理把握得比较准。她原先的街道办事处一位老科长说过：范书记经验老到，在她面前千万别玩花样。说句不太雅的比喻，蚊虫从她面前飞过，她从声音都能分出是公是母！这话还是张超钢学给她听的。她听了心里觉得有点别扭，但同时又觉得挺舒服。在她看来，"80后"的冯梅子属于那种胸怀坦荡、敢想敢干的初生牛犊，一心想干出一番事业，但缺乏政治上的磨炼、实践上的锻炼，经验也不足。已近不惑之年的何莹，已有十多年的工作经历，是一路摸爬滚打过来的，上有老下有小，生活负担相对重一些，对个人利益也看得比较重，工作上则四平八稳，不求无功但求无过，能不得罪人就不得罪人。在办事处的干部中，像她这样的同志占的比例相对大一些。还有少数人吃着碗里的想着锅里的，工作不安心当然也就没有责任心。范小萍刚上任，不愿和这些人搞得对立，那样工作开展起来就会有阻力、有麻烦。但是她也不愿挫伤冯梅子那样一些同志的积极性，毕竟这些同志是她工作上要依靠的中坚力量。想来想去，临散会时她心平气和地说：大家刚才坦诚地交换了意见，都发表了很有见地的建议，给我的第一感觉是同志们都有一颗想改变万户山落后面貌、争创先进的火热的心，有的同志的话给了我很大的信心。

　　她停顿了一下，目光从冯梅子脸上很快又移到何莹脸上。她发觉这两个人都表现得很坦然、很平静。她想了想，又说：何莹同志提到奖金、福利等问题，我理解不是发牢骚，而是强烈地希望改变这种局面，对这一点我体会比较深。全区办事处的同志年终开会见面时，如果我这个街道办事处书记的奖金比别的街道办事处书记少，我会感到很没面子。她这样一说，把大家的注意力都吸引了过来，几个低头玩手机的也把手机放进口袋里。她知道这些人心里想的什么，于是又接着说：但是，我知道埋怨、抱怨、推诿、推托都是消极不负责的表现，说难听点是无能的表现。有句话说得好，天上不会掉馅饼。我只会向先进的同志、奖金拿得多的同志学习，来年加倍努力工作，争取赶上先进的同志甚至要争创第一，把这个面子挣回来。同志们，奖金是和我们的工作绩效挂钩的，绩效不如别人，奖金当然也比别少。何莹同志提出这个问题，就是希望我这个新上任的党委书记和大家一道把工作搞上去。何莹同志，对不对？

何莹爽快地回答：对，范书记！

有几个人对视一笑。范小萍清楚他们是在嘲笑何莹，马上接着说：来，咱们大家给何莹同志鼓鼓掌！会场上响起稀稀拉拉的掌声，好像被风吹雨打过后的芭蕉一样少气无力。

范小萍宣布散会的话音还没落，一个叫张月的男青年迫不及待地往外冲，由于用力过猛，撞到了正要进门收拾会场的保洁阿姨身上，那个保洁工"哎哟妈呀"叫了一声，捂着胸口蹲在地上。范小萍上前一步，弯腰去扶那位保洁阿姨。何莹也过来帮忙，冲着门外低声骂了一句：又忙着下一个工作去了！

范小萍记住了何莹这句话。吃完午饭散步的时候，她问冯梅子：小冯，张月还有其他兼职工作吗？

什么工作，就是倒腾手机、手表还有些乱七八糟的东西。冯梅子不屑地说：何莹说张月，她自己呢，不也是私下做些小生意吗？！

范小萍惊讶地张大了嘴巴。街道办事处是区政府的派出机构，工作人员大多是干部编制，属于"体制"内的。按照规定不允许兼职经商。一个年轻干部怎么会这样毫无顾忌呢？精明的冯梅子好像猜透了她的心思，劝她：范书记您别着急上火。我觉得吧，您在会上说得很对，咱怎样对待群众，群众就会怎样对待咱。比方彭城说的事，他要是把这事当回事，还有解决不了的？要是解决了，杜刚他们还会有意见？不是我背后说上任领导坏话，我就觉得办事处从书记到工作人员说得多做得少……

范小萍停下脚步，微笑地看着冯梅子，鼓励她：小冯，接着说，接着说。

冯梅子：范书记，我说完了。

范小萍：你刚才说的办事处工作人员都这样吗？

冯梅子：那当然不是。彭城就是个工作很积极很上心的同志，就是方法简单一些。最主要的是他有几次想为群众办点实事，受了挫折，渐渐就有些灰心。

范小萍来了兴趣，边走边说：小冯，说来听听。

冯梅子给范小萍讲了一件刚发生不久的事。

上海路和丰收路之间有个环岛，环岛中间有座喷泉。过去喷泉的水一直不停地喷，形成了社区的一道景观。去年，住在上海路的一个做煤炭生意的老板，把喷泉池里的水引到自家一楼的花园浇土浇花用，造成喷泉池水几近干涸。有居民向彭城反映后，彭城果断地把那个老板引水用的管子给截断了。结果老板告到办事处领导那里，领导在大会上点名批评彭城做事"鲁莽""惹是生非"，还强迫彭城把引水管恢复。彭城死活不干，和领导闹翻了，年终被评了个"基本称职"。冯梅子最后说：您要是不调来，彭城可能就递交辞职报告了！

范小萍微微一笑，没有表态。不过，她对上任后烧的第一把"火"，心里已经有了主意。

下午，范小萍专门找彭城做了一次深谈。办事处的同志只看见她的门关着，彭城进去后谈了一个多小时，至于谈了什么内容不得而知。第二天上班时，大伙看见彭城手里提了三个篮球，肩膀上背了两个篮球，都用惊讶的目光看着他。张月好奇地问：彭哥，你这是要组织篮球比赛呢，还是贩卖篮球？

一千元钱一个，你要吗？彭城和他开玩笑说，我要是开个汽车过来，你准会说我是捣卖汽车的。你小子一脑门子都是买卖！

张月嘿嘿笑了：彭哥，咱万户山的篮球场眼下可是被众人占用着。你总不能在路上打球吧？

何莹嘲讽地说：彭城你可得树牢群众观念，不然的话，到年底别落个不称职！

彭城冷笑着说：我不像有的人那样违规违纪，凭啥说我不称职？

何莹一扭头进了办公室，哐当一声用力关上门。彭城敲了敲门，大声说：何姑娘，门又没招你惹你，你欺负它干吗？再说这是公共财物，如果是故意损坏不光要赔偿还得给处分。那你年终肯定是不称职！

　　张月把彭城拉开了：彭哥，别给她一般见识。走，我陪你打球去。我上大学时可是系篮球队主力。

　　冯梅子没说话。她在想彭城这个举动，十有八九和昨天范小萍与他谈话有关。

　　果然让冯梅子猜中了。她到了二楼办公室，打开窗户想透下风，一眼看见彭城、张月和杜刚等几个人在路边商量事情。彭城给他们每人分了一只篮球，杜刚接到手后，做了一个腾跳投篮动作。张月伸出大拇指给他点赞。冯梅子笑笑，心想，这一招如果成功，下边的工作推动起来可能会顺当些。她打开电脑开始起草文稿。

　　昨天下班时，范小萍告诉今天上午要去区里开会，安排她做一个社区元旦晚会方案。范小萍再三强调，万户山社区居民身份较为复杂，做方案时要充分考虑这一特点，尽最大努力调动不同群体参与的积极性。最后对她说：住在同一个社区，走的同一个大门，这并不表明已经融合了。我觉得文化是促进人们之间融合的一个重要因素。冯梅子赞成范小萍的观点。要是换何莹，一定会当面说出一串肉麻的吹捧范小萍的话。冯梅子只是点了点头。

　　晚上十一点，冯梅子的手机响了。她爸爸妈妈已经躺下，被手机铃声吵醒。她妈披着衣服从卧室走到她的卧室，不悦地问：这么晚了谁来电话？是不是万户山那个破地方又出啥事了？她对妈说：是我们办事处新来的范书记的电话。她妈拉长了脸，嘟哝一句：真是个疯子！

　　范小萍在电话里叮嘱她，做方案时一定不要把刘欢欢、杜刚这样的人落下了，也一定要把达跃进他们写上去。她说：还有那些租房户，也有几千人呢！要让他们也体会到住进万户山，就是到了家。

　　冯梅子起草的文稿刚开了个头，何莹推门进来了。她见办公室只有冯梅子一个人，开门见山地问：梅子，你说范书记这回到区里会不会向区领导诉苦？冯梅子头也没抬，一边打字一边回答：等范书记回来，你问问她呗！何莹听出冯梅子话里没好气，也没计较，笑嘻嘻地说：梅子，你虽然来万户山时间不长，可在整个办事处你何姐我和你最亲吧？冯梅子笑了笑，还是没有抬头。何莹又说：姐给你说个事，是你个人的终身大事。她说着，用脚后跟把门关上，打开手机微信里的一张男青年的照片，送到冯梅子眼前：你看看，就这个大男孩。人长得帅，在机关工作，家庭条件也没得说，父母都是干部，三十五了还没处过对象。他爸妈快急死了，托亲戚求朋友帮忙给他介绍对象，女方只要人长得好看，性格温柔脾气好，其他都好说……

冯梅子皱了下眉头，问了一句：我性格温柔吗？脾气好吗？

何莹被她又戗了一下，明显有点不高兴，沉默了大约一分钟才又开了口：梅子，不知谁在范书记面前打小报告？昨天我下班走时在走廊碰见她，她问了我一句"还挺忙啊？"你听听，她这话里有话吧！

冯梅子：你回家照顾老人孩子不是忙啊？

何莹想了想，摇了摇头。

冯梅子：那你下班后还有别的事要忙？

何莹又摇了摇头。她一边往外走一边说：要是让我知道谁在范书记面前告我的状，那她的日子也别想好过！冯梅子抬头看了一眼她的背影，轻轻地哼了一声，又埋头写起文稿。

五

范小萍是从区委会议室被信访局的一位干部喊出来的。她当时心里就扑腾了一下，意识到万户山社区出事了。

范书记，你们社区有人在群里发微信，招呼丰收路居民到篮球场集合，说是上海路居民欺负丰收路的人！那位信访局干部直截了当地说：这不是明目张胆要打群架、破坏社区稳定吗？您得抓紧问一下，千万不能引发重大舆情。

范小萍指了下会场说：佟书记正在传达文件呢！

信访局干部着急地说：佟书记讲话风格您还不了解呀？因为后边有所以，所以后边有必须，必须后边还有一大堆名词动词形容词……这会十二点也结束不了。等您再赶回去，您那社区还不乱成一锅粥了！

范小萍扑哧一声笑了：那我得给佟书记请个假吧！说完，不等信访干部再说什么就返回了会场。

范小萍不是不急，是哑巴吃饺子——心中有数。万户山社区大，人口多，建了两座篮球场。丰收路上的篮球场被那一片的居民分割成若干个物资堆放地，上海路的篮球场被那一片的居民当成了停车场。彭城昨天给她汇报说，他从春节前就开始做上海路那片居民的工作，在一群篮球爱好者的支持下，与那些车主初步达成了"两不停"协议，即周六日有居民打球不能把车停在球场，平日里晚上九点前不能把车停在球场。范小萍问他：那停哪儿？还不是在小区乱停乱放！打球不受影响了，小区秩序却乱了。彭城说：那不会。我有办法。范小萍想问他什么办法，犹豫一下又止住了话头。彭城今天是在上海路的篮球场组织篮球比赛，人员是他精心挑选的。他对范小萍保证不会出大事，但也不能预料会不会出点小事。范小萍叮嘱他：最好别出事。他说：范书记，如果没接到我的电话，不管是谁给您告状，您都不要理。您安心开会。范小萍对彭城不是太了解，但对他的印象是精明能干，稳重老练。所以，她回到会场就没再离开。

进了会场，手机都要调到振动或静音状态。范小萍作为办事处主要领导坐在第一排，面对着主席台，不敢看手机。直到散会后到了车上，她才打开手机看了看。屏幕上显示有几个未接电话，有张超钢的、有一位老同事的、有移动公司客服的，就是没有办事处的。翻看十几条信息，其中有三条是何莹发来的。前边一条内容简短，是问范小萍中午回不回办事处吃饭，如果回去吃，她就帮着订餐。第二条内容相对多一些：范书记给您汇报个事。彭城今天上午在篮球场比赛时，把刘欢欢停在一边的电动车给砸倒了。刘欢欢认定他故意把篮球当成足球踢，骂办事处的干部拉着上海路的人欺负丰收路的人，还拉着几个丰收路的女同志到办事处敲您的门，被我给制止了。第三条的内容已简短了：范书记，您放心开会吧！刘欢欢那几个人经过我的斗争和批评教育都撤了。范小萍见没有彭城的电话和信息，轻轻地舒了一口气。她心里想，这小子看来说话算话。

北州市这几年城市基建力度不断加大，修地铁、筑快速通道、建高架桥，从区政府所在地到万户山的一条四车道的主干道由于施工只开两条，就像一个大胖子一下子瘦了身，身子变苗条了，却更拥挤了。本来二十分钟的车程，她用了四十分钟才到。这时，她已经感到头发晕，后背出汗，身子酸软，双手颤抖。她马上意识到是血糖低了。她患糖尿病十几年了，医生再三叮嘱她平时出门身上带几块糖，以备血糖低的时候应急。可是她今天急着去开会，出门时忘记把装着糖块的小方盒带上。她急切地想回办事处。只要吃上一口饭，就不至于因血糖低导致危险。没想到，刚到社区门口，刘欢欢突然出现了。她张开双臂岔开双腿站在范小萍的车前。范小萍猛地踩了一脚刹车，才没撞到她的身上，自己的嘴巴却碰到方向盘上，疼得咧了咧嘴。

姓范的，开门下来，我有话问你！刘欢欢敲着车窗玻璃大声喊道：有种你就从我身上轧过去！

范小萍打开车窗，少气无力地说：我现在饿得不行了。有什么事，你一会儿到办事处找我。想了想又说，你现在上车跟我回办事处也行！

刘欢欢瞪着眼，皱着眉，气势汹汹地说：我一个平民百姓不敢登那个衙门，不然你们办事处的人又说我是上访。

范小萍浑身无力，而且不住地轻轻颤抖，脸色也变得苍白，被中午强烈的阳光一衬，仿佛涂了一层粉。此刻，她的心里对刘欢欢充满了反感甚至有些厌恶。怎么还有这样不讲道理不近人情的人？

这时，后边的车辆已经排成了长队，不断摁着喇叭催促她。一位中年妇女开门下车走过来，敲着范小萍的车窗不满地说：喂，这不是停车场。你停在这儿还让别人进吗？

刘欢欢：哎哟，你可别招惹她。人家是万户山街道办事处的书记，一把手呢！

书记更得讲理讲道德！范小萍认出那个妇女就是前几天见过的。她着急地说：我车上拉着从医院看病回来的老年人呢！

范小萍关上车窗，摁了一下喇叭。刘欢欢就像根树桩立在那儿纹丝不动，使劲拍着巴掌，口吐白沫，大喊大叫。范小萍已经听不清她在喊叫什么，拿出手机拨通了冯梅子的电话，只说了一句：我在西大门……就无力再往下说。

那个妇女好像看出范小萍的身体出现状况，匆忙回到自己车上，拿了一盒牛奶和一包饼干，拉开范小萍的车门，边往她手里塞边说：您的血糖低了吧？赶快把饼干吃了，牛奶喝了。她看着范小萍把牛奶喝干，接着，转身去劝刘欢欢。范小萍没听见她和刘欢欢说了什么。刘欢欢好像不买账，对她指手画脚。她也没怵刘欢欢，两手抓着刘欢欢的衣襟，硬是把刘欢欢给拉到路边。然后，腾出一只手向范小萍挥了一下，示意范小萍把车开走。范小萍踩了下油门，车子驶进了社区。她心里愤愤地想：彭城说得有道理，对刘欢欢这种大错不犯又不涉黑、平时耍蛮耍横"死猪不怕开水烫"的人，光靠说服教育解决不了问题。刚才那个年轻女子一动手，刘欢欢不是也怂了吗？

冯梅子和彭城骑着自行车赶过来了。范小萍使劲踩了下刹车把车停下，浑身像散了架，瘫软地趴在方向盘上。彭城和冯梅子一起把她挪到后座上。冯梅子剥了块糖放到她嘴里，彭城把车开到了办事处楼下的停车位。冯梅子的眼泪都快要掉下来了，抱怨道：范书记，您家离区政府几步之遥，这么晚了您干吗不回家吃了饭再回来？看看，这多危险！

彭城咬牙切齿地说：这个刘欢欢得好好治一治，杀杀她身上的歪风邪气！

冯梅子：就是，太过分了！她就像小丑演员，场场不缺席。我听说有人还花钱请她帮着吵架……

范小萍这时感觉好了些，向彭城问道：彭城，上午是不是刘欢欢在闹腾？

彭城：她不闹腾，万户山还有几个闹腾的？他怕范小萍血糖尚未完全稳定这个时候惹她生气，就安慰她说：范书记，您回去吃点东西，休息一下，下午我再向您汇报。

范小萍：你说吧。我早点有个思想准备。我怕刘欢欢一会儿找上门来，我说不到点子上，她又得理不饶人！

彭城把车停在车位上。然后和冯梅子把范小萍扶下车，一边往楼上走一边将上午发生的事情向她简单汇报。

彭城昨天晚上就和杜刚约好了今天上午举办篮球比赛，安排杜刚劝说上海路在球场停车的把车开走。一位停车的上海路居民上午请假在家修下水道，就把车临时停在了路边，后车轮子压在刘欢欢在草坪上种的菜。刘欢欢可能看到球场上有人打球，就朝这边望了一眼。当她看到那辆压着她菜园的汽车，又看到彭城带着人在打球时，火冒三丈，提着一把菜刀，嘴里不干不净地骂着就冲了过来，二话不说对着车轮子就砍。彭城向杜刚使了个眼色。杜刚心领神会，上前把刘欢欢手中的刀夺了下来，一用劲又把她推倒在地上。刘欢欢这下恼羞成怒，爬起来就用头朝杜刚身上撞，嘴里还骂着：姓杜的你房子才换到上海路几天，就把自己当个人物了？别忘了你和俺一样是农村拆迁安置过来的。当初跟政府闹拆迁补助时，你一口一个婶子地叫着求我。现在你敢跟我动手动脚了！好，姑奶奶今天就让你打，你有种打死我！

达跃进在一旁提示说：杜刚你别犯傻！打伤她你得给她养老送终，打死她你得给她披麻戴孝……

杜刚：我才懒得打她，怕脏了我的手。

杜刚返回了球场。刘欢欢不依不饶地跟着进了球场，朝地上一躺，鲤鱼翻身一样在地上打了几个滚，大喊大叫：丰收路的人死绝了没有？上海路的又欺负咱了！有种的过来帮忙！她这么一喊，丰收路那边果然过来十几个人，其中妇女最多。丰收路的一些妇女平时经常在一起议论上海路东家长西家短，打心里嫉妒加羡慕，还夹杂着一些不满。这是贫富悬殊导致的一种"社会病"。你的生活条件为什么比我好，你家的房子为什么比我家的大，你那一片房价一万，为什么我这片房价才六千……刘欢欢把门前的草坪改成菜园，但她很精明，新鲜的菜一下来就送给她们。吃人家嘴软，拿人家手短。她们就睁一只眼闭一只眼，甚至平常还帮着刘欢欢打理。尤其听刘欢欢喊上海路的欺负丰收路的，她们心里就冒火，围上来后不分青红皂白，有的抢了篮球抱在怀里撒腿就跑，有的昂首挺胸站在篮下挡着，有的围着杜刚指指点点理论……场面一度混乱。刘欢欢心眼多，点子多，她故意走到彭城面前，并招呼那些人说，办事处干部在这，咱让他给评评理！那些人呼啦一下把彭城给围了起来。达跃进想劝她们离开，被刘欢欢推到了一边，还挨了一顿骂：你是丰收路居委会的书记却不帮自己人。你要是生在1938年日本鬼子占咱中国那时候，百分之百是个大汉奸！

杜刚听不下去，也看不下去了，冲刘欢欢举起手：你要是再张口骂人，信不信我打得你满地找牙？！

刘欢欢看着杜刚高高举起的胳膊，肌肉疙瘩上一条条青筋像雕刻的龙，显示着健壮和力量。她眨巴下眼皮，态度一下子软了：刚子兄弟，姐和你无冤无仇。你今天甭是老和姐过不去。你虽然房子换到上海路了，可骨子里还是咱丰收路的。说了你也别生气。上海路有人说，丰收路搬到上海路的，打嗝还能闻到红薯面窝窝头的味。我和上海路的人理论，你最好别掺和！

杜刚：我既不代表上海路那边，也不代表丰收路那边。我就是喜欢打篮球。别忘了我还是你儿子的业余篮球教练。他说这话时看着彭城。彭城觉得他说得有理，向他伸出大拇指表示点赞。刘欢欢眼珠子一转，双手一拍：哟，刚子老弟原来你是办事处雇来的。我说你怎么不替老百姓打抱不平呢！屁股指挥脑袋呀！这时，一个妇女把丢在地上的菜刀递给了她。她在手里晃了晃，彭城大喝一声：刘欢欢你别胡来！杜刚却脸不变色心不跳，指着脖子对刘欢欢说：来，有种朝这砍！

刘欢欢的手在颤抖。

杜刚又把脖子往前伸了伸，冷笑一声说：砍呀，我正想看看脖子上的刀疤啥样子呢！

刘欢欢突然把刀架在自己的脖子上，冲着彭城嚷嚷：你们办事处要是不主持公道，我就死给你们看！

彭城又说了一遍：刘欢欢你别胡来！他边说边朝刘欢欢靠近，想把她手中的刀夺下来。杜刚挺身站在他前边挡住了他，背在身后的手向他摆了几下。

刘欢欢：你们办事处主不主持公道？

杜刚：你把脖子割个口子，让血流出来，我替你找办事处要"公道"！

彭城：杜刚你也别胡来！

杜刚对刘欢欢说：割呀，怎么不割呀？

刘欢欢四下看了一眼，见周围的人没有一个上前劝阻自己，突然把刀朝杜刚脚下一扔，恶狠狠地说：让我割自己的喉咙，哼，我才没那么傻，上你们的当呢!

范小萍听彭城讲到这里,嘿嘿笑出了声:这个刘欢欢的确不傻!

何莹悄无声息地跟了过来,接上话头:达跃进说过,刘欢欢是丰收路的猴精,比谁都会算计。

到了范小萍的办公室,冯梅子去给她热饭,何莹忙着给她泡茶,嘴却没闲着嘟哝:这个刘欢欢太不像话!您刚来不到两天她就跟您闹了两回。您心慈手软,要是换前任书记早修理她了!

彭城哼了一声说:何莹你啥意思?前任书记要真修理她,她还有今天?谁不知道是前任书记把她惯成这样的!

范小萍给彭城使了个眼色,又笑着对何莹说:心急吃不了热豆腐。一个人的转变得有个过程。她的话音刚落,手机铃声响了,拿起一看是张超钢打来的。她向彭城和何莹挥了挥手,示意他俩去忙自己的事。等到他俩出去,她才摁了接听键。张超钢第一句话就不热不冷:老婆你胳膊手还能动啊?我刚帮你联系了骨科大夫,打算接你过去接骨呢!范小萍骂了一句:狗嘴吐不出象牙!张超钢哈哈笑着说:老婆,要打架你通知我。别忘了我是特种兵出身!范小萍说:快拉倒吧你,像个党员说出的话吗?!

六

一连几天刘欢欢都忐忑不安。那天她在社区大门前拦着范小萍大闹之后,楼上楼下几个平时和她来往多的妇女突然就不和她来往了,在楼下遇见了也离她远远的,好像她变成了身上长满刺的刺猬。达跃进不怕得罪她,对她实话实说:范书记可是有"铁娘子"之称。你惹了她,那就是惹祸上身。大家都怕受你牵连才远离你!

刘欢欢两眼一瞪,理直气壮地说:她能吃了我?最多咬我两口。我这身肥肉正愁着怎样减肥呢,让她随便咬!

达跃进:刘欢欢,你就真的天不怕地不怕?

刘欢欢昂起头，得意地说：现在是当官的怕老百姓。我要是一到区委市委上访，不管有理没理，她这个办事处书记准挨熊！她见达跃进摇头，又说，不瞒你这个居委会主任。前任那个书记平时咋咋呼呼的吧？他带人要拆我的菜园，我说你拆吧，我现在就去区里上访。你猜怎么着？

达跃进：没敢动手拆是吧？

刘欢欢：对呀！你还不知道吧？有一天晚上他还拎了果篮到我家来看我，求我别在社区群里乱发影响稳定的信息……哈哈，我当时真想问他，你怎么不踏平我的菜园了？

达跃进没听她说完扭头走了，边走边摇头。

不过，刘欢欢嘴上说不怕，还是担心。范小萍和办事处那边越是没动静，她心里越没底。她有个多年没来往的同学住在范小萍原来工作过的社区。她给那个同学打了个电话，当她说到自己把菜刀搁在脖子上时，那个同学问她：欢欢，你真不怕死吗？她毫不犹豫地回答：只有死了的人才不怕死！那个同学问她：那你为啥刀架在自己脖子上？她叹息一声回答：我这几年总结出来的经验就是软的怕硬的，硬的怕横的，横的怕不要命的。那个同学沉默了一会儿，诚挚地说：欢欢，你要是怕死，就别干不要命的事！范大姐，我们这都这么叫她，她可不是被吓唬大的！

刘欢欢想打听范小萍用什么办法整治她，以做到知己知彼。晚上躺在床上，脑子里翻江倒海地想啊想啊，突然一个骨碌跳下床，走到客厅倒了一杯白开水，一仰脖子咕嘟咕嘟喝个精光，兴奋地哼着：柳大哥说话理太偏……她的大儿子双喜揉着眼睛从卧室出来，不满地说：妈，这才几点您瞎折腾个啥？她朝大儿子屁股上拍了一巴掌，像个孩子似的调皮地说：你妈不费吹灰之力就想到了个锦囊妙计，能不高兴吗？双喜问：是不拆您的菜园了吗？刘欢欢一愣，脸上的笑容也瞬间消失，着急地问：儿子，你听谁说要拆咱家菜园？双喜摆着手：别，别，是您的菜园，不是咱家……刘欢欢一听更着急了，敲着桌子大声说：好你个小子！我不是你妈？这不是你家……双喜说：您是我妈，这是我家，可那个破菜园子跟我没关系。刘欢欢还没接上话，她的小儿子二喜也从屋里出来了，开口就说：我跟那个破菜园子也没关系！说完就进了卫生间。刘欢欢的心像被针扎了一下，又扎了一下。她用惊异的目光看着双喜。双喜则抬着头望着天花板。过了一会儿，二喜从卫生间里出来，直接进了卧室。双喜背着身子问了一句：没事了吧？没事我睡觉了！没等刘欢欢回答，他人已进了卧室。刘欢欢在客厅里走了几个圈子，想推儿子卧室的门，手触到门上又缩了回来。她愤愤地想：哼，想动我的宝贝菜园地，等着瞧吧！

刘欢欢刚才之所以激动，是想起张月和何莹的把柄在自己的手里攥着。张月有一次倒卖手机，一手交货一手收钱时被她看见了；何莹有两次在丰收路居民家中拎着别人送的礼品下楼时被她撞见了。这两个人找谁？她选择了张月。男不和女斗，何况你有短处在我手里？

第二天早晨，她被一阵哨音吵醒。从窗户朝外一看，篮球场上有一群孩子正在训练。彭城和杜刚一边一个在指挥。再仔细一看，那群孩子中有一个熟悉的身影，是自己的儿子双喜。这个小兔崽子！她在心里骂了一句，转身进厨房做饭。粥煮上了，馒头馏上了，她又到阳台上择菜，一抬头看见她那片菜园边放了两个半人高的塑料绿皮箱，上边写着三个白色大字：垃圾箱。她一下子火了，手里攥着一把青菜就下了楼，出了楼门就嚷嚷：这是谁干的缺德事？把垃圾箱放菜地里，那菜受了污染还能吃吗？！

她的脚还没踏进菜园，满头大汗的双喜就从球场跑过来拦住了她。双喜一边用袖口擦着额头上的汗水，一边气喘吁吁地问：妈您又要干吗？刘欢欢把他推到一边：去，一边去，没你的事。谁把垃圾箱放我菜园里，老娘就搬到他家的厨房里去！双喜扑上前，双手搂住她的腰，哀求道：妈，您就别做丢人现眼的事了！刘欢欢没理会儿子，用力挣脱他又往前走。让她万万没想到的是，双喜突然跑在她的前边进了菜园，就地躺下，在菜园里打起滚。他的身子滚过之处，一排排菜苗瞬间卧倒。篮球场上的人、四边围观的人，还有从楼上窗口朝下看的人有的唏嘘，有的嘲笑，有的鼓掌，不少人用手机拍照、录像。刘欢欢心疼菜苗，更心疼儿子，弯下腰想把双喜抱起来。双喜一躲闪，把她也带倒在了菜苗上。她爬起来，无可奈何地坐在菜苗上看着双喜发呆。

范书记来了！不知谁喊了一声。刘欢欢马上变了脸，双手拍着巴掌号啕大哭：这是哪个该挨枪子的挑拨我儿子跟妈作对？你难道没爹妈是石头缝里蹦出来的呀……她一边哭一边往四下瞅，看见范小萍和冯梅子已到了她家楼下，正准备朝这边走。她心里想：姓范的来得正是时候，我要当面问问她是不是利用我儿子来报复我！

快看，那边二楼窗户朝外冒烟！有人在叫喊。

接着，刘欢欢又听到二喜凄惨的叫声：妈，咱家失火了！她抬头一看，果然是她家的窗户在朝外冒烟。她叫了声：我的个妈呀！一下子跳起来，撒开腿就跑。

彭城也紧跟着她身后朝冒烟的那座楼跑去。

刘欢欢一边跑一边朝自家窗户看，嘴里不停地叫着二喜的名字。五十多米的距离，她仅用了六秒钟。事后有人给她开玩笑说：你那天跑步的速度，可以报名参加世界田径锦标赛了。她家住的是拆迁安置房，没有电梯。她气喘吁吁地跑到二楼，一下子愣住了：站在她家门前的是满面笑容的范小萍和二喜。她没理范小萍，伸手把二喜紧紧抱在怀里：亲儿子，你没事吧？二喜说：是这位阿姨第一个到咱家的！刘欢欢看了范小萍一眼，冷淡地说了一声：谢谢啊！接着把二喜推到屋里，砰地关上了门，把范小萍关到了门外。

彭城赶到了。双喜回来了。彭城见范小萍一个人待在门外，气愤地对双喜说：看看你妈，连点礼貌都不懂！要不是范书记及时赶到处置，你家还不知出多大的事呢！

范小萍：也没啥大事。就是人着急出去了，忘了锅里没加水。锅底烧穿了。小家伙没经过这场面，吓得不轻！

冯梅子提着几个大大小小的饭盒上来了。彭城问：怎么把早餐送这来了？冯梅子指指刘欢欢家说：范书记怕她家再做早饭来不及，耽误双喜和二喜上学，就让我给她家买的。双喜在一旁听着，感动地抹着眼泪，对范小萍说：阿姨，我妈她脾气不好，又自私，可是她心眼不坏。您要是原谅她，我保证帮你们做我妈的工作！

范小萍拍拍双喜的肩膀说：双喜，你妈不容易。你以后千万别再小孩子脾气。她接过冯梅子手中的饭盒，递到双喜手里：快回家吃饭吧。记住，无论你妈怎么吵你，你也别再气她！说完，她和彭城、冯梅子下了楼。彭城感叹一声，说了句：虚惊一场！冯梅子说：啥虚惊？二喜那孩子没经验，拿着条干毛巾朝火上抽，毛巾也被烧着了。要不是范书记过来……范小萍咳嗽一声制止了她，转身对彭城说：看来社区居民消防安全知识普及要好好抓一抓，包括孩子们！彭城说：好的，我马上就落实。

路过刘欢欢种菜的地方，冯梅子低声说：刘欢欢在楼上看呢！

范小萍停下脚步，看着那片被双喜和刘欢欢碾轧过的菜地沉思了一会儿。冯梅子说：刘欢欢离婚后一人带两个孩子，一个今年中考，一个刚上三年级……范小萍感叹地说：她这人自尊心强，要面子，害怕别人知道自己离过婚，特别害怕孩子学习上、心理上受影响，所以苦水往自己肚里咽。彭城接上一句：掩耳盗铃！这事左邻右舍谁不知道？梅子你说是不？！冯梅子说：达跃进和丰收路的一些居民对她挺同情。彭城说：对她不守公德的行为怂恿不叫同情，是……他见范小萍看自己的目光很凌厉，就没往下说。他心里想，听范书记的话，她私下做了些功课呢！

篮球场上打球的人都已散去，还有几个居民聚在一起议论着刘欢欢。看见范小萍她们走过来，一个上了年纪的妇女大声说：范书记，你们治不了"刘泼泼"，干脆把草坪一块块分了让俺们也种菜吧！

彭城低声告诉范小萍：这个人是咱旁边那个省在这买房的。

范小萍点点头说：从口音就听得出来。她犹豫了片刻，走了过去，笑着问道：在这儿住习惯了吧？刚才说话的妇女说：住是习惯了，人还不习惯。她开了个头，那几个居民你一言我一语都抱怨开了。有的含沙射影指出办事处和街道管理问题，有的指桑骂槐责怪左邻右舍不好，有的直截了当提出在丰收路和上海路之间隔一道墙。彭城嘲讽地说：柏林墙都倒塌多少年了，你想把万户山分两个世界呀？！一个妇女接上说：你咋不说丰收路那边的人太腌臜！范小萍指着广场上的垃圾山说：这也有上海路的人放的吧？刚才说话的妇女毫不客气地回应说：有。我就把一些用不上该处理的东西扔那儿了！为啥？我心里不平衡。大家的地方，凭什么只能丰收路那边的人霸占？那个在大门口给范小萍牛奶的妇女气愤地说：这广场中间最好也隔道墙。他们过墙就是侵犯……冯梅子说：张红姐您也太夸张了吧？再说了，别人骂人不对，您骂人也是错误呀！那个叫张红的亲切地搂着冯梅子，感叹地说：我看不惯"刘泼泼"那种蛮横不讲理的人。特别是她欺负梅子，我气不顺。

范小萍看了冯梅子一眼。这么多天了，冯梅子在她面前没提过张红说的事。回办事处的路上，她问了冯梅子一句：梅子，刘欢欢对你动过粗？冯梅子笑笑回答：她是腰里装副牌——谁来跟谁来。

回到办事处，范小萍打开电脑时才感觉到右手有点疼，仔细一看，原来是夺二喜手里着火的毛巾时烫的。她把冯梅子叫过来，安排她到超市买只新钢精锅给刘欢欢送去。她给冯梅子钱时，冯梅子哼哼唧唧不愿收，到了门口又嘟哝一句：她刘欢欢凭啥？弄不好又四处说您这个新来的办事处书记让她吓怕了……

范小萍笑了笑。

七

万户山社区要举办元旦晚会的消息是在晚报上发出的。报道是晚报一位记者写的。彭城看到报纸就找范小萍，着急地说：范书记，这事是谁捅给记者的？我看得以泄密处分他！

范小萍笑着问：为啥？

彭城：这广场上的垃圾不清理干净，到哪去办晚会？晚会办不成，不是让全市人民笑话！

何莹正好进来给范小萍汇报工作，马上接上说：这有啥难的？咱附近有家国企，国企里有能装下上千人的大礼堂。我和管这事的人熟悉，花点钱租他们的场地不就解决了？

彭城瞪了她一眼，刚要反驳，被范小萍用眼神制止了。范小萍说：不是还有一个月吗？咱们再做做工作，广场实在清理不干净，就用小何说的办法。

何莹：范书记，那我中午请个假过去找我的那个熟人吃个饭，先做做工作。

何莹走后，彭城冲着她的背影愤愤地说：多好的借口！又对范小萍说：我尽最大努力，但不敢保证。

其实，办事处的人不知道，在晚报上发这个消息是范小萍的一个计谋，记者也是她熟悉的人。果然，第二天早上例会一开始，彭城就兴冲冲地说：嘿，这晚报上发的那几行字的消息挺管用。今天一大早，上海路那边就有人清理放在广场上的垃圾了！

是吗？范小萍故意装作惊讶的样子，问道：他们清理垃圾和晚报发消息有啥关系吗？

彭城：当然有关系了。我问了几个人。他们说昨晚孩子回家来了，说是看到晚报上的消息了，很高兴，元旦晚上一定回万户山来凑热闹，有的还要带着孩子来。

冯梅子：他们的家长一听急了，说广场上全堆着垃圾呢！孩子就说，如果有咱们家的那就清理呗。有个家长说，你上中学时骑的自行车我扔那里了。孩子说，赶快捡回来……

办事处的同志都笑了。彭城对何莹说：何莹，哪天你登门拜访那个记者，请人家吃顿饭，好好谢谢人家。我保证范书记会准你假。

何莹：那你得给我报销啊！

会议一结束，范小萍招呼大伙：咱们去广场看看吧，帮帮手！

社区文化广场并没有多少人在清理垃圾。虽然有几个居民在那儿忙活，也都是挑拣一些三轮车上能放下的小东西，像旧锅旧盆旧席子，还有一个妇女捡起来后朝丰收路居民的垃圾堆里扔。何莹拉着脸抱怨彭城：看你那个高兴劲儿，我还以为广场上的垃圾山已搬走了呢！彭城反讥道：亏你说是垃圾山，山就那么容易搬呀？老愚公还说过要世世代代搬山不止呢！范小萍乐呵呵地说：你前半句是鼓劲的话，后半句是泄气的话，两个半句互相抵消，等于废话。她这时已经发现了问题：广场上这些垃圾是几年里日积月累的，即使居民发动起来，靠着双手清理，别说十天半个月，恐怕两三个月也难清理干净。她正想着，看见达跃进蹬着电动三轮车过来了，就迎上前去：跃进同志，您也来清理垃圾？

达跃进：是呀，搬家的时候，我把散了架的鞋柜和几双不穿的鞋子扔这了。我来把它们拿走。说着，他皱起了眉头，叹了口气，又说：拿走了又扔哪去呢？拿回家吧，扔了的东西往哪放？随便扔吧，城管看到了要罚款。范书记，大伙都愁这。何莹戗了达跃进一句：你们要是早点把生活垃圾和建筑垃圾、厨余垃圾分类放，今天还要犯愁啊？

范小萍看了何莹一眼，点了点头。

接下来，范小萍就在广场一角临时开了个会，提了个"三个四"工作方案：分成四个片，组成四个组，重点清点四类：大型垃圾、可回收利用垃圾、可燃和不可燃垃圾、有害垃圾。同时要求每个片每个组都要登记造册，能具体到家到户到人的尽量详细。任务布置完，各组开始行动。十几个人在堆积如山的垃圾场来回走动，很快就吸引了居民注意。不一会儿，广场四周就围了很多人。多数人感到好奇，少数人觉得惊讶，个别人冷嘲热讽。

哟，万户山办事处穷成这模样了，让人家新来的书记在垃圾堆里捡破烂卖了换钱！范小萍听出是刘欢欢的声音，没有搭理。彭城却不愿意了，冲着刘欢欢吼了一嗓子：万户山就数你的嘴臭，是不是一大早吃错什么东西了！对彭城憋了一肚子火的刘欢欢借机发泄，巴掌拍得叭叭响，嘴里不干不净地骂道：哟，万户山谁家养了条这么凶的狗，叫起来挺瘆人的……话还没说完，她又哎哟哎哟高声尖叫，原来是杜刚在她屁股上踢了一脚。彭城一脸愤怒，双目圆睁，双拳紧握，看架势恨不得抽刘欢欢几个耳光。冯梅子拉了他一下，用身子挡住了他。被杜刚踢了一脚的刘欢欢转过来对杜刚发起了攻击，恶狠狠地问：我骂狗与你姓杜的啥关系？你凭啥踢我？杜刚嬉皮笑脸地说：你不知道我小名叫小狗？你骂人还不兴人家还击？刘欢欢问：你还击就得踢我？杜刚说：我踢你了吗？踢你哪里了？我要真一脚下去，你还能老老实实站在这里！刘欢欢恼羞成怒，不管不顾地拍着屁股大声吼叫：你踢我的屁股……杜刚哈哈大笑：你那屁股爹妈生你时就给分成两半了，总不能冤枉我吧？刘姨！围观的人群爆发一阵哄笑。刘欢欢明知惹不起杜刚，突然三步并作两步跳到范小萍面前，哭哭啼啼地说：范书记，你是办事处的"一把手"，你要不为我们平民百姓做主，我就到区政府、市政府去上访！范小萍还未来得及回答，何莹就抢先开了口。她指着刘欢欢说：你别以为范书记好欺负！你那天在门口堵着范书记，气得范书记血糖低了，差点出大事，还没找你算账呢！

范小萍马上意识到，何莹的话有可能火上浇油。她立刻对刘欢欢笑着说：欢欢，不要说得那么严重。杜刚可能是在给你开玩笑呢。刘欢欢说：我认识他是谁，敢这样跟我开玩笑！何莹又接着说：刘欢欢你别蹬鼻子上脸。范书记对你不错了，自己掏钱给你家买口新锅……刘欢欢一听就跳了起来：你以为我稀罕那口锅？收买我，不让我说话，没门。我现在就把钱还你！她说着掏出手机，要用微信把钱支付给范小萍。范小萍顺势拉着她的手，又向杜刚招了招手，不急不躁地对刘欢欢说：我马上让杜刚给你赔礼道歉。

杜刚到了刘欢欢面前弯腰撅起屁股，拍了几下，顽皮地说：刘姨，你踢吧，爱踢几下踢几下！

围观的人群又是一阵哄堂大笑。刘欢欢脸涨得通红，两只眼睛瞪得几乎要挤出眼眶。不过，范小萍从她的眼神中看出几分羞愧和几分无奈。她严厉地对杜刚说：杜刚，看你像什么样子？正经点，给你刘姨赔礼道歉！杜刚直起腰，转过身，两只拳头捏得咯嘣咯嘣响，说出的话带着刺：范书记给够你面子了。你要再胡搅蛮缠，在万户山更是臭不可闻！刘欢欢正不知如何回击杜刚，旁边一个人的话给了她提示。那人说：人家杜刚现在替办事处办事，你要能斗得过他才怪呢！刘欢欢哇的一声号啕大哭：办事处借刀杀人！雇人欺负我们孤儿寡母。我就不信共产党的天下没有讲理的地方！她说完就走，走了没多远又回过头来看了范小萍一眼。

刘欢欢你别走！冯梅子和何莹都想去追刘欢欢，见范小萍站着没动，又都停下了。范小萍心里觉得不舒服，但表面上却显得很镇定。她问围观的人：为啥很多人来到这儿或者离这很远就捂鼻子皱眉头？有人答：臭气熏天！有人说：我家连窗户都不敢开。一开窗户，那气味让人连饭也不想吃了。范小萍等大家说完，才心平气和地说：我这些天在这儿转了转、看了看，发现堆放了不少有害垃圾，像废灯管、废电池、过期的药片、汽车修理换下来的旧零件、房子装修好剩下的油漆等。这些垃圾堆放的时间长了，经过雨水浸泡，风吹日晒蒸发以后严重污染社区空气，对人的身体特别是老人孩子的健康造成直接危害。我前两天请环保部门来做过检测，在全市所有小区中，咱万户山的空气污染指数排在第一位……达跃进在一旁说：再过几年咱社区的孩子考大学、参军体检都会受影响！

哇噻，这么吓人？！有个老太太大声喊道：谁家扔的谁清理，不行就点上汽油一把火给烧了！杜刚说：奶奶您那个主意不行。烧了也会留下后患。一时间人们议论纷纷，各种意见都有，但基本上都赞成把垃圾尽快清理。范小萍见时机成熟了，心里暗暗高兴，进一步引导他们说：人心齐，泰山移。咱万户山人多力量大，只要大伙一心，事情就好办。

要是刘欢欢、张欢欢、李欢欢出来捣蛋呢？有人担心地说。

我妈说只要别人不欺负俺们，一碗水端平，她就随大流！双喜已经来了一会儿，听到有人说他妈，于是大声喊了一句。杜刚哼了一声说：双喜，你睁大眼睛看清楚了，万户山有几个敢欺负你母亲的！双喜仰着脖子，不服气地反驳道：咋没有，前年上海路一个小孩和我弟弟打架，那小孩家长跑到我家门口和我妈吵架。办事处姓张的让我妈给那家赔礼道歉……双喜的话没说完，留在办公室值班的张月就满头大汗地跑了过来，低声对范小萍说：范书记，区委佟书记要您给他回个电话。范小萍略一思忖说：我这有事走不开。过会儿吧。张月说：佟书记电话中说马上，好像很急。范小萍说：你给区委办回个电话，就说我现在没时间回佟书记电话。张月迟疑片刻，劝道：范书记，是佟书记亲自打来的电话，说打您的手机您没接，我怕误了大事……范小萍火了，冲张月叫了起来：你这人烦不烦？这么多居民在和我们谈大事，我能转身就走？区里真有大事还不早通知了？再说，啥事比老百姓的事大？她说话的声音虽然不高，但她身边的一些居民听到了。达跃进第一个带头鼓掌，瞬间噼噼啪啪掌声响成一片。

张月转身离开。双喜指着张月对范小萍说：就是他让我妈给那家人赔礼道歉的！何莹在一旁说：上海路那家和张月有亲戚。范小萍若有所思地点点头。然后亲切地拍了拍双喜的肩膀：双喜，你妈说的对。回去给你妈说，我要是不能一碗水端平，她可以向上级反映！双喜挠着头皮，不解地问：您的上级是党中央吗？我妈说党中央的政策好，让下边的人给打折了！范小萍笑了：也可以向党中央反映。

达跃进好像换了一个人，精神抖擞，腰板笔直。他卷起袖子，慷慨激昂地对围观的居民说：不管是丰收路还是上海路的，今儿个都听好了。范书记和办事处是为咱们好。谁要是拦着不让清理垃圾，我老达就把垃圾送到他家门口去！杜刚接上说：家门口还影响左邻右舍，干脆直接送家里！范小萍朝他俩摆摆手，意思是让他俩止住。然后，她诚恳地说：如果我们按照规定，请环保部门来强行清运，那就要对堆放垃圾的罚款！阻挠的还会加重处罚。办事处的意见是咱们自己错了自己改正。清点后，把垃圾分类，凡是可回收利用的，收入分给居民……

那不用！一位老太太说：范书记，那就给办事处的同志发辛苦费吧！见范小萍摇头，另一位老太太接上说：留在办事处搞公益活动用也行。范小萍示意彭城把办事处商量的意见告诉大家。彭城清了清嗓子，大手一挥：那大伙就开始干吧！谁家的垃圾堆这儿了谁帮我们清点，觉得还能用的拿回自己家，其他的我们负责分类登记。最后再请大家核验！

因为是星期六，很多居民今天不上班。彭城说完后，居民们有的说回家换了衣服再来，有的说回家问清楚情况再来，也有的在广场上找起自家堆东西的地方。范小萍这时才回办事处。她一上楼梯，就听见自己办公室的电话丁零零地叫，一直到开了门还在响。她刚接起来，区委佟书记连一句寒暄的话也没说，开门见山地问：老范，你那个广场元旦前能清理干净吗？她沉吟片刻，思考着怎样回答。佟书记又着急地问：是不是有困难？她这才回答：体量太大，相当于一个小山头。佟书记说：那拉也够拉几天。范小萍没吭声。佟书记也沉默了一会儿才说：小萍啊，只要社区居民拥护，就没有过不去的火焰山。区委支持你。我去参加你们的元旦晚会，还要唱首杨子荣唱的《打虎上山》。今天就算给你报名了！

放下佟书记的电话，范小萍的心一点没有轻松，反而觉得压力更沉重。

她一口气打了十几个电话，有环保部门的，有废旧物资处理部门的，有垃圾清运队的……她一个一个地说好话，求人家帮忙。其中一个家住在万户山社区的垃圾处理场员工感动地说：范书记，您是为万户山的老百姓做好事，我保证全力支持！

当天晚上，广场上分类清点一直到八点半才清点了三分之一。范小萍九点多才回家。一进门张超钢就喊了起来：好你个范大主任，怎么变成捡垃圾的了？你自己闻闻你这一身的气味，能把人熏死！他边说边把范小萍朝卫生间里推，关上门后对她说：我今天也当一回搓澡工……范小萍嘿嘿嘿笑了，说了声：讨厌！

八

广场上的垃圾清理光了，地面冲刷干净了，没有人号召，也没有人通知，万户山社区的很多居民不约而同地来到广场上庆贺。达跃进一遍遍吆喝着，临时招呼一群老头老太太在广场一隅跳起广场舞，把广场上的气氛一下子掀起了个高潮。双喜和一群小伙伴在另一隅溜冰，引得很多大人孩子围观。杜刚走来走去，学着某个明星朗诵家的声音喊着：回来了，广场回到人民的怀抱！……陪在范小萍身边的冯梅子轻轻碰了一下她的手，示意她朝刘欢欢的那栋楼看，悄声说：刘欢欢在楼上看呢！范小萍点点头说：嗯，我看见了。冯梅子不无忧虑地说：但愿她早一点让菜园还归绿地，也从此不再做万户山平安的"搅屎棍"。她见范小萍一脸春光明媚，好像已经胸有成竹，犹豫了一下问道：书记，您有好主意了？范小萍笑笑，没有正面回答。

范小萍的确有了主意。她在上一个办事处工作时，为了推进社区治理，把退休的老党员、老干部、老教师、老民警、老工人组织起来成立了一个"五老"理事会，协助办事处处理邻里纠纷、家庭矛盾，维护社会治安、环境卫生，组织开展群众性文化活动等，成效很好，受到省、市有关部门表扬。她原想把这个方法种植到万户山社区，彭城一听连连摆手：书记，您那边的我们学习过，可学不来。万户山以农村拆迁户居多，邻近的外省市县买房的也占一定比例，太复杂，根本尿不到一个壶里！那天在家吃早饭时，她把这事给张超钢念叨了。张超钢说：老的不好组织你可以组织少的呀！现在不是老管少，是时兴少管老。她一听乐了，捏了一下张超钢的脸颊：老公我请你当顾问算了！张超钢摇头：你这是第二次请我当顾问，对不起，我思想觉悟没你高，不给钱不干！

范小萍来到万户山办事处这段时间忙里偷闲，翻阅了街道居民的信息登记。她了解到张红是个教师，刘欢欢的大儿子双喜就在她的班里。范小萍前天专程到张红家走访，了解双喜在校表现。张红介绍，双喜从小学到初中读书都很努力，其他方面表现也不错，现在是初二年级一个班的班长，在同学中颇有威望。张红皱着眉头，叹息一声说：这孩子和他妈是性格不同的人。范小萍接触这孩子几次，对他印象挺好。她把让双喜牵头、组织一个社区少儿篮球兴趣小组的想法给张红说了，征求她的意见。张红眯着眼看了她一会儿，笑着说：当年咱中国搞了个轰动世界的小球"乒乓"外交，您现在要搞大球篮球治理，好啊！我敢给您保证，双喜这孩子能干好！

说干就干是范小萍的性格，也是多年的工作方法。她把这件事交给彭城负责。同时，她又安排何莹和冯梅子订制了一批印着"万户山少年篮球队"大红字的球衣。彭城不负所望，只用了一周的时间就把爱好篮球的孩子组织起来，还举行了选拔赛。第一次队会和第一场正式比赛一个星期天下午在篮球场召开。何莹说：范书记，我借朋友的敞篷车拉您去检阅吧？冯梅子瞪了她一眼。范小萍笑笑，一语双关地说：我怕站不稳摔下来哈！

离篮球场还有几十米远，冯梅子高兴地喊了起来：范书记您看，这队伍多威武，看了让人提气！范小萍点点头。她心里的高兴劲儿丝毫不亚于冯梅子。这个篮球兴趣小组搞好了，不仅能让作业繁重的孩子们锻炼身体，增强体魄，还能促进家长们之间的了解，增进感情，对社区安定团结发挥作用。她正兴致勃勃地想着，何莹甩过来一句扫兴的话：彭城以后麻烦事多了！这么多孩子，万一张家和李家的孩子争球打起来了，连带着家长也闹起来……冯梅子说：这也担心那也担心，索性就别干了！何莹理直气壮地反驳道：你没看过世界级比赛都有球员场上动武的呀？！冯梅子也反唇相讥：那你没看升国旗时球员眼里的泪花？！

篮球场上不论是气派还是气氛都让人欢欣鼓舞，心潮荡漾。两百多个第一批少年球员排成整齐的四队，精神抖擞，士气高昂。男孩子身上大红的球衣和少女队草绿色球衣形成鲜明的对比，仿佛一道缤纷的风景线。球场四周围满了前来观看的居民。范小萍默默计算了一下，大约有一千人。她还看到刘欢欢、张红这些熟悉的面孔。何莹大吃一惊："刘泼泼"也来了！她千万别再捣蛋啊！范小萍充满自信地说：不会。你们看她的眼神就知道。

刘欢欢平时脸上好像涂着一层灰，眼睛里仿佛罩着一团雾，头发蓬乱得如一丛草，衣服不是敞着怀露着胸就是搭配混乱。今天却变了一个人，脸上春风拂面，眼睛炯炯有神，头发梳得油光发亮，还穿了条裙子。何莹感叹地说：是变了，像个良家妇女了！但愿她的心也彻底变了！

彭城、杜刚和其他几位篮球队教练，队长双喜和几个分队长都站在队列前。看到范小萍和办事处的同志走过来，双喜高声喊道：敬礼！

唰。两百多名球员整齐地举起右手，向范小萍等人行注目礼。这时，谁也没想到的事情发生了。范小萍走到刘欢欢面前，拉住她的双手，诚恳地说：欢欢，给孩子们说几句鼓励的话。刘欢欢一边拼命挣脱一边说：这不行，范书记，我算哪棵葱呀？范小萍说：您是咱们少年篮球队队长双喜的妈呀！刘欢欢还是不动。范小萍对在场的居民说：居民同志们，咱们欢迎队长的妈妈代表所有队员的妈妈讲话，同意不同意？围观的人们反应不一，有的不解，有的犹豫，有的不服气。杜刚和达跃进理解范小萍的心思，带头鼓起掌。球员们跟着鼓掌。围观的人们见状，也都鼓起掌。哗哗哗的掌声在篮球场的上空如同暴风骤雨般响起。刘欢欢的眼泪一下子夺眶而出。冯梅子趁势用力推了她一下，把她推到了队前。

我，我讲啥呢？刘欢欢哽咽着说。范小萍拍了拍她的后背，鼓励她说：您想到什么就讲什么！双喜用充满期待的眼神看着自己的妈妈。围观的人中还有一些人在鼓掌。刘欢欢抹了一下眼泪，鼓起勇气大声说了一句：我今天就把菜园子平了，把绿地还给大家！

哗哗哗。球场四周掌声再次响起，而且比上一次更热烈。

不知谁低声说了一句：姓范的这娘儿们有两下子！范小萍听了，心头涌起一股热浪。

当天晚上范小萍临下班时，冯梅子跑来兴奋地向她汇报说：刘欢欢的菜园子平了。她还自己掏腰包买了些花。范小萍问：那些鸡圈狗圈呢？冯梅子回答：也都拆了平了。这下好了，万户山可以以新的面貌迎接新年了！

这时，张月神情严肃地走进来，递给范小萍一个大信封：范书记，这是我的辞职报告。

范小萍接过来看了一眼，对张月说：小张，我和办事处的同志希望在元旦晚会上看到你！

张月点点头。

九

万户山社区元旦晚会红红火火，非常成功。市电视台现场搞了直播。范小萍在接受电视台记者采访时，只说了一句简短的话：多为群众办点实事，群众就支持你！不少居民用微信给远在外地的亲人直播晚会现场。那位给市委书记写信的干部看了后，又给市委书记发了条微信：这个社区治理的办法值得推广。

元旦过后，突然一个"小道"消息在万户山传开：上级要来调查范书记了！因为有人告状说，广场上清理的可回收利用的垃圾都让范小萍的老公拉走卖了，赚了不少钱。办事处的同志十分气愤。这不是往范书记身上泼脏水吗？刘欢欢听说后，气得破口大骂：哪个该挨千刀万剐的人干的缺德事，我知道了把他舌头割下来喂狗！

并非闹剧

一

偏僻的张沟村突然热闹起来。

县委来了一位副书记。这位副书记是个女的，戴着一副宽边黑框的眼镜，村里人私下称她为"四眼书记"。实话实说这外号的发明者是我。那年我刚满九岁，在张沟村小上二年级。

"四眼书记"带了一支浩荡的队伍，光小车就有十几辆。不过，张沟村通往山外的路不好走，要在山上盘五六个弯不说，前几天下暴雨，造成了多处塌方，有的地方过不了车。"四眼书记"带的长长的车队只能停在村外的半山腰上。她带着一行人艰难地跋涉了半个多小时才到张沟村。村口的老槐树下有一盘石磨，是过去生产队用来磨面用的。石磨好久没用了，上边铺了一层厚厚的尘土，鸡屎狗屎驴屎蛋子从尘土中露出不易发觉的小尖尖。"四眼书记"可能是太累了，连擦也没擦就一屁股坐在石磨上，使劲儿地用手绢扇着风，上气不接下气地说：这地方真够偏的！

那时候矿泉水还没风行，饮料就更不用说了。领导的车上一般都放着热水瓶。领导下企业或农村视察，一下车秘书必然会端着泡着茶的保温杯跟上。

所以，在一群人中，哪个人身边跟着个胳肢窝里夹着公文包、手里端着保温杯的，那个人就是领导，而胳肢窝夹着公文包、手里端着保温杯的人肯定是领导秘书。"四眼书记"的秘书赶忙把保温杯递上。可能是秘书太大意，没有事先测一下保温杯里茶水的温度，"四眼书记"刚喝到嘴里，马上喷了出来，秘书的头发梢上、脸上马上像淋了雨，往下掉水珠。"四眼书记"皱了皱眉头，用严厉的目光看了秘书一眼。后来张梦富爷爷对我形容说：秘书吓得不轻，我看他的脸就像张白纸……

好在"四眼书记"在大庭广众面前保持了"领导风度"，没有接着追究。她转过脸，问前来迎接的张沟村支书张梦富：你们没接到乡里的通知啊？

张梦富是在山上的红芋地里翻秧时被村会计叫回来的。他穿着一件圆领衫，裤腿卷到膝盖上边，腿肚子上全是又稀又黄的泥巴，左手拎着破了几个洞的解放鞋，右手还拿着翻红芋秧子的白蜡棍。他习惯地蹲在地上，说话时也不抬头。因为不清楚"四眼书记"问他这句话是责怪他没到村外迎接，还是嫌他衣冠不整，所以，他吭哧一会儿没有回答。陪同"四眼书记"前来的刘乡长有点不高兴了，瞪了张梦富一眼，跺了一下右脚。张梦富后来给我说过：那个刘乡长一着急上火就跺脚，跺右脚说明急了，跺完右脚再跺左脚说明十分着急，还会伴着骂人的脏话。不过，他当时没有对张梦富发火，在县领导面前发火，是没有能力的表现，刘乡长懂得这一点。他递给张梦富一支烟。张梦富把鞋放在地上，在裤子上擦了擦手上的泥巴才接过烟。刘乡长说：昨天就通知过了，我打电话到村里没人接，又专门派人过来送的信。他问张梦富：老张，是不是啊！张梦富连忙点头：是，是。信是收到了，可这几天下雨，红芋秧子疯长，不翻一翻就会跟红芋争口……他的话还没说完，就被"四眼书记"打断了。"四眼书记"说：我是问你们收到乡里的信后做了哪些准备工作？

张梦富愣了一下，看看刘乡长，又看看村会计，一时茫然不知所措。乡里通知时只说县里要来人，没说让做什么准备。过去，每逢上边来人村里总要搞点形式，比如在村口拉一条横幅，上边写上"欢迎上级领导来张沟村视察"。这几年上级领导很少有人来张沟村，来的不是计划生育专业工作队的，就是催卖余粮和收农业税的，一进村就挨家挨户跑，然后匆忙回去交差。那条红布条幅随着来人从事的工作内容不断变换，全是些标语口号，而且有的很吓人。计划生育的口号就写过"对违反计划生育的人要做到五不：上吊不夺绳，喝药不抢瓶，跳河不拦路，发疯不送医，没粮不救济"，意思是死了活该。这条用了十几年的红布条幅，前年被几个妇女扯了分了，拿回家给小孩改裤兜用。还有就是在村委会门口的空地上临时搭个土台子，放张桌子，桌子上再放只暖壶和几只碗，供领导发表"重要讲话"。因为每回上边来的人都要发表"重要讲话"，有的领导特能讲，从太阳一竿高能讲到过午。有的老百姓称讲台为"炮台"，意思是说领导嗓门儿高，讲话调子高，口号喊得响，但落不到实处，像放空炮。后来，村委会门口的空地批给了几户村民盖房子，讲台也无处安放了。所以，张梦富接到通知，不光是没想过还要做什么样的准备，就是做准备也没条件。巧妇难为无米之炊！

刘乡长大概是不想让"四眼书记"误会，指着张梦富又问了一句：你们村就没开个大会传达一下？

张梦富老老实实地回答说：传达个屄！能蹦能跳的没几个搁家里，都出去打工挣钱了，这你又不是不知道。

我到省城上大学那年，张梦富爷爷到省城看病。整个张沟村就我一个在省城，所以"接待"他的"光荣任务"就落到我的肩头。我陪他到医院排队挂号，为他取药，到了晚上他就住在我的宿舍里。他给我讲过他当村支书几十年中发生的一些难忘的事情。他说60年代和70年代，传达上边的精神就是开社员大会。一敲钟或者是大喇叭里吼一嗓子，人就到齐了。你不来开会没工分。那时候工分和口粮绑在一起，你工分少到年底分的口粮自然就少。到了80年代和90年代，土地承包了，村民不用计工分了，也不用吃集体的粮了，招呼人就难了。一般情况下，乡干部到县里开会还比较正规。比如计划生育工作，县里开会时书记、县长、分管副书记、副县长，有时还请来市计生委领导，加上县计生委主任都要发表"重要讲话"，从基本国策、重要意义，一直讲到各个乡镇具体任务，然后分配"人流""结扎"指标，一般来说会议要开两到三天。第一天报到，第二天上午开幕，领导做重要讲话，下午分组讨论，第三天上午总结……到了乡里传达布置时，把村干部招呼到乡里吃喝一顿，一二三四说几条，临了乡长借着几分酒意说：老少爷们儿这事就拜托各位了。丑话说前边，计划生育是"一票否决"，干不好上级会摘我的乌纱帽，那我先摘了你的乌纱帽……村干部回到村里，开大会招呼不起来，就把几个村民组长找来喝小酒，临末了就简单明了一句话：结扎！哪个完不成指标，就自己躺手术台上把自己的家伙扎了。

张梦富挤巴挤巴眼睛：你刘乡长只通知说县里来人，也没说来几个人，我派饭都没得办法。

"四眼书记"已经从张梦富颓丧的表情中看出了结果。她温和地笑了笑：张支书您不要难为情。我这次和十几个部门的领导一起来张沟村，就是帮你们做准备工作的。她没想到这句话更让张梦富丈二和尚摸不着头脑了。张沟村有什么大事还需要县领导帮着准备？他在张沟村生活了五十多年，当村干部也有三十多年，"四眼书记"是他见过的来张沟村为数不多的大官之一。他爷爷他大大给他讲过，北京某某部的部长、某省某某省长当年在张沟村打过游击。那都什么年代了，而且他们那时候也就是个游击队员。他刚当大队民兵营长那年，来了一个大官，是穿军装的，军区的副司令。副司令在张沟村开了个动员会，还做了"重要讲话"，说伟大领袖号召要准备打仗。你们是抗日老根据地，解放战争时又是兵工厂、野战医院的基地，群众觉悟高，要"发扬革命传统，争取更大光荣"，带头搞好备战。说不定哪天打起仗来，根据地还放在你们张沟村。副司令走后，张梦富带着民兵夜以继日撅着屁股挖地道，半个村子都掏空了，只是后来并没见打仗。现在听"四眼书记"说"准备"两个字，他的心一下子紧张起来，迟疑了一会儿才问：又要准备打仗啊，是不是小日本又张牙舞爪了？

他的话把与"四眼书记"同来的人都逗笑了。村里的孩子见来了很多陌生人，好奇地跑来观看。孩子个子小，都挤在里边。有两个男孩听张梦富一说，撒腿就向村里跑，一边跑一边扯着嗓子叫：要打仗了，要打仗了！那两个男孩中的一个就是我。

刹那间，张沟村一片混乱，噼里咔嚓开门关门的声音，稀里哗啦搬东西的声音，惊慌失措的女人叫骂的声音，受了惊吓的孩子哭叫的声音，以及受了人的感染的鸡飞狗跳的声音混杂一起，汇成一曲山村杂乱无章的交响乐。不一会儿，村街上就出现了几个背着大包小包的妇女，一边挨着墙根慌张地向后山方向走，一边嘀咕着向村口张望。张梦富早已急了，对他们招着手喊：回来，没仗打！

我至今清楚记得我妈当时用鞋底狠狠地打了我的屁股，骂我嚼舌头根。我把这仇记在了"四眼书记"身上。

一个胆大点的年轻妇女高声问道：你们是拍电影的吧？给不给误工费？不给误工费可不给你干。

"四眼书记"皱了皱眉头。她的目光和张梦富的目光相遇时，又冲张梦富宽厚地笑笑。"四眼书记"人长得很耐看，笑起来更好看。刘乡长对上级领导的意图心领神会，埋怨地说：这儿村民素质太低。他低声给"四眼书记"嘀咕：这村不适合做典型，要不咱换个典型？

"四眼书记"不高兴了：够不够典型不是你说了算也不是我说了算。张沟村是首长点名要看的点。你我的任务是把典型培养好，打造好。说完，她让张梦富带着去村里看看。张梦富站起来后，看见"四眼书记"的裤子屁股上沾了一根麦秸，就像长了根小尾巴，忍不住笑了一声。刘乡长朝他屁股上踢了一脚。

"四眼书记"问张梦富：你们张沟村过去不归咱县管啊？

张梦富不知"四眼书记"问话是什么意思。老老实实地把张沟村几次调整区划的事向她说了一遍。张沟村位于三省四县交界处，一直有"鸡鸣闻三省"之称。从民国时期起，曾三次调整区划，分别归属过三个省。"四眼书记"听后恍然大悟，怪不得一开始是在邻省找张沟村，找来找去找不到，最后在咱们省找到的。

村里混乱的局面已经解除，不少村民纷纷走出家门，用各种各样的目光看着"四眼书记"带的队伍，不时有人向张梦富甩过来一两个问题。这个问：梦富大爷，是不是要搞运动了？这回来了恁多人？有的说：张支书你这回眼睛睁大点，别让人又给你多报几只鸡几瓶酒钱。张梦富一边点头，一边嗯啊地应着，不时向人们挥手，示意他们回自己屋里去。有的村民刚从地里回来，端着饭碗在自家门口蹲着吃，见张梦富带着客人过来，站起来热情地打招呼。"四眼书记"也不时冲村民微笑。有个老太太指着"四眼书记"夸奖说：这妮子长得真俊。"四眼书记"懂得当地人称的妮子就是小姑娘，心里像喝了蜂蜜一样甜丝丝的，对张梦富说：你们这儿的老百姓很纯朴，很热情。

"四眼书记"带的队伍走到一个十字路口时，突然传来一个女人歇斯底里的叫骂声：哪个万人操的把俺家的车轮胎放了气，看俺家小孩他爸回来不剁了你！随着叫骂声，一个敞胸露怀的女人出现在"四眼书记"一行人的视线中。那个女人五十开外，身材肥胖，站在村街上手舞足蹈好像发了疯一样。张梦富见"四眼书记"脸上晴转多云，眉头也皱了起来，赶紧一溜小跑到了那个女人面前。他不知给那女人说了几句什么话，那个女人伸手去抓他，他转身就跑。那个女人脱下鞋子朝他扔过去：张梦富你别拿鸡毛当令箭吓唬老娘，老娘不吃你这一套。什么书记乡长。他管天管地能管老娘屙屎放屁？他要不愿听老娘骂街，就给老娘换个新车胎！

"四眼书记"看见那个骂街的女人身后是座三层的小楼，红砖红瓦，造型也有点别致。小楼四周是个小院，院墙是白灰抹的，上边爬满了瓜秧一类的绿色植物，显得生机勃勃。她的眼睛一亮：这是谁家？刘乡长赶紧回答说：是张梦仁家。"四眼书记"问：张梦仁是做啥的？你们村干部吗？怎么全村就他家的房子好？刘乡长说：张梦仁是我们乡第一个百万富翁，全县的致富先进典型。他主要从事农产品经济和物流配送。

村会计说：过去叫投机倒把。这孙子贼有钱！

"四眼书记"沉吟了片刻。她旁边的农业局局长补充说：张梦仁在咱县也是数一数二的农产品经销大户，光跑长途的运输车就有二十多辆。"四眼书记"想了想，说：我见过这个人，去年表彰大会上是我给他颁的奖状奖杯。挺随和的一位大叔，喜欢笑。说完又问：那个女人是谁？狼狈跑回来的张梦富回答说：是张梦仁的媳妇"老套筒子"！

"四眼书记"没听明白：百家姓里还有姓老的？

村会计抢着回答：有，有，老子不就姓老吗？他的话招来一片嘲笑。

　　张梦富给"四眼书记"解释说："老套筒子"是当地人对过去打猎人用的火药枪的别称，那种枪装上火药，一点火就着。"四眼书记"这回听明白了：那种枪是不是容易走火，用在比喻人就是说人的火气大？张梦富连连点头：是那意思，是那意思。这个"老套筒子"一句话不投机就骂大街。

　　刘乡长生气地说：还是张沟村民老实。要是搁在别的村，村民早告她污染听力环境罪了。

　　"四眼书记"坚持要到张梦仁家看看。张梦富劝她不要去：那个"老套筒子"可不是个玩意儿，一句话不对她的脾气，她天王老子都敢骂敢打！

　　"四眼书记"冷冷一笑：我什么大风大浪没见过，还怕一个农妇？说着朝张梦仁家走，随行的县部门领导和刘乡长一行人紧张了，紧紧护卫在她的周围。

　　张梦仁的媳妇一看来人的架势，马上明白果真有领导来了，心里有点发怵，但在很多双熟悉的村民眼皮底下又不愿装孬，就倚在门框上，一副无所谓的样子。

　　你好，你是张梦仁同志的家属吧？"四眼书记"满面微笑地伸出手，想和"老套筒子"握手。

　　"老套筒子"翻了翻眼皮，看了"四眼书记"一眼：我是张梦仁的老婆，你是谁，和他什么关系，你们在哪认识的？

　　刘乡长上前一步喝令"老套筒子"住嘴。他说：这是咱县的县委副书记，你说话客气点！

　　"老套筒子"不以为然地抹了抹嘴唇：县委副书记有多大权？我家男人在外边搞破鞋你能管吗？

　　刘乡长看了张梦富一眼。张梦富缩着头站在后边，看样子是不敢惹"老套筒子"。好在随行人员有公安局的同志，他朝"四眼书记"前边一站，对"老套筒子"严厉地说：书记是来视察工作的。你们家的狗扯淡事找你们村上，村里管不了再找乡上。

　　"老套筒子"鼻子哼一声：张梦富他狗屁事也管不了。你们看看俺村学校的房子都要塌了，他能弄来一分钱买一砖一瓦？

"四眼书记"朝前走了，其他人跟着她往前走。刘乡长和张梦富走在一起，低声对张梦富念叨一句：这种熊娘儿们，换我早休了她！张梦仁不知咋撑得？

"四眼书记"在张沟村转了大半天，临走前在村头开了个碰头会。张沟村村委会由于长期无人办公，更没有人修缮，前几天下大雨时屋顶被淋塌了。"四眼书记"第一个要求就是把村委会的房子修好，费用由县乡两级拨付。她对组织部的同志说：你们把那些先进村党支部的一些东西尽快搬过来，好好布置布置，像党员之家、支部工作目标责任制等。然后，她问大家的意见。

有人说张沟村的农业还是不错的，庄稼长得好，果树也长得好，人勤地勤，是个老农业先进，就是水利设施毁坏严重，这大雨过去几天了，有的地里水还没排出去。"四眼书记"说：这是农业局的事。你们农业局想办法解决。如果农业方面出了问题，你们局长向书记、县长两个一把手检讨去。

有人说张沟村四个自然村太分散，自然村与自然村之间的路不好走。"四眼书记"说：这是交通局的事情，交通局想办法，不在这里研究了。

最后，"四眼书记"又问张梦富有啥意见。张梦富虽然到此为止还不知县委副书记等人到张沟村来要做什么。但是他毕竟也有多年农村工作经验，朦胧意识到是好事。他说：刚才"老套筒子"已替俺说了，俺村小学校是危房，万一再来场大雨，那些娃娃——他的声音哽咽了，能不能给俺村盖个学校？他说这话时眼睛一直盯着刘乡长的脸。他没有把几次找乡政府协调村小学改造、挨了刘乡长几次训斥的事说出来。

会场上一阵沉默。刘乡长看县里来的同志包括"四眼书记"有些为难，就对张梦富说：眼下都要钱，哪个急先用，等领导来时，你让学生放假，就说学校是过去生产队的养猪圈！

刘乡长的话激怒了张梦富。他红着脸，严厉地说：刘乡长你说话不怕闪了舌头根啊！上级早就说过再苦不能苦教育，再难不能难孩子。你这当乡长的把娃娃们上学的地方说成猪圈，老少爷们儿知道了还不跟你玩命！

刘乡长知道自己说错了，正要分辩，被"四眼书记"制止了。"四眼书记"说：这事也不难为你们乡政府。你们乡是个穷乡，办教育的负担够重的了。这样吧，县里给十万元，老张支书你们发动村民自力更生，争取一个月内把学校建好。

张梦富忙不迭地点头，连说了三个管、管、管！他毕竟做了三十多年村干部，到这时心里明白了，张沟村要来大领导视察，"四眼书记"这一行人是来找问题，然后想办法把问题解决，说白了是来送钱的。这是个好事。不要白不要，能多要就多要。他接着又提出了村通往乡的道路问题、农用电问题、建蔬菜大棚的投资问题、通广播电视问题，总之提了一大堆问题，说了一大堆困难。这期间刘乡长几次跺右脚，直到刘乡长跺了左脚又跺右脚他才停下话头。"四眼书记"有的当场拍板让有关部门解决，有的说回去向县委常委会汇报。最后，"四眼书记"提了一个让张梦富挠头的问题。她说：贫困村应当让上级领导看到村民的精神面貌不贫，改天换地的精神不贫，脱贫致富的志向不贫。比如那个张梦仁就是个很好的典型，可以让他重点介绍一下他是怎样勤劳致富的。

村会计在一旁说：张梦仁可不是一般人，他开始做生意时是他老丈人帮的他。别人没摊上他那样的好老丈人！

"四眼书记"又皱起眉头。秘书赶忙递上茶杯，她喝了一口茶，又问：刘乡长，这个村这几年上访户多不多？上访是基层最头疼的事，万一领导来了被上访户缠住，就会给领导留下不好的印象。所以，她对这个问题非常关心。

刘乡长想了想，说：张沟村还真没有上访户。说完看了张梦富一眼。张梦富刚刚点了下头，村会计在一旁又插话说：俺这里天高皇帝远，没人来投资，不要搞征地和拆迁安置，当官的也没有东西可捞，没啥可上访的？就一个上访户还是老板张梦仁的媳妇，老是告张梦仁在外边搞破鞋……

"四眼书记"对张梦富和刘乡长说：他那个媳妇说话有点不沾边。你们乡村两级做做他媳妇的工作，不要把一场好戏让她媳妇一锤给砸了！到那个时候，你们不光对不起这些支持你们的单位，没法向县委县政府甚至省委省政府交代，银行找上门让你们还贷就够你们受的！

刘乡长连忙回答说：没问题，请领导放一百个心一千个心。

张梦富又蹲下了，连连摆着手说：这不管。

"四眼书记"用严厉的目光看了他一眼：这事必须管，你还得亲自管！

张梦富又摇头：这事我不管。

"四眼书记"有点火了：你是这里的村支书，你不管谁管？

张梦富又说：我真不管。说完又叹气。

"四眼书记"更急了：张支书你到底管不管？

张梦富也急了，猛地站起来，说：我说不管就真不管。你就是撤了我的职也不管。

刘乡长听明白了，赶忙对"四眼书记"解释说：这里人说的管不是管理那个管，而是，而是……但是，但是……他急得跺着脚，生怕解释不清楚。这么给你说吧，比如咱说这事能行，就是能干，不行就是不能干。这里是说管，就是行，不管就是不行。老张刚才的意思不是说不管理"老套筒子"，而是她太厉害，他没办法管她。对不老张？

张梦富点点头。

"四眼书记"说：这个我也不管。我只看结果。

"四眼书记"走后，刘乡长留了下来，他同张梦富又对一些细节做了精心谋划。他说：张梦富呀张梦富，我知道你梦里都想富，现在你致富的机会来了，就看你能不能抓住。

张梦富说：我个人致不致富不打紧，只要能让张沟村的百姓觉得有盼头，我没白当几十年支书，死了能合上眼。他又问：刘乡长你给俺透个底，到底多大个头头要来张沟村？刘乡长瞪了他一眼：这都不该你问。你把你该做的做好就行了。两人说到这里，自然就说到了张梦仁媳妇的事，都觉得很难办。地里挖几条水沟，路上铺些石渣子，就是盖学校只要材料备齐了也没问题，恰恰就是人的问题不好解决。你真要安排领导参观张梦仁家，就不能不让他媳妇露面，总不能把他媳妇锁屋里吧？那是非法拘禁。刘乡长想得头都疼了，才拍了下脑袋：你看这样行不行，找张梦仁谈一谈，让他把他媳妇接县城住一段时间。

张梦富连忙摇头说：不管，他才不会接他媳妇去县城住，那样他搞破鞋不就不方便了！

刘乡长斩钉截铁地说：这回必须让张梦仁听咱的。他再有钱，还能赶上我乡长的权力好使？我最拿手的好戏就是治那些不听话的老板。他抽了口烟，又说：你要怕给他谈不通，我亲自找他谈。他还不会不给我面子。

二

绿色东方集团董事长张梦仁是张沟村人。他当过兵，复员回来后跟堂哥张梦富当了几年民兵营副营长。实行联产承包责任制后，他是张沟村第一个走出去做生意的，那时还不叫老板叫个体户。起初，他是把张沟村周边山村农民种的菜、苹果和粮食用马车、拖拉机往镇上和县城倒腾，从中赚些小钱。虽然我们伟大的中华民族是世界上最早懂得经营财富的民族之一，商业发展历史悠久。但是在长期的封建制度及农业社会的背景之下，财富的来源主要依靠"耕"和"读"，社会地位的排序是"士农工商"，商业行为不被主流社会所接受而且长期受到压制。历代当权者认为"普天之下莫非王土"，利用职权巧取豪夺；一些富人为富不仁，有时候出于本能隐藏财富，有时候又出于某种需要热衷于"炫富"；而一些穷人面对贫富悬殊的现状，倾向于"仇富"。张沟村人和很多农民一样，守着陈旧的财富观，看不起张梦仁的行为，背地里骂他搞投机倒把。这样，才给了张梦仁这样善于抓住机遇的人机遇，有了先富的一部分人。后来，张梦仁发现市场越来越活跃，但仓储越来越紧俏。于是，他开始做起仓储，过了几年又加上了物流配送，到目前他的企业已成了全县最大的农产品仓储和物流配送企业，财产也达到了上百万。然而，让他最头疼最伤感也最心烦的就是老婆"老套筒子"不争气。人长得难看不说，脾气还大得很，常常在他面前指手画脚，动不动就念"老三篇"，说张梦仁有了今天全托她的福，今天富了忘恩负义，在外边搞破鞋对不起她……

张梦仁在家排行老大，下边还有四个弟弟妹妹。他当兵以后，全家就他父亲一个是"整劳力"，他母亲一年到头几乎挣不到几个工分，全家的生活陷入了困境。他当兵的第二年回乡探亲，在镇子上遇见了小学同学"老套筒子"。"老套筒子"的父亲当时已经当上公社"革委会"副主任，全家转成了商品粮户口。"老套筒子"见穿着军装的张梦仁魁梧英俊，加上那个年代的年轻姑娘喜欢军人，心里对他生出几分爱恋，求她父母托人说亲，要嫁给张梦仁。在张梦仁的父母看来这无疑是天降富贵，就算一年三百六十五天，天天烧香磕头也求不来的好事，马上就答应下来。张梦仁起初死活不同意，他父亲又骂又打，他母亲又是要喝农药又是要跳井，硬是逼着他与"老套筒子"定了亲。他打心里不喜欢她，人长得又矮又胖，脸上还有几个黑麻子，说起话来像一门小钢炮，脾气就像火药桶，张口就骂脏话。他后来不止一次骂她的嘴就是大粪坑，又脏又臭。可是他一个穷当兵的，要地位没地位，要钱没钱。女方答应给盖三间新房，送"三转一响"即自行车、缝纫机、手表和半导体收音机的嫁妆，你还有什么可挑剔的？这样，他和"老套筒子"结了婚。婚后第二年他复员回到张沟村。他岳父把他安排在公社开车。那时，公社领导不像现在有专车，整个公社机关就一辆大头车也叫客货两用车。没几个月，他和公社的总机接线员好上了。他岳父一气之下把他赶回了家。

他和"老套筒子"婚后几年没有孩子，有人说他根本就没和"老套筒子"同过床。他岳父听后，恼羞成怒，让人把他绑了，推推拥拥到他岳父面前。他岳父手里拎着把切菜刀：你今天不说清楚，老子把你的家伙割下来喂狗！张梦仁吓得尿了一裤裆。他把"老套筒子"拉了来做证才算过关。此后，"老套筒子"竟然一发而不可收拾，接二连三为他生了两儿两女。在他所在的家乡，又有儿又有女的人称为儿女双全有福气的人。他从此对"老套筒子"态度也来了个一百八十度大转弯，对她言听计从不说，她骂他，他不还口；她动手打他，他也不还手。没想到日子长了，竟然养成了一个坏习惯。

其实，张梦仁对"老套筒子"服软还有一个重要原因是心亏。他喜欢拈花惹草。他当民兵营副营长时，负责全大队的"看青"。老百姓对地里的庄稼常用颜色来划分阶段。绿是指庄稼的幼年期，青是指成长期，黄则是指成熟。看"青"就是看护未成熟的庄稼。有的人家家里人口多，粮食不够吃，到了青黄不接的时候，就到地里偷一些即将成熟而又没成熟的庄稼来补充，这在当地叫"偷青"。他这个民兵营副营长对老人睁一只眼闭一只眼，但是逮着有点姿色的年轻女人，就逼着人家脱裤子，天当被地当床和他干那种事。日子久了，有个女人成了他的固定关系户。她来"偷青"，他不但不逮还帮忙，而她则随叫随到供他玩乐。世上没有不透风的墙。这事传到"老套筒子"那里，"老套筒子"和他大闹了一场，半夜里他的下身家伙被扯痛，睁开眼一看，"老套筒子"一手抓住他下身的家伙，一手拿着把剪刀，正要下剪子，给他来个"一剪没"。他吓得魂飞魄散，当即跪在床头前乞求"老套筒子"原谅，并发誓一辈子对她不再三心二意。当时，公社"革委会"也收到了对他的举报信。那个年代搞男女关系就是流氓，流氓理所当然是另类，无产阶级专政的对象。公社负责专政的组织把写着"流氓张梦仁"的高帽子都准备好了，打算在逢集的日子抓他去游街。"老套筒子"跑到她父亲那里，跪着求她父亲为张梦仁说情。她父亲让张梦仁写了永不再犯的保证书，才出面保他没事。他离开张沟村到县城做生意后，在这方面有了如鱼得水的感觉，不时更换女友，反正"老套筒子"看不见抓不着。然而，他处了几个女人都是以无结果而告终，原因很简单，他不敢向"老套筒子"提出离婚的要求。那几个女人见跟他没什么结果，要一笔钱也就和他拜拜了。

八年前，张梦仁到省城出差时，在歌厅认识了一个本县籍的女子。那女子名叫杨花，刚二十出头。两个人认识的当天就开了房上了床。从此，张梦仁每次到省城都约她。他对她说：我爹给我起的名字真好，梦人，我天天梦的人就是一朵花。杨花说：那你把我带走吧。在这儿坐台，今天公安来查，明天消防来查，后天又传说征税，弄得人整天心里七上八下的。我想跟你过正常人的生活。于是，他就把杨花带回了县城，安排在他的一个仓库做经理。后来，他在县城买了块地，盖了栋小楼，和杨花过起了夫妻生活。前年杨花给他生了个儿子，开始和他闹起结婚的事来。杨花说：你要是不和我结婚，我就把你儿子掐死然后再自杀！他好说歹说，最后以给杨花写了保证书才让她平静下来。可是，他一回到张沟村，见了"老套筒子"，就像泄了气的皮球，一下子就软塌塌的了。回到县城见了杨花，他就编瞎话哄她，说"老套筒子"已经答应离婚了，条件是大儿子成家以后。杨花算算他和"老套筒子"的大儿子二十三四岁了，也找好女朋友了，结婚的日子也定了，就再拖一年半载吧！过了两年，他大儿子的儿子也出世了，他和"老套筒子"还没离婚。杨花恼羞成怒，带着孩子不辞而别。这下张梦仁急了，回到张沟村找堂兄张梦富商量，让张梦富帮他做"老套筒子"的工作，在离婚协议书上签字。张梦富说这事我不管，滚你个蛋吧，没心没肺的东西！当初不是"老套筒子"她爹扶你一把，找银行托关系给你贷款买车跑运输、收农产品，你小子能有今天？你撒泡尿照照自己，你是比别人多长个脑袋还是多了只眼，没你老丈人你现在还照样撸牛尾巴！你让我去做"老套筒子"的工作，不如给我把刀，让我砍了她！

张梦仁也去找过刘乡长。刘乡长是他岳父的老部下，也是他的老朋友，帮过他不少忙。他的几个大仓库，都是原来乡镇企业的旧厂房改造的。刘乡长为了把地和房子弄到他的名下可谓冒着风险，排除万难。他也给刘乡长不少好处。刘乡长的两个女儿在省城上大学，所有费用都是他包的。刘乡长问：怎么能帮上忙？他说：你让民政服务中心帮我办个和杨花的结婚证就行了。刘乡长想也没想，一拍桌子，瞪着眼骂他是个混蛋：我老刘没亏待你吧？你怎么想这个阴招来害我。你知不知道伪造证件是违法的。再说，你老丈人也是老干部，老干部是最不能得罪的。万一你老丈人你老婆往上一告，我得跟你去坐牢。你还要你的杨花呢，水性也沾不着！

他曾按照电线杆子上贴的小广告的地址找到办假证的，想办两张假证糊弄杨花。一张是他和"老套筒子"的离婚证，一张是他和杨花的结婚证。办证的一口价，一个证要五百。他说：办好了我给你一千！可是证拿到后，他没敢给杨花看就撕碎扔到垃圾桶里了。操你个姥姥，那公章上的大印叫中国民政部，这不明摆着假的。办证的也会日哄人。

昨天夜里，杨花又和他大闹了一场，说再过一个月她就满三十周岁。如果他不能在她三十周岁那天办完离婚手续，就彻底和他拜拜。他又施展老伎俩，给杨花写了份保证书，说如果不和"老套筒子"离婚，遭天打五雷轰。杨花看也没看就撕成碎片扔到他脸上：张梦仁你个老小子，你就是把保证书拿电视台去放，我也不相信你了。他舍不得杨花，更舍不得他和杨花生的儿子。

张梦仁一筹莫展之际，刘乡长把他叫到了乡政府，就在刘乡长办公室的沙发上和他并肩而坐，促膝谈心。刘乡长说：我也不叫你张老板了，叫你老张哥，谁叫咱哥俩亲得像一个娘生的呢！

张梦仁心里打鼓：这孙子不知又想用什么名目从我腰包里掏钱。每次搞捐助，他都是全乡掏钱最多的，这已形成了惯例，而且十万元以下的刘乡长都不亲自找他谈。他不敢不给。他要是不给，第二天他的仓库就会断电断水。你企业做得再大，电和水这些都不是你的。他的仓库可都是放的新鲜的农产品和肉类，停电一天损失可不是十万的事。你要敢告，小子等着，派出所、法庭、工商所、税务所、土地所、环保所，一直到信用社都在排着队等着挑你的刺。他不想和刘乡长浪费时间，就直截了当地说：乡长老弟你有话就挑明了，这回又要多少？

刘乡长拍了下他的大腿：老哥，这次不是向你要钱，是要给你钱！

张梦仁先是朝窗外看了一眼，接着又揉了揉眼睛：太阳从西边出来了啊！

刘乡长跺了一下左脚，骂张梦仁：你小子眼睛不色盲吧？太阳还是从东边出来西边落。这回兄弟也没骗你，真的是政府要给你钱。

多少？张梦仁想起最近从电视上看到过，中央提出要加大对中小企业的支持力度，尤其是支持"三农"，对他这样搞农副产品的小企业有优惠政策，也许是上边给乡里拨了款，乡长想起了他。

刘乡长伸出食指，在张梦仁面前晃了晃。张梦仁喜出望外：一百万啊！刘乡长摇摇头：做梦吧你。张梦仁又问：那就是十万？总不会是一万吧？你知道我的企业每天支出都得好几万，少了不够塞牙缝！

刘乡长站起身，在房间来回走了几圈，然后回到办公桌前坐下，左腿跷在右腿上，点燃一支中华烟，一边抽一边说：张老板你应该知道，咱这个乡财政相当困难，公务员和教师的工资都拖欠仨月了，要不是这回乡政府有求于你，别说一万，一分也不会给你。

张梦仁一听说乡政府有事求他，而且花一万元钱求他，一下子就呆了，过了好一会儿才给刘乡长敬了支烟，赔着笑脸喊了几声刘乡长：我说乡长老弟你就别卖关子了，有什么事你尽管吩咐，我张梦仁你也不是不了解，只要是政府一声令下，我保证积极响应，坚决贯彻执行。说完，笑笑又说，我可从来没给你老弟讲过价钱。

刘乡长离开座位，拉着他的手重新回到沙发上坐下：我的老板大哥，乡里给你这一万元钱是出差补助费。接着，他把自认为考虑成熟的意见向张梦仁说了一遍。

"四眼书记"一行走后，刘乡长拉着张梦富又去了一趟张梦仁家。他想和"老套筒子"谈谈，看能不能让"老套筒子"配合一下，首长来的时候别惹出麻烦。他进门之前，先把自己的表情改造了一下。当干部这些年，他的面部千锤百炼成了威严的表情，除非是见上级领导，很难看到笑貌，就是在家里对妻子女儿也很严肃，大女儿给他起了个外号叫"会议脸"，小女儿则直陈他笑和哭没有严格界限。他冲"老套筒子"一笑，"老套筒子"果然也是吓了一跳：刘乡长你这是干吗，不是来俺们家报丧吧？！

会说话吗？张梦富冲"老套筒子"瞪了瞪眼：人家刘乡长来看你，你一点礼貌也不懂。

"老套筒子"根本不买张梦富的账。她说：这回刘乡长在你张梦富眼里成好人了。下大雨那天，你不是还满大街扯着嗓子骂刘乡长是刘大炮，答应给村小学拨款建房都当放屁。

刘乡长看了张梦富一眼。张梦富红着脸，把眼睛转到一边。刘乡长没有计较"老套筒子"的话，也没有冲张梦富发火。他知道不止张梦富一个村干部对他有怨言，背后骂他，叫他刘大炮，意思是说他说的话不落实。他有他的难处和苦处。为了让村干部安心工作，他不能不常常许愿，真正要落实起来，他又拿不出钱。他对"老套筒子"说：老嫂子你有意见尽管提，我今天就是来听你提意见的。没想到他这一句随便说说的话，引来了"老套筒子"一大堆牢骚。"老套筒子"说：我对你乡长没啥意见。你是乡长我是老百姓，咱中间隔着山隔着水。再说了你又不是我儿子我外甥，我也够不着让你疼我孝敬我。可人家梦富哥这些村干部是你的兵，你不能光让人家卖力气干活，不管人家死活。梦富哥去年累得生了一场大病，要不是村里人东家五十西家三十拼份子给他凑了手术费，他这会儿能活蹦乱跳站你跟前？

刘乡长说：这事梦富也没说，我是事后才知道的。回头看着张梦富：张支书，这种事以后要第一时间通知乡政府。咱再是穷乡，也不差那几个子儿。

"老套筒子"又说：俺们村小改造也说几年了，光听水响不见鱼儿上来，你当乡长的又怎么说？

刘乡长跺了左脚跺右脚，连说几个马上马上，这两天就动工。他觉得身上发热，已经开始出汗了。他在心里想，要不是"四眼书记"非要定这个典型，老子一句难听话也不会听下去。

"老套筒子"的嗓门儿高，吵吵几句，四边邻居家就有人过来了，都站在院子里，一边听一边议论。有的说：上边的经好，就是下边的歪嘴和尚给念错了。咱听广播电视里说上边让消灭农村学校的危房，可咱村小学到现在还是危房，孩子在里边上课，咱下地干活都揪着心。

说这话的是我妈。那年我上四年级。我妈说完，又有几个人跟着骂，有的骂乡里截留上级下拨的惠农补贴，有的甚至骂县里街道开得太宽，铺得大理石太浪费……刘乡长出门后在心里计算了一下，"老套筒子"和村里几个人说的问题，既涉及干部的工作作风，又涉及农民的利益，这些话要是让首长听见那还得了！他想，无论如何也不能让"老套筒子"搅了局！

刘乡长专程去了一趟县委，向"四眼书记"汇报筹备工作情况。他已经从"四眼书记"的秘书那里知道，县里对这次首长来张沟村视察十分重视，专门成立了领导小组，由县委书记任组长，"四眼书记"只是个常务副组长，成员还有有关部委办局的负责人，他也是其中之一。刘乡长绕着圈子问"四眼书记"的秘书哪个首长来张沟视察。秘书说：不知道，你问咱书记，书记也不知道。他见了"四眼书记"，还想问这个问题，"四眼书记"发了火：老刘你想啥呢？首长不来你就不干工作了？接着就提到"老套筒子"，那个张梦仁媳妇的工作你们要好好做一做，让她也得有个典型的样子！

刘乡长说：不行咱换一个典型吧。

"四眼书记"皱了皱眉头：你张沟村有第二个张梦仁那样的致富典型，还是有张家那样的好房子？

刘乡长原想把在"老套筒子"那儿听到的告诉"四眼书记"，话到唇边又咽了回去。领导交办的工作，你做下级的只有排除万难去完成，才能得到领导的赞赏。你摆了一堆困难，领导会怎么看你？一是你没有能力，没能力就是不称职；二是你讲条件，革命工作怎么能讲条件？他不想在即将换届的关键时期给"四眼书记"留下这样不好的印象。

回到乡里，他又接二连三接到"四眼书记"秘书的电话。秘书向他转达了"四眼书记"的指示，要求他无论想什么办法，一定要做好张梦仁家属的思想工作，让张梦仁的家属与张梦仁配合好，当好勤劳致富的典型。"四眼书记"的秘书最后强调：书记说了，如果这个典型出了问题，你捧着乌纱帽到县里来向书记和县长检讨！刘乡长放下电话后坐卧不安，苦思冥想，想出了十几个办法。他把这些办法一一试了一遍，最后又都让自己否定了。就在他感到无计可施的时候，乡政府一位工作人员来向他报告出差的事。他跺着左脚拍着桌子骂那个工作人员不长眼睛，乡里忙得一塌糊涂，万一要是找你，你不在……他突然灵机一动：对啊，要是首长来那天"老套筒子"出差不在家，不是就不会和首长碰上面了吗？对，就让张梦仁安排"老套筒子"出去躲几天。到了首长来的那一天她不在家，什么问题也就不会发生了。想好这个计策后，他才约张梦仁到办公室来谈。

张梦仁听了刘乡长的话，开始一个劲儿地摇头：不管，不管，我的乡长兄弟，你太不了解那娘儿们。

刘乡长说：我怎么能了解她？从打和你认识，你今天让我见这个嫂子，明天让我见那个嫂子，不是那天陪县领导去你家，我一辈子恐怕也见不到你真媳妇的面。说完，又说，我先找你谈，就是请你出面嘛！你想想，你是农村勤劳致富的典型，各级领导都很器重。可是进了你家，你媳妇不管是谁，张口就是脏话、粗鲁话，冒犯领导不说，万一领导问她什么问题，她再不知深浅把你一些不该让别人知道的事说出来，那不就砸锅了？

张梦仁这回听明白了，就是说有大干部、大领导要到张沟村去，张沟村选了他做先进典型，但对他媳妇"老套筒子"那张嘴不放心，想让"老套筒子"以出差的名义外出回避一下，而且给一万元钱补助。他想着想着，觉得自己的机会来了。他问：刘乡长，到了那时我是不是要在家里？刘乡长说：那是当然，你还要和领导合影，向领导介绍致富经验。张梦仁点点头：行，我听明白了。我明天就回张沟做我媳妇的工作，保准让她积极配合。

临出门，他又给刘乡长留下一句话：那一万元钱不用政府掏腰包，你哥不缺那点钱。

张梦仁确实想到了个锦囊妙计。他开上车疯一样往县城赶。过去，他从乡里到县城或者从县城到乡里要用四十分钟时间，这次只用了半个小时。他回到家，一头撞进厨房，把正在炒菜的杨花一把拉在怀里，又是亲吻又是浑身上下乱摸，惹得杨花不高兴，挥起锅铲子朝他屁股上打了一下。那锅铲子刚从油锅里拿出来，还有些烫，疼得他龇牙咧嘴：好你个杨花，想给我文身也不需要那玩意儿。

闹罢，杨花炒好菜出来，解下围裙扔在他脸上：你是彩票中了大奖还是股票赚了大钱？看把你乐得！张梦仁把杨花抱在大腿上坐下，一边摆弄着她高高的鼻梁，一边说：这事比彩票中大奖和股票赚大钱都让你高兴。接着，他眉飞色舞地把刘乡长的谈话内容向杨花说了一遍。杨花听了，不以为然地哼了一声：不就是让你们家的母老虎先回避一下吗？与我有什么关系？

张梦仁说：这可与你我的关系大了！他把自己想好的智谋以及实施计划向杨花说了。杨花边听边笑，等他说完，杨花跳起来亲了他一口：张梦仁你要是办成了这事，我死心塌地跟你过一辈子！再给你生个闺女。她拍着自己的肚皮：我这肚子里还能盛下三两个小孙孙！

三

"老套筒子"听张梦仁说让她去香港旅游，马上瞪大了眼睛：张梦仁，你个挨枪子的，又给老娘要什么心眼？

张梦仁说：我能给你要什么心眼？我是完完全全为你好。县里奖励勤劳致富的先进人物，奖品就是去香港十日游的机票。我想我都去过香港多次了。这回该让你去。不管怎么说，我这军功章里有我一半也有你的一半。不信，你问问梦富哥！

他这回把张梦富也拉来一起做他媳妇的工作。张梦富虽然工作能力一般，做村支书没本事带大伙致富，但他为人老实正派在张沟村有口皆碑。"老套筒子"曾经说过，张梦仁要有张梦富一半老实，他走哪里她也就放心了。

张梦富本来不想同张梦仁一起来找"老套筒子"，可一来刘乡长给他有话，这是上级指示；二来张梦仁求到他，这是人情面子，更重要的是保住这个典型才能保住张沟村这个典型，保住了张沟村这个典型，县里乡里才会投资修路、建蔬菜大棚、挖水沟、打井、盖学校。他一进屋，沙发不坐，凳子不坐，又是朝地上一蹲。这也许是他的工作方法吧？蹲在地上，别人不容易看见他的表情。他听张梦仁问自己，就郑重地点了点头。接着他又后悔，因为他知道张梦仁的鬼点子多，万一张梦仁使个阴招把"老套筒子"涮了，"老套筒子"到后来会把他捎带上。刘乡长明明说给张梦仁一万元钱，让张梦仁把"老套筒子"支出去几天，这事刘乡长没瞒他，也对他说了。眼前，张梦仁睁着大眼说瞎话，对"老套筒子"说是县里奖了他十万元还有香港往返的机票，如果不去就作废。张梦富对此心里感到很不踏实。他活了六十多岁，当了几十年村干部，认清一个理，不管什么人，只要为了一件什么事编谎言说假话，那件事背后肯定有诈。可是他又不好当面说破，说破了对大家都没有好处。老实人在一定的场合，也不一定都说老实话，办老实事。

"老套筒子"接过张梦仁递上的飞机票，左看一眼右看一眼，正面看罢，又反过来看。那机票上写的英文字母她一个也不认识。她问张梦仁：张梦仁你是不是又骗我，我咋没看见我的名字？她虽然也上过小学，学习不努力，又过了很多年，好多字都认不得了，唯独对自己名字还认得清楚，因为过去生产队年代每次分东西，都在上边放个写着人名的字条。

张梦仁尽管心里看不起"老套筒子"，表面上却不敢得罪她，忙给她解释说机票上的名字是拼音字母。他又把为"老套筒子"办好的港澳通行证上的名字拿出来对照让"老套筒子"看。通行证上有照片，"老套筒子"这才放了心。她又问：和谁一起去？你得陪我去。我跟你过了大半辈子，你连县城也没带我去过。这回你得陪我，你不陪我，我不去！

张梦仁按照事前编好的计划，说：我想到了，全都给你想好了，让咱大儿媳妇陪你一起去。她上过大学，会说英语，到香港可以给你当翻译。我得照顾生意，走不开。再说，我也不会说英语。

"老套筒子"不信：唏，骗鬼呢张梦仁？香港说英语，我咋看电视电影里香港人说话和咱一样。

张梦仁骗她说：唏，那是翻译过来的你知道不？电视电影里的美国人日本人还说中国话呢，都是翻译的。

"老套筒子"看了看张梦富，张梦富低着头抽烟，眼皮也没抬。

"老套筒子"到楼上转了一圈，回来后又不放心了。她说：张梦仁你个挨枪子别骗我。你不会我前脚走你后脚把别的野女人带回家来吧？

张梦仁忙说：那怎么可能。好歹我是先进典型，那种缺德事咱不干。我要做对不起你的事，梦富哥也不会答应，对不，梦富哥？

张梦富蹲在地上，仍旧是侧着脸点烟，假装没听见。

"老套筒子"狐疑的目光在张梦仁脸上停留了足足两分钟：张梦仁我告诉你，我养大的狗最怕野女人的骚气，闻到味扑上去就咬，到时出了人命，可别怪我没警告你啊。

我长大后听我妈说过，"老套筒子"打从嫁到张梦仁家，没有一天信任过张梦仁。平常都是张梦仁指东她向西，张梦仁指西她向东，比如张梦仁从县城打电话回家说今天回来，她大门一锁该干啥还去干啥，因为她压根就不信张梦仁回来。就连张梦仁从县城带回来的吃的东西，她都放着等张梦仁回来看着他先吃，自己才肯吃，说是怕张梦仁给她下毒。夫妻做到这个份上，真是一大悲剧！

偏偏那次"老套筒子"不知怎么就信了张梦仁的话。她那时心里甭提多高兴了。去香港，张沟村的女人谁敢做这个梦？别说香港了，省城、北京又有几个人去过，有的连县城还没去过呢！而她却即将成行。她越想越高兴，拿着飞机票出了门，说是要给几个牌友告个别。张梦仁想拦她，让她把机票留在家里，想想又没说出口。这个女人，一句话不中听就会变脸变点子，还是任由她去吧。

那天是个星期天，我和邻居家的孩子到地里帮着大人干活去了。我们回来路过张梦仁家，正碰上"老套筒子"拿着机票，手舞足蹈地跑出门。她突然一下子抱住我，把机票在我眼前晃了几晃：乖乖，告诉大娘香港离咱张沟有多远？我愣了一会儿，摇了摇头。我邻居家的孩子接上说：在上海老往南老往南。"老套筒子"白了我邻居家孩子一眼。

"老套筒子"的工作做通了，张梦仁又到乡里去找刘乡长。

刘乡长中午有个雷打不动的午睡习惯。他睡午觉时最讨厌打扰，即使是乡党委书记有事找他而非急事，他也会含沙射影地骂几句：昨天有个老乡说丢了条驴，怎么今天在咱乡政府院里听见驴叫了！如果是下级打扰了他的午梦，他会毫不客气地指着鼻子训斥。张梦仁到了他的门前，敲了十几下门，没听见应声，有些急了，说：我是张梦仁，找刘乡长有事。我走了！

其实，张梦仁敲第一声时刘乡长就听见了，他没理，转个身又要睡。听张梦仁报出名字，又说要走，他才赶忙起床开了门：张老板你小子真不够意思，孩子吃奶也得等娘解开怀。你总得让我把裤子穿上吧！说着，点了一支中华烟，猛抽了几口，算是提了提神，说吧，和你老婆谈得怎么样？

张梦仁把同"老套筒子"谈的经过简要向刘乡长说了，然后得意地说：我老婆已经同意了。我把她和大儿媳妇去香港的通行证和机票都办好了。

刘乡长撇了撇嘴：有必要吗？还去香港。

张梦仁说：她要是在内地，脑子一热赶回来怎么办？去香港就不由她随便了。

刘乡长点点头，跺了下右脚：还是你想得周全，到底是老板，脑子好使！

张梦仁笑了。笑罢，张了张嘴，想说什么，可能觉得不好意思，把话又咽了回去。他也点了一支烟抽着，不时抬头看看刘乡长。

有事？刘乡长问。他打了个哈欠，示意还想再睡一会儿。

张梦仁说：领导来了，看我这么富裕的家庭条件，就我一个光棍男人，能信吗？

刘乡长说：你可以给领导说你媳妇去香港旅游了嘛，这实事求是，你们村都知道！山沟农民坐飞机去香港旅游，这也是件新鲜事，首长听了一定会高兴。

张梦仁说：首长高兴，你乡长高兴，我媳妇也高兴，就我高兴不了。

刘乡长听出了张梦仁话中有音：张老板张大哥你是不是有什么想法？有想法你就说出来，别吞吞吐吐的像茧抽丝一样。

张梦仁这才把他的想法，严格点说是他的策划、他的谋略向刘乡长说了。他说：家里没有女人不能算一个完整的家，家里没有一个能说会道、漂亮贤惠的女人，不能算一个和谐的家。你们既然让我的家当典型，就得让我的家完整无缺。

刘乡长问：你该不是想找个女人代替你老婆吧？

张梦仁点点头：刘乡长你真伟大！他说着给刘乡长点了一支烟。刘乡长抽了一口，夹在手指缝间看了看烟灰，又看了看烟头前的数字：328 开头的，是吗？我怎么抽着你这烟味道不太对劲！

张梦仁从烟盒里又掏出一支烟，拿在手上给刘乡长看，然后又从刘乡长的烟盒里取出一支烟，把两支烟的包装纸、烟丝一一做了个对比。他说：我这烟是从烟草专卖拿的货，那里有我哥们儿，辨别真假烟的办法也是他教我的。

刘乡长听后，拍了拍脑袋：老子这些年抽的中华全是假的呀！

张梦仁回到车上，取了两条中华烟，指着烟盒上的防伪标志说：你看看这上边都有烟草专卖的专用章，假不了！你要是抽这个牌子，我每月供给你三五条。一个大乡长抽假烟，你不怕别人笑话，我这个全乡首富还觉得脸上没光呢。

刘乡长左手摆得像风吹的荷叶，嘴里说着我不能收你的烟，右手却把烟接过放进办公桌下边的筐子里。他说：张老板你刚才想弄个假媳妇，我看就免了吧。不过，你可以找个熟悉点的、好看点的、能说会道点的在家里帮忙搞搞接待。领导要问，你就含含糊糊地回答，不说是媳妇，就不算弄虚作假。

张梦仁高兴得跳了起来，握着刘乡长的双手：乡长老弟，知我者非你莫属。我一定遵照你的指示把这事办好。

他临上车时，刘乡长又冲他吼了一声：张老板，你可别弄假成真、假戏真唱。到时候你媳妇找我要男人，我可不负责任啊！

刘乡长的话显然应验了。其实，事实也必须应验，或者准确地说事情的发展必然走到那一步，只是刘乡长的责任是推脱不掉的。

四

张梦富这一个月里忙得焦头烂额。

他做的第一件事是修路。从乡到村的路不用他操心，由县交通部门组织修。县交通部门一开始提议，严格追查过去拨的村村通修路款哪去了，县政府一个领导说过了这事再说。县交通部门这次也学精了，自己招队伍自己干。张梦富操心的是几个自然村之间的路。虽然上级的拨款到了，但组织施工得由他负责。最让他头疼的是拆迁。由于村里盖房用地紧张，村民这些年胡搭乱建的情况比较突出。乡里要求沿路两侧不许有违章建筑，而农民不管这些。我在自家门前盖间锅屋搭个鸡窝羊圈违什么法？然而即使一个鸡窝狗窝，你动他的也得给补偿。尤其是自然村与自然村之间的路年久失修，有的地段被村民取土弄塌陷了，有的地段被村民拾荒种上了菜。你给他讲这是集体的，他根本不买账。集体的你集体不早修，偏偏我上边种了菜你来修？给钱！张梦富上午跑东边的村民小组，下午跑西边的村民小组，晚上还要走村串户做说服动员。张梦仁见他累得瘦了一圈，就给他出了个主意：你怎么不学学当年当民兵营长的办法？

张梦富说：那什么年代现在什么年代，那法儿过时了！

张梦仁说：你就招几个年轻力壮的愣头青，不叫民兵营民兵连，按现在时髦叫法是村容村貌整治办，保准管用！

张梦富开始还疑惑，这都什么年代了，这法儿还行吗？村会计说：办法行不行试一试，你不试怎么知道行不行。张梦富就在村街上搭了个棚子，上边挂了个"村容整治办"的牌子，又招了七八个年轻力壮的小伙子，每天让村会计放两盒烟一瓶酒给他们享用，再给每人每天十元钱的补助。结果正如张梦仁所说，效果特别明显。被村委会招聘的七八个村容村貌整治办人员非常卖力，戴着"整治办"的红袖章从早到晚吆五喝六地在村里转，碰上"难缠头"的村民就动拳头。

张梦仁家盖楼房时曾盖了个停车房，不过是在院子后边，张梦仁平时回家少，加上路也不好走，车房被"老套筒子"用来当贮藏室，乱七八糟的东西都往里放。去年张梦仁有一次回来，七拐八拐折腾了半天，好不容易把车开过来，只好停在门前。就一顿饭工夫，轮胎被人扎了两个洞，车窗子上还挂了只破鞋。为这事，他和"老套筒子"剋了一架。"老套筒子"觉得心里挺过意不去，不是对张梦仁，而是心疼几十万一辆的车。她在家门前盖了个车棚。这回"整治办"要拆，她不同意，拎着把菜刀坐在门口，说谁敢拆就和谁拼命。她这一带头，村里一些妇女也向她学习，拆迁工作一时陷入困境。

两天后的一个深夜，"老套筒子"在沉睡中被一阵吵嚷声惊醒，爬起来一看，自家门前火光映天，等她到了门口，车棚已烧成一片灰烬。她哭啊骂啊，嗓子都哑了，也没人给她个交代。刘乡长来检查工作进度时，她一把鼻涕一把泪地向刘乡长控诉万恶的"整治办"，刘乡长跺着脚，咬牙切齿地说这事一定帮她管！话是说了，可是一转脸就扔脑后去了。

"老套筒子"被制服了，其他钉子户只好乖乖地拆掉了院门前的停车棚。

张梦富对这些装作看不见听不见。反正是给村民办好事，等村路铺上柏油，晴天不再有尘土飞扬到你家锅里，下雨天不再用你驮脚踏车，你自然就会理解了。

修路的麻烦事一解决，其他事情就好办了。盖学校对大家都有好处，哪有不拥护的，而且大伙踊跃出义务工，会木匠活、泥瓦活的都上了工地，学生娃子们也跟着搬砖头。后来张梦富爷爷对我说：你小子那时最卖力，和你一般大的孩子一趟搬三块砖，你却比他们多搬两块。我那时就说你小子长大了比他们有出息。

村委会办公室里翻修，几个人就够了。至于地里挖排水沟，张梦富采取了包工的办法，把上级补助的钱发到每家每户，由每家每户各自挖自己责任田的排水沟，家中没有劳力的，可以拿着补助的钱雇用他人。

在这一个月的时间里，张沟村几乎没断了来人。"四眼书记"先后来了三趟，刘乡长几乎每天都来。"四眼书记"说县委、县政府下了决心，举全县之力建设好张沟村这个典型。县委、县政府，乡党委、乡政府有关部门有的派了工作组，有的派了专人，县委办还专门设立了督察组，负责督促检查。有一次，"四眼书记"在张梦仁家门前站了一会儿，指着张梦仁家雪白的墙壁，说：这块墙不用上可惜了。你们张沟村整个村子里，让人看不到振奋精神的东西，就在这墙上写几幅大红字标语吧。想了一会儿，又说：解放思想，实事求是，抢抓机遇，加快发展，十二个字！

刘乡长说好词，然后安排张梦富尽快落实。

张沟村的百姓弄不清楚发生了什么事。有的说咱这里是革命老区，上边对老区加大了政策扶持力度。有的说咱张沟村是不是也要划成特区了？看那架势拉得够大！其实张梦富心里明白，脱贫致富不能靠上级给钱。你今天给钱修了路、建了大棚、盖了学校，明天俺们就能摘掉贫困的帽子？日哄谁呢！还是张梦仁的媳妇"老套筒子"聪明，当然也因为她家房子多，有条件。她瞄准了各级来的干部、施工人员都要吃饭这一商机，开了个"农家乐"饭店，每天中午竟然宾客盈门。有一天张梦仁回家，她对张梦仁说：我不去香港旅游了，在家开饭店挣钱。张梦仁一听急了：你不去香港旅游怎么可以？那就算咱违约，违约要罚款的！

"老套筒子"说：你得了吧，咱给公家省钱，公家还得罚款？你骗谁呢？别忘了我爸也当过公社的高干。

张梦仁就差没笑喷。心想，你爸还高干，干高吧？嘴上却哄着"老套筒子"说：香港那边不同内地，定好几个人几间房几桌子饭，就一个都不能缺，缺了就是违约，违约当然要罚款。罚款还不怕，咱不缺钱，关键的关键是政治影响。香港同胞要说咱内地人不守诚信，反映到领导那儿，咱可吃不了啦！他说的这些"老套筒子"不了解，心里疑惑，就去问张梦富。张梦富已经尝到了点甜头，还想借机多给张沟村弄点投资，加上张梦仁这几次来每次都给他带上一条烟两瓶酒，就一本正经地对"老套筒子"说：这事可不是闹着玩的。"老套筒子"看张梦富老实人都害怕了，也就不好再坚持。她又对张梦仁说：我这个饭店刚开张十几天，每天都能收入几百元，你让我关张走人，损失谁补？张梦仁想想和她再争下去也没有个头，就说给县里反映一下，看看县里能不能换个人去。他出了门就给刘乡长打了个电话，让刘乡长派人把"老套筒子"的饭店给关了。

这事对刘乡长来说易如反掌，因为"老套筒子"的饭店没办工商许可证，税务登记证、食品卫生许可证也没有。刘乡长一个电话，让食品卫生所来了两个人，把"老套筒子"的锅碗瓢勺、桌椅板凳全都装到车上拉走了。"老套筒子"和来人闹，来人说：你要是再闹，信不信我把你们家大门给封了！

"老套筒子"一气之下，反而坚定了去香港旅游的决心：好你个政府，我好心给你们省十万元钱，你们不领情不说，还拆了我的饭店。那我就拿你们的钱去香港好好玩，非玩得让你心疼不可。

知"老套筒子"者非张梦仁莫属。他怕"老套筒子"半路上有变，亲自把"老套筒子"和他大儿媳妇送到机场，一直看着"老套筒子"过了安检，才放心地离开。回到县城，他兴高采烈地去接杨花。这回杨花却又给他出难题了。杨花刚洗完澡出来，披着睡衣，故意袒露着雪白的胸脯。张梦仁刚要靠近她，被她一脚蹬出两步远：张梦仁我告诉你，你别想让我到张沟给你当几天道具。

张梦仁说：岂敢岂敢，我对你可是一片忠心。

杨花问：到了张沟你老家，我是个什么身份？

张梦仁早想到杨花会问这样的问题，毫不迟疑地回答说：那还用问，你当然是我张梦仁的媳妇。

杨花问：你敢当着张沟父老乡亲的面这样介绍吗？没等张梦仁回答又说，你要是把我的身份不说清楚，我转身就走，别怪我让你下不了台。

张梦仁带着杨花一回到张沟村，就有很多村民围上来，就像看刚过门的新媳妇。有个胆子大点的年轻人问张梦仁：大叔，我该怎么称呼这位大姐？张梦仁假装没听见，杨花却大大方方地说：你既然叫他大叔就叫我大婶呗！叫我姑奶奶他可就不答应了！一句话把在场的人都逗乐了。当然，那几个"老套筒子"的牌友心里不高兴，低声骂她不要脸，不是正经女人！我妈就骂杨花破鞋：人家张梦仁可是有老婆的男人，你这样不明不白算个啥？杨花白了我妈一眼，假装没听见。

杨花听见人们的议论，表面上不动声色，关上门却和张梦仁闹起来：张梦仁你个死不要脸的臭男人，你不是说当众说明我的身份吗？刚才你为什么不回答？

张梦仁赔着笑脸，说：这是咱俩的隐私，给他们说不说有什么关系？

杨花扯着他的耳朵：你不是还诓我说和你媳妇说妥了离婚的吗？把你的离婚证拿给我看看！

张梦仁急了，说：你要离婚证有啥子用？我等着让法庭判决。

杨花说：你拿不出离婚证，你就拿咱俩的结婚证给我看。不然的话，我就带着你孩子远走高飞，让你找也找不着。她边骂边扑到张梦仁身上，一阵拳打脚踢，又施展女人的拿手好戏，把张梦仁脸上挠出了几道血印子。张梦仁好汉不吃眼前亏，匆匆忙忙跑出门，找到正在指挥着粉刷学校的张梦富。恰巧刘乡长也在。他说：不得了啦，杨花说不明不白的身份不行，一定要让我给她一个说法。

刘乡长问：啥子说法？

张梦仁说：她提出要看结婚证。没结婚证她就走。她光走还不够，还要和我闹个天翻地覆。

怎么会这个样子？刘乡长恼了：张老板，这时间可不多了，咱开不起玩笑。

张梦富却白了张梦仁一眼，鼻子哼了一声。

刘乡长把张梦仁拉到自己的车子里，关好了门窗，神情严肃地对他说：张老板，这次可是重要的政治任务，容不得一丝一毫的麻痹大意！我实话告诉你，如果张沟村有第二个张梦仁，我决不会选你当典型！

张梦仁假装着急，抹了抹眼睛：我也想不到会是这种情况。刘乡长你得拿个主意。万一——

刘乡长说：你别给我说万一，要是怕万一你现在就把姓杨的女人送回县城。咱还按照原来说的，就说你老婆出国旅游去了！接上又说：梦仁，这就是你不对了。你肚子里有几根蛔虫，我清楚得很。你千万别给政府玩里个唧。我觉得还是说你媳妇出国了好。这样会省很多麻烦。

张梦仁挤巴挤巴眼皮，说：那还是说她在我家做接待吧。我怕领导万一问长问短，我这人脑子不好使，特别是记数字不成。又说：我看报纸电视里，领导到那地方，最喜欢听实话，什么人均收入啦，干部作风啦，你说是不是？万一我答不上来不好，答错了更不好。杨花脑子好使，让她给我提个醒！

张梦仁这话是拿刀子捅刘乡长的心，捅得血淋淋的。因为乡里已经专门下了文件开了会，统一了农民人均收入的数字，不过这个数字水分太大。真到了领导问起来，张梦仁不按统一口径说，那就害了县领导、乡领导。刘乡长不怕害别人，关键是自己也在被害之列。他说：张老板我算服你了。你让我和乡党委书记商量商量怎么解决。

张梦仁走后，刘乡长对张梦富说：你这个堂弟有你三分实在都好对付。

张梦富笑了笑：唏，典型嘛！

刘乡长跺了下左脚，说：典型个屎！不是县里定他，他倒找五十万元，叫我一声大爷，我也不会选他！

刘乡长真的犯愁了。回到乡里，他专程到乡党委书记办公室，想说说张梦仁的事，话到唇边又咽了回去。最近，关于乡党委书记要提拔县委常委、组织部长的消息传得沸沸扬扬。书记一走，当乡长的按常规应当接替书记。万一他把这个烫手的山芋交给书记，书记一定会对他生成见。你姓刘的在这节骨眼上不是给我上眼药吗？到时书记当不上组织部长，他连书记也不能顺顺当当地接上。他向书记把张沟村的情况做了汇报，唯独没说张梦仁的事。乡党委书记亲切地拍了拍他的肩膀：好哥哥，我代表全乡人民感谢你，当然我首先感谢你。

刘乡长回到自己的办公室，将身子靠在椅子后背上，两条腿放在桌子上，闭着眼深思起来。张梦仁这不是得寸进尺吗？你明明有媳妇，再和别的女人办结婚证就是重婚罪。违法犯罪的事谁敢给你批？他也想到了给"四眼书记"汇报一下，想想又忍住了。这都啥时候了，你小子还给县委领导上眼药？

张沟村最后一次全面检查的日子到了。县委书记、县长亲自出马，市委也来了一位副书记。几十号人几十辆车，浩浩荡荡地向张沟村开去。"四眼书记"拉着刘乡长坐在市委副书记和县委书记、县长的考斯特车上，不时向市委副书记汇报张沟村的变化。她说一个月前，车子还不能开进村里，要停在几里外的山坡。现在这条路上可以跑大货车，农民的农副产品运输问题迎刃而解了。

刘乡长接上说：张沟村有个农业经济大户叫张梦仁，一下子就添了四辆大货车。市委副书记很高兴：张梦仁，我认识他。他是市政协委员。前年市里开"两会"，他中午出去喝了几盅，下午在会上发言时竟然说什么不但应该放开生二胎，还应当放开娶二房，遭到在场的女委员炮轰。后来政协一位领导出面为他圆场，说他是酒后醉话！

刘乡长第一次听说张梦仁还出过这样的笑话，心里骂张梦仁是个二半吊子，同时也有点发怵。这个二半吊子，万一在首长面前说出二半吊子话，那可就惨了。

检查组把几个点看了，虽然提出来了一些意见，但总的比较满意。市教育局的这次表现最好，带来了几台电脑赠送给张沟村村小学。那是我和我的同学们第一次认识电脑。

检查到村"两委"办的时候，县组织部一位同志指着学习栏上贴着的文章说：这几篇文章除了标题不一样，内容一个字不差，我好像在哪张报纸上看过。再看看这字歪歪扭扭，像三四年级小学生写的……得赶快改一下。

张梦富爷爷脸涨得通红，头也不敢抬。村会计胆子大，说就这还给誊写的学生每人两元钱，是张支书自己掏腰包垫的。

市委副书记坦诚地说：这不用改了。如果每个人的文章都不同，相反不正常了。对农村老党员来说，关键是参加了学习，心得都一样，文章统一，也不是抄袭、剽窃，这样更真实嘛！他这样一说，在场的县乡领导才松了一口气，脸上重新精神焕发。

刘乡长故意安排最后一个点到张梦仁家。

市委副书记和张梦仁认识，所以见了面不用介绍，寒暄几句，就坐在一楼宽敞的客厅里聊起来。刘乡长听二楼有女人咳嗽，估计杨花在上边。他悄无声息地拉着张梦富站在楼梯口，如果杨花想下来，就让张梦富给挡回去。

张总，你这小楼盖几年了？市委副书记问，看上去还挺新嘛！

张梦仁说七八年了。他想了想，又说，是小平同志南方谈话后的第二年盖的。

市委副书记感叹地说：七八年了，我看你们村还是你这一栋小楼。张总啊，你是做农业流通的，这农业流通对农业产业化的带动作用不可小看。你得发挥龙头作用，带领乡亲们致富，让全村父老乡亲都尽快住上你这样的小楼。

张梦仁看了张梦富一眼，然后盯着刘乡长的脸，接着市委副书记的话说：俺们乡和俺们张沟村这几年大力发展农业产业化，你刚才看到那些大棚了吧，种的全是城里人喜欢吃的无药蔬菜。俺们张沟村村民的收入比周边都高，可大多数村民传统观念的根太深，不习惯住楼，说是养猪养羊养牛不方便。不过，我听说村里正在规划，有一半以上的人家今明两年要陆续盖楼呢！

县委书记和县长对视了一眼，那神态明显不相信。张梦富也觉得张梦仁的话说过了头，故意咳嗽了一声。

市委副书记站起来，拉出一副要走的姿势。刘乡长暗想这下好了，张梦仁虽然吹了几句牛皮但不碍大事，只要不让他看见杨花就万事大吉。没想到市委副书记竟然主动提到了张梦仁的家庭问题：张总，怎么没见你家属和孩子啊？

他家属——张梦富刚说出这三个字，杨花就在楼上应了。杨花问：谁叫我呢？什么他家属他家属的，我也有名有姓。说着，就从楼上走下来。刚才，她一直在楼上等机会。她今天精心打扮了一番，把在县城穿的时尚、名牌的服装，换成了张沟村和她年龄相仿的女人常穿的朴素的衣服，没想到她的皮肤白，穿着素装相反更显得鲜灵生动，光彩照人。大伙的目光几乎都投到她身上，只有刘乡长和张梦富紧张地看着市委副书记的神情。

市委副书记显然有点惊奇。可是他又不便问。老板找年轻媳妇的多了，你总不能说你媳妇太年轻太漂亮？还没等他回过神来，杨花已主动上前握住了他的手：书记您好！我经常在咱市电视台新闻节目里看见您，也听我们家梦仁说过您。他说咱市有个好书记，学问大，胆子大，工作手腕粗。市委副书记听着听着皱起了眉头。张梦仁赶忙给杨花挤眼，意思是让她打住话头。刘乡长心想这回砸了，来的是市委副书记，你夸也没夸对人。再说，你用词可以但不能滥用，什么叫手腕粗？他急得抬了抬脚，但没有跺下去。

杨花极其聪明，马上意识到自己的话让眼前的领导不舒服，又说：看您是个菩萨像，没架子，又温和，不像有些当官的老是以官自居，走哪儿人没到肚子先到——她的这句话把市委副书记逗笑了。在场的人都笑了，气氛一下子热烈起来。

市委副书记说：张总能做到今天这一地步，与你的支持分不开。

杨花开心一笑：不瞒领导说，我们家梦仁过去学历不高，没太多文化，企业越做越大，管理越来越吃力，还是我督促他报了党校的大专班学习。这不，学了就跟没学不一样，叫什么来着，如虎添翅！

她说着，拿眼看了看张梦仁，见张梦仁的裤子上有一片烟灰，她走过去用袖子轻轻地掸了一下。接着又说：梦仁过去还小气，几年不给工人涨工资，有的工人干一年半载就走了。我说你不要学过去的资本家坑骗工人。你要想留得住人，就不能太抠门！你吃肉让人家喝汤，喝汤还不给喝饱，谁还跟你干。他听我的，每人给涨了一百元钱，结果您猜怎么样，这两年没一个辞职的。

市委副书记连连点头：对，对，你说得对，做得也对。我们有些老板就是不考虑工人利益。

接着，市委副书记又问了村里的情况，杨花不仅把刘乡长亲自审核过的稿子背得滚瓜烂熟，用刘乡长的话说还加了些色彩。不时逗得市委副书记一行哈哈大笑。

　　市委副书记一上车就高兴地夸起来：这个张梦仁真有福，找了个能帮着想方设法的好媳妇。车上的人都附和着夸杨花。"四眼书记"脸上带着笑，但目光有些不安。刘乡长和张梦富低着头没插话。刘乡长想，杨花还真的不错，大大方方，说话做事得体。整个过程中就说错了个手腕粗，把如虎添翼说成了如虎添翅，其他还真挑不出毛病。

　　市委副书记到了乡里，换上自己的奥迪走了。"四眼书记"想招呼刘乡长到她办公室谈一谈，刘乡长却被县长叫去了。

　　刘乡长没想到张梦仁又得寸进尺了。他刚回到乡里，张梦仁就到了。张梦仁表情凝重，还显得很痛苦：刘乡长，你要是不给我和杨花办结婚证，杨花可真不答应了。

　　刘乡长一拍桌子，跺了一下左脚又跺了一下右脚：张梦仁你到底要把手伸多长？你要是再闹，我这个熊乡长不干了，让你来当吧！

　　张梦仁说：我一不向你要钱二不向你要物，就一张纸就那么困难吗？你不要忘了，我要这张纸，也是为咱乡好。县里给张沟村拨的款，怎么说你乡里也截留个十万八万吧？我不信一张纸那么贵。

　　刘乡长大口大口地抽着烟，脸憋得通红。

　　张梦仁说：乡长我也不为难你，你也别让我这个典型当不下去。这样吧，你就算借我张结婚证用这几天。等我把这几天糊弄过去，就把它撕了！

　　刘乡长又跺了一下右脚，说：那你不如自己找个萝卜刻个图盖上去！

　　张梦仁说：我是想过，可我上哪儿去印结婚证的纸？抽了一口烟，翻瞪一下眼皮又说，我真不想给你乡长老弟添麻烦。我甚至想过用我过去和"老套筒子"的结婚证翻改一个。可是，杨花被我骗怕了，她非得要和我一起去民政局登记！民政局那边有我结过婚的底子，没有您说话肯定办不了！

　　刘乡长摁灭了烟头，长长地叹了口气：张梦仁啊张梦仁，你改名叫张害人算了。

　　第二天，刘乡长让张梦富当担保人，与张梦仁签了个协议，协议上写道：张沟村张梦仁借一张结婚证用，用完必须及时退还……

五

"老套筒子"一登上香港的飞机，就知道自己被张梦仁骗了。哪里是什么县政府奖励，整个是跟着旅游团出去。说白了是自己家掏钱，只不过是不从她腰包里掏，而是从张梦仁腰包里掏出来的。这还不一样？她琢磨张梦仁骗她出来一定有事瞒着她，就吵着要回去：张梦仁个老流氓，又给老娘藏蒙蒙呢。不行，我得回去，回去保准抓他和那娘儿们个现行！

人已经在飞机上，飞机已经在天上，她想下来那可不是她说了算。于是，她就骂旅游团的带队是骗子：你们不是县政府的吗？你们让县长出来我给县长说。带队的耐心给她解释，转身对别人说她整个一神经病！

张梦仁的大儿媳妇也是第一次去香港，想好好玩一玩。她临行前，张梦仁给了她一万港币，让她无论如何要让婆婆这十天玩个好，玩个够。他不能给儿媳妇说他还有别的心思。大儿媳妇劝"老套筒子"消消气：我老爸骗你那也是好心，是想让你到香港玩玩。他要不用这一招，就您老人家能舍得放下家里一摊子事出来旅游？

这样，她的气才消了一些，不再跟旅游团的闹。

有一点张梦仁没骗她，就是不能毁约。这个旅游团办的是香港包括东南亚十日游，往返机票行程，住的酒店都是订好的，你毁约可以，不但已经付过的费用不退，还得交一笔违约金。"老套筒子"心疼钱，让她赔钱的事，她肯定不干。就这样，她和大儿媳妇玩了十天才回来。

到省城接她的是她的大儿子。这一点她能理解，张梦仁忙，再说还有大儿媳妇跟着，派大儿子来接很正常。然而大儿子说到张梦仁时躲躲闪闪，让她心里觉得疙疙瘩瘩。她问大儿子：你爸这些天回过张沟吗？大儿子说：我出差了，为了接您昨天才赶回来，不太清楚。

她又问：你爸知不知道我今天回来？

大儿子说：我爸说了，接到您，先把您送回张沟。他说您在外边十来天，累得不轻，回家好好休息休息！

　　"老套筒子"又问：张沟那边的事忙完了吗？公家的人都走了吗？

　　大儿子支支吾吾没有正面回答。她没有深问，也不想深问。她心里还惦记着回张沟开她的饭店。

　　张梦仁和杨花以夫妻名义公开露面的消息，"老套筒子"是从报纸上知道的。她回到家，连热水还没烧开就听见有人敲门，开门一看，门外没人。她以为自己耳朵不好使，刚才听错了。飞机降落时，她的耳朵的确嗡嗡响。大儿媳妇告诉她是反应。是不是飞机降落的反应还没过去？她关上门，往屋里走了几步，觉得不太对劲，自己的耳朵上没反应了！于是回头又看了一眼，才发现门下边的缝里有张报纸。她开始以为报纸是风吹来的，捡起来想扔垃圾筐里，可一眼看见头版上的一幅大照片。照片上有她丈夫张梦仁，张梦仁左边站着一个头发败顶的老头，右边站着一个比张梦仁年轻二十多岁的女人。她猜想那个左边站着的老头就是前些日子说要来张沟的首长，那个女人呢？她好像面熟，一时又想不起在哪儿见过。是首长的夫人？瞧瞧多么俊的女人，笑得那么好看。一想觉得不对劲，首长怎么会娶这么小的媳妇。也许是首长的陪同人员吧？她想，把报纸丢在了沙发上。等到水烧开了，泡上茶，喝了一口，又把报纸拿起来翻来覆去地看了一遍，越看越觉得不对劲，心莫名其妙地怦怦跳得快了。

　　她这人喜欢显摆。在香港时她就想着回到张沟怎么向村民尤其是她的几个牌友炫耀。她咬了咬牙，在小摊上花几十元钱一个买了一堆小装饰品带回来，急着喊几个牌友到家里。没想到只来了一个牌友。那个牌友拿起沙发上的报纸，故意大声念道：首长和张沟村农民企业家张梦仁夫妻合影留念，还让张梦仁站在中间。首长亲切勉励他们夫妇在农村改革中当先锋，再创辉煌。

　　"老套筒子"要过报纸，看了又看。她嘴上骂那个牌友满嘴白字念错了，心里却翻江倒海般难受。再仔细看张梦仁右边那个女的，突然想起来是杨花。她还是几年前到县城和张梦仁闹的时候，见过杨花一面。没想到这女人几年过去越长越年轻了，肯定是张梦仁个老流氓花钱给她脸上贴了什么膜。在香港购物时，她大儿媳妇推荐让她买美容用的产品时，说过有一种什么贴在脸上用的膜，她说我一辈子没用过那玩意儿！

那个牌友这才告诉她：你前脚走，照片上这个女人就来了，在你家住了好一个多礼拜呢！她自己说和你们家张梦仁已经登记结婚。

"老套筒子"一把把报纸撕碎：好你张梦仁个龟孙，原来真给老娘藏蒙蒙啦！她摸起电话就给张梦仁打，手机通了，但没有人接。她一口气拨了五六遍，拨到第六遍时，回答是"你拨打的电话已关机"。她气急败坏，又拨通大儿子的电话，劈头就问张梦仁个老流氓在哪里？她大儿子马上明白发生了什么事，劝她不要冲动：妈，我就怕你冲动，才没敢告诉你。我给你说吧，我看了报纸也生气，我问我爸，我妈哪里得罪你了，你怎么能背着我妈这样干？我爸说这是演戏给领导看的。你妈不在家，我堂堂一个民营企业家总不能光棍一个，那影响张沟村的形象吧！

"老套筒子"说：你甭听他放屁！我还能不知道他靠什么发财起家？他那点事我要给捅出去谁也不会再拿他当人待。

她大儿子说：妈你有必要吗？不论怎么说你和我爸一起过了大半辈子，一日夫妻还百日恩！再者说了，我爸他在改革开放中得到的成果不也让你我咱们全家共享了吗？

"老套筒子"说：那我也得让他给我说清他和照片上那个女的有什么关系。他早答应我说和那个女人分开了，没想到还带家里做真夫妻。

还没等"老套筒子"问张梦仁，杨花却主动找上门了。

第二天一大早，"老套筒子"正在厨房里做饭，敲门声急促地响起，而且声音很重，不像是用拳头而是铁家伙。她家的厨房在一楼，从窗口看不到门外。她连火也没关，急急忙忙去开门，边走边埋怨：一大早的来报丧啊！

一开门，她愣住了。门口站的是与张梦仁一起和首长合影的女人。那个女人身后带着两个五大三粗的男人。那两个男人全戴着墨镜，双手交叉放在胸前，两腿叉开，活脱脱香港电影电视中黑社会的打手。那个女人没等"老套筒子"发问，推开她径直走进院子里。

"老套筒子"急了：哎，哎，你做什么，就是来要饭，不唱几句要饭的歌也得说几句人话，叫我一声奶奶吧！

我叫杨花，是这家的女主人！杨花理直气壮地说：咱俩有个要饭的，但是你不是我。她说着，向那两个男人挥了挥手。其中一个男人从车上抱下一个纸箱，然后从箱子里取出几个镶好了照片的镜框，又拿出气钉枪在客厅醒目位置上打了几个洞，揳上钉子，把镜框挂了上去。一个镜框里是报纸上登过的首长与张梦仁、杨花的合影，一个镜框里是张梦仁和杨花的结婚照。杨花还披着婚纱——一直沉默着的"老套筒子"突然爆发了。她从厨房里出来时手里还拿着锅铲子，这回派上了用场。她挥起锅铲子就向杨花打去，杨花躲闪不及，啪的一声响打在了她的右脸颊上，疼得她"哎哟"叫了一声。那两个男人见状冲上前，帮着杨花把"老套筒子"摁在地上。用当地乡下人的话说这种行为叫"拉偏架"。杨花为了保持身材长期减肥，身材瘦弱，本来不是五大三粗的"老套筒子"的对手。那两个男人一"拉偏架"，"老套筒子"反倒被杨花骑在了身下。她一边挣扎，一边扯着嗓门叫起来：来人啊，救命啊！来人啊，救命啊——

其实，杨花一进村，就有一些人看到了。有人还认出了她，说张梦仁的小媳妇来了，等着瞧吧，张梦仁家里有好戏看了。等到"老套筒子"和杨花打起来，高喊救命的时候，她家院子里里外外已经聚了一些村民。

在张沟村这一带的山村，除了广播、电视外，村民一年到头没有多少娱乐节目，再说电视在张沟还没普及，只是一部分人家中有，而且信号常常中断。村里人吵架骂架就成了一项娱乐。他们称吵架骂架为剋。男人之间剋架比较简单，骂几句就噼里啪啦动手，谁把谁打倒在地，或者是谁在对方拳头下示弱了，甘拜下风了，也就分出了高低。有时村东头响起两个男人的叫骂声，村西头的人小跑过去，剋架已经宣告结束，有人形容说比撒泡尿还快。女人之间剋架是重头戏，有看头。一般来说，女人剋架的戏故事情节并不复杂，有的是因为男女关系问题，有的是因为背后说闲话问题，有的是因为争地边问题，有的是由于孩子之间吵嘴打架引发大人之间动嘴动手……但是，开场后故事发展却完全不以人的意志为转移，甚至牵扯的人物、上场的人物越来越多，祖宗八代都翻了个遍。一般情况下，女人之间剋架舞台也大，在地里干活时，一个在地南头一个在地北头；在村里时，各自在自家的门口。

不到最高潮时，很难纠缠在一起互相动手。而一旦动手，你扯我的头发，我扯你的头发，大多情况下还会互相撕衣服，所以当地人又把女人剿架称为"撕巴"。只听一阵刺啦声响过，两尊雪白的肉体呈现在人们眼前，这时戏才到高潮，也才有人会上前把双方拉开。张梦仁平时回来少，和老少爷们儿感情日渐淡薄。"老套筒子"平时则耀武扬威爱显摆，不把别人看在眼里，引起不少人对她妒忌，加上乡村里也流行仇富的情绪，所以"老套筒子"喊了叫了半天，人们也只是在她家门里门外驻足观看。她的几个牌友来了一阵子，也是在一旁看，直到她的喊叫声越来越弱，才吵吵着进了屋，把她从杨花身下抢救出来，拉到了院子里。

"老套筒子"指着屋里骂杨花：不要脸，臭婊子，我还没撕巴你，你倒骂上门来了。我打十八岁进这个门就没挪过窝，你是哪块地上长出的葱，凭什么来撵我？

杨花也从屋里出来了。她说：不是我撵你，是你男人撵你。我和张梦仁是正式登记结婚的，我理所当然是这家的主人！你死皮赖脸在这儿待着，我不撵你撵狗啊！

"老套筒子"说：我在这院里生活了四十年啦，给张梦仁生了四个孩子，是张梦仁明媒正娶的媳妇。你是主人，你主个屁！

杨花说：你给张梦仁生了孩子我也给张梦仁生了孩子，你是明媒正娶，我和张梦仁也有结婚证！

故事的发展没出人们意料，两人骂着骂着就扯到了张梦仁身上。杨花说张梦仁和你已经快十年没有夫妻生活了，这是他亲口给我说的。可他和我在一起，一夜少说得要两三次——

人群中几个小伙子哄堂大笑。

"老套筒子"说：他张梦仁身上长了多少根毛我都一清二楚，你能数过来吗？

两个人吵着骂着，仿佛都忘记了饥饿。围观的人中有的回家端了饭来，边吃边看，饭也吃完了。这时候，我妈闻到一股焦煳味，刚说了句哪里失火了，"老套筒子"家的厨房里就砰砰响了两声。原来是"老套筒子"锅里的水烧干了，锅爆炸了。"老套筒子"到厨房里关上火，又气急败坏地跑出来，一屁股坐在地上哭天抹泪地大骂张梦富：张梦富你个狼心狗肺的东西假正经，收了张梦仁的好处，帮着张梦仁一块儿跟我藏蒙蒙。你是什么狗村干部，草管人命！

我当时也跟着大人去了"老套筒子"家看热闹。我说：张大娘你说错了，那叫草菅人命。我妈在我屁股上打了一巴掌：小孩子别插嘴，快回家写作业去！

一个牌友看天不早了，说：怎么村干部一个不露头，要是首长这时候来那就有好戏看了！

首长是三天前来的张沟村。那天一大早，张沟村人发现村里来了很多陌生人，有老有少有男有女。张梦富把村民叫到村口开了个会。他说：咱张沟村最近短短一个月翻天覆地的变化大家都看见了。这是因为什么，是因为上级支持咱们老区。今天上级又派了这些同志来，咱们沿着路的人家，每家一个。家里只有老人的，就带个小伙子或闺女回去，权当是自家儿女；家里只有小两口的，就领个老人回去，就算认了个干爹干妈。我把话说在前头，今天乡里给咱村每户补助一百元，谁要是弄砸了，不光一百元不发，还得罚两百元！

接下来，那些陌生人拿着事前发的条子，跟着村民进了户。那些人不知道发生了什么事，村民们也不知有什么事要发生。那天是个星期天，我也在家里。我妈领了一个大姐姐回家，让我喊姐姐，还说有生人来问，就说是亲姐姐。我喊了那个大姐姐一声姐姐，她很高兴，搂着我的头，问我上几年级，学习怎么样？最后又问我喜欢不喜欢她这么个大姐姐？我问她是从哪儿来的，她沉吟了片刻回答说是从县机关来的，在县机关当打字员，来这儿是当演员。一听说演戏我来了劲。要知道我们这个偏远的山村几年也没来过剧团。我问她演什么戏？她的神情马上严肃起来，望着远处的青山，若有所思地说了一句：你现在还看不懂，姐姐也看不懂。我妈在一旁接上说：造孽啊，就不能少折腾俺们老百姓。她接着又给那个大姐姐说了张梦仁家的事。那个大姐姐听了，眉头皱得更深。

到了我上大学那年，那个姐姐已经当上县里一个部门的领导。她经常下乡调研，还不时举发生在张沟村的那场闹剧告诫自己和单位的同志，搞调查研究一定要深入，不能走马观花，更不能弄虚作假。

我清楚记得那天十点多钟的时候，村口响起了警车的警笛声。村民们在驻户人员的带领下，有的在门口观看，有的在院子里观看。可是只看见几辆面包车驶过，看不清车里边坐的人。一个小时后，浩浩荡荡的车队离开了，驻户人员也撤离了，村民纷纷走到村街上，互相打听着发生了什么事。有几个上学的孩子告诉大人，咱村来了位首长。村民们才恍然大悟。可是，村里老老少少没人对这事评论，毕竟家家都领到了一百元钱的补助。这一百元钱对还很贫困的张沟村村民来说真正是钱。谁要是吵吵出去，坏了大伙的事，还想在张沟立足吗？

张梦富其实早已听到了张梦仁家中的吵骂声。他与张梦仁家住得不远。他之所以没出面，是因为他没法子出面。这事一开头他就不赞成。你弄虚作假，好歹也得有点影子，不能太过分了。假扮夫妻那也是假扮，就是假扮也是扮着扮着成真的多。电影电视剧中演的地下党假夫妻不都最后成了真夫妻。张梦仁这算啥，他不是假扮是成真扮，还要领结婚证，太荒诞了吧！可是他没敢和刘乡长他们顶。他万一较真顶起来，张沟这个典型撤换了，修路、盖学校、村委会重建、农田设施整理也都成了泡影。他不能因张梦仁一个人的事毁了大家的事。他也想到了今天的结果。作茧自缚，这是张梦仁那小子自己干的事，让他自己解决去吧。两个女人他到底要谁，说白了也要由他自己定。一个村支部书记到那儿怎么解决？"老套筒子"是张梦仁明媒正娶的媳妇，为他生了四个孩子，这是板上钉钉的事实，可那个叫杨花的女人也跟了他多年，为他生了孩子，还领了结婚证。这就不是村支部书记能断的案子。随他们去吧，孩哭抱给孩他娘！

张梦富知道躲在家里也不是办法。他骑上自己的破自行车去了乡政府。解铃还须系铃人，你刘乡长不能把这麻烦事都推给我。

六

刘乡长这回是立了大功的人。

陪同首长来的人说，首长一路上看了几个贫困点，心情都很沉重。首长说：新中国成立四十多年了，改革开放也十几年了，还有这么多群众生活在贫困线上，我们责任重大啊！首长看了张沟村新建的学校，连连点头，说这个村虽然不富裕，但重视教育，再难不能难教育，再苦不能苦孩子这话说得也好。不过，直到那时首长还是一脸严肃。刘乡长心里忐忑不安，是不是首长看出了什么破绽，抑或是招待不周？他的两眼一刻也没离开首长的脸。

一进张梦仁家，杨花笑容可掬地迎出门，先是自我介绍：

生在农民家，

长在阳光下，

苦水也养人，

名字叫杨花。

首长听了哈哈大笑：哟，想不到在山沟里遇上了女诗人。气氛一下子活跃起来。首长和杨花、张梦仁谈了十几分钟，走时主动提出要和杨花夫妇留个影。张梦仁让首长站在中间，首长不同意：你老张是主人，你站中间。

送走首长回到乡里，乡党委书记拍着刘乡长的肩膀：哥哥你这回立大功了。首长身边的人说，这几天首长是第一次开心大笑。

果然，这两天传出乡党委书记要调走，刘乡长要接乡党委书记一职的消息。乡里有个别工作人员见了刘乡长，点头哈腰说书记好。刘乡长心里挺自在。

刘乡长正在写总结，张梦富风风火火闯了进去。进屋后一句话没说，摸起刘乡长桌子上的中华烟，点了火就蹲在地上抽。抽了两口，好像不习惯，就在地上摁灭了，然后又掏出自己的烟点上。刘乡长问：梦富你什么事赶得满头大汗？接着又开了句玩笑，不会是你老婆要生孩子难产吧？

　　张梦富说：我老婆生孩子也用不着我急。

　　刘乡长一下子明白了，神情紧张起来。其实，首长视察张沟村的第二天，张沟就出了事，如果不是刘乡长闻讯及时赶到采取措施，可能会引发一场群体事件。

　　张梦富为了整治村容村貌，成立了个村容村貌整治队，聘用了六七个年轻力壮的小伙子。当时承诺是事后每人每天补助十元钱。可是，首长视察过后，他们找村会计要钱时，村会计却苦着脸说钱用完了，还欠了几千元钱的债，乡里不给，又不敢向村民摊派，不知怎么补这个窟窿呢。

　　那几个不干了。前前后后加起来，一共四十五天，每天十元就是四百五十元。种一季的粮食刨去农药化肥、用电用水，不算劳动力成本，收入也到不了这个数啊。于是，他们就和张梦富闹，威胁张梦富如果不把钱给他们，他们就到市里省里和北京去告状，告村里乡里县里弄虚作假欺骗首长。张梦富急了，去乡里找刘乡长。刘乡长开始直跺脚：熊羔子想造反啊？我马上叫派出所去把他们抓起来。

　　张梦富头摇得像拨浪鼓：刘乡长这法不行。你没理由抓人家。再说了，你抓了他们，他们家人也会去上访。弄虚作假欺骗首长，这事捅上去可大了。

　　刘乡长连续跺了两下右脚：操，弄假事真累！这时，组织上已经对乡党委书记考查过了，近几天就宣布。他这个乡长能不能接上乡党委书记，现在是关键时刻。

　　最后，刘乡长从乡财政拨了三千元钱，才算把事摆平了。就这样，那几个壮劳力还不满意，相约一起离开张沟，到省城打工去了。

　　现在，张梦富慌慌张张地又跑了来，刘乡长马上意识到事情不妙。他问张梦富是不是张梦仁家出事了？没发生流血冲突人命吧？

　　快了！张梦富说：两个女人剋起来了。我估摸着，我出来半天了，这会儿可能都动过刀子了！不知谁已躺地上了。

　　真是说曹操曹操就到。张梦富的话刚落音，刘乡长办公桌上的电话就响了。电话是乡传达室打来的。他接完电话，跺了一下左脚又跺右脚，然后一屁股坐在椅子上，好大会儿才吐出两个字：来了！

刘乡长的话刚说完，披头散发的杨花闯了进来。她一手举着她、张梦仁和首长的合影照片，一手举着她和张梦仁的结婚证，一进门就跪在地上：刘乡长您得给平民做主！

刘乡长呆若木鸡地坐着，大口大口地抽烟，一句话也不说。张梦富蹲在一个角落里，低着头不敢看杨花。杨花说：梦富支书你也别把头藏裤裆里，那不是藏头的地方。你要还是个男人你就说句公道话。

她这话把张梦富激怒了。张梦富忽地一下站了起来，一边向外走一边气咻咻地说：老子不管了，老子也出去打工，不在张沟待了。走到门外，又回过头来冲杨花吼了一声：人家"老套筒子"是张梦仁明媒正娶的，不是假货！

乡政府机关一些人不敢到刘乡长门前围观，只能在办公室议论。有的说弄虚作假到头来是搬石头砸了自己的脚。有的说当时派咱们去也是当群众演员。首长临走前说过一句话，怎么这个村的村民戴的帽子都是统一制作的，村里不是很多人到外打工去了吗？这村青年人那么多？幸亏县长脑子转得快，给首长说是民营企业家张梦仁怕乡亲被太阳晒，统一发的，才算糊弄过去。有的说首长心里明白，也没办法，他总不能当着那么多人把真相说破了吧！

刘乡长被杨花吵得烦了：你们家的事找张梦仁说去，我还要开会！

杨花说：你不给我做主，我就去县去省去北京找各级领导。我是张梦仁合法的妻子，那天去的各级领导都可以做证，这张报纸，还有结婚证也都是真的。

刘乡长心里打怵，表面上还做出不畏惧的样子：你爱上哪找上哪去找。我管不了你们家庭这些破烂事。

杨花还没摆平，"老套筒子"又骂上门来了。"老套筒子"更绝，一手拿着纸质已发黄的她和张梦仁的结婚证，一手拿着瓶敌敌畏（一种剧毒农药），说：刘乡长你也不给我做主，把老流氓张梦仁和这个破鞋法办了，我就死在你乡政府。

刘乡长气得跺了一下右脚，说：要法办我先法办你！你看看，你看看你还拿着药瓶子想干什么，投毒啊，搞破坏啊？！

"老套筒子"说：算你心狠。古时候秦香莲告状申冤还碰上了包青天包大人，一刀铡了包二奶的陈世美，今天你刘乡长公开包庇张梦仁，我问你屁股坐哪儿了？

刘乡长一拍椅子吼道：我屁股坐在椅子上，有本事你把椅子砸了！

他想激怒"老套筒子"，让"老套筒子"做出违法的事儿。你要违了法，我就有法儿治你。这是刘乡长当乡长几年里总结出的心得，或者说他的执政经验。现在已经进入新世纪了，社会在变，利益格局在变，人的思想、理念、性格在变，农民不是过去那样老实巴交、任人摆弄的农民了。中央这几年不断推进乡镇政府职能转变和干部作风转变，老百姓天天睁大眼睛看着你，监督你，一遇上不公平不高兴的事就向上反映，用刘乡长和乡政府同事私下议论的话说是，农民一张纸可能就让你下台，一个电话可能就让你滚蛋。当然，他也有他的招，对付农民的招也没有你还当乡长？！有一回张梦仁要在乡政府所在地的镇子建农贸市场，需要占几户农民的承包地，其中有一户农民嫌补偿费少，硬顶着不让动他的承包地。刘乡长和张梦仁商量，把一台大型推土机放在那户农民地头上，一连几天那户农民租的农机都进不了地。那户农民来乡政府告状。刘乡长问他占你家地了吗？那个农民说没有。刘乡长又问，那个铁家伙会拉屎撒尿吗？那个农民回答说不会。刘乡长说这不就得了，人家推土机放那儿既没占你家一角地又没对你家地里拉屎撒尿，没得罪你啊。机械坏了，厂方维修人员还没到，官不差病人，何况一堆钢铁。那个农民说它挡了我下地的路。刘乡长说那你想想办法叫它给你让路呗。那个农民打张梦仁的电话，不是关机就是不便接听，老是联系不上。眼看着要误农时不说，多耽搁一天还得多付一天租农机的钱。那户农民恼羞成怒，当天晚上找了辆拖车和几个人，想把推土机从自家地头移开。没想到张梦仁早让下属的工人做了手脚。张梦仁第二天到乡派出所报案，说那个农民把他的推土机一个主要部件给弄坏了。这样，那个农民反倒成了被告。眼下，刘乡长心里明白，"老套筒子"只要砸他的办公桌，或者对他动手，他就可以说"老套筒子"寻衅滋事。

"老套筒子"脾气是大，但不傻。她说：那是你的椅子，要砸你自己砸。我砸你的椅子还怕脏了我的手。说着，她拧开了敌敌畏的瓶子盖，送到了嘴边：你刘乡长不给我做主，我今天就死给你看看。

刘乡长急得跺了左脚又跺右脚，两手摆着招呼门外的乡政府工作人员进来帮忙：你们是看大戏呢？快，快，快来人把她拉出去。

那几个乡政府工作人员你推我、我推你，谁都不愿进屋。

"老套筒子"咬住敌敌畏瓶子的瓶嘴，说：刘乡长你要不说公道话，我真喝下去了。

杨花在一旁嘲讽地说：你要喝就喝，没人跟你抢。你千万别对自己客气。

"老套筒子"又问：刘乡长你到底公道不公道？你不公道我现在就喝了啊。

门外有人笑出了声：这娘儿们真有意思，说了都第三遍了，就是不把敌敌畏朝肚子里咽！

张梦仁和他大儿子就是在这个节骨眼上赶到的。原来，杨花和"老套筒子"在家里刚一开闹，村会计就给他打了电话。他花了好大一阵工夫，才在县城最豪华的洗浴中心找到还在睡觉的大儿子。大儿子一开始不愿意跟他来。大儿子说：你自己做的事自己去摆平。张梦仁急了，说：你不疼你爹，连你娘也不疼吗？要是你娘有个三长两短，你可不要找我要娘。这样，他大儿子才跟他来了。两个人路上已经做好分工。到了刘乡长的办公室他去拉杨花，他大儿子去劝"老套筒子"。"老套筒子"用劲一挣扎，手里的敌敌畏瓶子掉在地上摔碎了，流了一地的药水既没起白色泡沫也没有刺鼻的味道。刘乡长这才长长地松了一口气。操，"老套筒子"这娘儿们的药瓶子里装的是水！

"老套筒子"见自己的招儿被拆穿，脸不变色心不跳，大大方方地说了一句：老娘的命没那么贱！然后扬长而去。

七

一个月后。

张梦仁重婚罪开庭。原告"老套筒子"在法庭上与杨花又唇枪舌剑地吵吵了半天，各自拿出了与张梦仁的结婚证。两张结婚证，两个女人，同一个男人，只是时间不同。张梦仁重婚铁证如山。最后，法庭以重婚罪对张梦仁进行宣判，但"老套筒子"突然当庭要求撤诉。她说：我把这个没心没肺的男人让给那个臭不要脸的女人！我不是看他俩的面子，是看他俩的孩子还小——

杨花扑通跪在"老套筒子"面前：大姐，我以后就把你当亲娘，不，当亲姐姐。

"老套筒子"呸了一声：我亲妹妹不会像你臭不要脸！

张梦仁和"老套筒子"、杨花的事情到此结束了。

刘乡长理所当然地受到了党内严重警告的处分。据说市、县都不想把事情闹大，才给了他这样一个处分。偏偏刘乡长不服气，一气之下辞职下海去北京经商了。临走，他去了一趟张沟村。张梦富请他在自己家里吃饭。两杯酒下肚后，刘乡长脸红了，眼睛也红了，发自肺腑地对张梦富说：老哥，如今当官太难了，尤其是咱这些基层的官。

张梦富拍了拍刘乡长的肩膀，说：我也给你说句掏心窝子的话，不是当官太难了，是当好官太难了。末了又说，要是在过去，我敢拍你肩膀啊？

尾 声

十年后，已拥有千万资产的刘乡长刘老板在北京与张梦仁邂逅。刘老板身边竟然带了两个年轻漂亮的美女。张梦仁问：你是不是也想学我弄个重婚罪。刘老板笑了：谁像你傻，非得把人搞大肚子，生孩子，死活缠着你。看看咱，不是新郎，但夜夜当新郎，多潇洒！

刘老板还告诉张梦仁，说那位去张沟村的首长几年前退休了，喜欢打高尔夫球，有一次他和那个首长在高尔夫球场遇上了。首长问他，张沟村那个张老板叫什么花的小媳妇又给他生孩子了吧？刘乡长说：我真想把事实真相告诉他，可想想还是忍住了。人生就是一场戏，真真假假，假假真真，何必让老人家为自己参与过那么一场闹剧而难过呢！

张梦仁说：兄弟你比过去还成熟！不过，那可不是闹剧，就是闹剧也是你们导演的。

刘乡长说：兄弟你错了。你、我都是演员。

那谁是导演？张梦仁不解。

刘乡长没回答。过了一会儿张梦仁又问：首长那天真没看出是咱演的一出戏吗？

刘乡长跺了一下左脚，说：人家首长官至正部，走过的桥比咱走过的路还长，什么事看不透？我听"四眼书记"说过，首长除了没看出你和杨花当时是假夫妻，别的都看破了。回到北京不久，首长就写过一篇文章，呼吁要说老实话，做老实人，办老实事，没点名地批评了咱县咱乡和张沟村。

张梦仁噢了一声，若有所思地看了看晴朗的天空。

刘老板说：说老实话容易吗？喊多少年了，不照样还有人弄虚作假。我前些日子在一家报纸上看到报道，说咱那个县森林覆盖率达到了百分之八十，扯淡吧？

张梦仁笑了：怪谁？要我说，就定个吹牛皮税，你看还有人敢吹吗？

两人相视一笑。

临分手，刘老板对张梦仁又交代一句：你别太无情，抽空回张沟村去看看"老套筒子"。那老太婆脾气是不好，心眼可不坏！

2010 年 6 月 26 日初稿于北京官园

2011 年 5 月 16 日定稿于北京官园

并非虚构

一

正在市委党校学习的县纪委副书记兼监察局局长孙向东，接到县委办紧急电话通知，说是有重要任务。他请了假，急忙赶回县里。

县委书记魏丰没等孙向东喘口气就开门见山地说：这件事影响太恶劣了，必须认真调查、严肃处理。说着，把一份内部材料扔给孙向东。

孙向东匆匆读了一遍，脑袋就涨大了。

和许多呈送领导参阅的内部材料一样，这份"内参"只有简短的几百字，而且是大号字。

本月9日，一部反映抗战题材的电视连续剧来我县革命老区和沟一带拍摄。我县县委、县政府和各有关部门给予了大力支持。可是，当几十名新四军战士在我县西部山区和沟村拍摄时，却遭到当地村民的围攻，双方发生争执，发展到打斗，演员和村民均有人受伤。事件发生后，有的年轻演员在微博中严厉批评说，和沟是革命老区，可是这里的村民对新四军的感情让人感到不可理解。村民打伤的岂止是演员，而是抗日救国的战士。我怀疑这里到底是不是当年的老根据地……

孙向东看到市、县领导均在"内参"上做了批示，有的说得相当严厉，上升到了"严重损害老根据地的政治形象，同时严重影响我县发展红色旅游经济……"他感觉到了问题的严重性，心里暗暗为和沟捏了一把汗。同时，他对"内参"的一些提法也有不同看法，直言不讳地对魏丰说：魏书记，这里边是不是有误会？分明是扮演新四军的演员同当地群众斗殴，不是新四军……他没往下说。你孙向东总不能当着魏书记的面批评魏书记甚至市领导小题大做吧？县委主要领导考虑问题总有一定的道理。他同时也明白了魏书记把他从党校找回来，让他负责调查处理这件事的原因。毕竟他是和沟村人，在和沟长大，至今他二叔孙崇东还生活在和沟村。他每年都要利用假期回去几趟看看他老人家。不过，他也觉得这件事情调查处理起来比较棘手。他看了一眼魏丰，坦诚地说：魏书记，我是和沟人，是不是应当回避一下？

魏丰说：正因为你是和沟人，我才第一个考虑的是你。你熟悉那里人的脾气秉性，容易沟通。再说，你原则性强，秉公办事，一定能处理好。魏丰看他还有些犹豫，又鼓励他说，老孙，你就放心、大胆地工作。我已经吩咐和沟镇的镇长刘满志，让他全力配合你的工作。

孙向东问：镇里有没有调查过，有没有初步的意见？

魏丰说：刘满志他们的意见是先把和沟村的村委会主任撤职……

孙向东皱了皱眉头，认真地说：按照《村民委员会组织法》规定，村委会主任的任免要经过村民代表大会。

魏丰对孙向东的话明显有点不满，但又不好反对。他指着"内参"说：镇上早就打算对和沟村的班子进行调整。这两年那熊地方也不是出一件两件事了。修高速公路征地就聚众闹过一次，影响很坏。大力发展红色旅游是咱县振兴西部山区的一项重大举措。人家老板是咱们招商招来的、请来投资发展旅游的，本来是件大好事嘛。周边几个有征迁任务的村都快完了，还是和沟村在捣蛋，到现在也没多大进展。刘满志告诉我说，像那样的地方，一定有黑恶势力在操纵，在搞鬼。这次就是那个村委会主任带头，还喊什么谁往前冲给谁发红包。看看，性质多恶劣！这次你们要借追查殴打新四军的机会，彻底整治一下。

不是新四军，是扮演新四军的演员！孙向东马上纠正地说。他在县机关是有名的"炮筒子"。在当地，"炮筒子"的意思褒贬各半，褒是说这个人性子直，光明磊落，说话直来直去，有啥说啥；贬是说这个人缺心眼，没眼色。他不管是在哪一级领导面前都是实话实说。有一次，省委主要负责人来视察信访工作，召开座谈会时他也参加了。省委主要负责同志表扬说你们县信访工作做得不错，排名一直在后。与会大多数人发言时对省委负责同志的"亲切鼓励"表示感谢，唯独他孙向东提出信访排名次不科学。如果不是省委负责同志当场表示会考虑他的意见，说不定魏丰会狠狠批他一顿。这会儿，他又当面顶撞魏丰，说这事不能凭一条微博就下定论。再说了，不能把和沟的百姓同新四军演员冲突定性为与新四军冲突，那就太无限上纲了！

魏丰虽然不高兴，但没有表现出来，相反大度地笑了笑：是啊，是演员，但是演新四军的演员！老孙你知道吗，那个新四军连长的原型就是咱老省长！老省长亲自担任这部电视剧的顾问。你说……

孙向东板着脸，一丝不苟地回答说：我现在什么也不能说。毛主席他老人家说过，没有调查就没有发言权。

孙向东从魏丰办公室出来，连家也没回，带上负责基层监察的科长李龙、科员张小梅，直接奔和沟村而去。路上，他把"内参"给李龙和张小梅看了。李龙看完，笑了笑说：这是虚构的故事吧？会不会是写"内参"的人把电视剧的情节弄错了？

孙向东头靠在座椅上，双眼紧闭，好像在思考问题。张小梅接上李龙的话淡漠地说：并非虚构。要是虚构的故事，还有必要兴师动众地派咱们去呀？

李龙说：是啊。假如不是虚构，这问题还真严重了。他又翻了翻材料，惊讶地说：咦，还有咱县李成长副县长、开发商贾老板的证明材料呢？说着，轻轻读出了声：

我在剧中扮演首长，那个时候正在车上休息。有个男演员来喊我，说是老百姓和新四军打起来了。我出去一看，和沟的老百姓已经围了上来，黑压压的一片。我就高声喊：我们是新四军，我们是新四军。他们不理。有个人还冲我喊，打的就是你这个新四军！我又喊我是李县长……

张小梅说：不对吧？李副县长怎么也当起演员来了？

李龙说：你看看，白纸黑字还能错了？和沟煤矿老板贾二木还是男二号呢！说着，把材料递到张小梅手上。张小梅看着看着皱起了眉头，说：这也太稀奇了，贾二木肥头大耳那样，哪像当年缺吃少穿的新四军？不是说演员要过五关斩六将地选出来吗，张艺谋选演员都是全国挑了又挑。怎么……？

李龙咂咂嘴：嘻，你是真不懂还是装不懂？现在不是过去了，有钱投资当制片人，别说弄个演员当当，就是导演、演员也是给投资人打工，得投资人说了算。

张小梅说：你别吹了，不懂装懂。俺们老张家的老谋子，还有姜文、陈凯歌那些大牌导演会听你有钱人摆布？

李龙嘿嘿笑了：全中国有几个老谋子？

张小梅又看了一遍材料，十分肯定地说：凭我的直觉，"内参"里说的肯定事出有因。和沟村老百姓凭啥无缘无故和这些演员打架？

孙向东一直没有插话。他在反复思考着这一看似荒诞的事件背后，有没有魏丰说的黑恶势力的背景。

和沟村是名副其实的革命老区。孙向东刚懂事时，就经常听爷爷、父亲和二叔以及村里的老人提起后山坡上的"二八"烈士陵园，那里掩埋着的二十八位烈士中有新四军战士，有和沟村的民兵、村干部，孙向东的大伯也是其中之一。他们是在一次反日本鬼子清剿的战斗中，为掩护新四军伤病员和老乡撤退，同数倍于自己的敌人拼死激战后壮烈牺牲的。新中国成立后的1955年，也就是孙向东出生的前一年，人民政府在当年他们牺牲的后山坡上建了烈士陵园，时任县长、从和沟突围的新四军老战士劳继和他的一百多位战友参加了那次活动。劳县长热泪盈眶地说：和沟的老百姓为革命做出的牺牲大得去啦！打小鬼子八年里，家家都有扛枪打仗的，户户都有牺牲受伤的，还有的人家成了绝户头，没有一家的房子不是被烧毁重建，又被烧毁再重建折腾了几回的。我的老班长临牺牲前，嘴里吐出的最后两个字是和沟。他是在教我永远不要忘记和沟人民……谁要忘了和沟的老百姓，谁的良心就被狗吃了狼嚼了。

孙向东从小学到高中毕业那些年里还时兴划阶级，和沟村几百户人家，几乎家家的门框上、屋当门都挂着革命烈属、光荣之家的牌子，就连两户地主成分的人家，因为家中有为革命牺牲的烈士，门前也挂着光荣匾。他的大伯是烈士，大姑抗战时期加入新四军，跟着队伍南征北战，退休之前一直在部队工作，所以，他家的门框上、屋当门的墙上也挂着这样的牌匾。每年国庆、春节等重要节日的前夕，从县到公社到大队再到生产队的慰问活动能持续好些天。那时不兴送红包，但大红春联、红纸或红布包裹着的两斤白面、一斤猪肉等还是要送的。孙向东和村里的孩子们怀着好奇心，围着敲锣打鼓的慰问队伍跑前跑后，有时都忘了回家吃饭。他爷爷每到那个时候，总会提前两天剪头、刮胡子，换上孙向东大姑夫解放那年送他的黄军装，等候着那一时刻的到来。孙向东清楚记得，在那些特殊日子，只要听到村口锣鼓响了，爷爷的脸上立刻红光闪烁，精神抖擞。如果他正弯腰劈柴，会立刻直起腰；如果他蹲在地上，会马上站起来，激动之情溢于言表。有一年春节前十几天下了一场大雪，和沟通往外边的路被大雪隔断。那些天里他爷爷很急躁，老是横挑鼻子竖挑眼，一会儿骂儿子几句，一会儿训孙子两声，再不就冲着小鸡小狗说三道四。孙向东的爸爸知道老爷子的心事。老爷子不是等两斤白面包饺子，也不是等那一斤猪肉当下酒菜，而是等锣鼓喧天、鞭炮齐鸣那样一种庄严而神圣的仪式，以及接过红色牌匾那样一种荣誉。大年三十早上，孙向东还没从被窝爬出来，他爸爸就把他提溜起来，催他到村口看看。孙向东在心里算了一下，那大半个上午他从家里到村口来来回回十二趟，一趟一里路，他在雪地里整整跑了十二里路。

那年上边好像特别重视慰问军烈属革命残废军人等，不光给白面、猪肉，还给红包。孙向东家是第一站，他爷爷高兴地从县民政局局长手里接过红包，以为是慰问信，没有马上打开看，等慰问团一行人走后，他爷爷对他爸爸说：读给你妈听。他爸爸从红包里抽出的是三张拾元的人民币。他爷爷马上变了脸。这之前他爷爷走路时两腿有些颤，手里拄拐杖，那一刻他突然变了戏法一样，两腿来了劲，亲自拿着那几张人民币，咯吱咯吱地大步赶到慰问团到的第二家，径直停在县民政局局长面前，扬了扬手中那几张人民币，说：局长，你这是弄啥？县民政局局长一行愣了，围在四周的和沟百姓也莫名其妙地睁大了眼睛。因为他们不敢相信老爷子会嫌上级给的慰问金少。县民政局局长搓揉着本来黑不溜秋但冻得发红的脸，不好意思地说：老孙爷爷，咱们县还很穷……

孙向东的爷爷打断他的话，非常严厉地说：俺家儿子不是为这死的！他九泉之下如果知道他老爹拿这份钱，会骂当老爹的不吃人粮食。说着，两行泪珠滚出了眼眶。

场面一时十分静默，接着，在场的老头儿老太太哭了，孩子们哭了。那些慰问对象纷纷表示不能收政府的这笔钱。尽管三十元钱在那个年代对和沟百姓来说太贵重，大多数人家一年辛辛苦苦干下来，别说领不到三十元钱，不透支就不错了。

县民政局局长转身抹了把眼泪，激动地抱着孙向东的爷爷，连说：和沟人民真伟大，和沟人民真伟大！

20世纪60年代后期到70年代初期，北方边境地区一度吃紧，伟大领袖毛主席发出要准备打仗的号召，全国上下全民皆兵，和沟村一度又热闹起来。省里来人了，地委来人了，部队也来人了，提出要把和沟村（一带）山区打造成铜墙铁壁的根据地。公路是那时修的，叫战备公路；和沟周边的山全挖空了，挖通了，说是做战备仓库。

从新中国成立初期到孙向东上大学离开和沟那些年，和沟一直是全县全公社的老先进。挂在树上、墙头上的大喇叭，村民家的小话匣子里，一到春耕秋收、卖公粮等时候，村会计就会用惊喜的声音喊：咱和沟村又弄了个第

——……孙向东在离村子二十里的公社所地在上初中，一听说是和沟村的，不管老师还是学生都肃然起敬，就连食堂负责打菜的师傅都另眼相看，盛汤时比别人多给半勺子。

和沟还是拥军模范村。每年夏收秋收时节，都有解放军来帮着搞收割。据说，有一首唱遍大江南北的歌曲中"帮助咱们闹秋收"就是在和沟获得的创作灵感。孙向东的爷爷一直到去世那年，还被邀请到部队军营讲光荣传统……

和沟，是和革命、光荣、先进等名词紧密联系在一起的，简单两个字：红色。

为什么这样一个地方，会发生与战争年代、与拥军的传统完全背道而驰的荒唐事？突然，他想不久前侄子孙爱东来县城办事，和他一起吃饭时提到过征地的事，埋怨县里和镇里不按中央的政策办事，给村民的补偿标准太低，还不考虑村民往后的生活。他当时嘱咐孙爱东几句，有什么要求通过合理渠道向上反映，千万不要意气用事。后来，他去了市委党校学习，不太了解这方面的信息了。如果是因为征地纠纷引发的，怎么会又有新四军演员拍戏的情节呢？孙向东想得头疼，也找不到答案。

二

孙向东一行乘坐的面包车在和沟村头的小桥上被几个十几岁的孩子截住了。那几个孩子有的手持红缨枪，有的拿着大刀片，有的还扛着扁担。手持红缨枪的女孩把红缨枪平端在手上，磨得锋芒毕露的枪尖对着面包车，声嘶力竭地喊了一句：停车，不许动！那个拿大刀片的男孩扬了扬刀片，跟着叫了一声：滚下车来，检查！李龙和张小梅包括司机都被逗笑了。李龙说：孙局长，您这真不愧为革命老区，到现在还查路条呢！

孙向东朝车窗外看了一眼，认出那个女孩是二叔孙崇东家老三的闺女小英子。他打开车门下了车，冲那个手持红缨枪的女孩子叫了一声"小英子"。

那个女孩惊喜地回叫了一声"大爷"，丢下红缨枪就跑过来抱住了孙向东。李龙和张小梅这时也下了车。李龙弯腰捡起小英子丢在地上的红缨枪，开玩笑地说：你大爷喊一声你就缴枪了，要是你大爷拿枪对着你，你还不举双手投降？

小英子一把夺过红缨枪，严肃地说：我爷爷我爸爸我大哥都说过，和沟人不知道"投降"二字咋着写！打从有和沟村以来几百年，只出英雄好汉不出孬种坏蛋。她仰头看着孙向东，问：对不，大爷？

孙向东点点头，亲切地抚摸着她冻得发红的脸蛋，问：小英子，你们这是弄啥呢？又是枪又是刀的，剑拔弩张？咋着，学校也放假啦？

小英子一本正经地说：老师说了，和沟村到了最危险的时候，大人孩子都要挺身而出，保卫我们的家乡。

李龙和张小梅都乐了。李龙说：至于吗？这是和平年代，怎么会出现最危险的时刻呢？

孙向东也皱了皱眉头，问：你大哥他们呢？小英子的爸爸妈妈都在城里打工，这个情况孙向东比较了解。

小英子扭过头，向村头指了指，说：大人们都在那边挖壕沟，所以才让我们少先队的站岗放哨。手拿大刀片的男孩子接上说：坏人一来我们就放鞭炮。这是小英子的爷爷教我们的。

李龙又问谁是坏人？小英子脱口而出地答道：贾老板和拆迁队。他们是来抢俺们和沟人的命根子的。

王二小在一旁接上说：我爸说命根子就是土地。

张小梅上下打量着小英子：唏，人不大，知道的不少。

带着早春寒气的北风在空旷的田野上打着旋儿，不时卷起一片黄土，天地之间变得有些昏黄。从挖壕沟的那边，随风飘过来一个中年男人火辣辣的声音：小英子，小英子，你们那边出啥事了？有人来咋不给信号？

小英子回答说：是我大爷。我大爷又不是坏人。

那边的人听了小英子的回答后，沉默了一会儿。孙向东把注意力转到壕沟那边。他先是看到有几颗人头冒出壕沟晃了几晃，好像在商量事情，接着，有几个人从壕沟里爬上来，急匆匆地向这边走。小英子对拿大刀片的男孩子说：王二小你爸来了。又对孙向东说：王二小他爸会拳，是反拆队的大队长。孙向东这才亲切地摸了摸王二小的平头：你是王狮子家的孩子？怪不得长得虎头虎脑。

张小梅拉了李龙一把，低声说：看看，"内参"里说的情况事出有因吧。

王狮子长得人高马大，膀大腰圆，仿佛一尊铁塔。他的眉毛从里到外呈现刀片状，透着一股豪气，但也带着些杀气。他身后的两个小伙子都在十七八岁，像刚下学不久的学生，腰上系着红绸带子，一看就和电影电视里常见的习武之人一样。两个人一个背上挎着唢呐，一个肩膀头拴着只铜号。孙向东皱了皱眉头，心里想，搞啥玩意儿，该不是还在拍电视剧吧？

王狮子和李龙握手时，轻轻用了一下力，李龙就疼得歪着嘴，皱了皱眉头。他与张小梅握手时，张小梅却不管三七二十一，咧着嘴喊：疼死我了，疼死我了！王狮子得意地哈哈大笑：妮子，没听说和沟大人孩子都会三拳两脚？俺这可是百里闻名的武术之乡。他没和孙向东握手，恭恭敬敬地叫了声：向东叔，您回来了？

孙向东开门见山地问：狮子，你现在在村里担任啥职务？

王狮子伸出大拇指，在孙向东面前比画了几下：叔，我现在是一把！一把，你懂吧？村民委员会主任。

孙向东点点头，"噢"了一声表示明白。他心想，好你个王狮子，身为村民委员会主任不带着村民搞春耕春种，搞起什么挖壕沟、忙备战的事，还把孩子们也发动起来了。看我不狠狠地训你一顿。

王狮子说完，反问：叔，您得有大半年没回老家了吧？又指了指李龙和张小梅：二小你小子给我看清了，你向东爷爷这才是官，走哪儿前呼后拥，耀武扬威。你要不好好学习，考不上大学留在和沟混，最多也就跟你爹一样当个小村干部……

孙向东听出王狮子话中含沙射影的意思，也没和他计较，直截了当地告诉他：我和我的两位同事李龙、张小梅，是县委派来调查"二八"事件的。你们乡党委、乡政府给过你们通知了吧？

王狮子一愣，不解地问：啥"二八"事件？我就知道咱和沟有座"二八"烈士陵园。向东叔你们是不是要祭拜烈士陵园？好，这事我能安排。说着，就对小英子下了指令：小英子你和二小带你大爷去一趟。然后又对孙向东说：我安排一下挖壕沟那边的事，回头在村里烧好茶等你们！

明眼人一看王狮子就是在装腔作势，糊弄孙向东他们。孙向东当然不能等李龙和张小梅对王狮子提出疑问，主动对王狮子说：你小子别给我玩里个啷。今天是二月十八，十天前和沟发生了啥事你不知道？烈士陵园我们肯定会去祭拜，但是我们现在要做的是调查事件的起因和经过。

王狮子两只手掌翻来覆去地轮换搓着，而且非常用力。李龙打从看见他，他就几乎没停止过这一动作。也许会武术的人都喜欢这个样子。这回，他两手挠着头皮，嘻嘻笑着说：二叔，十天前我和崇东爷爷在乡里参加啥培训，听省城来的专家讲什么调整种地结构，没有在家。不信，你问问小英子。小英子，你爷爷那两天是不是也不在家？

小英子点点头：我爷回家就喝酒，喝醉了就骂人。说那个专家车轱辘话讲了半天，就是想让咱把地给姓贾的老板。专家是贾老板花钱请来的，专门替老板说话……

李龙看了张小梅一眼，两人会心地笑了笑。

孙向东问：我二叔在家吗？

王狮子说：不在，崇东爷爷今儿天蒙蒙亮就去县城了，临走嘱咐我在家主持工作，争取今明两天把壕沟挖好。没想着你会回来。他要知道你今天回来，说啥也不会出远门是不？咋说你爷俩也有段日子没见了。他说着，不住地给小英子挤眼皮。孙向东看在眼里，也没有点破。

王狮子说这话时，小英子一直仰着脸，眼珠子滴溜溜转，看看孙向东，又看看他。等他说完，小英子开了口：狮子哥你骗人。我爷没去县城，刚才我还见他在那边看你们挖沟！

在场的人都目瞪口呆。王狮子闹了个大红脸，仍然嘻嘻笑着，说：你小妮子年龄不大眼睛倒是花得很快，你看错人了吧？！说着，又给小英子挤巴挤巴眼皮。小英子也许没弄懂他的暗示，生气地说：你才眼花呢，我爷爷我还不认识？我爷爷穿的是我爸当兵时的黄裤子，屁股上边补了块又圆又大的黑补丁，我弟叫他黑太阳！说着走到孙向东身边，拉着他的手说：大爷，你到那边准能找到我爷爷，裤子腚帮上有块黑补丁的就是他！

王二小也在一旁为小英子做证，说：我也看见小英子的爷爷了。

王狮子恼羞成怒，对王二小头上就是一巴掌：老子咋就养了你个小叛徒、内奸？

王二小拧着脖子，仰着头，不服气地说：叛徒才不说老实话呢！我说的是老实话。王狮子还要伸手打他，被张小梅拦住了。她把王二小拉到自己怀里，用严厉的目光瞪了王狮子一眼。王狮子的手在半空中划了一道弧线，落在自己的大脑门上，转身冲孙向东嘻嘻笑着：向东叔，崇东爷爷心情不好，动不动就找碴儿骂人，我都不敢离他近。这样吧，有啥子事咱爷俩先说。我这人是巷口里扛扁担直来直去，不会对你掖着藏着。说完，眼珠子转了几圈，又说，再说咱也没啥可掖着藏着的是不是？他边说边脱下鞋子垫在屁股下，然后盘腿坐在地上，拉出一副一夫当关的架势，好像在告诉孙向东一行，你们要进和沟，就从我身上越过去。他带来的那两个小伙子双手抱拳，两腿呈八字形站在他身后，仿佛也做好了随时攻击的准备。

李龙年轻气盛，上火也快，上前指着王狮子说：你这是什么态度？孙局长现在的身份不是你和沟村谁家的二爷爷、二大爷，是县委调查组的组长。

王狮子把右手放在额头上遮挡着太阳光，眯缝着眼看了李龙一会儿，嘻嘻笑了：我说同志你没搞错吧？他孙向东就是省委调查组组长、中央调查组组长，那也是孙崇东的侄子，我王狮子的叔。人的官做得再大也不能忘祖。你说对吧，向东叔？

孙向东一直在想着怎样把这次调查工作往前推进。他已经从王狮子的言谈中了解到了"二八"事件的一点信息。如果还没进村就和王狮子闹僵，就会影响到下一步的工作。来之前魏丰已经告诉他，镇长刘满志带着工作组先他之前来过，被村民挡在村外，双方差点动了武，也没能踏进和沟村半步。他想，既然王狮子要谈，在地头谈也未尝不可。过去搞调查研究就经常深入田间地头，一些机关干部戴的草帽就具有两种功能，一是遮太阳，二是垫屁股席地而坐用，只不过这些年搞调查研究的风气也跟着社会风气转变，转移到了会议室或者酒桌上。他也脱下鞋子垫在屁股下，和王狮子面对面坐下了。李龙想学他和王狮子，往下坐时身子没找到平衡点，仰天躺在地上。惹得小英子和王二小哈哈大笑。

孙向东说：狮子，你把二月八日那天和沟村发生了什么事，实事求是地说给我们听听。

王狮子刚要开口，看了王二小和小英子一眼，摆摆手说：你们去干你们的事吧。大人说话，没小孩子啥事。孙向东知道这是和沟人的传统，大人之间的事情尽量不牵涉孩子。有时候两家人吵架，为了避开孩子，跑到山上或地里，吵也好骂也好打也好，回来见了孩子仍然笑嘻嘻地跟没发生过事情一样。用他爷爷活着时说过的一句话，这叫不把孩子往坏里带。于是，他也对小英子摆了摆手。

几个孩子走出十几步远了，王狮子又大声叮嘱一句：瞅着东南湖那片。

孙向东知道东南湖是通往镇上的去处。他们刚才是绕了个道，没经过东南湖。王狮子让盯着东南湖方向，实际上是盯着镇子方向有什么风吹草动。他心里不禁有点悲哀。他小时候在家，只要东南湖方向有人过来，村里都是一片欢天喜地。因为从那边过来的，不是上边派来为农民搞服务的工作队、医疗队，就是放电影的、演戏的，或者是送救济粮什么的。而如今，村民竟然对那个方向产生了敌对情绪。这是怎么啦？

王狮子对孙向东说：向东叔，那个龟孙子骗你们，二月八日那天我真不在家。崇东爷爷也不在家。这么给你说吧，俺爷俩有一个在家，那些王八羔子敢来？

人家是拍电视剧经过这里。张小梅说。

扯！王狮子抓了个硬坷垃蛋子，在手掌心搓了两下，松开手落下的是土。他拍了拍巴掌，又在裤子上擦了擦手，才说：那个姓李的县长、姓贾的老板和他相好的女人不是来和沟一次两次，十次八次也有了，扒皮也认得他们骨头。你说是拍电视剧，咋就那么巧？他们还装新四军。新四军是啥样子我没见过，可也听说过。新四军从来不从老百姓的庄稼地里蹚过来蹚过去。好好的麦子啊，几匹高头大马和几十个人硬是踩呀踩呀，还在地里打滚。地里的麦苗儿多脆弱，三下五除二就给轧死一片。爱东喊了几遍，理也不理。不是故意？

李龙惊奇地睁大了眼睛：还有这事？

王狮子指了指东南方向说：不信你顺这儿过去看看，人踩马踏，毁了好几亩麦子呢。真的新四军能这样干？真的新四军那是爱护老百姓的粮食，过去有个电影就是讲新四军为了保护老百姓的收成与日本鬼子血战的。

李龙见孙向东点头了，顺着王狮子指的方向，边走边看，一直走了很远。

张小梅等李龙走后，问：先动手打人的村民现在在哪里？

王狮子忽然从地上跳起来，气势汹汹地原地转了几圈：咋，你们也是来帮姓贾的老板挑俺们刺的？我就奇了怪了，姓贾的花钱能雇保安、雇演员、雇黑社会，还能使得动你们？

孙向东的脸一下子涨红了。他也站了起来，激动地冲着王狮子吼道：你给我闭嘴！瞧你说的屁话，像个村干部吗？牢骚，骂人，还有啥本事都拿出来！

王狮子见孙向东发了火，愣了一会儿，才重新坐在地上。孙向东这回没坐，而是蹲了下来。他想和王狮子好好谈一谈。可是，还没等他蹲稳当，王狮子像屁股触电一样突然又跳了起来，气急败坏地对身后那两个小伙儿说：快，快吹唢呐号子，有人来了！

孙向东见张小梅的表情也像受了惊吓，不由得扭头看了一眼，果然看见一支车队浩浩荡荡地开了过来。还没等他醒过神来，随着唢呐和铜号的声响，挖壕沟那边一下子钻出来几百人，大呼小叫着朝这边涌来。

三

车队在离孙向东十几米的地方停下来。因为孙向东乘坐的面包车是县委机关事务管理局派的，车号尾数是小号。一些地方的车号按照领导的级别发放，老百姓一看车号就知道是当地什么级别的官，甚至官员的手机号也按照级别排列。这也是中国的一大特色。最前边那辆警车看了停在路边的面包车车号，知道县里来人了，所以停了车。从车上下来的是和沟村所在镇的镇长刘满志。

是你啊老孙，接到县委办的通知，说是你要来，我就赶来了。怎么着，你没被包围、挨揍吧？刘满志的眼小，外号老鼠眼，但脸上肉多，笑的时候眼睛常常被掩埋在肉堆里，让人看不清他的目光。眼睛是心灵的窗户，看不清目光就不容易看清心里咋想。也许是怕风吹，他今天戴上了一副墨镜，两只眼睛全都被罩住，更看不清他的目光。按县一级的干部行政级别，镇长和局长都是正科级，刘满志和孙向东同级，所以见面没称职务。

孙向东看了看刘满志的队伍：五辆车中，三辆小轿车，其中一辆奔驰、一辆宝马，显然不是镇政府的车，还有一辆警车，另两辆是中型面包车，五辆车上下来二十多人，有镇政府机关的工作人员，有的身份不明。再看看从挖壕沟和村子里过来的人，虽然有好几百，但大多数年龄在半百以上，而且妇女居多，再不就是十五六岁到十七八岁，刚下学不久的，小英子和王二小那个年龄段的也占了很大比例。他忽然明白了，这就是当前一些农村人口结构的实际，青壮年外出务工了，家中剩下的就是这些人群。他们手中的家伙更是让他啼笑皆非，有的拿着铁锹、抓钩，有的拿着扁担、棍子，有的拿着菜刀、斧头，有的妇女还掂着炒菜用的锅铲子、盛饭用的勺子……他的神情越来越沉重，目光越来越严峻，问刘满志：刘镇长，你这是要干啥？

刘满志说：抓人！

孙向东问：抓啥人？

刘满志说：那天打伤新四军的人。

张小梅白了刘满志一眼，严肃地说：别口口声声新四军。他们不是新四军，是演新四军的演员。

刘满志说：是新四军。

张小梅：是演员。

刘满志见张小梅和他较劲，有点不高兴，但嘴上还是改了称呼，说：是演员，演新四军的演员。有个女演员现在还在医院，检查说是脑震荡。依照法律，打人的已经构成了伤害罪，所以要进行刑事拘留，然后审判。我的意见是一定要用这件事吓吓那些刁民，让他们知道与政府作对没有好下场。

王狮子斜着眼看了刘满志一眼，不满地说：你咋不说俺们也有人受伤？咋不说他们的人先动手？再说，你说和沟村的人与政府作对。我问你，我们啥时候和政府作过对？俺和沟村这些年没有一个违反计划生育政策的，没有一个偷税漏税的，没有一个……他还要往下说，被刘满志粗暴地打断了。刘满志说：可你和沟村上访的这两年最多。

王狮子说：你咋不说俺为啥上访？

刘满志说：不管为啥上访，都是与政府作对！

王狮子呸了一声，说：你姓刘的代表不了政府。人民政府是为老百姓说话、办事的。你口口声声哪句话是为我们老百姓？

刘满志摘下墨镜，两眼露出凶光，手指着王狮子的额头，恶狠狠地说：王狮子你小子本事大，三天两头给我整出个大动静。这一回连市、县领导都惊动了，老省长也气得都拍了桌子，就差没惊动党中央、国务院了。你等着，事情过去了我会给小子你算总账。

王狮子拍了拍胸脯，不屑一顾地说：你以为我怕？不就村委会主任这个乌纱帽吗？你要戴你拿去。我一不贪二不占三不睡破鞋，你爬梯子也够不着我的头发梢！

刘满志气得直跺脚：好，好，好你个王狮子你给我等着。

孙向东先用严厉的目光制止了王狮子，让张小梅和王狮子谈谈，了解了解情况。他把刘满志拉到一边，悄声对他说：抓人是公安机关的事情，而且要有充分的证据。你一个镇长亲自带着这么浩浩荡荡的队伍来村里抓人，合适吗？

刘满志喝哼一声，用右手大拇指和中指、食指夹着鼻子，擤出两行黄色状的鼻涕，顺手在裤子上一抹。张小梅看了，皱了皱眉头，恶心地扭过脸去。刘满志对孙向东说：老孙你以为我想来？是李成长副县长打电话给我，说老省长发火了，县委魏书记批示了，和沟的问题严重了，让我来压一压。他说警察负责抓凶手，我负责做村民的稳定工作。

王狮子站得和刘满志不远。刘满志的话他都听清楚了，可是碍着张小梅的面子不好发作，气得肚子像塞了气球，一鼓一鼓地不住地起伏。孙向东怕他再和刘满志冲突，不时拿严厉的目光瞪着他。

从壕沟里钻出的和沟村民在小桥的另一边停下了，与孙向东这边形成了隔桥对峙。因为小桥只有四五十米长，两边的人眉毛胡子甚至脸上表情的微小变化都看得见，说话尤其是骂人更听得清楚。

有人说：孙向东你弄啥呢？当官那么多年不给老家办一分钱的事，连一两化肥都没帮着批过。别人欺负咱老少爷们儿，你还带着警察来吓唬人，像话吗你！

有人说：老孙家打从闹红暴动到抗日战争、解放战争，出了好几个烈士，咋到这辈子上出了个胳膊肘儿朝外拐的孬种呢？崇东爷爷您老人家也替老孙家动动家规呀！

有人说：看看姓刘的老鼠眼那肥头大耳的熊样，上边补助咱的化肥不知让他偷吃了多少才追得那么肥。

有人说：这个贪官，和姓贾的老板穿一条开裆裤。他的大肚子都是姓贾的钱给塞满的。不信让他拉屎看看，肯定也有铜臭味。

孙向东听着乡亲们的骂声，心里很不是滋味。到了家门口，见了亲人，却没有得到热情欢迎，而是挨了一顿臭骂，搁在谁心里都不会好受。不过，他清醒地认识到现在不是和父老乡亲套近乎、做解释的时候。眼下最要紧的是不能让和沟村民与刘满志带来的人再次发生冲突。若两边再发生冲突，等于火上浇油，而且会把事态闹大。他严肃地对刘满志说：刘镇长，眼下这个样子，我建议你们先回去。上级三令五申不让随便动用警力，你就不怕承担责任？你看怎么样？

刘满志头摇得像只拨浪鼓，连说：那不成，那不成。堂堂的镇人民政府镇长，怎么能在农村黑恶势力面前退却？说出去还不让人笑掉大牙！再说，再说……他没往下说，而是改了口：这法儿不成。

孙向东向小桥对面瞟了一眼：那你看看，你要强行抓人会是什么结果。

你不会想让和沟血流成河吧？到那时你的责任更大了。他的目光越来越严厉，又说，还有，你不能以镇人民政府的名义，也不能断言和沟就有黑恶势力！别说老百姓不服气，我听了心里都不乐意。

刘满志的脸一会儿红一会儿白，他生气的时候想努力睁大眼睛，结果适得其反，眼睛陷得更深，只露出两片像绿豆粒般的光点。孙向东突然想起他的外号"绿豆眼"，咬紧牙关才控制住没笑出来。

孙局长你，你太迁就你老家了吧？刘满志表现出强烈不满：就那群乌合之众，不说别的，枪往天上一举，不等响声，准吓得屁滚尿流。我们镇上去年打掉一个黑社会性质的团伙你总该知道吧？我那时是分管副镇长，亲自带队干的。别看那十几个孙子平时耀武扬威，牛气烘烘。老子喊了一声我是镇长，都真成孙子了！魏书记后来在全县大会上表扬我就说过，路见不平一声吼，该出手时就出手！要是我不到外边学习，和沟这度假村早建成一大半，你来我也不会在这地头上接待你了。

孙向东朝小桥那边又看了一眼。

这时，李龙匆忙回来了。他两手都攥着麦苗。不过，那些麦苗已经枯黄，没有了生命气息。孙向东接过几根看了看，眼泪一下子湿了眼眶。他是农民的儿子，心里对庄稼怀着崇高的敬意。

李龙在一旁生气地说：太不像话了！你拍戏也不能毁坏庄稼，这不是朝农民碗里撒尿吗，还让人吃不？张小梅也嚷嚷：一出事情就怪农民这不好那不好，你不招他惹他，他会跑你门上闹？他得先顾着填饱肚子。

两个年轻人的话显然惹恼了刘满志。他说：你们监察局是党的还是农民的？我听你俩的口气好像是和沟村的村民！要不要我把你们刚才的意见给县委魏书记汇报一下？

李龙听了刘满志的话，抹了抹嘴，站到一边去了。张小梅却大义凛然地说：你刘镇长也别拿魏书记来吓我。县委让我们来调查，我们就得公平公正，实事求是。李龙刚才说的和我说的话，在魏书记那里照样说。

刘满志惊奇地看着张小梅，又看了一眼孙向东，挤巴挤巴绿豆眼，咂咂嘴像是咽唾沫，喉咙又像被堵塞了，只好咳嗽几声：我明白了，你们是带着偏见来的。

张小梅说：我们没带偏见，倒是有人戴着有色眼镜。

刘满志在原地上转了几圈，抽完了一支烟，把烟头朝地上狠狠地一扔，说：那好，我先回镇上如实给魏书记汇报，就说被你们监察局的同志拦住了！这里就交给你们监察局，有事你们向魏书记去汇报。说完，他气急败坏地钻进汽车就走了。

孙向东一时不知所措，他倒不是怕刘满志向魏书记打自己的小报告。魏书记不会偏听偏信刘满志一个人的话。他是觉得往下的工作不好进行。一般情况下，县里有关部门到地方搞调查，需要当地镇政府配合。刘满志撒手而去，等于把矛盾全盘端给了他们。这样，即使写出来的调查报告，也会因缺少一方面的支持而没有力度，或者被领导认为不全面。他正在思考着下一步的工作步骤，张小梅提了个建议，说：孙局长，我有个建议供你参考。刘镇长不是说有个女演员受伤住院了吗？这个女演员叫胡丽晶，就是在微博上发帖子的那个人。我们去医院看看她，从她那里摸点情况。

孙向东马上明白了张小梅的想法，他觉得张小梅的建议有一定的道理。再说，那个受伤的女演员就是发微博的人，找她了解情况也理所当然。于是，他冲张小梅点点头，表示同意她的意见。

李龙也没表示反对。

他们离开现场时，看见小桥对面的人欢呼雀跃，好像打了一场胜仗。

四

网上发帖的女演员叫胡丽晶，与当地方言的狐狸精相近，所以和沟村的村民称她叫狐狸精。其实，她并不是影视演员，真实身份是县城唯一一家四星级宾馆的大堂副理。她的老家与和沟一河之隔，和沟村和她年龄相仿的年轻人中，有一些是她高中时期的同学。孙向东的侄子孙爱东不仅和她是同学，还是同桌。她天生丽质，人也聪明，由于家庭经济条件不好，缺少劳力，经常被她爸赶着下地帮忙伺候庄稼或者帮忙做家务，上学常常是三天打鱼，两天晒网，尤其是到了农忙季节，三五天不到校是家常便饭。到了考试的时候，她没少抄孙爱东的卷子。她虽然也读完了高中，但没掌握高中阶段的实际知识，高考时名落孙山。她在家待了一年，跟着外出打工的乡亲到了广州，先是在一家服装厂干了半年，嫌工作累，收入低，又跳槽到了一家酒店。那家酒店开了间歌厅，她正好遇上一个在歌厅当坐台小姐的老乡，于是介绍她到歌厅当了"三陪"小姐。她到歌厅几个月后，认识了从她老家那边过来的煤老板贾二木。贾二木第一次和她做爱，发现她懂得如何伺候男人舒服，和那些应付差事、匆忙做完拿了钱就走的女孩不一样。他大为惊喜，动了长期包养她的念头。他先是在县城给她买了一套两居室的房子，又把她安排在他控股的四星级宾馆当了大堂副理，每月还给她两万元零花钱。这些，对于胡丽晶来说简直就是喜从天降。一年过后的一天，她从网上看到一个被老板包养后又遗弃的女孩说，被男人包养也就是做二奶的女孩要想自己的未来，不能仅仅让男人的金钱培养消费，而是要培养事业，不然哪天被男人无情抛弃了生活没有着落。她的心动了。可是，她一时弄不清自己的事业在哪里。她想过当老板，让贾二木为自己开个服装店，可转念一想不适合自己，整天东跑西颠进货发货，又苦又累还赚不了大钱。她又想让贾二木帮她盘个饭店，思考再三也被自己否定了。前不久，贾二木学着一些煤老板、房地产老板把目光投向了文化产业，注册成立了一家影视传播公司，投资拍摄电视剧。这一下，她的眼前一亮，好像看到了自己事业的绚烂曙光，对着镜子反反复复看了多遍，突然觉得自己那张脸、那个体形就是为了中国的影视事业而生的。哎呀，这不就是中国的第二个章子怡，怎么就没被那些导演发现呢？那些导演的眼睛都掉屁股沟里了？她当然不知道贾二木投资拍摄电视剧的真实目的，还以为自己也会像一些影视演员那样一炮走红，红遍中国影视界。所以，她使出浑身解数，与已经对她有点冷淡的贾二木死缠硬磨，非要进剧组当演员。贾二木给了她一个女二号的角色。这个电视剧中的女二号，是打入新四军内部、以护士身份做掩护的日本特务。现在的电视电影中特务盛行，漂亮而又有智慧的女特务更是充斥着影视屏幕。好像当年那些漂亮女人就是为特务这一职业而生的。没有女间谍、女特务就失去了真实性，就没有看点。剧中有一个情节是女特务护士为了获取情报，利用色相，和新四军一个科长恋爱。导演安排他俩故意溜到队伍的后边，在庄稼地里亲热。女特务护士羞答答地给科长一条亲手织的围脖，然后两人亲热地拥抱。女特务护士在前边跑，科长在后边追，虽说俗不可耐，但毕竟罗曼蒂克。投资人贾二木不同意。他说：这怎么能吸引观众的眼球，得干真的。

导演问：怎么才是真的？

贾二木说：让两人都脱。

导演急了：咱不是拍黄片，拍那种戏通不过审查。再说了，那个年代的年轻人的思想不像现在这么开放，刚恋爱就脱。

贾二木不以为然。他眯缝着眼睛想了好大一会儿，抬头看了看庄稼地上绿油油的麦苗，说：那就滚。

导演一愣：滚，你让谁滚？

贾二木说：不是让你滚，是让他俩滚。抱在一起在地里滚，滚个十圈八圈，从地这头滚到那头。

这对导演来说不犯难为。尽管他心里不乐意，还是照着做了。毕竟现在是市场经济，拍电影电视都得有钱，谁投资谁有话语权。你一个导演说白了就是给人家投资人打工的。打工的敢不听老板的？这些年影视圈里，投资人说换老板就换的事例少吗？你导完一部电影一部电视剧，投资人拖欠你的钱的也屡见不鲜。所以，导演只好照着做。最高兴的是胡丽晶，因为这样的镜头容易吸引观众的眼球。她像打了一针强心剂，没等扮演科长的男演员动手，主动抱住他，咚咚一声倒在地上就滚起来。她一边滚还一边哈哈大笑。两个人滚出十几米远，导演才喊停。导演说：胡丽晶你笑得太张扬了。按照剧情，现在是在敌后穿梭，走路都小心，生怕弄出声响，还敢像你那样大声地笑？再来一次！

于是，胡丽晶和那个“科长”又抱着在麦苗上滚了一遍。这一遍滚出了二十多米。导演满意了，贾二木不满意。贾二木说：滚远点，多滚几遍。

胡丽晶不干，噘着嘴说：地上有坷垃蛋，还不时冒出个石头块，扎伤了我怎么办？

导演也觉得贾二木有点过分，说：我看了镜头，这段戏拍得不错。两个演员都很有激情，表演得也恰到好处。滚得太远，占得时间太长，审查时也通不过。

贾二木先朝胡丽晶瞪眼：你不愿意干算屄，我换人。然后又对导演说：让你怎么拍你就怎么拍。审查通不过，你把这段剪下来，我自己在家放着看，饱饱眼福总可以吧。

导演没办法，只好让胡丽晶和那个男演员再来一次。岂料一次不行，两次，三次，每次都得换一片新地。一连十几遍。那几十个行军的也被贾二木指挥着来来回回在庄稼地里蹚来蹚去，长势兴旺的麦苗硬是给踩踏倒了一片……

第一个发现那些穿着新四军服装、从庄稼地里蹚过、踩踏倒了一片麦苗，又是第一个与演员动手的是孙向东的亲侄子孙爱东。他从部队复员曾找二叔安排工作，被孙向东拒绝后，就买了辆车跑运输。那天，他从镇子上送货回村，刚巧经过地头，看见了几十号人在小麦地里折腾，马上就冲了过去：哎，哎，你们干吗在小麦地里折腾，糟蹋庄稼？

刚刚从地上爬起来的胡丽晶白了孙爱东一眼：看不见我们是新四军？

孙爱东认出了胡丽晶，不屑地撇撇嘴，说：就你这样，哼！别说新四军，新五军也不会要你。

胡丽晶也认出了孙爱东，故意挺了挺胸脯，得意扬扬地说：我现在就是新四军，怎么样，不服？等电视剧播放的时候我提前通知你看。

孙爱东的脾气急躁，又压根不想理胡丽晶，就指着导演说：你们把我们的庄稼给毁了，得赔偿。还有，赶快让你的人滚出去。

导演看了看贾二木。贾二木从孙爱东一出现，就缩溜到人群后边去了。他不是怕孙爱东，而是不想让和沟村的人知道这场戏的真正导演是他。你和沟人不是不同意我开出的征地赔偿条件吗？那好，老子就把你的庄稼给毁了，庄稼毁了你吃啥？只有老老实实地服从我的条件，把土地流转给我。他冲停在路边的考斯特车挤了挤眼皮，导演马上心领神会，对那个演科长的男演员说：去，到车上把李县长叫来。

那个男演员打了个愣：什么李县长？

导演说：就是那个喝了酒爱睡觉又打呼噜的大胖子。

孙爱东和胡丽晶刚发生争执，就被放学路过的小英子和王二小看见了。他俩紧赶慢赶几乎是一溜小跑回到村里，把在村外庄稼地里看到的一五一十对王狮子说了。当然，两个孩子人小心眼不小，没少添油加醋，说孙爱东为了制止那些穿军装和不穿军装的人糟蹋庄稼，被那些人围着打了。王狮子一听，恼羞成怒，一边操家伙，一边扯着嗓子在村街中心高喊：老少爷们儿，又有人来抢咱们的地了，还打伤了爱东。长胳膊长腿能走动的都跟我走，誓死保卫咱们的土地！

孙向东的二叔、孙爱东的爷爷孙崇东很平静。他让王狮子等一等，然后把小英子和王二小叫到身边，严肃地问：你俩真看到是穿军装的人？

小英子和王二小不约而同地点了点头。王二小说：骗你是孙子。他们穿的是跟电视里的新四军一模一样的灰军装。

小英子点点头，表示肯定王二小的话。

孙崇东摇摇头：不会吧？新四军在小鬼子投降后就改叫中国人民解放军了。难道是拍电视电影的？

王狮子说：拍电视电影的也得事前给咱打个招呼吧？他们也太不把村主任当干部了。

孙崇东闭着眼睛想了一会儿，说：我琢磨着是不是又是那个姓贾的老板出的啥主意。

他这样一说，王狮子急了，说：崇东爷爷您老人家别出面。我先带人过去看看。他们要真对爱东动了手，我就对他们不客气。

孙崇东犹豫着，没有表态。他因年事已高从村党支部书记的位子上退下来了，但是影响还在，余威还在，像王狮子这样他看着长大的村干部遇事总是找他想办法、拿主意。越是这样，他对自己的言行也格外负责任。他说：那你千万别冲动。咱和沟是拥军村，爱兵是咱的光荣传统。他们既然穿着军装，你就得尊重他们。先弄清他们的来路再说。

王狮子嘴里答应不冲动，可是一出村子就冲动起来。他对前呼后拥跟着他的村民说：弄不好这回又是姓贾的老板使的阴招。他雇人装过警察，雇人扮过土地所干部，一个目的是吓唬咱，让咱把地给他。你们给我听好了，要是姓贾的人就打。谁打得最卖力气，老子给谁发红包。

一个村民说：王主任，咱和沟村穷得叮当响，你哪来钱发红包？别是背着俺们老百姓搞腐败了啊？

王狮子说：屁，我拿什么腐败？我是等乡里给我发补助，我把补助拿出来当奖金。

王二小在一旁叫了起来：唏，爸你说好领了补助给我妈去看病的。我回去就告诉我妈你把补助当红包发给别人了。

王狮子冲儿子屁股上踢了一脚：大人的事小孩别跟着瞎掺和。

偏远的乡村里平时没有什么大事，最多就是张家李家因为占地边、盖房子争宅基地或者孩子们打架斗殴而吵一场，现在发生了这么大的事，人人都有一种正气感和责任感，仿佛天降大任于斯人也，于是纷纷加入了队伍之中。浩浩荡荡的一群人从村子里一拥而出，惊得鸡飞狗跳，一时间闹闹哄哄。

刚走到村外，不知谁叫了一声，真打起来了！王狮子大叫一声：吃和沟粮食长大的都给我上！说完，带头向地里冲去。

五

的确是打起来了。导演让扮演科长的男演员喊来的那个男人叫李成长，是分管科教文卫工作的副县长。李副县长和贾二木是中学同学，还磕头拜过把兄弟，多年来往甚密。贾二木经常约他到城里喝酒吃饭，酒足饭饱再去泡歌厅，完了蒸桑拿、找小姐按摩……他羡慕贾二木拥有的财富和自由自在的生活方式，岂不知贾二木就是用这种方式在吸引他，拉拢他，给他洗脑。贾二木不止一次对他说：你虽然是个副县长，但是腰包里穷得叮当响。现在，谁还不利用手中的资源换资本、资金？你也想想办法，找点资源。你投资源给我，我投资，保证让你很快就发起来。

有人研究发现，眼下这社会到处充满诱惑，人就像身陷在磁场之中，意志不坚定的随时会被来自四面八方的吸引力拉入陷坑，成为牺牲品。李成长就属于那种意志不坚定的人。他不理解在校时学习成绩比自己差、大学没考上，在村里干活也偷懒耍滑，被乡亲称为二流子的贾二木为什么会神奇地成为暴发户，比自己的收入多几百倍，过得潇洒自在；他不理解本应属于大多数人的公共资源如土地、矿产、金融产品等为什么会流到贾二木这类少数人手里，成了他们的个人资产，还有吹鼓手为他们撑腰打气，有摇笔杆子的为他们宣传，把一顶顶并不合适的帽子戴在他们头上；他不明白同样是人是男人，贾二木为什么可以自由自在地找小姐……总之，他想不明白的事情太多太多。既然想不明白，那就装个糊涂。古人不是说过难得糊涂吗？糊涂归糊涂，但不能白糊涂或者说真糊涂。你既然回答不了这些为什么，不如自己也跟着随波逐流。不能让仅有的资源全让少数人占完了。正是出于这种心态，他开始和贾二木做起资源换资本的交易来。平时，贾二木找他协调一些事情，他都非常积极，协调成后，贾二木给他好处费，而且拍着胸脯说：这事只有你知我知，咱既是同学、老乡，又是朋友，你就放心拿着吧！咱两个人之间的事，你不说我不说，没有人知道。他前几次还犹豫一下，推让推让，后来就不再犹豫，不再推让，有时候给贾二木办事，还大大方方主动与他谈"好处费"。

可是，他一个分管科教文卫的副县长，手里的资源毕竟都是公共资源，再说了，上边虽然强调重视科技、重视教育、重视文化、重视卫生，到了下边也就是到了县一级多少走点样。你一个县能有多少科技资源？你就是全省高考状元县，也比不上人家经济量大的县吃香。文化就更不用提了，文化局局长一见面就诉苦，说是经费一年比一年少，只够吃饭吃药的……

去年，贾二木又找李成长，酒足饭饱后拍着他的肩膀，打着饱嗝对他说：兄弟，机会来了。我看中了你们那儿的和沟村，打算在那儿投资。

李成长说：那熊穷地方，你投资打水漂玩呀？

贾二木告诉他：和沟三面环山，一面环水，离市里和县城都不算太远，尤其是地下有温泉，建个温泉旅游度假村挺合适。再说，和沟村是咱这一带有名的红色旅游景点，知名度本来就高。

李成长一听，目光里露出惊喜，脸上冒出红光，高兴地说：我早有这方面的考虑，没想到咱哥俩想到一起去了。其实，他压根就没有想过，之所以这样说，是不愿在贾二木面前显示自己的智力比他差。好歹我李成长也是副县长，难道智力还比不上你一个倒腾煤炭发家的老板？还有一个原因，他这样说表示是他先考虑到的这块资源。他说出来，等于是送资源，如果贾二木提出来，就是要来的资源。送和要虽然一字之差，但意义相去甚远。归根结底，他得到的报酬相差太多。他当即表态，这件事情马上向县委魏书记汇报。他并不知道贾二木已经做通了魏丰的工作，是魏丰让他先找李成长，由李成长提出这个方案，魏丰再表态支持。魏丰嘴上说这叫程序，实际上是他做官的一种技巧。当然，魏丰也交代贾二木不要在李成长面前把他抬出来。贾二木嘴上答应，但见了李成长却先把魏丰抬了出来。当今中国社会的诚信之所以差，与那些腰缠万贯的老板把诚信当作儿戏有很大关系。为了追逐利益的最大化，不惜弄虚作假者有之，欺行霸市者有之，当面说人话背后说鬼话的更是大有人在。有的老板舍得在喜欢的小姐身上一掷千金，就是不给辛辛苦苦干了一年的农民工发工资。有钱人被称为精英，精英尚且如此表率，何况没钱的呢？

果然，李成长在会上一汇报，魏丰当即表态支持，还夸了贾二木几句：这个姓贾的老板很有战略眼光。他能在和沟那样一个偏远贫穷的山沟发现商机，说明他是个很成功的企业家，咱们要全力支持！县委书记表了态，其他人不好反对，事情就定了下来，并且决定由李成长负责这个项目的落实工作。

没想到和沟村的村民对征地补偿方案不满意，认为补偿费太低，又没给他们留下发展的余地，或者说不尊重他们的发展权，生活水平也会降低，今后的生活更没有保障。所以，村民一致反对征地。贾二木来几次碰几次钉子，李成长带着工作队亲自来做工作，也被村民拒之村外。贾二木用了过去在别的地方用过的计谋，比如雇人装扮成警察、土地管理所的工作人员，甚至动用了社会上黑恶势力，恫吓、威逼利诱等手段都用了，没想到和沟村的村民不同于以往他遇到过的村民，一见来硬的就熊包，相反是你越来硬的我越不吃你那套，就是不和他签订土地流转合同。不签订土地流转合同，他就拿不到地，施工队伍进不了和沟村的地盘。县委书记魏丰每次听了汇报，都是让李成长去做工作，但每次都强调，千万要晓之以理，动之以情，不能惹出事来。

李成长急是急，也没有好办法。党中央、国务院再三重申要尊重农民的意愿，要维护农民的利益，你一个副县长敢对农民怎么样？万一和沟村村民到市里省里上访，你不撤职也得受个处分。他甚至想过劝贾二木放弃和沟村。可贾二木就认准了和沟，放出话说别的地方土地不要钱他也不去投资。就在为难之际，贾二木提出到和沟拍电视剧。李成长十分精明，马上猜到了贾二木的用意。大队人马朝和沟村一拉，见机行事，说不定征地拆迁的事就成了。剧组出发时，贾二木给了他一套新四军的服装：你也友情客串一把。就你这模样，演个首长还挺像。他也欣然应允。本来电视剧中没有那个首长的戏，贾二木硬是让导演加了几场，也就是主持一下会议，大部队行军时骑在马上转转。没事的时候，他就在车里睡觉。他睡觉爱打呼噜，呼噜打得又响，像打雷一般。有一次，贾二木板着脸对他说：你老兄惹出大麻烦了。他一愣，问：啥麻烦？贾二木摇头，不说。他急了，连问了几遍。贾二木才神神秘秘地说：你把美国情报部门都惊动了。他吓得面如土色：怎，怎么会这样？贾二木扑哧笑了：你打呼噜的声音惊天动地，美国情报局以为咱发明了新式武器呢！

那个扮演科长的男演员把他从车上叫起来的时候，他才知道又出事了。他走到孙爱东面前，上上下下打量了他一会儿，问道：你是和沟村的？

孙爱东没正面回答，反过来问了一句：你是哪个村的？其实孙爱东认出了他是副县长，来和沟做过村民的工作。

导演在一旁说：这是你们的李副县长。

孙爱东也上上下下打量了李成长一会儿，咂了咂嘴，嘲讽地说：唏，李副县长也当新四军了？不过我左看右看不像，倒像打入新四军内部的汉奸特务。哈哈哈，你还是趁早把这身衣服扒了吧。我爷爷见过新四军。他要看你连扣子都扣偏了，军容不整，肯定会骂你祖宗八代。

李成长看了一眼周围的人，发现他们都用疑问的目光看着自己。他的脸刷地一下红到脖子根，眼睛也瞪大了：小子，你那么大个人连话也不会说。我问你话你就好好回答呗。

孙爱东不理他的茬，也红着脸说：我们乡下人穷，我小时候我妈的奶水不够喂我的，不像你城里人又是当官的，奶水不够就喝牛奶，再不然喝狗奶……

周围的人哈哈大笑。胡丽晶笑得腰都直不起来。李成长恼羞成怒，连说了几个你，你，你……这个时候他才发现，如今这社会，老百姓压根儿就不怕你当官的。当官的也不要在老百姓面前神气十足地摆架子。他不怕你，你也没有办法。这年代毕竟不像过去，当官的手里拎着一串大帽子，看见谁不顺眼随手扔一顶给你戴在头上。贾二木为了给李成长解围，向那个扮演科长的男演员挥了挥手。那个男演员不知是误解了贾二木的意思还是想在贾二木面前讨好，上前狠狠地推了孙爱东一把。孙爱东没有防备，脚下打了个滑，幸亏他在部队练过，人也年轻有力气，一只手撑在地上，才没有让身子倒下。他重新站直身子，指着那个男演员说：你不要动手动脚，再动手动脚，我就对你不客气了。

那个男演员年轻气盛，周围又都是剧组的人，而孙爱东则是单枪匹马，所以也不胆怯，继续对孙爱东指手画脚，嘴里也不干不净。当他的手再次碰到孙爱东的身子时，孙爱东毫不迟疑地抓住他的手，一个倒背，把他摔倒在地上。这一下子惹了火。剧组的三四个小伙子一拥而上，把孙爱东团团围住，你揍一把，我推一把，有的还偷偷地用脚踢一下。孙爱东左抵右挡，一拳头打在了胡丽晶的脸上。胡丽晶哇哇大叫着躲到贾二木的身后，指着孙爱东骂道：你们和沟村的人就是野蛮。

孙爱东这时才看见贾二木。他心头的怒火烧得更旺，眼睛喷出了火：龟孙子，里里外外都是你在捣鬼。

王狮子他们就是这个时候赶到的。村民们和剧组的人一句理也不讲，噼里啪啦就动起手来。李成长觉得事情闹大了，爬到汽车上用喇叭喊道：和沟村的村民们，站在你们面前的是当年的新四军。你们是拥军优属村，不能用这种方式对待咱们的亲人！听我的，都给我住手！

王狮子说：哪有不爱护老百姓庄稼的新四军，哪有对老百姓动手的新四军？你们是冒牌货，是群流氓。

幸亏孙崇东老人及时赶到，喝令村民先住手，才制止了事态进一步扩大。

胡丽晶在接受孙向东、张小梅和李龙的调查时，把责任全都推给了和沟村的村民，尤其是孙爱东和王狮子。不知是不是在剧组混了几天专心学过哭，她边说边哭，时而伤心地号啕大哭，时而委屈地抽泣，不过，手里拿着的几张纸巾却一直没用上，因为一滴泪水也没流出来。张小梅也是农村长大的孩子，看着胡丽晶的表演心里直笑。这不就是农村那种泼妇撒泼时用的手段吗？在农村，不叫哭，叫干号。她说：小胡你也别哭伤了身子。我们刚才问过大夫，大夫说你没有什么严重的伤情，想出院现在就可以办手续。

胡丽晶说：我才不出院呢。我干爸说了，啥时候和沟的农民认输了，答应签土地流转合同了，他啥时候来接我出院！

她说的干爸是贾二木。贾二木外号贾三多：钱多、房多、干女儿多。李龙不知是故意装作不懂还是真的不懂，问：你干爸是谁？

胡丽晶白了他一眼，神气活现地说：姓贾，咱县城最有钱的老板。

李龙不满地说：你们这不是想着法儿坑农民讹农民吗？你也是农民的孩子，摸着良心想想这样做对吗？

胡丽晶瞪了李龙一眼，说：谁是农民的孩子？我们家在城里买了房，早搬城里住了。你看我穿的用的还有长的，哪点还像农民的孩子？说话也不怕闪舌头。她说着，拢起长长的头发，故意放在鼻孔前闻了闻，好像想让李龙知道她的头发丝上都没有乡土气息了。

李龙还想讽刺她几句，被张小梅用目光制止了。张小梅问她：你怎么会想着把这件事发在网上呢？

胡丽晶的目光掠过一丝惊慌，把脸转向窗外，嘴里却喊着：护士，护士！

护士进来后，她在床上又是翻身折腾又是两脚敲击着床沿发脾气说：你们医院对病人一点也不负责任，我的病没好，就让我接待客人。我现在头疼得很厉害，想睡觉，你把客人送走。

李龙想发火，张小梅也一脸不满。孙向东朝他俩使了个眼色，冲门外摆摆手，然后一手推着一个推出了病房。他们到了门口，就听见胡丽晶在给谁打电话：老公，我受不了啦！求求你别让我装病啦。

护士讨厌地嘀咕道：一个晚上也没在医院待过，药也不吃针也不打，哪来的病？

李龙和张小梅都看了孙向东一眼，孙向东不动声色。毕竟他在官场待了多年，从容镇定，具备遇事不惊不慌这个基本素质。此时，他对这件事情的来龙去脉心里已经有了数，而且也有了一个初步的考虑。

六

孙向东怎么也想不到，自己家里先闹翻了。

他刚刚简明扼要地说了这次回和沟村调查的原因，孙爱东就一蹦三丈高，把贾二木和李成长、刘满志骂了一遍。他说：让贾二木个孬孙能使的点子都使出来吧！他不就是想占和沟的山和沟的水和沟的地吗？有理咋不光明正大地来，一会儿扮个假警察，一会儿装个土地爷，这回狗胆包天又演新四军。那个姓李的副县长、姓刘的镇长都收了他的好处，帮狗吃屎！就这样不能帮老百姓的熊官，天天人模人样、衣冠楚楚，以为老百姓怕他，其实老百姓不跟他计较。老百姓心里压根儿就瞧不起他们，不然怎么都不听他们的……

坐在一旁树墩上的孙崇东火了，冲孙爱东吼道：你不说话你叔也不会把你当哑巴。

孙爱东说：凭什么不让老百姓说话？

孙崇东想站起来，孙向东上前扶了他一把，让他重新坐好。然后，坐在他旁边的凳子上，对孙爱东说：爱东，你先动手总不是理吧？

孙爱东急了：肯定是那个狐狸精说的。她满嘴跑火车，一句实话也没有。接着，他把那天发生斗殴事情的来龙去脉说了一遍。他说的时候，孙崇东铁青着脸，仰头看着天空，好像在寻找什么。

孙爱东说：那个狐狸精不光在麦地里滚，还大把大把地把麦苗薅了朝天上乱扔，嘴里不干不净地骂，你们守着这麦苗变钱吧，变狗屎！李成长作为副县长，一句屁话也不说。

小英子在一旁说：我哥说得一点没错。那个女的可厉害了。

孙爱东说：李成长从车上下来，见了我就瞪眼，不分青红皂白训斥我。我刚顶了他一句，有个男演员就上来推我。明明是他们先动的手。

孙崇东说：他们先动手你也不该动手。我天天怎么交代的你？吃亏人常在。

孙爱东感慨万端地发牢骚说：当一个小小老百姓真难。

这时，孙向东清楚地看到，两颗豆大的泪珠从孙崇东的眼眶里勇敢地跳到地面上，在浮土上砸了两个清晰的坑。也许是怕孙向东看见，他赶紧抹了把脸。其实，孙向东看得明明白白，心头上像浇了一盆冰水，打了个寒战。他了解自己的二叔。抗日战争期间二叔就加入了儿童团，站岗放哨查路条，冒着生命危险过敌人的封锁线为新四军送信。解放战争时期，二叔作为民兵队长，带着父老乡亲同还乡团斗，还多次上前线救护伤病员，身上几次负伤。新中国成立后，组织上曾经想安排他到乡政府工作，被他婉言谢绝。时任县长劳继几次亲临和沟做他的工作，想说服他。他说我一个残疾人，走路都不方便，要是给老百姓办事把事耽误了，不是给党抹黑吗？这样，他留在了和沟村，一直做了几十年党支部书记。他对党的忠诚绝不容怀疑。眼下，他流泪是因为一些县、乡干部不替老百姓说话办事。在那样一支演员队伍中出现了副县长李成长，孙向东自己何尝又不难过？

孙崇东挥了挥手，让孙爱东和小英子到外边去。他两眼盯着孙向东，语气充满了不安，问：还有办法吗？

孙向东清楚地知道二叔问话的意思，一时间有些激动，点点头说：有办法。我们党对腐败现象历来抓得比较紧，查得比较严，处理也不手软。

孙崇东点了点头，咕噜了一句：人心，人心啊……

孙向东从孙崇东家出来，身上感到沉甸甸的，步子也有些沉重。他环顾了一下生养自己的村庄，突然觉得脸上一阵发烧。那熟悉的村街上，落满了他和小伙伴们天真无邪的笑声；两边老柳树的枝叶上，挂满了他和小伙伴们快乐无比的歌声。过去，他每次回家乡来，人一进村就下了自行车，村街两边的老少爷们儿见了他都是亲切的问候，热情的笑脸，往往到了门口时，自行车的前后杠和座子上像吊在树上的小猴子一样爬了七八个孩子。那火热的乡情，悦耳的乡音，让他心里暖烘烘的。可是今天不同以往了，人们看见他就像陌生人一样，有的只是冷漠地点点头，有的爱理不理，有的甚至装作没看见，让他心里有一种失落感和痛苦不安。

他和李龙、张小梅同王狮子的谈话也是时断时续。王狮子死活不承认那天打人打错了。他说：我打的又不是新四军，而是流氓、强盗，你说我哪儿错了。

李龙说：你打谁也不对。

王狮子一下跳起来：小子你回家问一问。你们家进了小偷，你老子难道还给小偷跪下磕头不成？我看你们也不是替老百姓说话。

张小梅说：王主任你甭急。你说说怎么才算替老百姓说话？

王狮子说：我崇东爷爷上次就对李成长和刘满志说过，你在咱这儿搞旅游开发，咱不是不欢迎。现如今种一亩庄稼能挣几个钱？靠着种庄稼啥时候能致富？

李龙说：对呀，这不是很通情达理吗？怎么一动真的要征地就反对呢？

王狮子说：崇东爷爷说了，党中央、国务院的政策说得明明白白，要确保被征地农民生活水平不降低、长远生计有保障，你们好好琢磨、研究一下怎么样给农民留下发展权，而不是什么好处都想占，什么利益都拿走，农民还会反对吗？

孙向东听了心里有些不安，弯腰在地上捡起一块小石头，狠狠地扔了出去。他的这一举动让李龙和张小梅两个部下惊异地睁大了眼睛。一向沉稳的孙局长怎么突然像个孩子一样？其实，孙向东是在排遣对自己的不满。他二叔孙崇东没有把这些道理说给他，大概是因为给李成长和刘满志说过，没起到效应失望了，而他也没有静下心来好好听听二叔这位农村老干部的意见，开诚布公地谈一谈，不能不说也是一个失误。因为，他从小就崇拜二叔。在他心目中，二叔是个英雄式的人物。不管是晴天还是刮风下雨，二叔在大门口扯着嗓子一声号令，村民们就会拿着干活的农具，浩浩荡荡地朝地里走去。那一时刻，二叔在他心中就是威风凛凛的司令。村民们邻里之间常常为了些鸡毛蒜皮的事争吵，吵着吵着就动起手。只要二叔朝他们面前一站，争吵的双方就会自动分离，灰溜溜地钻回家去。那一时刻，二叔在他心中就是个说一不二的大家长……实行联产承包责任制以后，二叔的影响力明显减弱了，但村民们遇到大事小事还是找他商量。那时，孙向东已经离开家乡去读大学了。村里另一位读大学的伙伴曾感叹地对他说：你二叔为啥影响力不散？我研究了好久才找到真谛，那就是他老人家说话办事都为老百姓着想，就是在处理一些家庭纠纷问题上，老人家也是小葱拌豆腐一清二白。官大官小，只要为老百姓就好。孙向东想，在土地征迁这样事关农民切身利益、长远利益的问题上，乡镇领导也好，老板也罢，为什么就不能听听这些老同志老干部的意见呢？

孙向东再次登门，孙爱东瞟了他一眼，对他这个当叔的连一声招呼也没有，就转身做他自己的事情去了。孙爱东的父母、孙向东的堂兄堂嫂在县城打工，所以家里只有他、爷爷和叔叔家的小英子。孙向东顾不得面子和礼节，直接钻到屋子里，走到孙崇东的床前。

孙崇东不知是因为上了年龄怕冷，还是真的生了病，身上盖了两层被子，头上戴着棉帽。他对孙向东说：我就猜着你还会来找你二叔。

孙向东叫了一声二叔。

孙崇东说：二叔是不是不中用啦？

孙向东说：没有，二叔。我是想先摸摸情况再给您老人家交换思想。

孙崇东笑了笑，说：咱老孙家的人到啥时候都得本本分分。当官也好，当百姓也罢。我就琢磨着你不会为了保住自己头顶上的乌纱帽，昧着良心说假话。王狮子说我向东叔这回咋戴着有色眼镜来搞调查？他不会也和贾二木那些人穿一条裤子吧？我说不会。我老孙家出去的孩子身上流的血是红的。

孙向东的眼睛有些潮湿。

孙崇东咳嗽了一阵，喊孙爱东进来，吩咐他说：你在平车上铺上稻草，铺厚实一点，我和你叔到地里走走。

平车就是北方农村常见的平板车，中间两个轮子，前边一副车把，有时候拉重载再加上一根绳子当襻放在肩膀头上。孙向东和孙爱东一起把孙崇东扶到车上，身子埋在稻草里，上边又加了床被子。孙爱东刚把车襻儿放在肩膀上，孙崇东冲他摆摆手，说：你在家待着。这样，拉车的活儿就落在了孙向东肩上。他已经有十几年没拉过平车，好在车上只有孙崇东一个人。一个人拉一个人显得不太吃力。不过，县里一个大局长拉平车，怎么说也是少见的稀奇事，所过之处，自然都是惊奇的目光、赞叹的目光。毕竟好久没拉过平车，还没到村头，孙向东觉得浑身上下热乎乎的开始冒汗了。他一会儿用手抹一把汗。这时，他领会到了二叔的良苦用心。他这一趟力没白出，汗没白流。

果然，村外地头上守护麦苗的人们这回见了孙向东，比上回热情了许多。认识他的上了年纪的人亲切地叫着他的小名，不认识的孩子也大爷叔叔喊得亲切。王狮子上前用力夺过车把，把孙向东推开，说：向东叔，这种粗活不是你干的。你对崇东爷爷有这份孝心就足够了。他心里一阵滚烫。老百姓多么可敬可爱啊！他们对当官的并没有太高的要求、太多的奢望，只要你没有架子，不存心欺负他们，他们就觉得你可以亲近。

孙崇东在地头下了车。王狮子指着被贾二木拍戏毁伤的庄稼，感慨万端地说：这些庄稼没有得罪他们。他们下手也太过分了。真正的新四军不会干这种事情。

孙崇东没接王狮子的话，而是直截了当地说：搞旅游开发是好事。可是好事你得朝好里办。国家的利益、老板的利益、老百姓的利益都得兼顾好了。

孙向东说：二叔，您老人家有什么想法？

孙崇东说：我没经历过这种事，也没啥经验。我是从当年新四军搞减租减息，解放初搞土地改革受到的启发。我想了个一二三。他眯着眼，掰着指头，说：一就是给村里留一块地。这块地不是给哪一家一户，是给村里。村里用这块地建个酒店，村民人人有股份，年年能分红利。这不就解决长远发展的问题了吗？

孙向东边听边点头。一阵寒风吹来，孙崇东打了个寒战。孙向东马上脱掉身上的短大衣，想给他披上，被王狮子挡住了。王狮子三下五除二脱下军大衣给孙崇东穿上，又给孙崇东点了支烟：崇东爷爷，抽一口，就一口。

孙崇东说的二，是指两个留下，就是村民能干的，不一定要开发商非拿走的，给村民去干。一是扶植村里办企业，像园林绿化、土石方、建材、土地平整这些活，农民不是不能干，干了就要受益。二是保证村民的发展资源。你搞旅游开发，村民可以搞些服务项目，这样就有了相对稳定的收入。后来，孙向东把它总结为给被征地农民留足发展机会和发展资源，并且在全县推广。

孙崇东说：你搞旅游开发，把商业机会优先给被征地的村民，让他觉得日子比过去过得好，越过越好，他还拼命反对你吗？

王狮子插话说：一开始我们就给镇政府反映过，你们不能给两个补偿钱就不管了，这不是一脚踢开吗？咱这里不像近郊的农民，早和城市融在一起了。咱这农民一失地，生活哪来保障？

孙崇东接着又说了第二个二。一是一家安排一个青壮年就业，没有青壮年就业的，村集体分红时也能领一份红利；二是从土地出让金中提取养老保险，让老人和子女都没了后顾之忧。

孙向东认为孙崇东提到的几点丝毫也不过分。他和李龙、张小梅开个小会商量了一下。两个年轻的同事都表示赞成。李龙说：有些地方搞征地拆迁改革很成功，海南有个陵水县的征地拆迁模式还上了报纸。人家的县委书记说得好，不是没有解决征地拆迁问题的政策工具，关键是一些地方领导的执政理念出现了偏差。党中央、国务院明明有大政方针嘛！

三个人商量了一下，决定先找贾二木谈谈。

没想到找贾二木一谈，贾二木不同意。贾二木说：狗屁！我凭什么给他们优先发展权？让我把最好的地块留给他们，我吃什么？

李龙说：留给当地农民的不到十分之一，对你根本就没有太大影响。

贾二木说：别说十分之一，百分之一、千分之一也不行。我是商人不是慈善家，更不是他们的儿子孙子。亏着哪个少脑子缺心眼的想出这样的傻主意。

李龙严肃地说：你说话注意点用词。

贾二木瞪了他一眼，拿着手机到门外打电话去了，屋子里的气氛一时十分凝重。李龙气得呼哧呼哧喘着粗气，张小梅也一脸的不悦。孙向东朝他俩摆了摆手，说：做咱们这个工作的，好话孬话都得能听进去。不愿听或者不想听的话，权当闻了个臭屁。他的话说得李龙和张小梅轻轻笑了。

贾二木那个电话打了有五六分钟，最后拿着手机进来，对孙向东说：孙局，你接一下，李县长找你说话。

孙向东犹豫了一下，随后接过了手机。他刚喂了一声，李成长就砰砰砰地像机关枪一样发了火：我说孙向东你是不是想搞以权谋私啊？让你去调查袭击新四军的事件，查出幕后指使人然后绳之以法，推动旅游度假村开发工作。你倒好，替你老少爷们儿争起利益来了，还威胁人家投资人。

李成长的声音很响亮，站在孙向东旁边的张小梅和李龙都听得十分清楚。他俩有点沉不住气了，孙向东却神态自若，一句话不反驳，也不辩解。其实他这种态度本身就是最好的反驳、最好的辩解，同时更容易让对方着急上火。果然，李成长见他不说话，脾气更大了，声音也更响了：老孙啊孙向东啊，你不要辜负了魏书记和县委对你的信任。最近县里要调整一批干部，你是在领导的视野里的。这件事如果你处理不好，那可就危险了。说完，他挂断了电话。

贾二木也听见了李成长的话。他冲孙向东得意地笑了一笑，一语双关地说：孙局长，咱俩都是关键时刻呀！

孙向东也冲他笑了笑，坦诚地说：贾老板，我还是希望你认真考虑一下我们的建议。我们现在要建设和谐社会。和谐社会首先要考虑利益分配公平、公正。这些道理你不一定比我懂得少。就算从长远来说，农民得到了合理、合法的利益，他们会自觉地保护自己的利益，比如度假村的建设质量、环境、治安、就业秩序等，这对你来说也是有益的。

张小梅接上说：就说这一次，和沟村村民不是攻击新四军，甚至可以说不是攻击新四军演员，而是在保护自己的利益。

贾二木火冒三丈，指着张小梅说：我看你不像县机关的干部，倒像和沟村那一带的土匪派来的卧底。

这回孙向东被激怒了。他重重地拍了一下桌子。桌子上的几只茶杯惊慌地跳了几跳，有一只吓得滚落在地上，叭嚓摔得粉碎，还有几只茶杯虽然没掉下来，也"心有余悸"地晃了晃。他怒不可遏地说：贾二木，我希望你说话注意分寸，不允许你这样污辱和沟村一带的百姓。你既然要到和沟搞旅游开发，就应当事前了解那个地方的历史和风土人情。你知不知道，和沟村的老百姓当年对新四军给予了多大的支持，付出了多大的牺牲？只有日伪军和国民党反动派才把和沟村百姓称为匪！今天，他们维护自己的合法利益，要求发展权利何错之有？由于火气太大，他说着说着嘴唇发青，浑身颤抖。

贾二木好像害怕了，拍了拍屁股抬腿就走。不过，他临出门又惊慌地回头瞟了孙向东一眼，嘲讽地说：孙局长，别急出心脏病来啊！

七

李龙和张小梅都建议孙向东先回县委向魏丰书记汇报。李龙说：恶人先告状，弄不好有人栽赃陷害，朝你身上泼脏水。

张小梅理智一些，劝孙向东说：孙局，你经常教育我们要讲究原则。我觉得回去拿县委的尚方宝剑是上策。

孙向东沉默了一会儿，说：我们必须先拿出一个方案，这样在汇报时才能做到有针对性，同时又有根据。我们是给领导做参谋和助手的，如果不敢负责任，什么事都朝领导那儿端，还不把领导累死！

没想到李龙刚打开手提电脑看了几眼就蹦了起来。他说：孙局长，这工作没法子干了。

张小梅见李龙惊奇的样子，推开李龙，好奇地趴在电脑屏幕前看了一眼，也板起了面孔，说：真是个唯恐天下不乱的人。

孙向东低着头在改稿子，好像没听见他俩说话。过了一会儿，李龙确实憋不住了，悄声问孙向东：局长，你怎么也不问问发生了什么事？

孙向东头也没抬，平静地说：不管发生了什么事情，都已经发生了，我现在手头有重要工作，早知道和晚知道有什么关系呢？

李龙踌躇了片刻，说：和你有关系。

孙向东这才放下笔，抬起头看着李龙，示意他说下去。

李龙说：县域网上出现了几个帖子，说你以权谋私，暗中指使和支持和沟村村民与政府对抗。你亲侄子调戏女演员，打伤了新四军，你不但不处理，还包庇、纵容……

孙向东笑了笑，说：是嘛，看来我的问题很严重。

张小梅说：这些无中生有的言论怎么能上了县域网，监管部门也不追查一下谣言的源头？我找他们说说。

李龙说：网上把我们商量的方案也贴上去了。这本来是在内部小范围商量的事，怎么能发到网上呢？肯定是知情的人干的，想给我们施加压力，主要是对你施加压力。

孙向东摆摆手：不用了。他们不是把我们提出的方案也摆到网上了吗？对征地农民采取留地安置、就地就业、入股分红这些方式到底可行不可行，让网民们充分讨论一下也是好事。他停顿一下，又说，我们的各项决策如果能够公开透明，事前广泛征求群众的意见，也许更利于减少失误。

李龙说：这样对你可能会有负面影响……

孙向东若有所思地望着窗外。窗外的天空一碧如洗，一群大雁排成人字形飞过，预示着春天已经走近。他没有再说什么，低下头继续改稿子。

张小梅给李龙递了个眼色，示意他到门外说话。两个人在门外嘀咕了一阵，张小梅回到屋里向孙向东请了个假，说是要回去一趟，然后就告辞了。

当天晚上，孙向东在镇上召集镇政府、投资方、和沟村民代表三方座谈会，研究和沟村征地拆迁补偿安置相关工作。贾二木没有到会，连个代表也没派；刘满志也没有到会，只派了一位分管的副镇长参加。贾二木和刘满志都撂了话，先处理打伤新四军演员的事情，签订土地流转合同，再谈补偿和安置。这无疑是给孙向东出难题，也反映了他们没有诚意。

王狮子气得破口大骂贾二木是流氓老板：你小子能耐再大，也不能让我们先签订土地流转合同，天下有这种不讲理的事吗？

孙向东心里明白贾二木和刘满志在向他挑战。他没有发火，也没有宣布休会。他耐心地对与会人员说：我们是开会商量事，不是赌气，也不是针对某个人，目的非常明确。所以，希望大伙平心静气，有意见摆在桌面上。

一开始，刘满志派来的副镇长就表了态，说：我只是代表刘镇长来参会，说白了就是刘镇长的耳朵，你们说，我认真地听，保证原原本本带给刘镇长，一点也不贪污。

接下来，王狮子发言。他说的基本上是孙崇东的意见。不过，由于心里不平衡，怨气很大，他没少了加上几条个人的要求，当然也是用全体村民的名义，而且说话时不时冒出一两句脏话。每听到这里，那位副镇长就皱一皱眉头，张小梅也会瞪他一眼。孙向东没有计较他的态度，只是在觉得他的要求有些过分的时候才打断他的话，或者给他耐心地讲道理，或者严厉地批评他。孙爱东和其他两位村民代表倒是很配合，没有提过分要求。王狮子渐渐地成了少数派，态度才缓和平静下来，协商也正式进入实质性阶段。镇土地管理所的负责人对孙向东他们提出的方案非常支持，说：这是个创新。过去那种征地实行单一的货币补偿的办法的确应当改革了。我同意留地安置这种新思路，新办法。这才更符合党中央、国务院提出的"确保被征地农民生活水平有提高，长远生计有保障"的精神。到后来，连那位代表刘满志来听会的副镇长也转变了看法，支持留地安置、换地安置这样一种新的征地拆迁安置模式。

散会之后，李龙和张小梅连夜加班整理出了一份会议纪要。纪要中提出，各方的意见一致认为，在当前我国社会保障体系尚不完善的情况下，土地仍是农村发展的最基本生产资料，是农民长远生计的最根本依赖。被征地农民获得的补偿，必须能够替代基本生产资料和基本生活保障两大功能。要改变仅仅给被征地农民发放一笔安置补助费、让他们自谋出路的"一脚踢"做法，除了给予一定的货币补偿外，还应根据被征地后农民失去的农用地发展权留置或置换相应的建设用地发展权，并在规划、产业等方面给予相应的支持，确保被征地农民发展权益的实现。这是党中央、国务院的有关要求，符合现阶段征地拆迁安置的实际。

孙向东一行带着会议纪要回到县里已是夜间十一点多钟。他见魏丰的办公室灯还亮着，就给魏丰打了个电话。魏丰听孙向东说找到了一种好的方法，非常高兴，当即让孙向东到他办公室汇报。他看了会议纪要后拍案叫好，说：老孙，你们不虚此行，短短的时间内就弄出了这么个好玩意儿，不光和沟的征地拆迁安置好办了，全县其他地方再有征地拆迁安置也都不难了。

孙向东实事求是地回答说：这不是我们三个的发明，是从老百姓那里得来的好主意，又经过基层一些部门集思广益，才形成了这样个东西。

魏丰深思了片刻，深有感触地说：只有利为民所谋的政策才能得到老百姓的拥护呀！说完，他给县委办主任打了个电话，让县委办主任明天一早通知召开县委常委会，研究新的征地补偿安置办法。县委办主任告诉他：魏书记，您明天有接待任务。老省长要来，还要去和沟村看看……

魏丰果断地说：请老省长先休息，我开完会再去接待他。我相信老省长知道了会很高兴。

李龙在一旁插话说：这个方案贾老板不同意。

魏丰愣了一下，问孙向东：是吗？

孙向东点点头，说：他还是坚持过去那种单一的货币补偿办法，还想压低地价……

魏丰没等孙向东说完就变了脸，严厉地说：这不能由他说了算。让李成长做做他的工作。他要是实在不愿意，那就请他再选择投资地方。

孙向东长长地舒了一口气。

后来，孙向东才知道，老省长劳继看了"内参"后，让人到和沟村了解了真实情况和孙崇东的意见，然后给魏丰打了个电话，严厉批评了魏丰一顿，说他不做深入调查研究就乱批示。魏丰虚心接受老省长的批评，采纳了孙向东他们的意见。

尾　声

第二天的县委常委会上，常委们一致通过了新的征地补偿安置办法。

贾二木并没有放弃在和沟的投资，而是接受了新的征地补偿安置办法。不到半个月的时间里，和沟村就完成了征地工作。让贾二木想不到的是，不仅没有出现过去在一些地方曾遇到过的村民为了多得补偿费，在地上临时抢种庄稼和树苗，一夜之间多出几千棵甚至几万棵树苗的情况，迁坟等工作也进展得相当顺利……

和沟村征地拆迁补偿安置办法的创新，受到了省、市各级领导和有关部门的肯定，又一次上了"内参"，省国土资源厅还在和沟村召开了现场会，推广和沟的经验。

孙向东在党校学习结束后回到县里的第二天，县委书记魏丰找他谈话，告诉他的工作有变动，到县工商联任党组书记。魏丰说：工商联的工作很重要，老孙你一定要正确认识，不要有什么思想情绪啊！

孙向东愉快地接受了这次工作调整。不过，李龙和张小梅为他打抱不平，认为对他安排得不合适。李龙说：听起来又像虚构的故事……

并非游戏

一

马沟村支书马平安突然病逝的消息传到钢山县政府大院，县长周大保立即停下正在主持的一个会议，驱车赶到马平安家中。这让马平安的两个儿子感动不已，按照当地规矩，两人给周大保磕了三个响头。

马平安的大儿子马金山说：周县长你太讲究了，我爸要是地下有知，肯定会感激不尽的。二儿子马银山说：我爸前些天还说过，我死后咱县的那些官中第一个行来往的肯定是周大保！马金山剜了弟弟一眼。周大保却好像没在意，用纸巾擦着眼睛，说：应该的，应该的。马书记是咱县大名鼎鼎的老先进老模范，连续三届县人大代表，对他突然的不幸的去世，县委、县政府感到非常悲痛。他说完，朝帘子后边瞟了一眼。

按照这一带的习俗，人死了以后要设灵堂，前边挂着一张白布帘子，正中间悬挂死者的遗像，两边是寄托着子女哀思的挽联。布帘的后边放着死者的棺材。这些年各地加大和加快殡葬改革的步伐，人死后当天即要送到火葬场火化，临终住在医院的，一般从医院直接送去火葬场。周大保之所以朝帘子后边瞟一眼，完全是下意识的，并非想看马平安的遗体。

行来往的一般在灵堂不作停留，因为后边络绎不绝有来者。当地有一种风俗，遇到"红事"也就是办喜事，办事的家庭不请不去，而遇到"白事"也就是丧事，听说了就要去行来往。行来往的一时不离开，孝子就得一直跪着，还得号啕大哭。至于有没有眼泪，没人拨拉孝子的眼睛去看。

转型社会无奇不有，尤其是在供需失衡的情况下。最近几年，马沟一带兴起了一个新行业——代哭，就是孝子花钱租人在灵堂外代替孝子哭，哭得越响表示孝子贤孙越孝顺，越伤心。马家的灵堂外就有几个代哭的男子汉。代哭的人毕竟受过专业训练，又拿了人家的钱，哭起来非常卖力，且节奏感强，词也是事前编排好的，一套一套的很有连续性。

也许是马家兄弟忽略了来的是县长，没有事前给代哭的人明确指示，代哭的哭着哭着出了岔子。一个说：我的爸呀，我妈早上还给您做了您最喜欢吃的面疙瘩汤，您没喝一口就撒手走了呀。一个说：爸呀，我妹妹还小，以后她想您的时候我拿啥话哄她呀？周大保听着，眼角闪过一丝嘲笑。他太了解马平安的家庭情况，两个儿子，老伴早在十几年前就去世了，怎么又冒出老伴和女儿？

马金山看出了周大保的心思，赶忙对弟弟使了个眼色，说：银山，你在这招呼客人。我陪周县长到里屋歇歇。

马平安家是座三层的小楼。他本人住在一楼的东屋里，西屋是他放东西的地方，中间是客厅，当地人称为屋当门，用来接待来家的亲朋好友。现在一楼的屋当门做了灵堂，马金山只好招呼周大保上二楼。周大保挥挥手说：不上去了，就在你爸屋里坐坐。老人家在世时，我每次来你家，喝酒喝茶都在他屋里。

马金山只好打开了马平安住的屋子。门一开，周大保好像被什么味道刺激了一下，鼻子喝哼一声，身子也朝后趔了趔。进屋之后，没等马金山招呼，他主动坐在客人座位上，朝桌子上瞅了一眼，发现黄花梨木的烟灰缸里的烟头冒了尖。这只黄花梨木的烟灰缸，还是前几年他带队去海南岛参观，马平安在当地一家商店里买的。那些年，马平安抽烟比较厉害，一天两包。这两年改成以茶代烟，走哪儿都带着泡了浓茶的大杯子，一停下来就哧溜溜喝几口。这烟灰缸里的烟是谁抽的呢？周大保有点纳闷。

马金山忙着要倒茶，被周大保制止了。他说：金山你别忙了，我坐一会儿就走。你先坐下，咱说说话。

马金山原想在周大保对面的椅子上坐下，屁股快沾椅子时又站了起来，另外搬了只矮凳子坐在周大保对面。这样，他就比坐在椅子上的周大保矮了一半。周大保心里想，这个马平安的家规够严厉，他活着的时候，晚辈和他说话时必须坐在矮凳子上，他死了儿子还不敢违背这个规矩。想到这些，他又掏出张纸巾擦了擦眼睛，问道：你爸怎么走得这么突然？没送医院抢救吗？

马金山难过地低下头，说：我昨晚在县城有个饭局，快十点才回来，到他屋里请安。他刚和我说了两句话，突然脖子一歪，头就耷拉下来。我又拉又推，喊了好大会儿他也不理。再想把他送医院，一摸他的鼻孔，已经断了气……

周大保很有经验地说：那是突发心肌梗塞的征兆，你越拉他推他越麻烦。让我怎么说你呀金山？早几年每回见你爸，我都劝他再找个老伴。老伴老伴，老来有伴，能躺你身边，总比儿子……唉。

马金山悔恨交加，喊了一声"爸"，双手捂着脸哭开了。

周大保在屋子里走了两圈，递给马金山一张纸巾，问：你爸没留下什么遗言吗？你应当知道，他是马沟举足轻重的人物，他的遗言很重要……

马金山摇头，说：没有。太突然了。他一句话也没来得及说。

这之前他有没有给你交代过村里的事情，比如马沟煤业公司改制的事？周大保问，原来定的那个方案有变化，到底怎么变的？

马金山想了想，坚定地回答：没有。

周大保又问：会不会给银山说过呢？

马金山摆摆手，说：更不会。银山在县政府跟你干，又不属于马沟的人，我爸从来不给他说村里的事。

周大保似信非信地摇摇头，叹了口气说：非常可惜，十分可惜，强烈可惜。马沟是县政府确定的第一批改制试点村，在这改制的关键时候他突然走了……

马金山目不转睛地看着周大保，仿佛想从这位县长的表情中读出点什么。

周大保看了看表，说：时间不早了，县里还有个会等着我。

马金山慌忙起身，摆出一副送客的架势，说：您现在就走啊？

周大保的屁股纹丝不动。

马金山又问了一句：您这就走呀？

周大保嗯啊着，仍然没动，目光四下搜索着。稍停片刻，又看了看表，说得回去了。可还是没动。

马金山只好又坐下，小心翼翼地问：周县长您还有啥重要指示？

周大保沉痛地说：我现在想着你爸的悼词中怎么高度概括、高度评价他的一生。

马金山感动地跪下给周大保磕了个头，说：周县长我谢谢您！

周大保让马金山坐下说话，马金山说：我站着就成，穿着孝袍总坐着不好。周大保就没再和他客气，严肃地说：得抓紧把改制的事完成了，这样你爸好有个善始善终。

马金山郑重地点点头，说：我都听您的。

周大保摆摆手，说：哎，不能这样说。不是听我的，是听马沟百姓的，再说深一点是听人民的。你是马沟村改制办主任，你第一次第二次的改制方案，你爸都给否了。

马金山说：我爸就是胆小，老是怕有人背后叨咕，说坏话。

周大保拉长了脸：让人说话天塌不下来。背后骂我这个县长的少吗？总不能这边骂了，屁股朝这边挪挪，那边骂了，屁股朝那边坐坐。我觉得你的第二个方案没有太大问题嘛！专家、县有关部门都没提多少意见。你抓紧改一改，争取这两天上村民代表会。稍后又补充一句，到时我也来参加。

周大保说完，见马金山答应得很爽快，才起身离开。

车子沿着村中的柏油路向外行驶时，周大保隔着车窗朝外看，发现村子里好像什么事情也没发生过，村民有的三三两两站在路边聊天，有的坐在门前一边晒太阳一边抠脚丫子，有的围着圆桌打麻将，还有的背着粪箕子朝村外的田里走，四五个小学生模样的孩子在踢足球，嘻嘻哈哈地追逐打闹着，就连狗呀鸡呀等小动物，也各自悠闲地做着自己的事情。

周大保是在农村长大的，他晓得村里不管遇到红白事情，村里人即使不是倾巢而出，也会家家派个人去办事儿的人家帮忙。他想起在马平安家除了见到他的两个儿子，听到有人代哭，再就是些看热闹的孩子。是邻里之间感情冷漠了，还是对马平安有成见？他想不明白：当了三十多年村支书的马平安，在马沟村怎么落得这么个人缘？

周大保大学毕业后被分配在县乡镇企业局工作。那时的马沟村村镇企业已经办得红红火火，有煤矿、煤场、运输队、铸造厂、砖瓦厂、服装厂，村年集体经济收入过百万元，在全县村级组织中排名前三，被称为百万村。

马平安虽然识字不多，但头脑灵活，思维敏锐，尤其学东西快。70年代有一段时期兴农民赛诗，只要有人把报上的哪类诗读两遍，他就能滚瓜烂熟地背下来，而且隔夜就能编改成自己的诗朗诵出来。这两年，他从报纸上看到一些先进地区的经验，马上就活学活用，但绝不是像有些地方照抄照搬，而是结合马沟的实际加以改造后借鉴利用。

马沟村在全县第一个铺上了村级柏油路，办起了第一个农民敬老院、第一家农民幼儿园、第一个农民图书室、第一个青年之家，还别出心裁地办了一个农民文化中心。那时人口还没有流动起来，农村青年外出打工的少，这些活动对青年人吸引力较大。省里一位领导来马沟考察后，惊叹这个村改革开放带来的巨大变化，称其为"明珠"，随行的省报记者写的长篇通讯就用了《中原农村一颗光芒四射的明珠》为题，占了省报大半个版面。

从此，马沟村成了闻名全省的文明村，前来参观的有关人员络绎不绝。马平安当年被评为省劳动模范，十佳村党支部书记。作为乡镇企业局的工作人员，周大保几乎每周都要到马沟村去一两次。他那时也是热血青年，遇事容易激动，马平安做的事情的确让他打心里敬佩。有一回年终发奖金，全村人均是一千元，村支部委员马奔提出：马平安的贡献大，奖金标准应当定得比群众高，建议给他定两千元。

马平安知道了这事，当着周大保的面就摔了杯子：马奔你小子别拿我说事。你给我定高，还不是想自己也定高？老子还没到老眼昏花的时候。告诉你，咱马沟只有吃苦在前的党员，没有见利就上的干部。这煤是谁挖出来的？这厂子里的活是谁干的？是马沟的老少爷们儿。反正老子把话撂前边，我一分不比群众多拿！谁要是想发财，就别当党员，别当村干部！

马奔说：你不定高，群众又怎么定高，总不能年年一个水平不涨吧？马奔一气之下，就辞去了村党支部委员的职，自己买了辆车跑运输去了。

马平安对自己要求很严，但是对来马沟的客人却热情大方，好酒好茶好烟招待，临走还给带上点土特产，像三两只鸡、十来斤鸡蛋（一个纸箱），或者当地名酒名烟什么的。周大保他们年轻人没车坐，大多是坐公共汽车去。临走，马平安再忙，宁肯自己骑自行车或步行，也让自己的桑塔纳去专门送他们。

所以，周大保他们也愿意到马沟去，和马平安交朋友，当然也没少了给马沟"吃小灶"，比如计划、项目、贷款等。周大保当上乡镇企业局副局长时，听到有人说马沟是花钱培养出来的典型，非常生气，说：马沟村一开始是自力更生、艰苦奋斗干出来的。他们干好了，要上新台阶，要有新发展，上级当然要给予支持，这符合国家让一部分地区率先致富的政策嘛！你能说深圳是靠国家的钱建起来的？

不过，当上副局长，后来又当了局长、副县长、县长的周大保，的确到马沟的时间越来越少。有一年开人代会，他在会上见到马平安，马平安握着他的手开玩笑说：周县长，我有大半年没见你了！他说：惭愧，惭愧。第二天，他就去了马沟，当场给马沟村拨了三百万元煤矿技术改造的费用。

两人吃饭时，马平安说：乡镇企业局有个同志从马沟借了辆上海轿车，用两个月了，还没送回来。周大保恼火地说：回去我就处分他！马平安又摇头又摆手：可不敢，不敢啊！你处分了他一个，往后谁还敢和马沟来往？第二天，马平安派他大儿子给他家送了一套实木家具，还捎话给他：当副县长了，别再那么寒酸。

周大保一直以为，马沟村的群众对马平安是心存着一份感激的。周大保记得当年总结的马沟群众有十个不出村：村里有商场，买日常用品不出村；有卫生所，小病不出村；有文化中心，看电影看戏不出村……农村有句老话：不看吃的看穿的，不比穿的比住的。周边的村子，就是全县的村子，那些年有哪个能像马沟一家一户一座小楼？县里宣传本县形象的宣传画册上，新农村就是马沟村村民的住宅区。

当年马平安过五十大寿时，村里百十户人家，家家都去祝贺，光礼金就收了十几万元，大家还送了一幅牌匾，上边"领头雁"三个大字还是时任县委书记受马沟村群众所托题写的。马平安把那些礼金全都给了村幼儿园，牌匾他也不让挂。他说：我离群众的要求还差很远。那么多村子后起直追，农民收入超过了咱马沟，我心里着急啊！周大保的媳妇马红艳在他面前抱怨说：一开始就不收礼金，得省去多少麻烦！

马红艳也是马沟人，比周大保小两岁。周大保在马沟"蹲点"时，她在市里一家师范学院读书，还是马平安为他俩牵线认识，又撮合他俩恋爱、结婚的。马红艳长得好看，是马沟村的一枝花，马金山也追过她。她自己在学校喜欢上一个男同学，看不上又矮又瘦、厚嘴唇的周大保，用她的话说周大保的嘴唇比城墙还厚。马平安一次次找她父亲做工作，说：周大保年轻有为，你家闺女找了这样的小伙子，还不是在银行存了一大笔现金？最后，甚至下了命令：你闺女要是不和他恋爱，以后就别踏进马沟村！

不知是出于对马平安"逼婚"耿耿于怀，还是经常听娘家人说三道四，马红艳没少在周大保面前说马平安的坏话。每回，周大保都严肃地批评她：你就信你娘家人的挑拨。你自己回马沟，亲自到老百姓中间去听听他们对马平安的反映吧。我隔三岔五去马沟，村里大人小孩三千多口子能叫上名字的也有一半，怎么没听哪个人说马平安一个不字？

马平安突然病逝，马沟村百姓虽然说不上有天塌的感觉，但也不应当反应如此冷淡，好像这个人与马沟村没有什么关系。这的的确确让周大保感到有些意外。

二

马平安的灵堂是中午前布置妥当的。为布置灵堂，马金山颇费了一番心机，他找来了县城里专门做殡葬的公司，提供从灵堂设计、装饰、用料，到唢呐演奏、代哭、行孝演出等一条龙服务。

灵堂设计了一座大门，仿照马沟村的村门，形状如飞腾的巨龙，仅大大小小的白花黑花就用了两千多只，全用的绸子而并非纸。灵堂一边搭建，唢呐就开始演奏。

本来那家专业殡葬公司有三支唢呐队，一般人家办丧事也就租一支，马金山让三支队伍全到他家来。公司负责人为难地说：还有两家已付过了定金，要不去人家得要赔偿。马金山说：赔多少都是我的。我再给你加两倍的钱。这样，三支唢呐队吹奏起来声势浩大，几里外都听得清清楚楚。马金山得意扬扬，马银山却感到困惑，几里外都听得清楚，本村的人怎么就听不见，好像集体得了聋哑病。

刚送走周大保，街上有人说：天蒙蒙亮的时候，还见平安叔的大皇冠从街上出去，一眨眼的工夫怎么人就不在了？马金山听出是马奔，噌地蹿了出去，想找他理论理论。可是，只看见了马奔那辆宝马车的后屁股。他气得对着空旷的村街跺着脚大骂：哪个在嚼舌头根？谁家儿女拿自己的老子玩游戏？

马银山把他拉了回去，痛心地说：大哥，咱在办丧事，能少惹点麻烦就少点麻烦，不惹更好。马金山瞪了弟弟一眼，说：就你这软皮蛋性子，在官场上也没大前途。你要是听我的，早点回家来帮咱爸打理煤矿，咱爸也不会那么累。马金山自己正在办移民加拿大的手续，所以心思一半在马沟一半在国外。

马银山说：前几天咱爸去县城，吃饭时征求我对改制的意见。我明确给咱爸说不支持把煤矿改制归个人或少数人。煤在咱村地下，矿也是当初村民集资和村集体名义从银行贷款的，再说咱村有的三代人都挖过煤，凭什么就改制归咱？

马金山喘着粗气，用夹着烟头的手指点点马银山，说：怪不得咱爸犹犹豫豫，直到今天也没签字，原来是你投了弃权票。我告诉你老二，我坚定不移地支持改制，上边也压着让改，你一个人反对没用。周大保找咱爸多少回了，说咱马沟过去是老先进，这次改制成了老落后。你是不是想让咱爸戴着老落后的帽子去见马克思？

马银山用左手推开马金山的胳膊，用右手扇了几下飘荡的烟雾，理直气壮地说：咱爸不是犹豫，是压根不情愿。他和我的观点基本一致。咱爸亲口给我说，我马平安见马克思之前怎么就成了煤老板了呢？让老百姓人人有股份有财产怎么就不行呢？马金山说：上边说得很清楚，改制就是打破大锅饭。人人有股，不等于没改？

两兄弟争执了一阵，无果而终。临近中午时，村子里除了几个和马平安家近房的老人来烧了把纸，再没有其他人来。马金山穿着孝袍，按规矩不能随便离开灵堂，但是他实在忍不住，到门口转了几圈，村街上有些来来往往的人，有的假装没看见他，有的看见他却绕道走小胡同，对面几家明明在二楼的窗户朝这边看，目光和他对视一下就缩回头。

这一回，马金山点了一支烟抽着，从门口朝东溜达。他不信马沟村村民会对他爸爸的病逝无动于衷。要是那样你们就太没良心了。马沟村能有今天的好光景，不全是我老爸带着你们打拼来的？我老爸接过马沟的烂摊子时还叫大队，整个大队账上一分钱没有不说，还欠了三十多元钱的外债，你们家家户户撅着腚在坷垃地里流一年汗水，劳力多的能挣个十元八元，劳力少孩子多的还透支。现在呢，家家有在煤矿上班的，不缺零花钱，再加上孩子上学不花钱，家里人看病不花钱，老人在敬老院不花钱……这些都是村里包了。看看你们哪家没有摩托车，还有的买了小轿车。你们……他不愿再往下想。他觉得世道变了，人心也变了。

马金山一直走到路尽头的村东口，迎面碰上一辆红色丰田吉普车。那辆车已经从他身边驶了过去，突然又倒车回到他身边停下。车窗玻璃打开一半，露出一张雪白的脸和一双水灵的大眼睛。

其实，马金山一见车就知道是马平安的干闺女小荷，整个马沟村就她开红色吉普车。他一直疑惑这车是马平安帮她买的，马平安死不承认，说小荷能耐大了，全县两百多家小煤矿都用她经销的电缆。他清楚小荷的关系都是马平安给牵线搭桥，只是不愿点破罢了。

小荷冲马金山笑了笑，亲热地叫了声哥。她笑得太夸张，脸上堆积的化妆品在她的笑中一片片抖落。她说：你咋穿个大白袍子，让爸看见不骂死你才怪呢！她称马平安时从来不带"干"字。

马金山不喜欢小荷。心想，熊妮子仗着有几分姿色四处交际，你交际就交际呗，还打着我爹的旗号！他冲小荷吼道：你爸死了，你还笑得出来！

小荷大吃一惊，很快又笑了：哥你的玩笑开大了。我昨晚十点多还接爸的电话，他让我今天务必来一趟……

马金山惊慌地四下看了一眼，责怪地说：他接你电话没几分钟就闭眼了。

他这话很深奥，足以让小荷吓得浑身发抖。好好一个大活人，接你小荷的电话几分钟就咽了气，与你通话的内容有没有直接关系，只有你自己最清楚。

小荷果然心慌意乱，跳下车认认真真地看了看马金山的装束，双膝一弯跪在地上，双手拍打着柏油地面号啕大哭：我的爸呀，你好狠心呀，怎么连句话也不给闺女说就走了呀！你让闺女以后找谁为我做主呀！

马金山没理她。他想：你哭吧，哭得声越大越好，让马沟人都听听，我爹马平安还有一个有良心的闺女，你们也就知道应该怎么做了。

小荷哭了几声就爬了起来，从车上拿出一瓶矿泉水浇在手上，洗了洗手上的浮土，然后上了车，招呼马金山也上车，说：哥，那咱赶快回家给咱爸守灵去吧。

马金山皱着眉头，说：你就这样去？

小荷低头看了一眼自己身上的红夹克，眼珠子转了几转，不好意思地说：那我回去换件衣服再回来。她掉转了车头，没有熄火，但也没有开车。已经走出几米外的马金山回头看了一眼，见她正对着车上的反光镜给脸上补妆。他愤愤地骂了一句。

眼看村民到父亲灵堂行来往的稀少，马金山心里焦急，想了个主意，把他下属的运输公司的几个队长找了来，给他们下达了一个重要任务：养兵千日用兵一时，现在是你们给老子出力的时候了。然后，他按人头每人给他们分配了二十个名额，让他们带人来他家行来往，也就是给他父亲马平安磕头。

有个小队长嘟噜道：这事得人家发自内心，哪有赶着拉着的？

马金山咣当给了他一拳：谁来，可以带全家一起来，我按人头发钱。

布置完以后，马金山就在灵堂里等着。

马沟村三面环山，在一条狭长的山沟里。春季的白天本来就短，处在山沟里的马沟村的夜晚比山外来得更早些，下午五点多钟的时候，黑夜的影子就光临了。负责管厨房的来找马金山，问他：马总，咱开多少桌席？马金山还没回答，马银山不耐烦地抢着回答道：按十个人一桌开席。马金山说：不行，多开十桌，按咱定的宴席标准，八凉八热，一个也不能少了。接着又叮嘱一句：餐具全都换白色的。

马金山说完，转身上二楼他的房间里睡觉去了。他觉得这一天太累太累，仿佛用尽了他过去一个月的劲头。刚刚躺下，突然听到哭声大作，不光是灵堂内外，就连门前的村街上也哭声一片。他从窗户朝外看了一眼，果然黑压压的一群人，多是些上了年纪的老头老太太带着小孩子，还有些怀抱着孩子的妇女，大人孩子加起来有七八十人。

马金山先是高兴，村民终于有所表示了。转念一想又感到心疼，不是疼钱，而是为人情关系冷漠心疼。看看，看看，拖儿带女，拖拖拉拉的一大堆，又不到账房上账，吃完喝完一抹嘴，拍拍屁股走人。我马家又不是酒店开业！就是酒店开业你也不能来白吃白喝。

他套上孝袍下了楼，打算把那群人吆喝走。走到最后一级台阶，突然又改变了主意。我马金山还缺他们吃喝这一点？来了就是捧个人场，图个好名声，让我老子知道马沟村还有这么多百姓念着他，并没有因改制问题忌恨他。这样一想，他心里坦然了些，反身上楼，又躺下了。

这时，手机响了。电话是小荷打来的，一开口就急不可耐地问：大哥，我爸把村煤矿改制的那些材料放哪了你知道不？

马金山一听也急了，骂了一句：哭丧呢你！哭丧也没见你真伸头。

小荷说：这是大保哥家嫂子红艳姐让我问的，你别对我发火。我现在就和红艳姐在一起，她有话给你说。

马金山刚要挂电话，马红艳在那边开口了，他只好应付着，在心里对小荷发火：拿县长夫人压我！看我以后怎么整治你。

马红艳在电话里先是哭了几声，对马平安的突然病逝表示哀悼，不过，马金山听出背景有音乐声，像是在咖啡厅里。马红艳说：平安叔是个好人，也是我们家的恩人。那年我妈患病，你大保哥平时廉洁，手里不宽裕，没有存钱，好几万的手术费全是平安叔给掏的，救了我妈一命。我妈啥时提起平安叔，都感动地掉眼泪。她老人家千叮咛万嘱咐，让大保和我要像孝敬她一样孝敬平安叔。我和大保还没来得及孝敬他老人家，他老人家怎么就突然……呜呜呜。她伤心地说不下去了。

马金山有些激动，安慰着说：红艳你也别太难过。我爸也一直把你当亲闺女。马红艳说：我知道我知道。你问小荷妹妹，我妈走的时候我也没像现在，这心里跟天塌了一样。接着话锋一转，说，哥你也知道，平安叔跑几趟找我，说咱村煤矿改制，动员我跟着入股。他说红艳你是咱马沟的闺女，对马沟贡献最大，咱村资产你也有一份。你要是不带头入股谁入股？我为了支持平安叔的工作才点了头。到现在我们家大保还不知道这事。

马金山心想，你男人私下给我爸谈了十几回，后来又在会上不点名地批评老先进变成老后进，拖了全县改制的大腿。甚至还威胁说，谁当改制的绊脚石，我就把他搬开，扔到历史的垃圾堆里！入股也是你老公的事。你家在哪个乡村改制企业入了股，你清楚我也清楚，全县的很多干部都清楚，只有你自欺欺人，以为别人都不知道。别看我马金山大大咧咧，少心缺肺，可是我敢作敢当，要就明要，拿也明拿，挣钱也光明正大地挣。不像你两口子既想当婊子，又想立牌坊，死不要脸！当然，这都是他的心里话，没有说出口。他也不敢说出口。

马红艳还在电话那头不停地说：你们家银山，我和大保也一直当亲兄弟待的。他从进了县机关，大保没少了关心他。上个月大保还对政府办主任交代，让这次报银山副科长。你也知道在县机关当个副科长多难，有的人干了一辈子，退休还是个科员、办事员。

马金山越听心里越烦，一会儿的工夫烟灰缸里的烟头都冒了尖。他不敢挂断电话，就把手机开到免提状态，放在床头柜上，任凭马红艳在那头唠叨，自己仰面躺在床上跷着腿继续吞云吐雾。

咚咚，咚咚，门外有人敲门。马金山说了声：门没关，瞎用什么劲。

大大！进来的是一个七八岁的男孩，看样子是走了急路或者心急上火，脸蛋儿红扑扑的，额头上汗淋淋的，头发也冒着热气。马金山骨碌碌翻身下了床，把那孩子抱了起来，亲了亲他的脸蛋，说：我的小帅哥啥时来的？一个月没见了，来，让大大看看又长个没。

大大，我要见爷爷……男孩子号啕大哭：爷爷，爷爷！

马金山轻轻拍着他的后脑勺，念叨着：见爷爷见爷爷，大大带你去见爷爷。

这个男孩叫马军，是马银山的儿子，刚刚跟着他妈妈秀红来的马沟。马金山婚后生了两个女儿，都跟着他媳妇去了加拿大。打从马军出生，他对这个小侄子就倍加疼爱。秀红曾经抱怨马银山说：你抱咱儿子的次数还没他大爷抱得多。

马军两三岁的时候很调皮，常常和比他大两岁的马金山的小女儿动手动脚，每回遇上这事，马金山都把自己的小闺女抱起来打屁股，让她给马军赔礼道歉，惹得他媳妇很不高兴，说他对侄子比对闺女亲，重男轻女。

马军在县城跟着爸爸妈妈，又在全托的幼儿园里，马金山去县城很少见到他。每回见到马军，他都两眼放光，心花怒放，按马军刚学会走路时喜欢在他脖子上骑大马的习惯，趴在地上让马军骑着跑几圈。马军高兴地哈哈大笑，他也乐得闭不上嘴。马金山的媳妇有一次对两个懵懂的女儿说：你们也甭想着你爷爷的家产了。你爷爷百年以后，你爸肯定不会和你叔争，就把你爷爷的家产全给了马军！

难道……马金山刚想了个开头，马银山进来了，开门见山地说：大哥，咱爸的后事不能拖，怎样办你有个考虑没?

马金山说：不让你告诉小军他娘俩，你咋还是把他们接来了？

马银山有点恼火，不高兴地说：大哥，咱爸死了这么大的事能不让小军知道？万一他哪天找爷爷，我告诉他到地下去找吧，他还不得跟我拼命！

马金山语塞了。他常常被马银山说得答不上话来。马军又扑到爸爸怀里喊着找爷爷。马银山已经泪流满面，抹了把眼泪，也顾不得卫生，全擦在儿子的衣服上。然后把儿子抱在怀里，咪哼咪哼地哭出了声。

这时，楼下有人喊马金山的名字。马金山仔细听了听，是马奔粗豪的声音。他说：这个杂种到底来了。他还算有良心，没忘了当年咱爸帮他。他说着，从马银山怀里接过马军，举到自己脖子上，一颠一颠地下了楼。

三

马金山万万没有想到，马奔是来谈改制的事。

马奔在灵堂行过来往，又到账房上了账，然后对马金山说：金山兄弟，借一步说说话。马金山把他带到二楼的小客厅里，又故意从包里掏出一盒时下全中国最贵的烟，自己点了一支，对马奔说，要抽自己拿。马奔没有在意，掏出一支雪茄，晃了晃说：我抽这个，这个过瘾。

两人默默抽了一会儿烟。马金山不习惯雪茄的味道，呛得咳嗽了几声，才问：听说你越做越大，发了大财。马沟大人孩子没有不知道你是百万富翁的，背地里叫你"马百万"呢。

马奔说：哪里，哪里，比你差十万八千里。不瞒你说，外边对我的传言一半是猜测，一半是我故意炒作。现在这社会，你不炒作，不包装，别人以为你没实力，不跟你合作不说，还处处欺负你。

马金山笑笑，嘲讽地说：你就不怕今后国家来个吹牛皮收税？

马奔也笑了笑，反唇相讥地说：那我也得先看你交不交。你不交我也不交。

马金山好像意识到这个时候孝子不应当和别人说说笑笑，马上换了一副沉痛的表情，低着头抽烟，不再看马奔。

咳，咳，马奔咳嗽了两声，说：金山兄弟，有件事本不应该这个时候说，但是我考虑再三，觉得不说反倒不好。平安叔毕竟还没入土，有些问题说明了解决了，他老人家也好入土为安。

马金山的心一阵惊悸，抬头看了看马奔，问：啥事？

马奔嘴上说着，不好意思，不好意思，兄弟别见怪，手却从衣袋里取出张纸条递给马金山。马金山看了一眼，是一张盖着马沟村委会大印的证明，上边写着马沟村开煤矿借马奔家盖房子用的大梁、石头、砖头、水泥、木料等，都有具体数字，就连两张铁锨也在上边写得明明白白。马奔说：你看仔细了，这是平安叔亲笔写的。

其实不用马奔点拨，马金山也认得父亲的字。再说，村里开煤矿时，他已经高中毕业，在村广播室管广播，早晨太阳刚露头，播放"东方红，太阳升"，因为马平安不允许放"军港的夜啊静悄悄"一类的歌。村里有什么通知，他就用不太标准的普通话，在广播里宣读：马沟村宣传站，现在广播通知。他常常把通知念成通吃，所以马沟的年轻人私下称他"马通吃"。马平安为了开煤矿的事，白天在村"两委"办公室开会，晚上约人到家里来谈，所以，马金山对这事的来龙去脉也比较清楚。

当时村集体没有多少资金，马平安求爷爷告奶奶，从银行贷了一点，从别的地方借了一点，但是还差不少。村民对投资开煤矿态度不一致，投资不积极，有的担心在地下挖煤搞得墙倒屋塌，有的害怕投进去没有收益倾家荡产，有的说周边几个国有煤矿，咱竞争不过人家，到后来在村子留下几个窟窿怎么办？

马平安又急又气又累，病了一场。他躺在床上召开支委会，要求大家带头投入。马平安说：咱周边几个地下有煤的村子都动起来了。咱要按兵不动，就是端着金饭碗讨饭吃。我把准备给两个儿子盖房子娶媳妇的钱全拿出来，扔就扔了。这样，那几个村委也都纷纷表态支持。

马奔的那张借条，就是马平安在病床上写的。后来，马奔辞职单干，马平安要把借条上的东西折算成现金还给他。马奔说：平安大叔你也太会抠了吧？这么多年就是存在银行也得不少利息。

马平安生气地骂他：你小子像支委说的话吗？

马奔哈哈大笑，说：我已经不是支委了。就算我还是支委，还在马沟村，也不能老是跟着你无私奉献吧？现在是市场经济！

马平安说：你爱要不要。等哪天我一蹬腿走了，你去阎王爷那儿找我吧！

为此，两人很长一段时间里走对面也互不搭理。

今天，马奔来谈这事，让马金山心里着实恼火。他把纸条还给马奔，冷淡地说：这事我不知道。

马奔脱口而出地说：你不知道可以去问……他发现说走了嘴，赶忙停住了。马金山说：你是想说让我找我爸问是不？那你就找他去吧。我爸要是说还你一千万，就是把马沟煤矿整个给你，我也坚决照办！说着，他站起身，把烟头在烟灰缸里使劲摁了几下，明显是下逐客令。马奔急了，板起面孔，用夹着雪茄的手指着马金山，愤愤地说：马金山你怎么说话不讲理呢！

马金山说：我就不讲理了，你能怎么着我？说着，一伸手把挂在墙上的双筒猎枪拿在手中，虎视眈眈地看着马奔。马奔也不含糊，弯下腰把头抵在枪口上，大声喊着：来吧，朝我头上打。你要不开枪你就是个孬种！

两人的争吵声惊动了马银山。马银山从楼下灵堂匆忙赶上来，一看眼前的架势，吓得面色苍白。他夺过马金山手中的猎枪，把马金山推出门，然后又拉马奔坐下，问了问缘由，赔着不是，说：奔哥，这事你别朝心里去。一来我哥可能真不清楚那档子事，二来这个时候他心里特难受，情绪不好。反正千错万错都是他的错。不过你放心，等把我爸送走，我会好好和他谈谈。你手里有证据在这儿，谁还敢不认？如果马沟村没人认，我帮奔哥你打这个官司。

马奔说：银山你这才叫人话。他临出门，又回过头低声对马银山说：你爸扔下改制这个摊子突然走了，据我所知，咱村人要拿这件事说事。你没看见，哪有几个人来吊唁？老少爷们儿对你爸有怨气啊！百姓不可欺啊……

马奔走后，马银山一屁股坐在椅子上，长长地叹了一口气，喃喃自语地说：爸呀，您走得也不利索呀！

马银山大学毕业后就进了县机关工作。马平安对他的要求是不能落后。有一次他回家，马平安拿出一本存折，一个他上小学时背过的书包，让他面对面坐好。马平安先把书包递到他手里，问他：还记得不？他的眼泪一下子就夺眶而出，情不自禁地叫了一声"妈"，就把书包紧紧贴在胸口上。

那个书包是他上小学前，身患重病的妈妈在十五瓦灯泡昏黄的光线下，一针一线给他缝的。他妈说：我去买书包，转了几个店，又贵又不结实。长大后他才理解妈说的不是真心话。妈实际上是知道自己的时间不多了，想把对儿子的情感通过这一方式表达。

马银山上初中时，有同学笑话他的书包太土，他用积攒的钱买了一个新书包，回到家把妈缝的书包扔在墙旮旯里。马平安发现后大发雷霆，把书包铺在他母亲的遗像前，让他跪在上边。

马平安说：你妈那个时候拿针都费劲，给你缝这个书包，手指上扎了几十个几百个血眼。这书包哪条缝里没有你母亲的血你母亲的汗你母亲的泪！

打那以后，一直到大学毕业，马银山随身带的都是这个书包。如今，马平安又把书包拿出来，语重心长地对他说：儿呀，你妈给你缝书包时还有一个心愿，就是让你无论到啥时候都不要忘记，自己是苦家庭苦孩子出身。苦孩子要想出人头地，就得靠自己打拼。

接着，马平安又打开存折让马银山看了一眼，说：这几年咱村里好了，咱家里日子也好了。我办了两个存折，两个全是你的名字。见他惊讶，马平安又说：为啥？你在官场，是国家的人，就那点工资收入。你老爸不希望你像有的当官的那样，到处伸手捞钱，弄不好把自己折进去。老爸不巴望着马家出大政治家，但马家做官的必须是正经人，干正经事。我给你看这两张存折就是告诉你，你不要为钱犯愁，更不能为钱栽跟头。我跟你哥也说过了，你哥没意见。你要是为了钱栽跟头，我就一把火把这两张存折全烧了……

这些年，马银山一直没敢忘记爸爸的教诲，严格地说是把马平安的话当成"紧箍咒"约束自己、要求自己。周大保任常务副县长时，曾选他当秘书。那时的秘书已经不像过去的领导秘书那样专门负责写领导讲话稿和文章，这些事一股脑交给了研究室。领导的秘书就是专职为领导服务的，像收收发发，接接电话，上传下达，领导外出时为领导开车门、拎包、端茶杯，领导家里有事了也得鞍前马后地跑等。说白了就是个服务员，只是称呼不同罢了。

马银山不想做这个工作，马平安也不支持，只有马金山态度暧昧，一会儿说当领导秘书好，提得快，咱乡的书记乡长，还有几个经济好的乡镇的书记乡长，不是领导的亲戚就是给领导当过秘书的。要不是咱爸和周县长这层关系，秘书这差事八竿子也轮不到你！一会儿又说当领导秘书不好，你看看天天时间多紧，几乎寸步不离，就差没上同一张床了。你哪还有时间干自己的事。

不过，马银山是那种只要接了事就认真去做，做了还要做好的人。明明心里不乐意，做得却十分认真，前两个月的工作一直受到周大保的肯定。马红艳曾在电话中告诉马平安：银山兄弟干得不错，大保说他眼里有活。在当地人的话中，眼里有活这四个字是评价较高的。可第三个月一开始，情况就发生了变化。

那一天，马银山陪同周大保到马沟参加小荷的矿山电缆厂成立大会。中午吃了喝了，临走时小荷交给了他两个信封，说：这个写名字的是给你的劳务费，没写名字的是给周县长的出场费。他当即表示拒绝，还严厉批评小荷。他说：小荷你这是让领导和我犯错误。支持民营经济发展是政府义不容辞的责任，周县长来也不光是冲你个人，而是冲全县的民营企业。你这样做把领导当成什么了？小荷笑着说：哥，这是规矩，你不懂。你只管交给周县长就行了。马银山说：那不成。周县长会处分我！

第二天，小荷到县城来了，而且没经过他通报就进了周大保的办公室。又过了两天，马金山给他打电话，问他是不是犯了错误，让周县长不满意。他觉得太突然，又很不安。马金山说：这样吧，你主动向周县长提出来不适合做秘书工作。他还想问个究竟，一想不当秘书正合自己心愿，就作罢了。一周后，马银山就调离了秘书岗位。打那以后再见到马红艳，尽管她还像过去那么热情，一口一个银山兄弟地叫着，但是他从她的眼神中能够读到一种距离。

后来他回家时，马平安拍拍他的肩膀，对他说：儿子你行。

马银山一直为有个好爸爸感到骄傲。马平安带着马沟群众把马沟村搞得生龙活虎，连续多年保持全县经济发展先进村的荣誉，在群众中享有很高威望。他第一次骑自行车带女朋友回马沟，离村子很远就有马沟的村民在地里干活，或者在路上行走，看见他都远远打招呼。这个说：老二回来了。你爸要是忙，家里没人做饭，就带你媳妇到我家吃去！那个说：看马书记多有福气，找了个那么俊的儿媳妇。银山你劝劝你爸，让他多注意休息，我们劝他他不听。马银山的女朋友感慨地说：看来你爸真是个好支书啊！

马平安的妻子去世后，说媒的踏破门槛，可是他一概回绝，至今没再续弦。他又当爸又当妈，个中的酸甜苦辣只有自己和两个儿子体会最深刻。马银山曾坚信对父亲的忠诚和爱戴任何人不可比拟。如果不是村煤矿改制的事，他永远也不会和爸爸、大哥翻脸。

两个月前的一天晚上，马平安突然给马银山打电话，说是在县城和几个朋友多喝了几杯，让他送他回马沟。他在一家酒店门前的台阶上找到了酩酊大醉的马平安。上车以后，马平安不时摸摸他的头和脸，又是笑又是哭，让他觉得莫名其妙。在他印象中，爸爸从没有这样酒后失态的事情发生。他想，也许是两个月没回家，父亲太想自己了。男人长得再大再高，在父母面前还是个孩子。

车子快到村口时，马平安让他停车。他以为父亲酒后经车子颠簸，可能想呕吐，就停好车把父亲扶下来。马平安突然冲着马沟村跪下，双手合十，由上而下地连续作了几个揖，哽咽着说：马沟村的老少爷们儿，我马平安对不住你们了！

父亲的举动让马银山大吃一惊。他上前去拉父亲，父亲跪着不动，他又不敢使大劲，怕把父亲拉倒了摔着。于是，他与父亲面对面地跪下了，诚恳地说：爸，你没有做对不起马沟村父老乡亲的事，心里应当踏实。

马平安说：我心烦意乱，心烦意乱啊！

马银山弄不清到底发生了什么事，掏出手机想给大哥打电话问问，顺便让大哥来帮他一起劝劝父亲。马平安听他在拨号，夺下他的手机，说：不要给那个畜生打电话。他说：是我哥！马平安说：你哥他就是个畜生。

已经临近春节，天气十分寒冷，到了晚上温度持续下降，又在空旷的山野上，穿着大衣的马银山冻得浑身哆嗦，上下牙齿碰得咯咯咯地响。马平安怕冻着儿子，才又上了车。他问马银山：乡村集体企业改制的事你听说了吗？

马银山回答：听说了，市里县里都有文件，我看过。

马平安又问：说是一刀切了吗？

马银山说：好像是有要求，让年底前完成改制任务。

马平安突然出其不意地又跳下车，围着车子转着圈子，一边转一边说：这咋办呢，这咋办呢！

马银山说：爸，上级让咋办就咋办呗！这事还能难着你。

马平安又蹲在地上想了一会儿，长长地叹息一声，问：儿子，你爹当大股东行不行？

马银山没有马上回答，这件事来得太突然，父亲的态度也让他感觉太突然，所以他必须认真考虑考虑。县里有相当一部分乡村企业已经改制，从他所了解的情况看，有的改制较为顺利，有的改制遇到阻力甚至闹出了群体事件来。出事的地方或单位，主要原因是改制过程中信息不公开、不透明、不规范。有一个村办的铸造厂，去年报的赢利三百多万元，是市、县明星企业，不到半年，改制时资产评估亏损一百多万元，村委会主任一分钱不用掏就买断了，乡里还倒过来补他五十多万元。弄得村里几百个村民越级到市里上访。

你爹当大股东行不行？马平安又问了一句，接着说，你哥非得坚持让我当大股东，还有，还有……

马银山知道父亲不说出的名字有不说的原因，他也不想知道。他关心的是大股东占多少股，整个公司的股权如何设置和分配。他的问题问完以后，马平安沉默了，好大会儿才蹦出一个数字：八十！

马银山听了这个数字反倒异常镇静。他说：爸，您怎么就占了八十，您怎么能占八十呢？您想过没有，这个数字一旦公布，咱马沟村人会是什么样的反应？

马平安站起来，跺了一下脚，说：回家，睡觉。老子喝醉了。

马银山把父亲送回家后马上回了县城。人还在路上，马金山的电话就打过来，开门见山地把他骂了一通，说他里通外国出卖自家利益，说他装模作样假廉洁……马金山越说越激动，最后告诉弟弟：咱爸回来就改变了主意，不想拿那么大的股。你知不知道，咱爸这股里不是他一个人咱一家人。咱爸要是不要了，不干了，得给咱家给我包括给你带来多大麻烦你知道不？

马银山烦了，说：你们爱怎么折腾怎么折腾，这事与我没关系。

春节那几天，马银山除了初二按当地规矩回了媳妇娘家，初三在机关值班，其他时间都在家里陪父亲。他发现到家里来串门拜年的乡亲稀少，与过去每年春节络绎不绝地来人有很大反差。他还发现父亲和大哥之间好像有点疙疙瘩瘩。现在看来，这都与改制有关。因为当时说马沟村改制方案春节后就要公布……

马银山不愿再想下去了。他甚至怀疑父亲的突然病逝，和改制这件事有一定的关联。

四

怀疑马平安突然病逝诱因的不光是马银山，他的干闺女小荷也怀疑，甚至比马银山考虑的疑点更多。

小荷地地道道是马平安看着一天天长大的。她的父亲是马平安从小一起割草、放羊、玩耍的好朋友，母亲和马平安的媳妇也是邻居，从小就能玩到一起的好姐妹。她临出生的时候，母亲难产，父亲在水利工地上没赶回来，当时任大队会计的马平安用平车拉着她母亲，翻山越岭走了十几里山路，把她母亲送到镇卫生院。一路上，马平安几次摔倒，头也磕破了个大口子，流了很多血。她母亲躺在病床上，抱着刚出生的她给马平安磕了个头，说：俺娘俩的命是你给捡回来的。这闺女就是你亲闺女！

小荷从懂事开始，就经常在马平安家吃，和金山、银山混得亲如兄妹。

她七岁那年，父亲生病去世，家里的担子一下子重了。马平安那时已经当了村支部书记，给她母亲在村办的电磨坊里安排了个搞清洁的工作，活儿不重，按月领补贴，母女俩的生活才没有陷入窘境。她从小学到初中、高中毕业，学费全是马平安帮着交。在马沟村人的眼里，小荷就是马平安的闺女。小荷也一直以马平安的闺女自居，在他面前开口闭口称爸，省略去了前边的"干"字，而在村里人面前提到马平安时，也是必先把"我爸"做前缀。

小荷高中毕业后，因为没考上大学，就在村煤矿灯房当了一名工人。本来这个活既不脏也不累，还分三班倒，收入也不低，别的女孩想干还够不着，可是她只干了八个月就不愿干了，缠着马平安要到经营部门工作。

马平安看她性格大大咧咧，人也长得挺俊，说话有板有眼，是个跑业务的料，就答应了她。没想到她干了两年，建立了一些关系户后，又提出辞职，自己单独开公司。

这回，马平安狠狠地骂了她一顿，骂她私心太重，只顾着个人，不考虑大伙。她不吭不声地听着，一句话不说。等马平安骂完了，停下来喘息的时候，她还是旧话重提：爸，我想自由自在，我想给自己挣钱。马平安一生气，几天都没理她。

小荷也不急不躁，不催不问，今天上县城待两天，明天去省城逛几天，还去了北京、上海旅游。一个月下来，她琢磨着马平安的气也消得差不多了才登门，上来就掏出一大堆给马平安买的东西，有吃的人参含片、枸杞，有春夏秋冬替换的长短袖 T 恤、羊毛衫、皮夹克，还有鞋子、围巾。马平安嘴上骂着：你这个傻孩子，花那么多钱干吗，我一老头赶哪门子时髦？心里却乐呵呵的。小荷看老头子高兴了，才又提出了自己办公司的事。

马平安这个把月也对小荷的事做了反复思考。这些年，周边的乡、村企业倒闭的倒闭，改制的改制，不说是人心所向，起码也是大势所趋。自己的大儿子虽然还挂着村办运输公司经理的头衔，实际上大部分车的车主是他个人。马平安说过、骂过，甚至摔酒杯，大儿子不敢和他吵，就怂恿大儿媳跟他闹。大儿媳妇说：爸您也太保守太落后了，现如今哪还有像您这样天天替群众打工的？

马平安说：怎么着，共产党不为群众服务叫啥子共产党？

大儿媳妇说：拉倒吧您，周县长的媳妇马红艳私下开公司，还不止一家两家呢。是县委书记不知道还是纪委书记不知道，管了吗？查了吗？您心里比我和金山清楚，只不过嘴上不认。

马平安说：人家是人家，我是我。

大儿媳妇说：那您不也天天赶着金山给这个送礼那个送礼吗？

马平安急了，说：市场经济！一块蛋糕你想吃我想吃，谁把掌刀的人喂饱，谁才能分一块。

大儿媳妇哈哈大笑，嘲讽地说：爸，有您这句话就成了。

不久，马金山以他媳妇的名字在县城注册了一家公司。马平安想，自己的亲儿子也管不了，何况一干闺女？所以，他没再反对小荷的事。不过，他还是给小荷约法三章：不能打着他的旗号与马沟村企业做生意；不能像市场上有些人那样销售假冒伪劣产品坑害群众；不能像有的大明星那样偷税漏税。如果做不到，从此断绝父女关系。

其实，马平安的干闺女就是最好的名片。领导的子女经商，无须领导亲自打电话、写条子，甚至不需领导的子女自我介绍，有人想巴结还巴结不来。后来，马平安偶然一次听说马沟村煤矿在用小荷经销的产品，曾问过小荷是不是走后门了？小荷理直气壮地说：我的产品好，销路自然好。您老人家不会希望马沟的企业用伪劣产品、出安全事故吧？

马平安咕噜咕噜嘴，没说出话来。他发现自己说话越来越瓢，有时觉得真理在自己这边，而一旦辩论起来又是自己被对方说得哑口无言。大儿子、大儿媳妇也好，小荷也罢，说的都是事实。你总不能喊几句口号，就让人家服你吧！就说改制的事，周边村子集体企业大都改了，有的村领导一夜之间成了百万富翁，甚至千万、亿万富翁，老百姓有意见，那也没再见改回集体企业。别说改回来，谁要说集体这个字，马上就有专家骂你，领导批你，说你思想保守，想搞倒退，干扰市场经济……

小荷很精明，眼睛跟针一样能扎到人的心里，尤其是马平安的心思，她看得十分透彻。所以，马沟村煤矿改制的事，她不失时机地插了一腿，想占一部分股份。她踌躇半天，还是找到马红艳，拉上马红艳，老头子就不能不掂量掂量。你马沟村煤矿也好，其他几个村办企业也好，在发展过程中得到县政府主要是周大保的多少支持？改制你就不发展了？改制是为了更快地发展。那还离不开周县长的支持。

在和马红艳达成共识后，小荷找马平安认真地谈了一次。马平安不是不懂世故，答应可以考虑。小荷说马红艳那份是干股。马平安这才急了，骂道：凭啥？凭她男人是县长？我给她五十万干股，等于给她五十万。她就不怕拿到手里烫着？

小荷说：爸您咋不算算账。您给她五十万，不要说以后周大保可以用种种名义给你三百万、五百万，就是评估时少给您计算百儿八十万，两头不还是您赚大头。

马平安说：我这不是自己坑自己吗？

第一次谈话没有结果。这一次她到马沟来，就是想和马平安再进一步谈，没想到在村口遇到马金山，又从马金山嘴里得知马平安病逝的消息。她对马金山说回家换衣服，实际上是加大油门赶到县城找马红艳。她自己开公司以后，和马红艳的关系快速升温，几乎到了一日不见如隔三秋的地步。马红艳除了工作以外，大事小事都找她办，说是你办事，姐放心。马红艳入股马沟村煤矿这样的大事，来来回回搞协调的工作自然交给了她。两人见面，谁也没提马平安突然病逝一个字，而是直奔主题说起了马沟村煤矿改制。

小荷说：姐，马沟村谁接班事关重大，要是马金山接上了，咱姐俩入股的事就难了。我知道他。他老婆孩子都移民加拿大了，他就想改制到自己名下，过一二年再转卖出去，然后卷了钱去过老婆孩子热炕头的日子。

马奔这人怎么样？马红艳问：他也当过村委。听说他干个体以后，每年还给马沟敬老院、幼儿园捐款。

小荷一惊，马上明白马奔抢在自己前边找过马红艳。她眼珠子转了几个圈，说：马奔人是很能干，也讲义气。

小荷在商场打拼了几年，因为当下的官场和商场密切相连，所以她实际上是官场商场都熟悉。有的领导不允许别人说自己信任或喜欢的人坏话，认为那就是打自己的耳光。她就绕着弯子先说了几句马奔的好话。接着，冲马红艳笑了笑。

小荷的笑很有艺术，也可以说很有技巧，是那种藏而不露、委婉曲折的笑，马红艳当然看得出她的笑里有话，就催她说：我是问这人忠诚可靠不？现在谁还看能力，关系就是实力，实力就是能力。

县长夫人的话可谓高屋建瓴。小荷更是深谋远虑，吞吞吐吐地说：这个我还不太了解。我和他没共过事。就是，就是他和我爸闹翻那次我在场，听他临出门时扔了句话，叫什么鱼死网破。我爸当时脸都白了！

哎哟，咱可不敢跟这种人瞎掺和！马红艳刚喝一口茶，还没来得及咽下去，阿嚏一声全都喷出来，飞溅到小荷身上。马红艳觉得有点不好意思，忙拿纸巾给小荷擦。小荷笑着说：没事，没事。姐你要是个男人多好，这一下我就为你湿（失）身了！

接下来两人又商量了一阵。马红艳提出选村支书得经过党员会，还得乡党委考查等，手续太烦琐，时间来不及。马平安一死，马金山作为村改制办主任，把改制方案拿会上走个过场，一旦通过了，改起来费老鼻子劲。她说：小荷还是你先去摸摸马金山的底，就明着给他说，他答应给咱好处，咱就帮他顺利接上老头子的班。他要是不答应，改制的事他就靠边站，换别人干，到那时弄不好他还会排在外边进不来呢！

小荷就是带着马红艳的嘱托以及自己的心思，又匆匆赶回马沟村。一进灵堂，看见马平安的遗像，她心中忽然闪过一个问号：从来没听说老头子有心脏病，怎么会……于是，她扑通跪在地上号啕大哭，学着丧失亲人的妇女悲伤欲绝的样子，边哭边用额头碰地，当地叫"拾头"，是最能淋漓尽致表达悲伤的方式。

"拾头"的益处可以举出若干，比如让别人看不见到底流没流泪，比如可以朝前爬行。小荷三下两下就钻到了帘子后边，双手抱着棺材哭得更伤心。其实，她是想借此举看看马金山兄弟的反应。棺材里边如果是空的，他弟兄俩肯定会惊慌失措地来劝她、拉她。

马金山早看透小荷的心思。他讥讽地说：小荷你换件衣服的时间够长的了，该不会是现买布现做的吧？小荷呜咽着说：我一听爸病逝的消息，浑身都软了，踩油门的腿直哆嗦，没办法就停在路边，大哭一场，觉得好受点才敢开车。秀红过来劝小荷歇歇，人死不能复生，别哭伤了身子。小荷借机发了牢骚，说：爸平时身体壮得像头牛，能吃能喝，咋就突然得了病，还是心脏病呢？

我爸是气的！马金山没好气地说，村煤矿没改制前，上边给压力，压得爸脖子疼。一说改制，就跟发大水一样，上上下下、左左右右扑腾扑腾都涌上来了。爸几次给我说想找个地方躲一躲，清静清静。

马银山接过说：爸给我说过他甚至想过死，说活到这么一把年龄，就这些日子最累。咱这社会怎么了，有人见到有利就像饿狗闻到臭屎味一样，是我真跟不上趟，还是……他难过得说不下去了。

马金山说：就是前天，我爸在县城不知被什么人软缠硬磨了大半夜，我都睡着了还没回来。第二天一早我就听他唉声叹气。

小荷眨了眨眼，说：大哥你说的不对吧？前天的第二天就是昨天，昨天早上我还在县宾馆见你和银行的人一块儿吃早餐呢！

马金山慌了神，赶忙改口说：那就是今天早上。我现在的心情乱糟糟的，像一团麻绳，哪记得那么清。不过，他越改口越让小荷心里犯嘀咕。她的两个眼珠仿佛充足了气的小皮球又鼓又圆，目不转睛地盯着马金山的眼睛。

恰在这时，马金山的手机铃声响了。他低头看了一眼来电号码，脸上出现异常兴奋的表情，侧转身子，用一只手遮挡着和对方说了几句。挂断电话后，他就焦急地对马银山说：领导要我去汇报给爸治丧的事。我去去就回。说完，他不等马银山表态，三下五除二脱掉孝袍，快步如飞地走了。

小荷听到汽车发动的声音，嘴唇边露出一丝不易察觉的微笑。

马银山好像对马金山作为孝子不在灵堂守灵也有意见，就对小荷说：你先回吧，这边有我。等出殡的日子定了再通知你。

小荷有点恋恋不舍，抹着眼泪，说：我当闺女的，也得给爸守灵。嘴上这样说，人已经朝外走，到了门口又回头说了句，二哥你也多保重。

小荷一出门，秀红闪身进来了，朝小荷离去的门口瞅了一眼，愤愤地说：

跟大哥像一个模子刻出来的，心里就只有钱，也不知要那么多钱干吗？

马银山长长地叹了口气。

小荷一上车就给马红艳打电话，好像发现了新大陆似的惊喜若狂：姐，给你说个信息，你千万别吓着了。我从大哥，不，是从马金山的话中听出了破绽。我估摸着，我爸可能没死，十有八九是装死。

接她电话的马红艳正在看电视，手里拿着遥控器从 1 往后反复调台，听了小荷的话，她果然吓得从沙发上跳起来，手中的遥控器吧嗒掉在地上。她说：这怎么可能。要真是这样，他马平安不是在玩游戏吗？

小荷说：这不是游戏，是，是阴谋。姐你等我一会儿，我一会儿就到。

马红艳挂断电话后，仿佛被人从后脑袋瓜子狠狠打了一棒，身子晃了几晃，沉重地倒在沙发上，歇斯底里地喊了一声：老周，周大保！

周大保县长晚上陪市"改制办"来检查工作的同志喝了几杯，刚回到家，正在卫生间里冲澡，听马红艳叫他，就把卫生间的门拉开一条缝，不耐烦地问：啥事？马红艳说：你快点出来，我有重大新闻告诉你。

周大保毕竟是一县之长，在政治舞台上蹦跶了多年，养成了处变不惊的政治素养。他听马红艳说完，心里感到惊奇，表面上却不慌不忙，一边剪着指甲，一边平静地说：别听小荷那妮子瞎咧咧。这怎么可能呢？马平安多年的村支书，连这点起码的政治觉悟都没有，装死抵制改制，那问题大了！

马红艳不满意周大保的话，呸了一声，说：你别在我面前讲那些大道理。我就问你，马平安那边你到底和他谈得怎么样，他是个什么态度？

周大保没回答。

马红艳抓起沙发上的皮垫，朝周大保扔过去，严厉地说：周大保你听着，这些年你没少帮马沟帮马平安。马沟村煤矿改制，不让咱占一半也得三分之一。

周大保火了：有本事你找马平安试试？

马红艳还要再吵，小荷风风火火地赶到了。她刚要朝沙发上坐，周大保冲马红艳挥挥手，说：你们到屋里谈去，我不想听你们那些事。他明知小荷来找马红艳谈什么事，故意装作没兴趣，这就是官场上的学问。

　　马红艳拉着小荷进屋后，他立即放下剪刀，给马金山拨了个电话。电话通了，但没人接听。他再打时，里边传出的是清脆的女声：对不起，你拨打的电话已关机。他气得扔了电话，起身在客厅里走了几圈。他也想过给马银山打电话，拿起手机拨了两个号又放下了。

　　马平安从来不给马银山说村里的事，尤其是经济方面的事，怕马银山学坏了，岂不知这样反倒害了你儿子，就凭你小儿子那点工资，如果一点灰色收入也没有，维持生活还可以，想买车买房、交朋友拉关系，做梦吧你！你马平安活着，能给他经济上的支持，万一……想到这里，周大保县长的思路突然拐了个弯。他想，马平安会不会在改制方案里把马银山也列入了股东？想着想着，他给马银山打通了电话。没想到这个电话给他带来了意外的收获。

　　马银山在电话中抱怨马金山：他当老大的，连让我和爸遗体告别也不等，就在我爸火化单上签了字。周大保说：这个马金山太自私了，现在这气候，遗体放三五天有什么了不起嘛！接着又安慰了马银山几句就挂断了电话。他把小荷说给马红艳，马红艳又说给他听的话，与马银山刚才电话中诉苦说的话连在一起进行了分析，越是往下分析，头涨得越厉害，而且由隐隐作痛发展成撕裂的痛。

<h2 style="text-align:center">五</h2>

　　市委、市政府召开的改制动员大会，是周大保代表县委、县政府参加的。会上，他还代表县政府同市政府负责人签订了改制目标任务责任状。市政府负责人在签完字后严肃地说：大保，你那个县前些年乡村集体企业上马快，不说是村村点火、户户冒烟，也是遍地开花。前两年你们有些企业已经改制，但仍然面广量大。这一次，你们县改制的任务最重。你们县的改制工作完成了，我们市的改制工作就完成了一半。你可得舍得花点精力啊！

　　周大保当即表示：如果不能在市委、市政府要求的时间内完成改制，如果改制过程中出现群体性事件，如果改制进展不顺利，我自己摘了乌纱帽送到你手上。可进展并不是周大保想象得那么顺利。

首先是开乡镇党委书记、乡镇长会，传达市委、市政府会议精神。县委宣传部根据分工，专门从北京请来一位对股份制颇有研究的专家，在会前讲授改制工作的重大意义、法律依据，甚至连操作规程都讲了。那天的会议十分隆重，周大保县长主持，县委书记做报告。专家讲座的过程中，台下鸦雀无声，几百人的会场静得连有人因坐的时间长了、挪挪屁股碰了下扶手的声音都听得清清楚楚。

周大保心里高兴，看来改制的工作还是很受欢迎嘛！没想到专家讲完了，几次站起来向台下鞠躬，除了他和县委书记鼓掌，竟然没有一个人回应。这让专家十分尴尬，县委书记和周大保也很难堪。

接下来是与专家互动阶段，台下唰唰唰地递上来十几张纸条，周大保翻着看了一遍，眉头越皱越紧，几乎拧成了咸菜疙瘩，额头上沁出一层汗。

那一个个问题提得太尖锐，太露骨，让他无法念出口。可念不出口也得念，这个过场总得走吧。形式主义之所以存在或者泛滥，就是因为有一个形式。他挑了一张在他看来是四平八稳的问题念了：请问专家先生，是不是集体企业必须改制才能生存下去？企业能不能搞好是不是所有制决定？

北京来的那位专家到底是经过风雨见过世面，当即笑着回答说：我先回答第二个问题，企业能不能搞好与所有制没有根本的关系。我们的国有企业有很多搞得很好，现在还占全国经济总量的半壁江山。

哗哗哗，台下掌声热烈地响了三分多钟，专家又几次站起来鞠躬致意。接着，专家又说：我现在回答第一个问题，集体企业的确存在很多弊端，在座的各位恐怕比我有发言权。从我调查研究的情况看，主要有以下几点：一是管理体制上的问题；二是经营上的问题；三是……他刚讲到这里，台下又响起了掌声。不过这次掌声与上一次掌声截然不同，呱呱，呱呱，节奏感特强，明显是鼓倒掌。在周大保听起来，就是在说滚吧，滚吧！专家是个很有个性的人，站起来夹着包就朝外走。

当天下午会议前，周大保和县委书记就分别接到了市委书记的电话，严厉批评他们贯彻落实市委、市政府改制会议精神不力，没有把会议组织好。

专家临走时告了他们一状，说他们这个县"好像是远离中国改革开放时代的另一个星球部落"，或者说叫"另类"。市委书记明确指出：谁抓改制不力，我就撤了谁，让能推动改制工作的同志来做这项工作！县委书记和周大保也发了火，两人在会上都拍了桌子，周大保爆了一句脏话：谁当拦路虎，老子就当打虎英雄！

县委书记和周大保讲完话，各乡镇领导很快就同县政府签订了改制目标任务责任书。市委书记接到报告，满意地说：这才对嘛！抓工作就应当这个样子。

为了督促检查各乡镇推进乡村集体企业改制的进度，县政府向各乡镇派出了督察组。县委、县政府"四大班子"主要领导亲自挂帅，每人包了一个乡镇。周大保包的就是马沟乡。他从参加工作在县乡镇企业局当办事员起，到科长、副局长、局长，再到副县长、常务副县长、县长，历次活动，不管是政治的、经济的，他的点都是选马沟乡，再具体一点是马沟村。他想，这一回他亲自出马，马沟肯定又会拿个全县第一。

偏偏，他这次想错了。

马沟村有二星级宾馆，有大大小小十几家饭店，还有专供村民农忙时和村办企业上班的职工就餐的大食堂。但是，周大保每次来，马平安都是在办公桌上铺张报纸，让大食堂送几样大锅菜招待他，而且每次都不摆酒，喝白开水，除非他陪同上级领导来之外，两人就这样简简单单。他每次吃完，都会拍着马平安的肩膀说：老哥，只有到了你这里，我才能吃一顿舒适的饭。

可是这一回不同，马平安在村宾馆二楼装修豪华、专门用来宴请商业上往来客户的房间摆了一桌丰盛的宴席，还上了茅台酒。

周大保问：老马你这是啥意思，怎么破了咱俩多年的规矩？

马平安说：规矩该破就得破，不破不立。说着，给周大保和自己各倒了满满一杯酒，和周大保碰了碰杯子，说：我敬你！然后一仰子，喝了个底朝天。

周大保看出马平安有心事，有话给他说，陪着他一连喝干八杯酒，三钱的杯子，三八二两四下肚了。周大保觉得心有点烧得慌，就开门见山直奔主题，问马平安：乡政府开会了吧？

马平安说：开了！

周大保又问：会议精神知道了吧？

马平安说：嗯。

周大保再问：责任书签了吗？

马平安说：没签。

周大保愣了一下，问：为啥？

马平安两眼通红，眉头紧锁，说话有点结结巴巴：我，我得问问，问问马沟村百姓同不同意，授不授我签字的权力。

周大保马上明白了，问题出在马平安这里。他耐着性子，不慌不忙地把改制的意义、重点、原则等向马平安说了一遍，最后强调：改制是发展生产力的需要，改制是一次深刻的革命，改制是大势所趋。最后，问：老马，这些乡政府没传达？

马平安摆了摆手，说：传达了，我听不懂，听不懂。

周大保说：这有什么听不懂的，明明白白，清清楚楚，是个……他想说是个傻子也听明白了，话到嘴边又改了口，说，是个很容易弄懂的事情嘛！再说通俗易懂点，就是你马沟村的村集体企业都要改制。

马平安问：往哪改？

周大保说：不能再吃大锅饭，要改制给能人。

马平安问：是不是个人、私人？凭啥？

周大保一下子语塞了。是啊，他也只是照抄照搬市委、市政府的文件，没有问个凭啥，所以现在也回答不了马平安的问题。马平安借着这个话题和几分酒气，像迫击炮一样哐哐哐哐地一连扔出了十几个问号：俺马沟村集体企业办不下去了？不是吧？俺马沟村走共同富裕的道路错了吗？不是吧？村集体经济收入没有了，幼儿园、敬老院、文化中心、卫生室都散伙？也不是吧……

周大保说：老马你这是先入为主，也可以说主观武断。我刚才已经把改制的重要意义给你说了。你马沟的村集体企业现在是搞得不错，但是你能保证往后一直保持赢利？不光是乡村集体企业，国有企业也得改。咱们市有个锅炉厂你一定知道吧，管理经营混乱，连续几年亏损，后来改制由一家民营企业控股，去年实现赢利五百多万元，职工工资也翻了一番。

马平安说：你说那事我知道。锅炉厂与我们村煤矿有来往，厂里管生产和经营的干部我也认识几个。过去那可是咱市先进企业。为啥亏损，厂子里的议论我也听到些。改制前那届班子的头，也就是厂长在别处自己办了个锅炉厂，把厂里的订单大部分拿到他自己的厂子去干，就连他自己的厂子职工发的毛巾、肥皂，他家里人买卫生纸都拿大厂子报销。

周大保说：不会吧，怎么没有举报？

马平安说：举报，谁敢？有一个老的车间主任写过举报信，那信转来转去又到了厂长手里。那个老主任从此没有个好日子，家里下水道堵了，后勤部门不给修；生了病买药，厂卫生室不给报；原来接他的班在厂质检科工作的大闺女，以工作需要为名下放烧锅炉……

周大保说：也许真的是工作需要嘛！烧锅炉的工作也得有人干吧。

马平安说：那厂是咱市第一家改制的国有企业，改给谁了？控股的民营企业就是厂长在外办的，法人是他小孩二舅，股东里有一个是管改制的领导的孩子。原来八百多人的厂子，一下减了五百人。

周大保说：咱不说他了。你还是说说你对马沟村办集体企业改制的想法吧。

马平安没听周大保的，接着刚才的话题往下说：那个锅炉厂改制后，下岗工人的日子不好过，男的有十几个在我这煤矿下井挖煤，上了年龄的女工有的给人家当保姆，有的在街上卖油条，年轻点的女工有的去广东打工，还有几个去乱七八糟的歌厅坐台。我这村集体企业的工人可大都是村民，要是让他们下了岗……

周大保显然不耐烦了，推开酒杯站了起来：老马，你越说越离谱了。哪一项新鲜事物在一开始和发展过程中没有缺点和问题？关键是看大方向、大局、大环境。他说话喜欢用排比词，不管内容能不能连得上只管往上排。

马平安愣了，眯着眼睛看了他一阵子，好像第一次认识他。周大保有点不好意思了，问：老马，你怎么了？

马平安说：我是在向你反映问题，县长大人。你还记得当年机关有个同志借马沟一辆小轿车多用了个把月，你听了就上火，要回去处分人家。我今天给你说这么大的事，你却无动于衷……说着，连连叹气。

周大保说：那事不也是你老兄死活不让我处理？还送……他想说还送套红木家具堵我的嘴，话到嘴边又改了口，说，我回县里一趟，明天回来咱开个村支部会统一统一思想。

周大保回到县里，和县委书记碰了个头，交流了一下情况。县委书记说他包的那个乡进展很快，接着把他做工作的办法给周大保做了介绍，周大保再到马沟时，在村支部会上严肃地说：对改制工作有抵触、不支持，进展缓慢的村，问题出在村主要负责同志身上。这些同志习惯于当皇帝、一言九鼎；习惯于把集体企业控制在自己手里，当成自己的钱袋子；习惯于传统思维方式，等、靠、要，不敢下海和别人竞争……他说着，眼睛看着马平安。

他发现马平安的脸由黄变白，又由白变红，像风吹动着的云彩飘忽不定。于是，他按照县委书记交的办法，又来个扬鞭催马，更加严厉地说：说到底，这些同志是对待改革的态度问题，是对待新旧体制的态度问题，是对待广大群众的利益问题。对于这些有思想问题的同志，县委和县政府的态度就一点：不论他资格多老，资历多深，只要他不支持改制，就坚决撤换！

马金山也是村支部委员，参加了那个会议。他噌地一下站起来，右手高高举过头顶，热情地说：马沟村党支部坚决拥护和支持县委改制的指示！我们村马平安书记说了，谁不支持就撸他个孙子。在当地话中"撸"有多种意思，撤职叫撸，打人叫撸，批评人骂人也叫撸。其他几个支委看着马平安，都没有说话。

马平安说：我头疼，得请个假去躺一会儿。说着，不管周大保同不同意，起身走了。他这一走，马金山更活跃了，周大保说一他也说一，周大保说三他也说三，让周大保心里非常高兴。会上，通过了成立马沟村改制工作领导小组，由马平安任组长，马金山任副组长兼办公室主任，具体负责改制工作。

散会后，周大保把马金山留下，又单独交代了一番，最后强调：给你爸好好做做思想工作。多年的老先进了，这次千万别成了绊脚石。

马金山说：怎么会呢？过去马沟再有钱，支书是个穷光蛋，一改制，就成了千万富翁。这个账他还能不会算！可能觉得说漏嘴了，忙又改口说：党员干部带头致富嘛。看看人家马奔，全县第一个坐大奔的，真正的马奔！

周大保放心不下，第二天又去了一趟马沟。马平安躺在床上和他见面。马平安说：我糊涂啊！

周大保握着他的手说：实话说我也糊涂。可咱都是党员干部，党的纪律怎么说来着？下级服从上级，看不明白你就照葫芦画瓢，保证不会错。

至于什么人给马平安一夜之间洗了脑，周大保不知道，他也不想知道。他的关注点已经转移到了改制方案上。而改制方案几个关键条款，他都亲自指导，亲自审查，亲自把关。他心里暗暗为自己娶了个马沟村的媳妇感到高兴。因为马红艳已经向马平安父子暗示过入股的事，马平安父子也答应了。

那天晚上他回到家，马红艳没等他脱外套、放下包，急急忙忙拉着他坐在沙发上。马红艳说：我私下问了一下专家，马沟村煤矿价值估计在五千万以上。关键不在这个价值，在入股后升值的价值。现在煤炭卖到一百五一吨，三年五年后呢，说不定三百、四百一吨，咱要是有股在那里，一年还不赚个千儿八百万！

周大保说：你光想着挣钱，怎么不想着赔钱。万一煤炭行情走下坡路呢？万一煤炭挖完了呢？万一……

马红艳瞪了他一眼：别整排比了。你知道人家背后叫你什么吗？周排长！排比用得长。专家说了，咱中国这样的国家，煤炭几十年内都不可能走下坡路。至于煤挖完，那得等到咱下辈子。你把挣的钱存银行里，还怕下辈子没的花？

周大保说：那也不成。你让我堂堂一个县长，怎么伸手和老百姓争利益？我开不了这个口。

马红艳干脆踢了他一脚，说：没让你开口，我已经开过口了，让小荷捎话试探了马平安爷俩的口风。他爷俩没意见。马平安说得更痛快，你让周县长买断算了。

周大保像被电棍捅了一下，忽地站起来：你听听你听听，马平安这是在骂人！

马红艳生气了，一边朝卧室走，一边嘟哝着说：反正我已经说过了。这事和你没关系。到了卧室门口，又回过头说，马平安那老小子滑头着呢。他嘴上说的和心里想的不一个样。他大儿子已经把村运输公司先改制了！

周大保后来一了解，事实的确是那样。马金山先行一步，把他兼经理的马沟村运输公司改了制，他成了第一大股东。在公示的资产清单上，运输公司的资产全部折算下来，还欠外债一百多万。他对人说：我这是自己给自己背了一身债。这辈子还不清就等下辈子吧。

马沟村煤矿的资产评估是本县一家专业公司做的。初评结果是价值五千万，马平安不同意，马金山也不同意。马平安说：这五千万够干啥？这些年光银行贷款都超过这个数，再加上每年村里投入，两个五千万也不止。马金山的说法截然不同。他说：五千万太多了吧？你过去银行贷款、村里的投入拿回了多少？我看能值两千万就不错了。就是这两千万也得有人掏得起。

马金山的言下之意，马沟村的人掏不起买矿的钱，按照市、县关于改制的相关规定，可以对外招商引资。他这话显然是说给周大保听的。周大保在一次关于改制工作的经验交流会议上夸赞说：马沟村的改制办主任马金山，就善于活学活用，把政策用得恰到好处，用活了，用灵了。

周大保万万想不到，改制方案还没提交村民大会，马平安就突然病逝，而种种迹象又显示他没有真死。他是去市里省里甚至北京上访了，还是以这种方式抵制第二个改制方案？周大保越想越不安，招呼马红艳和小荷出来，对她俩说：你们就别关在屋里想得头痛了，该干啥干啥去。

马红艳说：小荷出了个点子，不知合适不合适？

周大保看了她一眼。马红艳明白他的意思，是让她在小荷面前不要冲锋在前。于是，她轻轻推了一下小荷的胳膊。小荷心领神会，说：我知道马金山在县城的公寓。他找女人都是朝那地方带。

周大保一惊：你想干吗？捉奸？人家那是两厢情愿，不是卖淫嫖娼！

小荷咯咯地笑了，说：你没听有个手机段子上说，卖淫嫖娼也有新规定，完事后当场给钱的叫嫖娼；一周后给钱的叫性伙伴；按月给的叫情人；按季给的叫包养；按年给的叫二奶。马金山那人的德行我知道，他找女人都是完事后当场给。用他的话说省得麻烦。

马红艳和周大保会心地对视一眼，都在心里想：你咋知道这么清楚！

六

马金山在他所住的公寓嫖娼被派出所抓了个现行，消息像长了翅膀一下子飞遍马沟村各个角落，应验了那句"好事不出门，坏事传千里"的老话。

秀红气愤地说：大哥也太不像话，不在家给爸守灵，干这种肮脏事！

马银山悲愤交加，扶着马平安的棺材哭得直不起腰。小荷在一旁煽风点火，说：得想办法把大哥捞出来，先把爸送下地。大哥那边罚多少钱我给。她见马银山两口子不说话，稍停片刻又说，花点钱把大哥捞出来没问题。关键是大哥的党员、村委会委员、村委会主任、改制领导小组副组长、改制办主任这些职务都保不住了。这改制的事交给了别人，大权旁落。

秀红说：谁要给谁。要不是改制的事闹腾，爸也不会突发心脏病呢。

小荷明显感觉到秀红对自己的不满。这之前，她也曾找过秀红，劝她向老爷子要点股份。秀红坚决拒绝了，还反过来劝她不要跟着凑热闹。所以，她不想和秀红黏糊，就对马银山说：二哥你这时候得有主见。马银山不知是没听见还是不愿搭理她，给了她一个冷冰冰的后背。她顾不上计较，因为她知道自己肩负着重要使命。她接着说：二哥，你知道爸为啥又支持改制了吗？是因为大哥。爸再拖延，马金山就得进去。

马银山这才回过头来看了小荷一眼。小荷把他从棺材头前拽到后尾，避开秀红，悄悄地告诉了他一件事情。

就在马平安为改制的事犹豫不决时，马红艳有一天突然去马沟找马平安，在马平安的办公室里和他聊了一个多小时。马红艳走后，马平安就把马金山叫到办公室，外人只听见老头子拍桌子摔板凳骂娘，马金山吵了几句气哼哼地走了，却不知道究竟发生了什么事。恰在此时小荷到了。小荷说：我一进爸的办公室，看他斜躺在沙发上，呼哧呼哧地喘着粗气。我喊了几声爸，爸。他理也没理。我也没敢再喊，就在他旁边的椅子上呆呆地坐着。过了得半小时，爸才起身，张口就问我，马金山的事你听说了吗？

小荷说到这里，故意卖了个破绽，等着马银山往下问。果然，马银山着急上火地催她往下说。她说：其实，我也是在县城听说大哥的事，赶着回家告诉爸的。有人举报大哥担任村委会委员、运输公司老总那些年利用职权贪污受贿，数字还挺吓人。据说要是查实了，少说也得蹲个十年八年大牢。

马银山说：我早就看大哥没好结果。你看看他，县城买公寓，市里买别墅，家里盖三层楼，尤其是换车那个勤，在全县也数得着。他是最早把吉普车换成新产的桑塔纳，又是最早把桑塔纳换成皇冠，后来又是最早把皇冠换成奔驰。他抽烟清一色几十块一盒的名烟，茅台根本不喝……你一个村委会委员，哪来那么多钱？过去，我总以为是他自己背着爸做点小生意，现在看来我想错了。

小荷说：是呀，大哥是太招摇了，老是跟马奔比。你能跟人家比吗，人家是个体户老板，现在叫民营企业家，再怎么大手大脚花钱，钱是自己挣的。她好像很是惋惜地叹了口气，接着说，马红艳知道这事后来告诉爸。她对爸说了，你是老先进，上级怎么也会给您老人家点面子，我们家大保也好说话。不过，您要不是先进，成了落后了，这事就难说了……

这，这不是威胁爸吗？马银山气愤地说：赤裸裸地交易！

小荷说：那你有啥办法？现在为啥很多人明明对上级有意见，还得老老实实跟着干，就因为人家有法儿弄你。你没辫子你儿子有吧，你儿子没有儿媳妇有吧，儿媳妇没有其他亲戚七大姑八大姨有吧……就是人家想整爸也能找出一二三四五的理由。爸开始生气，骂大哥不争气，说他自己犯的事自己去扛。我就劝爸，那毕竟是你亲儿子。你对你儿子狠得下心，能对你孙女也狠下心吗？大哥在加拿大的孩子知道她爷爷不要她爸了，还不恨死你！

马银山问：大嫂和孩子知道了？

小荷说：马红艳和大嫂像亲姐妹，她还不给大嫂说。大嫂打电话给爸，连哭带吵。我也给爸说，就算你连孙女也不要，上上下下、左左右右的老朋友、老熟人、老关系知道你做事太绝，还敢跟你来往？

马银山问：是你把爸说动了心？

小荷说：实话实说不是我，是现实。现实就摆那儿。

马银山又问：那这一次大哥出事是不是又有人暗算？他经常带女人去公寓，早不出事晚不出事怎么就赶这节骨眼上出事？

小荷撇撇嘴，又慌慌张张地说：光是嫖娼也就拘留几天，罚罚款，我怕的是把举报他的事放在一起处理，那麻烦就大了。

那你说现在怎么办？马银山没有处理这类事情的经验，有点茫然不知所措。

小荷这才把和马红艳商量的结果给马银山说了：一是重新做一份改制方案，给马红艳干股，在过去爸答应的基础上再增加一倍。小荷特意说明：这样马红艳才能逼着她老公周县长把大哥的事抹平。钱多少是多？大哥挣得差不多了，该让人家挣点了。

第二呢？马银山问。

小荷听马银山的口气有些不耐烦，又像带着气，琢磨了一会儿，才说：第二就赶快把改制方案落实呗。这么给你说吧哥，咱爸……

马银山打断她的话，说：不，是我爸。

小荷说：对，是我爸。

马银山加重了语气，说：是我爸！

小荷这才明白马银山是在制止她叫马平安爸。她心里十分不高兴，表面上没显示出来，接着说：要是村里集体企业早几年改制，大哥用的那些钱干的那些事还有人追究吗？我用自己的钱，你查我啥？所以说，改制的事不能拖！

马银山思考了片刻，问：要是村民大会通不过呢？

小荷反问道：可能吗？除了极少数人，大家多少有点股份。股份就是钱，这年头谁和钱有仇？尤其是那些村民小组干部、车间主任一级的，比一般群众股份多，肯定更积极。实在不行还有个办法，学马奔前年争村委会主任的手段，挨家挨户送红包。

马银山反感地说：马奔那样做不是没成吗，还差点出事。

小荷说：这你就不知道了吧，别人送的比马奔的礼重！

马银山惊讶地瞪大了眼睛，说：你说得严重了。我爸不会对这事睁一只眼闭一只眼，让这样的事在他眼皮子底下发生的。

小荷不以为然地说：你以为咱爸真是老顽固，脑袋瓜子不开窍？错了，咱爸走南闯北啥事不明白，心里亮堂得很，比咱还亮堂。

马银山对小荷唠唠叨叨说马平安的不是很不满意，又强调说：是我爸。

小荷突然哽咽了，说：二哥，我今天给你说实话吧，我是马平安，也就是你爸我爸的亲生女儿！

马银山"啊"了一声，身子晃了几晃，扑通坐在地上。

小荷看时机差不多了，得给马银山一点思考的时间，就对他说：我现在就回县城找红艳姐，先把大哥捞出来再说。要是真关他一夜，他不疯才怪呢！

小荷到底了解马家人的脾性。马金山在派出所里真的在发疯。

要毁一个人最好让他丢面子，面子是什么，是尊严。而尊严属于精神层面，毁了他的尊严就等于摧垮了他的精神。据民间反腐专家统计，近些年来因腐败落马的官员，不管是官至部长、省长，还是基层的科长、股长，只要一"双规"，马上就吐个一塌糊涂。究其原因，是这些人平日里呼风唤雨，很有尊严，突然沦为阶下囚，昔日的尊严荡然无存了。

马金山就是如此。

过去，派出所从所长到一般民警，哪个见了他不是笑嘻嘻的，马总、马哥地叫着，自从进了派出所，这个对他横眉竖眼，那个对他讽刺挖苦，让他懂得了天壤之别的真正含义。两小时过后，他就忍不住大喊大叫：叫你们所长来，我给他有话说！

办案民警呲了他两句：唏，你以为在马沟村呢？看看，这是什么地方！说着指了指墙上威严的警徽。

马金山说：你们所长躲哪去了，叫他出来。他哪次去马沟我不是亲自接待，只要他开口，我又哪一次没满足他的要求。这个时候给我玩阴的了。

办案民警说：我警告你啊，再说脏话骂人给你加一条妨碍执法罪！

马金山没脾气了。一会儿他又哀求办案民警，说：你们罚多少钱，我认。求求你们先放我回家，家中还有一大堆工作等着我处理。

哎，你怎么不说回家给你爸办丧事？办案民警问。

马金山吃了一惊。虽说他没有秘不发丧，但也没有大张旗鼓，怎么连派出所一个普通民警都知道了？难道……

人越是在情绪烦躁的时候，考虑问题越容易极端。马金山自然先想到改制的事，不知为什么，他心里发慌，头上冒汗，两条腿哆嗦不停。马平安前天晚上在村委会上说的最狠的几句话一遍遍在耳边响起。

参加会议的村委每人面前放着一本马沟村集体企业改制方案。这个方案是由马金山担任主任的村改制办花了两个星期的工夫搞出来的，蹲点的周大保县长也看过了，称赞说是个好方案。

按照这个方案，马沟村村办集体企业，主要是马沟村煤矿改制后本村人控股百分之五十一，外来投资者控股百分之四十九，猛一看还是马沟人控股，实际上控股的不是马沟村委会，也不是马沟村全体村民，村、组、企业负责人占了百分之九十，其中马平安一人为百分之五十一，换算下来，马平安个人控股占全部股份的百分之二十五以上，是第一大股东，或者说是第一大老板。如果加上马金山百分之十五的股份，他们父子实际上占了全部股份的百分之四十以上。

马平安当时就哭丧着脸，说：我马平安一夜之间成了千万富翁，我这心脏、我这大脑、我这棺材板子一样的身子骨承受不起，承受不起啊！让我怎么有脸把这个方案拿到村民代表会上讨论？人可以不要钱，但不能不要脸！我就想不明白，有的人为了要钱竟撕破脸，脸都不要了……

马金山记得他当时急得团团转，劝马平安不要再往下说。马平安指着几个村委说：咱们是老哥们儿，我才掏心窝子给你们说。

有个村委说：老马，你就别谦虚了。咱马沟村的集体企业不管是煤矿还是其他的，哪个不是你操心费力办起来的，别说给你这些股份，就全给你我反正没意见。再说了，你也不是白拿白占，那股份是花钱买来的！

另一个村委说：是呀，我对这个改制方案也没啥子意见。要我说，你马书记当老板，还能想着老百姓，要是卖给只顾自己的那些人，他们只管自己吃肉，老百姓别说喝汤，连腥味恐怕也闻不着。

前些天，周大保让他带着村"两委"的到附近一个改制工作先进村学习取经。刚进村就碰上一对婆媳吵架。原因是改制后村集体经济收入断了，幼儿园办不下去了，婆婆让在广东打工的儿子儿媳把孩子带走，儿媳妇说在城里打工收入本来就不高，外来人口孩子在城里上幼儿园交不起费，就这样吵了起来。马平安当时二话没说，扭头上了车，说：不学了，这经咱取不来，回去！现在，这个支委又提起这事，对他既是很大的刺激，同时又是提醒。他想，也许历史又把我马平安推到了这个位子上。从那时起，他没再说推辞话。

回到家里，马平安对马金山说：方案还得改。我琢磨了，村里搞个经营公司，家家都有股份。挂在我名下的股份，分红时拿出来让大伙儿花，最起码幼儿园、敬老院、卫生室这些不能撤。撤了才是最大的倒退！

马金山为难地说：这恐怕不行。马红艳一人就要百分之二十。

马平安生气了，说：你要不改，我不签字，让周大保签去吧。

马金山想，是不是周大保知道了改方案，下决心要整我父亲？他不敢往下想，又求那个办案民警，说：哥们儿，我和那姑娘不是第一次，应当算不上嫖娼。

办案民警火了：照你这样说我们抓错人啦？我问你马金山，你俩是不是谈好了价格？

马金山狡辩说：你买萝卜白菜不给钱啊？我给她的是，是……这么说吧，我是打算长期和她处朋友。

办案民警还要发火，电话响了。他一边接电话，一边瞅着马金山。

马金山心想，坏了，有人要挖坑埋我了！

七

床头柜上的座机电话响了。

马银山拿起电话，刚听了一句就吓得面色苍白，把话筒扔在地上。秀红觉得奇怪，捡起电话，对着话筒严厉地问道：找谁？对方咳嗽一声，没有回答。秀红恼怒地骂了一声：无聊，我挂了啊！对方这才开口，说：我是马平安！秀红惊恐万状，扔下电话就去抱马银山，而且用力很大，马银山的胳膊关节都发出咯吱咯吱的响声。秀红的声音像在风中飘着：他，他说他是，是马平安。

马银山已经镇静下来。他轻轻地抚摸着秀红因恐惧扭曲的脸，安慰她说：好了，我们明天就可以回去了。接着，他走到院子里，大声喝令唢呐停下，然后一把扯掉灵堂门前的帘子，对马金山公司来帮忙的人说：拆了，统统拆了！

马平安没死，马平安还活着，瞬息之间就传遍了马沟。而且通过现代化的传播工具，在很短的时间内传到了县城。

这简直是在玩游戏！县委书记怒不可遏地拍着桌子：马平安他到底想干什么？一小时前我还接到省报一个记者的电话，要来马沟采访，说一个村党支部书记被逼死了。你看看，这事情闹成什么样子了！周大保说：你先消消气，我马上去马沟一趟了解了解情况。

周大保和马金山几乎是同时到达的马沟，一前一后进的马平安家。

那些被马金山请来的殡葬公司的员工、他自己下属公司的员工正在忙着拆卸灵堂，清理现场，搬运东西。唢呐班子的十几个人则堵着门口，叫喊着要加倍赔偿。这也难怪人家，原定三天的活不到一天就结束了，毁约方当然要赔偿。

马银山看见马金山，吼了一声就要冲过去撕巴他：你是个什么狗东西，能拿老子的生命开玩笑，做游戏！在马金山的记忆中，弟弟长到这么大还是第一次对他爆粗口、要动手。他耷拉着头没敢吱声。周大保也在一旁跺着脚，瞪着眼，讽刺加挖苦地大声训斥马金山：你看看你们马家父子多有能耐，给活人出殡，可以上吉尼斯世界纪录了，申请国际游戏大赛冠军也没问题！

马金山蹲在地上，全没了往日神气活现的样子。他下属公司的一位高管给他点了一支烟，他猛地抽了几口，仿佛要给自己提提精神，没想到反而剧烈地咳嗽起来，边咳还边呕吐。马军懂事地拿了张纸巾，帮他擦了擦嘴唇边的痰液。他一把将马军紧紧抱在怀里，失声痛哭。马军也哭着说：爷爷没死，爷爷一会儿就回家。末了又加一句：我想我爷爷。

我的宝贝孙子，爷爷回来了！随着一个沧桑的声音落地，马平安出现在刚刚撤掉的灵堂大厅里。一屋子人只有马军亲热地扑到他怀里，马金山低着头抽烟，其他人一个个瞪大眼睛看着他，好像他是外星来的不速之客。

老马你这是弄啥呢？周大保先开口了：你知道你这样做的后果有多严重吗？

定我个反革命？！马平安火气很大，说出的话硬邦邦的：你周县长看看哪顶帽子适合给我戴，随便。

周大保笑了：老马呀老马，咱俩是二十年的老伙计了。我是什么样的人你还不了解？在咱县也就我，能和你这样掏心窝子说话。今天当着金山、银山的面，别怪我不给你面子。你玩这样一个游戏，不要说对上级如何交代，就是马沟村几千百姓你又怎样面对？

马平安说：我考虑好了，辞职！

周大保沉吟片刻，严肃地说：现在是改制的关键时期，你一甩手啥也不管，对得起谁啊？他的这个"谁"包括了方方面面，马平安心里清清楚楚。

一直没说话的马金山大概看火候到了，也对马平安说：爸，周县长说得对，你一撤，马沟还不稀里哗啦全塌了，保证比出一次煤矿安全事故还毁得重！

马平安冲马金山吼了一声：没人把你当哑巴！不是你和几个像蛆的人在里边瞎掺和，乱搅和，老子到今天能人不像人鬼不像鬼？

马金山不服气地顶撞：小荷是你的亲生闺女，也是我搅和的呀？

你说啥？马平安瞪着眼珠子：你小子再说一遍？

马金山说：小荷去派出所接我。她亲口告诉我，你和她妈……

马平安哈哈大笑几声，说：说这样的话亏心不？我马平安在马沟不说是英雄好汉，但起码不是流氓、孬种。眼前呢？说着，他泪如泉涌，声音苍凉。马军被他吓得心慌，也跟着哭了。

周大保也听得出，马平安表面是骂马金山，实际是冲着他。也许他意识到再给马平安定框框、施加压力，会逼得马平安真的做出惊人的动作。来马沟前，县委书记已经告诉他，省委、省政府领导对下边一些地方改制不尊重基层干部和群众意见，搞"一刀切"、强迫命令的做法已经提出了严厉批评。省领导在一次会议上严厉地说，对那些利用改制中饱私囊，变相侵吞国家和集体财产的人，一经发现，坚决处理。马平安的事如果捅到上边，他们得吃不了兜着走。

于是，周大保换了副平缓的口气说：老马，马沟村企业改制的大权一直在你手里。金山虽说是改制办主任，也只是负责做方案，最后还得你批准。说着，他给马金山递了个眼色，马金山心领神会，立刻接上说：这么多年，我就是爸的一个小卒子……

马金山的牢骚还没发完，就被门外的吵嚷声打断了。

听到马平安死而复生的消息，马沟村能走动的几乎全挤到他家门口，想来看看这个传奇人物。一时间，他家仿佛变成了戏台，人声鼎沸，一片混乱。渐渐地，人们的议论从马平安的死而复生转到了村里的改制上。这些日子改制的事闹得沸沸扬扬，加上周边村改制的事情不断传来，村里人对改制方案迟迟不出台存在着各种说法。

从70年代后期到如今快二十年了，马沟村村民没少了沾村办企业的光，家家有人在村办企业上班，按月领工资，不缺零花钱不说，敬老院、幼儿园、村小学、卫生所、文化中心……这是全体村民的福利、福气、福祉。周边改制工作进度快的村，有的一夜之间这些全都烟消云散。这在村民们看来是不能接受的。

正如马平安说过的那样，村里开煤矿、办其他企业，哪家哪户没出力？现在一纸文件让改制，集体财产成了一人或者几人的财产，做梦吧你们！老百姓也不是好欺负的。平时你村干部吃点喝点拿点就算了，但真正要把几千万甚至上亿的资产变你们家的，绝对不能答应。

有的喊：把煤矿炸平，也不能让他们一伙人占了。

有的叫：你马平安别说装死，就是真死，吞了大伙的财产也得吐出来。

有的骂：过去看你马平安还像个为老百姓办事的好村干部，没想到你生着法子坑老百姓。

后来就变成了集体呼喊：马平安，出来！马平安，出来！

不知是谁说了一句：县里有个贪官在他家里，让他和马平安一起出来给咱说清楚。于是，呼喊又变成了：马平安，出来！大贪官，出来！

屋子里的人听着门外的吵骂声，脸上的表情千差万别。周大保皱着眉头，焦虑不安；马金山惊恐万状，两眼无光；马银山夫妇神色凝重，一脸怨气。只有马平安镇定自若，非常轻松。马军见爷爷没事儿了，乐得屁颠屁颠地满屋子跑。

周大保恼羞成怒，把怨气全撒在马平安身上：你马平安到底打的什么主意？一会儿装死人，一会儿又挑唆群众围攻县领导，我看你是故意对抗改制，反对改制，反对改革开放！

马平安也不是瓢茬儿，反驳说：马沟村就是沾了改革开放的光富裕起来的。没有改革开放就没马沟的今天。但是，你们搞的那种改制，我打心眼里就是不支持。

周大保在屋子里转了几个圈，气急败坏地说：那你说现在怎么办？

马平安说：我和村"两委"的多数同志商量了一个方案。现在我就到门口去征求村民的意见。马金山一听慌了神，用身子挡住马平安，劝阻他说：爸，你不能自作主张，我这个方案是村委会讨论过的，征求意见也得用我这个方案。

马平安平静地说：你给我滚开。

马金山没动，还挺着挺腰杆。

马平安急了，扬起胳膊抽了马金山一个耳光。马金山还是岿然不动，一副大义凛然的样子。马平安突然弯下腰，在马金山的大腿上狠狠地咬了一口。

他这一口用力大，马金山疼得娘呀娘呀地叫着，跳到一边去了。这一情景不仅让屋子里的几个大人目瞪口呆，就连马军也吓得扑到妈妈的怀里，头也不敢抬了。

马平安还没出门，门外突然间变得鸦雀无声，只有一个洪亮的声音在说：老少爷们儿，我来晚了一步，让你们担惊了。我要告诉你们，咱马沟的马平安书记不黑不贪，压根儿就没打算把集体资产化为己有……

马平安听出是马奔在说话，屋子里的几个人也都听出来了。

马奔说：马书记为啥安排了一场死而复生的游戏，就是想让一些人充分表演一下，看看他们高喊的改制到底是为了谁。他"死"的这三十多个小时中是和我在一起，还有咱村的几个支委、村委。我们商量了一个新改制方案。我没有权力宣布，一会儿马平安书记会亲自给大伙儿说明。我马奔只能告诉老少爷们儿一句话，马平安还是过去的马平安，请老少爷们儿还像过去一样信任他、支持他！

哗哗哗，如同大风吹树叶一般的掌声响了起来。

马银山上前紧紧抱住浑身颤抖的马平安，亲热地叫了一声爸，就说不出话了。

马金山抱着受伤的腿，单脚跳着上了楼。

周大保的神情有些恍惚，一屁股坐在沙发上。

八

一个月后，马沟村煤矿改制方案经村民代表大会高票通过。在这个方案中，改制后的马沟煤矿由民营企业家马奔控股，马沟村村民自愿入股，不愿入股的，按眼下的市场价格赔偿当年的投资。马奔除了投资一千万元对马沟煤矿进行了技术改造，提高了产量，还按照合同规定，保留了与村民利益相关的福利，第二年又对幼儿园、学校进行了翻修和重建。

马平安因为操纵了一场活人出殡的游戏，造成不良影响，辞去了马沟村党支部书记的职务，到县城跟二儿子马银山去过了。他每天骑着自行车接送小孙子上学下学，闲下来到公园和一些老人一起下下棋。人混熟了，说话也就随便了。有人问他：你老马当初何必做那场游戏？马平安认真地回答说：我不做那场死亡的游戏，今天就不会活得这样轻松。

唯一让他感到遗憾的是，他从小就疼爱的干闺女小荷，从此再没去看过他。也有的知道这档子事的老人跟他开玩笑，问他是不是和小荷的娘有一腿，小荷真的是不是他闺女。他笑笑反问：我马平安有那个福气吗？

马金山把运输公司也卖给了煤炭公司，去了加拿大。在那里待了不到一年，又一个人回来了。他说那边的生活不习惯，不踏实，老是有一种双脚离地的感觉。他还开玩笑说，就是想找小姐，语言不通也不敢。他在县城开了一家投资公司。有人说他的投资公司是放高利贷，断言这小子早晚得栽个大跟头。

周大保那次事情后不久，就被免去县长职务，调到市里一个局任局长。

十年后的一天，马奔来县城请马平安喝酒，对他说：老书记啊，咱的煤矿又要改制了。市改制办周大保副主任来咱村宣布的，说咱这样年产二十万吨的小煤矿，要让省里的大煤炭公司兼并重组。

马平安愣怔了一会儿，问：又是一刀切吗？

姑娘那年十八岁

第一章

一

　　常年在山里生活的人一听说钻玉米地，心里都打怵，何况城里来的姑娘？几个伙伴在玉米地里待了不到十分钟，就嚷了起来。有的吵头晕，有的说恶心，有的说胸闷……大家都汗流浃背，这的确是事实。玉米地里犹如火盆。头上的秋阳像一只火球，每一道光束都像火苗一样舔着大地。一株株玉米密密麻麻地排列着，挡住了四面的来风。山里人有句话："玉米地里站一天，太阳底下晒半年。"

　　于小侠，我肚子疼，我去茅房了！大刘高声喊，话未落音，人已经出了玉米地。鬼才信她的话，乡下的田野里哪有什么茅房，在玉米地里解大小便，不比在外边严实？

　　于班副，我身上来了那个不干净的东西，出去打扫打扫！小刘是人已在玉米地外喊的这句话。又一个凑热闹的。

　　接着，这个也说要"打扫卫生"，那个也说要去茅房，没多会儿，玉米地里只剩下于小侠一个人了。她清楚地知道，伙伴们都是受不住玉米地里的酷热，到外边凉快去了。路旁大榆树下，不时传过来她们的吵骂声。其实，她于小侠也不是铜头铁臂。她和姐妹们一样，是爹娘赐予的女儿身。而且，在她们这个班，七八个女知青中，就数她的身体最弱。伙伴们经常开玩笑说，大刘一个人能顶她两个。于小侠三岁那年得了一场病，差点被赶进阎王殿。从此，就一直摇摇晃晃地长着，年年都得住几天医院。她临下乡时，她妈哭成了个泪人儿。妈妈怕她在农村干活累伤身子，又怕她在农村得病不能及时治疗，妈妈还偷偷把在出嫁时带来于家的金耳环送给街道主任，请街道主任照顾女儿下放的地点离城近点。妈了解女儿的秉性，临行时再三叮嘱她：干啥事都要学着有眼色，能干点轻活就别拣重活，能躲着点就躲得远远的，千万别跟自己的身子过不去。她虽然笑着点了头，可是，一出门就把妈的话扔在了脑后。她身上更多地集中了当铁道工人的父亲的优点，做人老实，做事认真。刚到乡下，正赶上学大寨水利工程开工，她和伙伴们连脸也没洗，背着行李直接上了工地。在工地上，有些乡下小伙子，把因城乡差别而产生的对城里人的妒忌、怨恨全朝她们身上发泄，装土时故意把筐装得满满的，冒了尖，扁担往肩膀上一横，仿佛抬着一座山。伙伴们气得骂，她没有说一个不字。晚上回到工棚，伙伴们脱了衣服比肩膀上的血痕，她却盖着被子蒙头哭。哭够了，起来擦擦脸，就去工地"毛泽东思想宣传队"排练革命节目。后来，大队"革委会"主任指定她当女知青班副班长。

女知青班有八个人，是一个城的，一车来的，年龄也都差不多大。大队为了便于管理，把她们八个女孩子集中在一起吃住一起劳动。八个人够做一锅饭了，所以，大队安排她们单开伙。她们轮流每人做一天饭。今个轮到班长韩玉晖做饭，所以在地里带班的是于小侠。此刻，于小侠也在玉米地里待够了。汗水湿透了她的头发，刘海儿下边的汗珠像密密麻麻的星空。贴身的衬衣也湿透了，皮肤上像有千百只小虫在蠕动。她患有低度贫血病，现在头晕目眩，眼睛都几乎睁不开了。我也该到玉米地外边透透风、喘口气去！她这样想。可是，丢下篮子，刚转过身走两步又站住了。万一出了玉米地，碰见村里的干部或贫下中农，怎么向他们说呢？他们又怎么评价我们这些知青呢？说我们偷懒、说我们不老实、说我们不珍惜贫下中农的血汗……我这个当干部的更不能带坏头。她脱掉毛衣，又用手绢把额头上、脸上、脖子里的汗揩了一遍，然后四下看看无人，撩起衬衣下摆，用手绢把身子擦了几下。手绢顷刻间就湿透了，轻轻一拧，汗水成滴成串儿往下掉。她把手绢搭在一棵玉米秆上晾着，继续拎起了篮子。

这时，对面响起一阵玉米叶的呼吁声。玉米地里没有风，一听声音就知道是人的身子碰擦了玉米叶。但是，玉米地的土质松软，人的脚步声恰恰听不见。直到一个中年男人走到面前，于小侠才发现。她吃了一惊，手中的篮子掉在地上，两只手下意识地捂住因惊吓而怦怦乱跳的胸口。她看清了来人，是大队"革委会"副主任孙超。

小于，怎么只你一个人呀？孙超四下望了一眼，略带惊讶地问道：这地上的篮子还都在，是不是都出去凉快了？

于小侠人不但老实，而且心眼好。她不愿出卖伙伴们，让她们挨批评，就胡编说：她们都上茅房了。说罢，脸红了。毕竟是一句谎话。老实人说谎也瞒不住。

果然，孙超笑了，说：她们早上吃了什么东西，怎么一下子都闹了肚子？

于小侠无言以对，窘迫地低下了头。

孙超又向前走了两步，已经挨到于小侠身边了。从他鼻嘴里涌出的热浪都扑到了于小侠脸上，夹带着一股腥臭味。他的两只眼睛从于小侠的脸上迅速向下滑动，目光溜进了她的脖颈里，在那片雪白的地方无可奈何地停住了。是的，再往下的部分已经被衣服挡住了。即使这样，于小侠也已经感觉出来。她毕竟是个十八岁的女孩子。她不禁有点恐惧。

对于孙超，于小侠还是了解的。一方面是从当地贫下中农那儿知道他的为人。他上三年级时，因为偷同桌一个女同学的铅笔，不但不承认，还把那个女孩打了一顿，被学校开除。十七岁那年一个风雨交加的夜晚，翻过邻居家的墙头，摸到邻居家一个年轻媳妇的床上，虽然没有得逞，但被那个媳妇的男人打断了一条腿，至今还跛脚。人到三十了，连个媳妇也没讨上。"文化大革命"一开始，他拉着一些人成立造反队伍，先是把三年级时的那个女同学的老爹打成"反革命"（那个女同学早已出嫁去外村，他管不了），又把邻居家那个年轻媳妇的丈夫关了一年学习班，直到那个年轻媳妇答应让他占了便宜才放出来。后来，因为他民愤太大，才只混了个大队"革委会"副主任。不过，他仗着有一把子造反时"小兄弟"，强顶着半个天，连老主任都让他三分。一方面，于小侠与他接触几次，对他也有认识。在水利工地上时，他曾以谈话为名，分别找女知青们单独到他自己住的工棚去，虽然他什么也没得到，却在女知青中留下了臭名。他说话句句带脏字，还都带有挑逗性。他和于小侠第一次谈话时，开口就是：到底是你们城里姑娘丰满白嫩，真喜欢人。还有一次于小侠排练节目回来，已经是深夜了，他在半路上等她，说是怕她晚了害怕。可是他却拉着于小侠在大堤上"谈一会儿"，她当时吓坏了。亏着迎她的几个伙伴及时赶到，她才脱了虎口。所以，她从此怕见孙超。她总觉得他不像个好人。

小侠，看你又热又累，也该休息休息了。地那边有我带来的水，快去喝一口！孙超很坦然地说。

于小侠连忙摇头，说：不，我不渴，也不累。孙主任，你忙去吧！

孙超听了，脸上的笑容消失了，不高兴地说：怎么，赶我走？你就这么讨厌我呀？

于小侠又急又气，一时不知该怎么回答。她突然想起，如果伙伴们都在身边，自己就不会这么害怕。于是，她放开嗓门喊道：大刘、小刘，你们快过来。孙主任来检查了！

孙超的眼睛气得都快要流出眼眶了。他恶狠狠地瞪着于小侠，气急败坏地说：你们今个头晌要给我把这几趟玉米掰完，要不贫下中农不答应！说完，便愤愤不平地走了。

过了一会儿，孙超的身影消失，于小侠想拿手绢擦脸上的汗，发现玉米秆上没有了手绢，四下找了一遍，也不见踪影。一急，眼泪掉了下来。当然不是因为心疼那块旧手绢。

二

中午收工回到宿舍，于小侠打来洗脸水，刚把毛巾放进盆里，韩玉晖就走过来喊她。她拿着湿毛巾，跟韩玉晖走到她宿舍。

你今天怎么搞的？韩玉晖板着面孔，神情冷峻。

我，我没怎么搞呀？于小侠莫名其妙。

韩玉晖说：你还装得挺像呀！告诉你，孙主任刚才来过了。

于小侠仍然有些不明白，问道：孙主任说我什么坏话了吗？

韩玉晖冷冷一笑。她转过身，学着大人物的样子，双手倒背在身后，围着于小侠转了一圈，才突如其来地说：孙主任对我们女知青班很不满意，说人都跑光了，你也不管。

是，是……于小侠这才感到了问题的严重性。同时，也感到几分不满：她们都说去上茅房，这事我怎么管？再说，孙主任当时并没说什么呀！

韩玉晖朝床上一坐，嘲讽地说：孙主任怎么会向你说什么呢？别忘了你是副班长。真没想到，我一天不跟着，就会变成了落后。你必须认真检查！说完，她不等于小侠分辩，起身走了出去。于小侠也不好再在屋里待了，因为这是韩玉晖的宿舍。

于小侠十分委屈。大伙都说有事要出去，我怎么办？难道一个个拦住她们，告诉她们把屎尿拉在裤裆里？是的，孙主任到时，大伙都不在。可是我向孙主任说明了。再说，大伙回来后，也没有耽误，紧赶慢赶把那几趟玉米掰完了。说女知青班落后，大伙都不会服气。不过，于小侠毕竟是于小侠，她没有再分辩，只是把不满压在自己心里。

小侠，你怎么了，还不赶快洗脸吃饭，不饿吗？大刘看见于小侠闷闷不乐地坐在一根长板凳上，手里的毛巾拧成了麻花，就走过来问道。

于小侠白了大刘一眼。哼，今天在玉米地里是你带的头。这倒好，罪名落在我一个人头上了。当然，这也是她自己在心里说的。

大刘不满了，冲着于小侠吼起来：你又摆你那个副班长的威风了，是不是？我早就说过，吃饭睡觉时候没有什么官与民。你要是对我耍态度，我不理你个碴。

于小侠被大刘这一骂，更加感到委屈。忍不住哭起来。她怕哭出声，用毛巾捂住了嘴。

大刘愣怔了。她虽然是个火暴脾气，说话爱大声叫喊，可心肠好，待人也诚实。她见自己把于小侠气哭了，赶忙赔礼道歉，说：小侠，你别哭。我刚才说错了，跟你承认错误行不行？只要你别哭，叫我干什么都行。

这时，韩玉晖走过来，冲着大刘说：大刘，你没有错。有错的是她于小侠自己。我刚才批评她几句，让她写检查，她就闹情绪。

你为啥让她写检查？大刘问。

她把人都带散了，影响知青班的名声！韩玉晖又对于小侠说：你这是认识错误的正确态度吗？亏你还是个副班长……

你放屁！大刘大吼一声，打断了韩玉晖的话。她手指着韩玉晖的额头，说：你凭什么说我们影响女知青班的名声？姑奶奶拉屎拉尿你也得管吗？你不瞧瞧你那德性。女知青班的名声都是你败坏的。你和那个姓孙的杂种天天拉拉扯扯的，也不知道羞！

韩玉晖被大刘骂愣了。好大会儿，她才满脸通红，气急败坏地说：你，你敢骂人？

姑奶奶不但骂你，还敢揍你呢！大刘的拳头在韩玉晖脸前晃了几晃：别觉得你当了个班长，就要什么威风。告诉你，大伙都是城里来的，最好别干缺德事。否则，没有你的好果子吃！

于小侠停止了哭泣，拉住了大刘，劝说道：大刘，别这样。咱是有错！

韩玉晖的确不敢惹大刘。她和大刘一个学校毕业的。她知道大刘是校运动场上的健将，也是"女中豪杰"，学校里的同学都怕她几分。有一回，一个男同学不知因为什么惹了大刘，被大刘骑在身底下揍了个鼻青脸肿。她也知道她这个班长没有权力，惹恼了大刘，挨一顿拳头，也无可奈何。知青从城里下放到农村，已经是到了底，你又能把她怎么样？大刘就曾说过：农村不要我，有能耐把我开除回城。因此，大刘指着她骂她，她也只有吞下。可是，她把这个窝囊气都朝于小侠身上出，指着于小侠说：于小侠，你不光不认错误，还挑动群众围攻我。你要彻底写检查，不然我报告孙主任！

韩玉晖走了。

大刘劝于小侠说：小侠，你不用怕她。她要真敢欺负你，看我教训她！

别，你千万别这样。于小侠惊恐地说：你要是为了我好，就别再惹她了。

大刘叹了口气，又摇了摇头，说：小侠，你真的太弱了。现在这个世道，不能忍气吞声地活着。

大刘有大刘的生活逻辑，于小侠是不能与她苟同的。再说，同样的遭遇，由于人的性格不同，也会有不同的结果。因此，于小侠连饭也没吃，就把自己关在宿舍里写起检查来。

韩玉晖也没有吃饭。她不敢见大刘，怕大刘当着大伙的面，再臭骂她一顿。

于小侠正在写检查，大刘推门进来喊她：小侠，孙主任来了！

于小侠一惊。她想到韩玉晖一定会去孙主任那儿告状，这也是她急着写检查的原因。但是，她没有想到孙主任会来得这么快。检查还没有写好，孙主任要是提起来，该怎么回答呢？她一急，额头上沁出了汗珠，心跳也快了。

小侠呀，怎么连饭也不吃呢？孙超人未进屋，话已到了。不过，他出乎意外的热情，把于小侠弄得莫名其妙。

孙超进来了。他满脸笑容，点头哈腰，往日那种盛气凌人、不可一世的威风荡然无存。

于小侠急忙站起来，由于心里又惊又急，脚下的凳子也带倒了。她低着头，嗫嚅地说：孙主任，我，我的检查还没写好。我……

谁让你写检查的？孙超突然板起面孔，厉声说道：让你写检查的事，我怎么不知道呢？

于小侠没敢回答。

大刘和几个伙伴都已吃过饭回到宿舍了。小刘还没吃完，也端着碗进来了。她们是怕孙超批评于小侠，过来准备帮她的。大刘听了孙超的问话，抢着回答说：是我们班长让小侠写检查的。

胡闹，为什么要写检查？孙超很气愤地说，小侠是我们村女知青中表现最好的。小韩让她写检查，她本人更应该写检查！

孙超的话让于小侠愣住了，也让大刘她们瞪大了惊奇的眼睛。

孙超笑容可掬地说：小侠，县"革委会"冯主任派人来接你，说是让你到县里开会。小车开不过来，我让他们在大队"革委会"等着，我特来通知你的。把东西收拾一下，跟我走吧。

于小侠更加惊奇了。她不敢相信孙超说的是真的。县"革委会"的冯主任怎么会来请她去开会呢？她的确见过冯主任，那是个和蔼可亲的老头子。在水利工地，他和于小侠一起抬过大筐。于小侠在排练《红灯记》时扮演李铁梅，有几次演出结束时，冯主任上台同她和其他演员握过手。冯主任还说过，如果有什么事可以去县里找他。但是，她早已把这些都忘在脑后了。

孙超见于小侠发愣，就走过去，拿起桌上于小侠正在写的检查，连看也未看一眼，三下两下就撕成了碎片，然后扔在地上，对于小侠说：小侠，到了县里，见了冯主任，别忘了把咱们村学大寨和革命大批判的情况向冯主任汇报啊！咱们村这几年还没有人到县里开过会，你这是第一个。

于小侠这时候才相信孙超的话。她又惊又喜，激动得不知该说什么，该做什么。她转身去收拾东西，手里已经拿到了梳子，可是还四下翻。翻了半天，还没发现，因此头也不回地问道：大刘，你见我的梳子了吗？

你这是什么意思？明明梳子在自己手里，还问我拿了没有。你是不是对我有什么意见，想找碴儿报复我？大刘说。

于小侠感觉出大刘话中夹带着不快，转脸一看，大刘果然怒气冲冲，两眼虎视眈眈地望着她。再一看小刘和几个伙伴的目光，也都变得陌生了。

这时，大刘又说话了，带着气愤和嘲讽：于班副，你现在威风了。可是，你不该踩别人呀！亏着你手中还没有多大的权。

小刘也凑热闹说：是呀，于小侠，你别忘了咱们吃一个锅里的饭一年多。人可不能太过分。

于小侠知道大伙都是冲着她去县里开会的事情来的。人就是这样，有时宁愿大伙都在一起挨饿，也不愿看到别人比自己多一口馒头。她一气之下，对孙超说：孙主任，你请别人吧。我不去县里了。

孙超慌了，堆着笑说：这怎么可以呢？你是冯主任亲自点名的。你如果不去，不是拆我们大队"革委会"的台吗？你不要怕别人讽刺挖苦，大队"革委会"给你做主！说着，他又转过脸，恶狠狠地瞪了大刘她们一眼，恐吓地说：我警告你们，如果搞破坏，都给你们戴个帽子，让你们谁也别想回城！

孙超的话是有震慑力的。大刘几个人都不出声了。不过，她们投向于小侠的目光更加敌视了。

于小侠忐忑不安地离开了她的伙伴们。

三

坐在颠簸的吉普车上，于小侠还觉着精神恍惚，心乱如麻。有一阵子，她怀疑自己是在做梦，而且是第一次做这种升官梦。从童年起，她做过许许多多多多的梦，关于吃冰糖葫芦的梦；关于当"红小兵"的梦；关于当一个纺织工人的梦；最多的奢望是当一个女兵……她从来没想过自己会"出人头地"。她从小学到高中，从来没有和"官"有过缘，就连卫生值日的小组长都没有当过。大队"革委会"指定她当女知青班副班长时，她曾惊奇、惶恐、激动过。她给家里人写了封信，写了足足八张纸。父亲回信了，信中只有一句话："别翘尾巴。咱家门前没立旗杆！"因此，她当这个副班长很小心，也很累。在班长韩玉晖面前，她像个侍女一样不仅很听话，而且很周到，甚至每顿饭都要帮韩玉晖端到面前；在其他伙伴面前，她像个受气的婆婆，不仅不敢对她们指手画脚，发号施令，相反任何人说话，她都得掂量掂量。她做梦也没想过自己会超过韩玉晖，更甭说当县"革委会"主任的代表了。又有一阵子，她怀疑是县里来的同志搞错了，张冠李戴的事情也是经常发生的。也许是来接韩玉晖的？也许是别的村下放知青中有与自己同名同姓的？县里的同志是不是没找到准确的地方？她几次想问，话到唇边又都咽了回去。她甚至不敢向坐在旁边的那个县里来的胖子看一眼，所以更不敢主动向他发话。她知道胖子的官儿要比孙超他们大得多。她在孙超面前都不敢轻易开口，何况在这么大的官儿面前呢？

小于，你爸是做什么工作的？胖子打破了车内沉闷的空气，开始向于小侠问话了。这胖子是县"革委会"办公室主任。他不知道冯主任为什么提名让这个下放在偏僻山沟里的女知青去县里开会。按照他当时的思维方式思考，于小侠一定有来头。因为，不少在城里做官或有其他门路的人，都不断向县里打招呼，写条子，甚至请客送礼，让县里关照他们下放在这片土地上的子女。每年，知青中招工、招兵、招干的，很大一部分是有来头的。

我爸在铁路工作。于小侠很认真地回答。

是老干部还是新提的工人干部？胖主任是由工人造反派中提拔起来的，说到"工人干部"时态度十分热情。

于小侠怕胖主任误会，忙说：我爸是巡道的。

胖主任脸上掠过惊奇和疑窦，但很快又平静了，笑着说：很好，很好！我也是工人出身的。工人阶级是领导阶级嘛！对了，冯主任经常到你家去吗？他说这句话是有考虑的。在得知于小侠的父亲是个普通工人，手中没有多少权力时，他马上就想到了当时时髦的另一种社会关系：亲戚。他不便于直接问于小侠家与冯主任家有什么亲戚关系，所以就拐了个弯。

于小侠被胖主任的问话弄得莫名其妙，愣愣地望着胖主任，但回答得却很痛快：我没见过冯主任到我家去过，从来没见过！

那，你爸和你妈提到过冯主任吗？胖主任似乎还不甘心，又追问了一句。

于小侠摇了摇头。

胖主任点了点头，很快又摇了摇头，脸上的笑容也显得高深莫测，是于小侠难以读懂的。

于小侠被胖主任这一阵的追问，又弄得如坠五里云雾之中了。她想：听他的问话，好像他要找的于小侠根本不是我。那个于小侠，应该是同冯主任有一种什么特殊关系的。是呀，我这个于小侠既与冯主任上辈无交，下辈无缘，冯主任怎么会找到我，推荐我呢？他们找错了人。这样，到县里见了冯主任，我该怎么说呢？如果冯主任一气之下赶我走，我该怎么办呢？回来大伙又会怎么说？天爷，这不是阴差阳错了？这样一想，于小侠心里更加不安了，一种恐惧感绕在心头。她情不自禁地问胖主任：冯主任什么时候让我回来？

胖主任冷漠地摇了摇头，连看也未看于小侠一眼。

冯主任是不是……他找我有什么事？

胖主任这回干脆闭上了眼睛，装作没有听见。

于小侠心中越发恐慌了。她突然感觉到，吉普车是驮着她走向困境的，前方等待她的将是一片漆黑。她惊恐地冲着司机高声喊道：快停车，让我下去，让我下去！

司机不知发生了什么事情，果然把车停下了。

于小侠拉开车门，正要往下跳，胳膊却被胖主任抓住了。他愠怒地问道：你，你要干什么？

于小侠说：我要回去。

为什么？你为什么要回去？胖主任惊奇地瞪大了眼睛，又不是送你去刑场，你怕什么？你是冯主任点名推荐的代表，是去开会的，是光荣的。你这样回去，我怎么向冯主任交代？

于小侠不知说什么好，心里的恐惧还没有逝去。

胖主任下令司机开车，车又向前行走了。于小侠双手紧紧抓住前边座位的椅子，好像生怕要摔下去，摔个粉身碎骨。这回，胖主任却眯着眼睛打量着于小侠，仿佛要从于小侠的脸上看到他心里要知道的东西。

第二章

一

命运有时的确会捉弄人。

当于小侠在千百双惊奇的目光中小心翼翼地走上主席台，在冯主任旁边第五个位子上落座时，她还不知道，此刻那个身穿铁道工人穿过的旧工作服，扎着两只羊角辫儿的年轻姑娘，已经当选为县"革委会"的第七副主任了。她还记得这之前冯主任提到她的名字，并带头举起了手臂。台下的人们也纷纷举起手臂，像森林一般。不过，她虽然不知道自己已当上了什么样的官儿，但对自己已当了官是清楚的，因为能够坐在主席台上的人，绝非等闲之辈，就连接她离开乡下的那个胖主任，此刻还坐在台下第一排的位置上，正愣愣地望着她。

于小侠不知道自己应该怎样做，就说脸上表情吧，是要笑脸还是要板起来？笑吧，她怕台下台上的人说她骄傲自大；不笑吧，她又怕台下台上的人说她还不满足。她只好低着头，用手中的红皮日记本把脸遮挡起来。她在心里一遍又一遍地问自己发生了什么事。是呀，为什么我会一天之间平步青云？我是个很普通很普通的女孩，既没有轰轰烈烈的业绩，也没有惊天动地的壮举。我下乡的时间也不长，还没有把贫下中农交给的知识全学会。我是一个普通的下放知青，为什么会在这些领导中间开会，而且坐了这么显赫的位置？这些事情是怎样发生的呢？一定是误会。他们误会，可要把我坑苦了。我现在坐在这个台子上，怎样下台呢？

不知什么时候，一只臭虫悄悄地从桌子底下爬了上来，肆无忌惮地在铺着蓝色台布的会议桌上散步，显得轻松而悠闲。于小侠发现了它，心情一下子紧张起来。天爷，它是冲我来的吧？她的思绪像脱了缰的野马，飞驰到初冬的一个夜晚。

那天晚上吃过饭以后，大刘拉上于小侠几个人一起打扑克。乡下的生活十分单调，尤其是晚上，打扑克成了她们的唯一消遣。其实，她们中间开始会玩扑克的不多，大都是来到乡下以后学会的。玩兴正浓时，韩玉晖走了过来，她手里拿着一个纸包，脸上挂着得意的笑容，径直走到牌桌前，说道：于小侠，我想考验考验你！

于小侠惊异地抬起头，望了望韩玉晖。她当时心里十分紧张，以为韩玉晖又抄了什么题目让她回答。韩玉晖经常干这种事。有一次，她从《毛主席著作选读》中抄了两句话，让于小侠说明出处。于小侠一时没回答上来，挨了韩玉晖一顿批评。

韩玉晖把纸包向牌桌上一放，冷漠地说：这里有一个小小的敌人，我看你敢不敢把它消灭！于小侠听了，这才松了口气。可是，马上又紧张起来。因为她不知道那个小小的纸包里会装着什么样的"敌人"，她自己有没有能力消灭它。这时，大伙都已围了过来，好奇地探着脑袋。

于小侠双手捡起纸包，小心翼翼地拆着。昏黄的煤油灯灯光，在她苍白的脸上晃动。突然，那个"敌人"出现了，她吓得大叫一声，丢在了地上。人也一屁股坐在地上。

你呀，胆子这么小，将来真的让你上战场同敌人真枪真刀地干，你还不……告诉你，那是只臭虫！韩玉晖说完，双手一背，走了。她怕大刘和大伙起哄骂她。在这个知青班里，于小侠的威望比她高，有时候，她下的"圣旨"没人听，而于小侠一句话大伙却都服从。因此，她妒忌于小侠，也变着法儿整于小侠。

果然，大刘张口就骂韩玉晖：什么东西，拿这烂玩意儿来吓唬人？有本事你自己吞肚里去！

于小侠十分难过。她不恨韩玉晖，而是恨自己无能。一只小小的臭虫，都能让自己出丑，不活该才怪！

等到于小侠的思绪回到会议桌上时，那只臭虫已经踱到她旁边的一位领导面前了。而那个领导正在闭目养神，全然没有觉察。臭虫再往前爬，就要爬到冯主任面前了。冯主任正在讲话，眼睛望着台下，也没有丝毫的觉察。于小侠慌了。她不知道冯主任怕不怕这只小小的虫子，但是她不想让它从冯主任眼前经过。万一冯主任知道这只小虫子是从她面前溜过，她没有把它"消灭"，会怎么看待她呢？她就是出于这种动机，突然站了起来，走到冯主任身后，把手从冯主任的肩头伸过去，抓起了那只小虫，狠狠地扔在地上。

于小侠的这一串举动，虽然是在短暂的时间内完成的，但她毕竟是在台上，一举一动台下都看得清清楚楚。台下的人们先是惊异，不知道发生了什么事情。当有人看清她把那只小虫子扔到地上时，发出了更加震惊的唏嘘声。不知谁带的头，台下响起一片戏弄的掌声。

于小侠惊慌失措地回到座位上。她旁边那位领导也被惊动了，轻蔑地望了于小侠一眼。

于小侠的脸红了。她心里直后悔，甚至有点恨自己大惊小怪。

冯主任明白了发生的事情以后，也显得有些不悦。不过，他毕竟是身经百战的人了，很快就借题发挥地说：一只臭虫，弄不好会臭一片。有些人明明看见臭虫，也不管不问，觉得他的地位太高，不值得与一只小臭虫斗，其实这是毛主席批评过的自私自利的表现。你怕臭虫臭了你，怎么不怕臭了革命同志？于小侠同志刚才不仅是消灭一只臭虫，她表现出了毫不利己、专门利人的革命精神和大公无私的英雄气概……

说完，冯主任带头鼓掌。台下掌声更加热烈了。

于小侠看见，坐在她旁边的那位领导的脸红到了脖子根。

后来，有人把时间顺序颠倒一下，说是于小侠因为替冯主任消灭了一只臭虫，得到冯主任的赏识，当上了县"革委会"副主任，因此称她是"臭虫主任"。其实，消灭臭虫的事情是发生在她已当了"革委会"副主任之后。也是到了后来，她才知道，当时县"革委会"里"老中青"三派斗争十分激烈，尤其是权力之争。上级要求增加一位女主任。几派为了这个女主任的人选展开了激烈角逐，相持不下，谁都不想认输，更不愿对方在"班子"里多一票，直到大会开会前一天，冯主任突然计上心来，提出了于小侠。他对于小侠的印象不深但也不错。他之所以提出于小侠，原因是于小侠太年轻，没有经验，不会给他增加障碍，而且把她从一个普通知青提到县"革委会"副主任，她会感激，也自然会听他的话。他提出的理由也很正当，甚至理直气壮：于小侠是知识青年。我们要从知识青年中选择一个代表。她演过革命样板戏《红灯记》，扮演过女英雄李铁梅。北京有几个演革命样板戏的，现在不也当了领导干部吗？这不仅是对一个知识青年的态度问题，也是对革命样板戏的态度问题。这样一说，大伙不好反对了。因为谁都知道革命样板戏是谁捧的场。再说，于小侠与哪派都没任何瓜葛，也都不会对谁造成不利。还有，马上就要开会，拖下去也不是个办法。至于这样做，对革命事业有益还是有害，对于小侠个人会造成什么样的后果，他们就管不了那么多了。其实，在那个荒谬的时代发生这样荒诞的故事并不足为奇。

散会以后，胖主任赶忙跑到出口处，等于小侠走出来时，他笑容可掬地说：于主任，我带您去宿舍吧！

二

于小侠并不知道她要留在县里工作了。

胖主任把她带到招待所。在招待所唯一的一层小楼的二楼 208 房间，早已安排好了一切。胖主任亲自安排的，当然这事前胖主任也不知道是谁住的。他打开了门，指着房子说：于主任，这都是我亲自为您安排的，您看还满意吧？有什么要求尽管提出来，我会安排的。我这个办公室主任的工作之一，就是安排好领导的生活。

于小侠有点受宠若惊。她十分小心地打量着这间房子的布置。一看就知道，是经过了精心策划和布置的。除了一张双人大床，还有一对沙发，办公桌椅，大衣柜，甚至连洗刷工具都准备好了。她做梦也想不到自己能住进这样的房间。但是，直到这个时候，她还不知道她已经是这个房子的主人了。

胖主任的目光始终没有离开于小侠的脸。他见于小侠没有表态，以为于小侠还有什么不满，忙说：于主任，事前冯主任没交代要安排女同志住这儿。我这个人对女同志了解不多，所以，所以……您尽管提意见吧。

于小侠反而有点不好意思了。她充满歉意地对胖主任说：黄主任，太谢谢您了！太谢谢您了！不过，今天已经散会了，我还是回去吧，没必要住在这儿。

回去？您要回哪儿去？胖主任惊异地瞪大了眼睛，您现在是县"革委会"副主任，要在县里工作了。这个房间也属于您了。

于小侠一惊，愣怔地望着胖主任。她对于今天一天之间接二连三发生的事，既感到突然，又感到惊奇，还有点恐惧。她此刻从胖主任嘴里知道了自己的身份已经改变。她不明白为什么会发生这样的事情。

于主任，您先休息，我去看看饭菜上桌没有。胖主任说完，匆匆地走了。

于小侠虽然神志十分清醒，但对于眼前的事情还是糊里糊涂。她悄悄地坐在沙发上，屁股一下子陷了进去，吓得赶忙又跳起来，两只手扶着沙发，仔仔细细地看了一会儿。其实，她不单单是好奇。这种玩意儿，她长这么大还是第一次坐。她还在为自己为什么会享受这些东西而犯愁。我以后就住在这儿，留在这儿当什么主任吗？他们为什么要选我呢？我连七八个人的小班副都当不好，经常挨班长韩玉晖和大队孙主任的批评。难道这真是我的命好？

那天，于小侠和伙伴们相约，一起到十几里外的镇上去赶集。

农村集市人很多，狭窄的街道上挤得水泄不通。其实，买卖并不怎么兴隆。她和伙伴们从街东挤到街西，热得一身汗，也没买什么东西。一是没有适合她们需要的东西，二是腰里没有多少钱。虽然大伙都看中了一家卖樱桃的，都垂涎欲滴，但没有一个掏钱的。后来，她们都感到累了，也感到饿了，准备离开集市的时候，在一个僻静的巷口头，碰到了那个算命的瞎老头儿。那是个很有个性很有特点的老头儿。他穿着一件藏青色长袍，下部的前摆撩到腰间的白布围腰上，头发很长，几乎披散到肩上，鼻梁上架着一副眼镜，嘴唇下留了一撮山羊胡子，胡子已经全白了，像一片凝固的霜。那是个很狭窄的巷口，一个人走都要侧着身。那老头儿往巷口头一站，把人流挡住了。

闺女，要看相吗？老头儿开门见山地说，只收两毛钱，让你能知道前途的吉凶！

她们都站住了。

好吧，先给我算算。大刘自告奋勇。

老头儿伸出手，抓住了大刘的手。他闭上眼睛，像是在沉思，只是用手在大刘的手心手背上抚摸。这时，她们才发现老头儿是个瞎子，鼻梁上的眼镜只不过是装饰品。于是，她们更加好奇了。瞎子戴眼镜，还是第一次见到。

大刘算过，其他几个也都算了，只有于小侠没上前。她知道这些是迷信，从上小学时老师就批判过。但是，看着大伙都被那个老头儿说得心花怒放，她又有些沉不住气了。恰巧大刘又过来拉她，她也顺水推舟，把手伸给了那个老头儿。

闺女，你可是个有福气的人。我摸你的手心纹路就看得出来。用不了多久，你就会飞黄腾达……

于小侠对"飞黄腾达"这个词弄不明白，但朦胧知道是个不好也不坏的说法。回到宿舍，她赶忙找字典，查找"飞黄腾达"的注释。看后，她连连摇头，直呼上当，说瞎老头儿编假话骗人。

不知韩玉晖怎么知道了这件事，把于小侠狠狠地批了一通，差点把她的班副一职给撸掉。后来，于小侠为此写了三次检查。

难道人的未来真能测算得出来？于小侠反反复复地看着自己的手。这双手是一个普普通通的女孩子的手，拿过钢笔，握过锄头，平平常常，看不出任何特殊的地方。那个瞎老头儿怎么能够断得如此准确。"飞黄腾达"旧时借喻人官职升迁得很快。我从一个普普通通的上山下乡知青，一天之间就坐上了县"革委会"副主任的宝座，应验了那个瞎老头儿的话。人世间的一切真是变幻无穷。可是，她很快又紧张起来。我不能这样！我做不了这么大的官。万一有一天，我因为做不了这个官而被轰走，我该到哪儿去呢？不，我不能待在这儿……

于小侠想到这儿，忽地站起来就向外走。可是，走到门前又站住了。你这样不辞而别，冯主任知道了会是什么样的结果？再说，你到哪儿去呢？回乡下那个知青点？大伙问起来你又怎么回答？你可是县里的吉普车拉走的。你现在已经当上干部了，离开那个山沟了。你不是早已梦寐以求离开那个地方吗？你如果回去，又要钻玉米地，又要赤着脚下河挖泥……你们中的人不都在想着早日插翅高飞吗？你既然已经飞了，何必再回去呢？到县"革委会"工作又不是你个人的事。你没有经验，没有能力，但是你可以学习。"飞黄腾达"的时刻到了，你不应该放弃这个机遇……

于小侠最终没有拉开门。

门是被推开的。进来的是冯主任。

小于，这些天我一直忙会议的事，未能事前同你好好谈一谈，很对不起啊！冯主任热情、亲切的笑容，使于小侠感到十分欣慰。她想，今后在冯主任身边工作，一定会学到很多东西，也会有依靠。

冯主任，我，我觉着自己不适应……

冯主任摆了摆手，严肃地说：革命工作嘛！不要有什么担心、忧虑，有毛主席的革命路线指引方向，只要你能站稳队，跟准人，认准线，不会错。这次，我提议你担任副主任，也是出于革命工作的需要。"革委会"里有分工，你今后主要负责抓上山下乡知青、青年妇女、贫下中农协会的工作。这些工作，我过去都管过，现在虽然分工，我还是管的。以后有什么事情，咱们可以多商量。

于小侠听着，不住地点头，心里却非常激动，不禁脱口而出地说：冯主任，我以后一定听您的话。你叫我咋做我咋做。

不，咱们都要听毛主席和党的话。冯主任打断于小侠的话，认真地说，我也是按照毛主席的教导工作的。

冯主任又向于小侠介绍了一遍县"革委会"的机构、近期工作，临走时，拍着于小侠的肩膀，语重心长地说：在县里工作要注意，认准了哪个领导正确，就跟着那个领导走。不要参与派别和矛盾。小心跌跟头。

我一切都听您的！于小侠信誓旦旦地说，我听从您的安排。

冯主任满意地点点头。

冯主任转身出屋的时候，于小侠看见他的上衣肩膀、肘子和裤子的屁股上都缀着补丁，心里涌起一股暖流：冯主任真是个好领导啊！跟着这样的领导，还有什么不放心的。

三

晚上，县大礼堂举行文艺演出，办公室给于小侠送来两张票。吃罢饭，于小侠约了招待所一个叫小玲的服务员，一起去看演出。她从小就喜欢文艺，一年级起学校的舞台上就没少过她。如果不是她在水利工地上以扮演李铁梅而唱响，冯主任也不会对她印象这么深。今天晚上是地方梆子剧团演出。她虽然对梆子戏不太熟悉，但看演出还是热心的。

她们来得太早，大礼堂里还空空荡荡，只有很少一些人。按照票上的排号，她和小玲在二排中间找到了自己的位子。

我从来没在这么好的位置看过戏，今天多亏沾了你的光。小玲是个心直口快的姑娘，屁股刚落座，就说开了，于主任，今后我好好为你服务，你有了戏票电影票不要忘了我。

于小侠说：那当然。

小玲：于主任，你今年多大岁数？

于小侠：十八岁！

小玲惊叫一声：哎呀，你才十八岁，比我还小一岁半呢。真是人比人，气死人。

于小侠也很惊奇，问道：这话是什么意思？

小玲摇摇头，叹息一声说：没什么意思。我是想你才十八岁，就当了这么大的官，真了不起。

有什么了不起？咱们都一样，都是为人民服务的，只是分工不同罢了。于小侠坦诚地说道，其实，我自己也不知道怎么回事。

就在这时，一位年轻的工作人员走了过来。他看上去认识小玲，用手电在小玲身上照了几下，说：小玲，快开演了，找你们自己的座位去吧，这儿是领导席！

小玲故意地板起面孔，说：怎么，你们影剧院座位排号也有贵贱之分呀？

那个年轻的工作人员反诘道：对，同你们招待所的房间、床位一样，也是有级别的。你们还是快点换个地方，别自找难看。

小玲针锋相对地说：我今天就坐在这儿，等着看谁能把我赶走！

那个年轻的工作人员看了看表，着急地说：小玲，你别给我找麻烦了。等一会儿领导来了，没有位置，我还不伸着脸挨批？

小玲见他确实为难了，才指着于小侠说：你也不睁开眼看看这是谁。我是跟咱们这位新上任的于主任来的。你是存心赶我走呢，还是不给于主任面子？

那个年轻的工作人员用手电筒对着于小侠的脸上照来。于小侠下意识地抬手遮挡强烈的光线，不料她的这一举动更增添了他的怀疑。他嘲弄地说：小玲，不是我给你扣大帽子，你拉一个毛丫头冒充县"革委会"领导，这可是不大也不小的玩笑，弄不好要犯错误。

于小侠开始并没介意，现在看那个年轻的工作人员是真心赶她们，并且要动手了，这才站起来，认真地说：我叫于小侠，不是冒充的。我这里还有县"革委会"发的票！

那个年轻人接过票，在手电光下反复看了几遍，似乎还有点不相信。恰巧，胖主任和其他几个县领导都来了。胖主任问清缘由后，对那个年轻人发了火：你是怎么搞的？连于主任上任这么大的事情都不知道？不知道已经错了，你还这样不相信于主任，是不是不想在这儿工作了？

那个年轻人低着头，一句话也不敢说。

于小侠有点过意不去了，忙对胖主任说：不怪这位同志，是我开始没讲明白。要批评就批评我吧！

这样一折腾，把附近座位上观众的注意力都吸引过来了。于小侠坐下后，四周的窃窃私语飞进她的耳朵里。

这位就是新上任的副主任吗？瞧，她还是个乳臭未干的毛丫头，懂得什么？

哼，一定是上边有线，不然的话怎么能选着她。听说她爸是省里的官儿，专门找冯主任谈过话。你想，冯主任能不保自己的乌纱帽吗？

不是她爸做官，是她本人和省里一个官儿有关系。什么关系？咱怎么能说得清？反正不是正当的关系。现在这些女孩子，为了逃避在农村劳动，什么事情做不出来。咱县知青办那个姓刘的怎么枪毙的？就是搞的女知青多，光"大肚子"就四五个。能都怪他吗？那些女的为了能找个工作，尽快回城，心甘情愿跟他睡觉……

于小侠既感到震惊，又感到气愤。她没有想到县城机关的人们素质这样差，说话没有一点根据，随心所欲。她更为自己不明不白受到人们的诽谤难以接受。不，我不能待在这里。我从来没想过到县里来当官，是他们请我来的。我宁愿不当这个官，也不能让人们把我骂得人不人鬼不鬼。我要回乡下去，再苦再累的活儿我都干过，也承受下来了，就是再干十年八年也累不死，再说，伙伴们不还都在乡下吗？于小侠想到这里，只觉着胸中有一股气，催着她站起来，离开座位。就在这个时候，戏剧性的事情发生了，舞台上的灯光亮了，一个报幕员角色的姑娘走到麦克风前，热情洋溢地说：革命的领导和革命的同志们，热烈祝贺县"革命委员会""抓革命、促生产"大会胜利闭幕文艺演出现在开始。首先，让我们用热烈的掌声欢迎县"革委会"副主任于小侠同志讲话！

于小侠已经走到门口，再走几步就要出门了。她被这突如其来的邀请弄得莫名其妙。她事前没有得到任何人的通知，因此也没有任何准备。目前，她唯一的准备是离开大礼堂。所以，她在听了那个报幕员的话后站住了，茫然不知所措地望着舞台上的那个报幕员。

这时，台下四处响起了热烈的掌声，于小侠被掌声包围了。

胖主任匆匆跑过来了。他笑容可掬地点着头，说：于主任，我刚才忘了通知你，今天演出前你要讲话，是冯主任安排的。

于小侠突然发现，胖主任的眼睛里有一种隐隐约约的东西，让人感到十分不自在。她焦急地说：我不讲。我没有什么好讲的。要讲你自己讲吧。

于主任！胖主任拦住了于小侠，神情也严肃起来：你如果不讲话，大家就会这样一直鼓掌，演出也就无法开始，造成的影响和后果你可要考虑呀？

你让我讲什么？于小侠急得差点哭出声：我没有讲过话。我不会讲话。

我也没让他们鼓掌……

胖主任说：你就讲几句简单的，祝贺会议闭幕，祝贺演出成功，不就行了呗！你是县"革委会"副主任，今后要讲的话多了。这样吧，我在幕后站着给你递词，我小声说一句，你然后再照我的话说。

于小侠无可奈何，只好蹒跚地走上了舞台。她站在舞台一角，远离着麦克风。那个报幕员只好又把麦克风挪到她前边。

于小侠上台后，立刻吸引了台下的数千双眼睛，人们纷纷向她投来惊异、疑问、探询、不解的目光。台下一片静寂。

于小侠站在台上，浑身上下不自在。她曾登台演出过，可是从没有以一个领导身份讲过话。好大一会儿，她也没想出一句话。

喂，开始讲话！胖主任在与她只有一幕之隔的幕后说话了。尽管他声音很小，但由于会场寂静，坐在前边的观众几乎都能听见。

于小侠张了几次嘴，仍是没吐出一个字。她觉得脸上发烧，眼睛却有些湿润。

喂，听着，跟我说。胖主任急了，又开始催促，而且果真传过话来，广大的革命的群众。

于小侠踌躇了一会儿，对着麦克风讲起来：广大的革命群众同志们……下边的话，胖主任没说，她也没讲。她这时感到脑子里一片空白。

我代表县"革命委员会"……胖主任又传过一句话。

于小侠机械地重复着：我代表县"革命委员会"……

胖主任：热烈祝贺"抓革命，促生产"大会胜利闭幕，热烈祝贺县毛泽东思想宣传队演出成功……

于小侠又把胖主任的话重复了一遍。

这时，台下的人们已经发现了于小侠和胖主任演出的这场"双簧"，不知谁带的头，台下响起一阵热烈的掌声。于小侠听得出人们是在对她喝倒彩，掌声中既有嘲弄又有不满。她更加紧张，汗水顺着脸颊向下滚落。

希望广大革命群众坚持抓革命、促生产，巩固"文化大革命"的胜利成果……接着往下说。胖主任在幕后也沉不住气了。

于小侠心情紧张，神经也紧张，说话也慌乱了：希望广大革命群众抓生产，促革命，促"文化大革命"的成果，接着往下说……话还未落音，胖主任在幕后气急败坏地叫起来：怎么搞的，全砸了！

台下掌声更响了，还夹杂着一些人的喊叫。

于小侠羞愧得无地自容。她跳下台，哭着跑出了礼堂，一气跑回到招待所的宿舍，倒在床上，失声痛哭：为什么，为什么要让我这样做人？

第三章

一

一大早，于小侠还未起床，小玲就闯了进来。她手中有于小侠房间的钥匙，每天负责打扫房间卫生、开水供应、送报纸等。这个楼层，都是县领导的包间，服务工作也都是小玲一个人包下来的。其实，于小侠对这种方式很不习惯。都是些日常事务，自己动手不用几分钟就干完了，也累不着，何必非要用一个人伺候呢？因此，她从来都不让小玲帮她打扫卫生，自己起床后自己干。不过，小玲却已习以为常，并不感谢她，反而责备她：不知道地是地天是天。

你怎么又自己闯进来了？于小侠半是玩笑半是责备地说着，开始穿衣服了。

小玲一屁股坐在沙发上，没有回答。

于小侠穿好上衣，忽然听到声音不对劲，扭头一看，小玲正在擦眼泪。她大吃一惊，连长裤子也没来得及穿，就赤着脚跳下床，走过去抱住小玲，诚恳地说：小玲，我刚才是开玩笑的，并不是批评你。你别介意，我现在就向你道歉！

小玲低着头，突然肩膀一抖，为了不哭出声，用手绢捂住了嘴，泪珠顺着她的指缝滴落下来。

怎么了，你动真的了？于小侠顾不得冷，也顾不上穿长裤，蹲在小玲面前，想看看她的脸色，可是小玲用手捂住了脸。

于小侠无可奈何地站起来，一面穿长裤，一面嘟噜：平时开惯玩笑，今天说这么一句就接受不了，以后别再开玩笑就是。

开玩笑也得有个分寸！小玲说出的话都在哭泣。

于小侠没有搭理。她想，既然是自己把话说重了，她愿意埋怨就埋怨吧，谁让自己现在不注意身份。唉，这种身份也不好，连说话都要再三考虑，弄不好就会伤人。过去在知青点里和姐妹们一起，什么样的玩笑话都说，也没像现在这个样子。怪不得毛主席说一句话就是"最高指示"！

小玲又说：谁家没有姐妹？他家的闺女来过，都有孩子了。要是有人对他闺女这样开玩笑，他能接受吗？

于小侠这时才听出小玲不是对她来的。不过，她这次倒是吃惊不小。她重新走到小玲面前，看着小玲委屈的样子，心里也很难过。她拧了一条热毛巾，递给小玲，问道：一大早谁和你开这么大的玩笑，惹得你生这么大的气？

小玲愤愤地说：203 房间那个死老头子，不是一次了……

于小侠又是一次震惊。203 房间住着的是排在冯主任之后第三位的一位副主任。关于这位副主任，于小侠也是早已知道的。他早在 50 年代就是全省闻名的"钢铁巨人"，据报纸说他带领的一个农民大炼钢铁小组，曾创造了土炉一天炼钢一百吨的纪录。后来，他曾受到批判，说他是假典型、吹牛皮大王，"文革"初期还挨过批斗。再后来，据说是中央"文革"有一个领导点名接见他，回来后他又带头造反，当上了"红农司"的总司令，威震全县。他不仅是县"革委会"副主任，还是省"革委会"委员，地区"革委会"常委，平时，冯主任都要让他三分。有时，县"革委会"开会研究工作时，他如果不同意，就说地区"革委会"意见如何如何，以此作为尚方宝剑。因此，县"革委会"的一、二把手的意见往往都被他一句话给否定。他已经五十多岁了，一副典型的山里农民打扮，剃着光头，穿着黑布衣服，在公众场合都是拿着旱烟袋抽烟。在于小侠的印象中，他是一位严肃、认真、纯朴、诚实、憨厚的农民干部。于小侠来县里工作，他也曾同于小侠谈过几次话，口口声声称"小于同志"，嘱咐她"不要骄傲、不要忘本、不要忘了农民弟兄"，还让她"以后多下农村，多向贫下中农学习"。昨天晚上，于小侠回来得晚，虽然她房间的两个暖水瓶里开水满满的，他还亲自送来一瓶开水，说是怕她没有开水用，令于小侠十分感激。于小侠送还水瓶时，见他正坐在灯下读《毛泽东选集》，又给了于小侠一个启示。他招呼于小侠坐一会儿，十分诚恳地说了他在旧社会受的苦难和在毛主席教导下成长的经历，告诫于小侠努力学习毛主席著作，当好革命事业的接班人。最后，他还告诉于小侠，他已经建议发展于小侠入党，并表示愿意做她的入党介绍人。于小侠在这位可亲、可敬的长者面前，感到十分温暖和踏实。

他，他对你……于小侠怎么也不愿相信小玲是对 203 房间那位副主任有怨言。

小玲说：他人还在床上未起，拉我的手，摸我的脸，还说些不三不四的话。

于小侠：他，他对你能说什么？

小玲：都是些下流话呗！

怎么会这样呢？于小侠不相信，他是不是开玩笑，或者是……她自己也有点糊涂了。203 房间那位副主任平时很少开玩笑，或者可以说她没见他开过玩笑，何况是对一个女孩子。她怎么也不愿把小玲说的那个人同 203 房间那位副主任联系在一起。他虽然也是个农村干部，但毕竟不同于孙超那种村里干部。孙超眼睛里对女孩子那种贪婪的目光，她在他眼睛里也没有发现过。

我怎么说你也不会相信。你们当官的都是官官相护。小玲委屈地说，你不要以为你自己是个好官，就把当官的都看成好人。

于小侠不知怎样向小玲解释，也一时找不到安慰小玲的话。她一边叠被子，洗脸刷牙，一边细细地琢磨小玲的话。她想：小玲是个不到二十岁的女孩子，总不会自己给自己过不去，把屎盆往自己头上扣吧？那样对她个人有什么好处呢？可是，203 房间的那位副主任为什么要这么做呢？他年龄已过半百，用小玲的话说女儿都比小玲年纪还大，而且他还是位领导干部，难道……想了半天，她还是找不到答案。

这时，有人敲门。

于小侠走过去打开门，惊得目瞪口呆，门口站着 203 房间住的那位副主任。

秦主任，您……于小侠一时心慌意乱，好像她刚才做了对不起秦主任的事，怕秦主任看穿似的。

秦主任向屋里看了一眼。小玲低着头，还在啜泣。秦主任宽厚地笑了笑，好像什么事情也没发生，顺口说了一句：小玲也在这儿呀？

于小侠慌张地点了点头。

秦主任问于小侠：几点了？这位副主任至今连块手表也没有。不知是他买不起还是有表不戴。

于小侠看了看表，回答：七点过五分！

秦主任说：小于呀，该吃早饭了。别忘了咱们今天还要下乡呢！

说罢，秦主任走下楼梯，突然又转过脸，向于小侠笑了笑。于小侠紧张地赶忙关上了门。当她的目光落在小玲的身上时，又踌躇了。

小玲站起身，慢腾腾地走了出去，连看也未看于小侠一眼。

于小侠望着小玲刚才坐过的沙发，愣怔地出了神。

二

吉普车出了县城不远，就上了山路。这个县是山多地少，县城也是在四面绵延的山岭包围之中。上了山路，车子开始颠簸起来。于小侠还没有习惯，车一颠，她就本能抓住前边的座位，眼睛死死地盯着车窗外，既紧张又慌乱，显得十分狼狈。

小于，小玲今早在你屋里好像哭了？坐在旁边的秦主任开门见山地问道，发生了什么事？

于小侠惊异地望了秦主任一眼。秦主任嘴里安然地叼着旱烟袋，仿佛什么事情都不知道一样。她一下子不知说什么好。

秦主任笑了笑，说：那个丫头好像神经有点毛病，你以后还是少和她接触。我从来不愿和她多说一句话。也不知招待所怎么搞的，偏偏在咱们住的楼层安排了这么一个服务员！是不是想气死咱？

于小侠暗暗吃惊。她没想到秦主任会这样评价小玲，于是脱口而出地说：不会吧，我看小玲很正常，不像有什么神经毛病！

坐在司机旁边座位上的秘书林森突然转过头来，惊异地望着于小侠。于小侠的脸腾地红了。她虽然刚来没多久，但同林森的接触却很多。林森主要负责她和秦主任的文字材料。据说他是办公室秘书中最年轻，也是最棒的。他在大学里入的党，毕业后下放到这个县劳动锻炼，两年前才分配工作到县"革委会"办公室工作。他今年已经二十六岁了，还没有结婚。不知为什么，于小侠第一次和他接触后，就对他产生了良好的印象。十八岁的姑娘，正是多情的季节。不过，她还没有发觉自己爱上他，因为她不知道什么叫作爱。她只是觉得很喜欢同林森在一起。当她发觉林森的目光望着自己时，脸上就发烧，心就跳得快。这一次林森望她，其实是在暗示她。林森了解这位秦主任的性格。在县机关大院，他的话很少有人敢顶撞，就是冯主任都要让他三分。于小侠当面反驳他，岂不是有眼不识泰山，自找苦吃。当然，于小侠没有明白林森的暗示。

但是，秦主任没有发火。他沉默了一阵后，突然哈哈大笑，若无其事地说：你们这些孩子，也不知咋搞的，脾气都差不多。所以，你们能合得来！

于小侠也笑了。

林森松了口气，悬到嗓子眼的那颗心掉了下去。他机智地转了话题，说：秦主任，听说你当年挖大沙沟，一个人挑着两个大筐，一天能挑百多筐，来回爬坡连脸都不变色？他正是了解秦主任的性格，才挑他高兴的话说，借以把他的精力，从刚才容易引起不快的话题岔开。

果然，秦主任来了兴致，把旱烟袋朝上衣口袋里一放，两只大手挥舞着，兴高采烈地说道：这可不是吹牛皮！那时候，全县老少爷们儿谁不知道我

"秦钢铁"，我那一挑子两筐连泥带水少说也得二百八，上了肩根本觉不着。咱县工地挨着的那个县，也有一个大力士，他听说后不服气，要来和老子比试比试。比试就比试，老子不让你跪着喊爹才怪呢！比试那天早上，我一气吃了十三个白干面窝头。那天可真热闹，到死我也忘不了。咱县的头头和他那边县的头头都来了，还都带来了锣鼓队助威。那个大力士也够熊的，个子比我高出半头。一开始，他没把老子放在眼里。半天下来，俺俩也没分出个高低。这下子我急了。我狠狠心，又加了两个筐，这样一边两个加起来就是四个，连泥带水少说也得六七百斤。那家伙见了，也不服俺，也加了两个筐。我咬咬牙，一下子挑上了肩。那家伙不但没上肩，一下子累趴下了，半天没爬起来。我还爬了半截坡呢！比试一完，有个大闺女给我写信。我那时还不识多少字，找个人一读，她要嫁给我。我那时都有俩孩子了……哈哈。

"秦钢铁"讲得眉飞色舞，唾沫星四溅，于小侠的脸上不时落几滴。不过，她听得却很认真，也很激动。面前这位农民干部的形象在她心目中变得愈加高大了。她情不自禁地赞叹道：秦主任，你真了不起！

秦主任见于小侠被他吸引了，也高兴得忘乎所以，伸出大手在于小侠的腿上拍了一下，说：闺女，那时候干啥事都过瘾、有劲！

于小侠下意识地挪了挪身子，拉大了与秦主任的距离。

秦主任的脸色瞬间就变得冷峻了，显出十分的不满和不悦。他重新掏出旱烟袋，装了一锅烟，点燃后猛抽了几口。浓烈的烟草味，呛得于小侠咳嗽起来。林森小心翼翼地把车窗的玻璃向下摇了摇，露出四指宽的缝隙，让烟草味飞散出去。于小侠虽然嘴上没说什么，心里却对林森充满了感激。

林秘书，把窗户关上，寒气都进来了！秦主任突然吼起来，你想把我这个老头子冻死呀？

林森一边赔礼，一边把车窗玻璃摇起来：对不起，对不起，我想让烟雾跑出去。

怎么，你讨厌我抽烟？秦主任更是火冒三丈，你是讨厌我这个老头子吧？你要是讨厌我，以后可以不和我在一起。

怎么会呢？于小侠见秦主任动真格的了，忙替林森解释说，林秘书不是反对秦主任的。我们都很尊重你，怎么能反对你呢？秦主任，你千万别误解了。其实，她此刻心里真的对秦主任十分反感。

从这以后，一路上林森都没敢再说话。秦主任也是怒气冲冲，句句话都夹带着火气，小车狭窄的空间里，充满了浓烈的火药味，空气仿佛时刻都有爆炸的危险。

三

虽然于小侠来办公室工作时间不长，但是她已对办公室产生了恐惧。每天早饭和午饭后，她都恋恋不舍地待在招待所的宿舍里，不时地看表。随着上班时间逼近，她的心情也紧张起来，从招待所到办公室，只要穿过两院之间一道小门，大约需两分钟的时间，于小侠每次都提前十分钟。她蹒跚地走着，好像是怕踩伤了脚下的蚂蚁。但是，她一方面又迫切希望尽快到办公室去，因为只有在办公室，她才可能见到林森。林森每天都要到她的办公室去几次，送上请她签阅的文件、报告，或者请示工作。

于小侠的办公室同其他主任一样，是独门独间。办公室里摆放着一张办公桌，一对小沙发，还有盆架等小东西。她最恐惧的正是林森每天送到她办公桌上的文件。在学校上学时，她和另外一个女同学同坐一张课桌，上边只有课本和作业本。在家里，她和全家人共同拥有一张写字桌，上边摆放的是一面镜子。现在，每天坐到办公桌前，她都不知道该做什么。第一天，林森给她送来文件，告诉她应该在那份文件上签字。她照着林森说的，在其他几个领导的名字后边，签上了"于小侠"三个字。可是当天下午，她就闹出了一个不大不小的笑话。那是在读一份中央文件时，她不知道该不该自己签字，犹豫了半天，在"照办。毛泽东"后边写上了自己的名字。第二天早上，这份文件退回后，胖主任就来找她了。

于主任，你怎么在这上边签了字？胖主任指着那份文件，不满地说，这是中央文件，毛主席他老人家批示过的。你，你怎么能和毛主席的名字写在一起？

这……于小侠羞得满面绯红。她在心里暗暗怨恨自己：是呀，你于小侠有眼无珠，狗胆包天，怎么敢把你这个名字和伟大领袖毛主席的名字放在一起呢？你是不是发昏了？

胖主任见她不说话，又说：这样的文件都要存档保管的。以后，要是有人发现这份文件上你写了自己的名字，后果不堪设想呀！

于小侠一急，眼泪都掉下来了。她哽咽着说：这怎么办呢？这怎么办呢？

胖主任走了。不多会儿，又转回来，说是冯主任找她。她忐忑不安地来到冯主任的办公室，眼泪还没有止住，看冯主任时，冯主任的形象显得模模糊糊，如同水中的影子。

冯主任的神情非常严肃，连身也没起，只是指着沙发让她坐。她没有坐，踌躇了片刻，突然"扑通"一声跪在冯主任面前。这座"革委会"办公的小楼是旧式房子，地板是木式结构，所以她下跪时声音很响。

冯主任这才起身，把她扶了起来。

冯主任，你救救我。我，我不是故意的！于小侠泣不成声了。

冯主任点了点头，说：我知道，我知道。你刚来，没有经验，以后可要注意啊！每天文件很多。你要认真学习，然后再分出哪些是该你签字的。我已吩咐他们，这件事不要声张了。人都会犯错误，有了错误可以改正嘛！

冯主任又教导了她一番，劝慰了她一声，她心头的恐惧才慢慢消散。回到自己的办公室后，她好长时间没有敢坐回办公桌前去，更不敢再翻办公桌上的文件了。

没过几天，她又在文件上惹了个大麻烦。

那天，林森陪秦主任下乡去了。于小侠一上午没见林森的面，心里十分烦躁，几次想去秘书办公室找他，到了门口又折了回来。她也不明白为什么要找林森，为什么林森把她的魂魄都牵着了。难道这是爱情？她不敢想。真的，她同她同代的年轻人一样，是在"文革"中长大的。"爱情"两个字在他们的心目中，是资产阶级的代名词，是几乎与丑恶联系在一起的。他们所知道的爱，是与祖国、人民、"文化大革命"等政治名词联系在一起的。爱人或被人爱，则是一种不光明的行为。她记得上小学四年级的时候，她的一位年轻的班主任，因为给另一位年轻的女教师写信，信中有八个"爱"字，就被当作资产阶级的恋爱观批判了一通。她所接触的书籍、电影、戏剧中，几乎都找不到"爱情"这两个字。无论是"打虎上山"的英雄杨子荣，还是"高擎红灯"的李玉和、"战斗在芦苇荡里"的郭指导员、"表叔数不清"的李铁梅……这些英雄的男男女女，没有一个谈情说爱的。只有李玉和有个家，还是三个姓的凑在一起的"革命家庭"。她上中学时，一个男同学给女同学写信求爱，那个女同学交给了老师。为此，那个男同学写了一个月的检讨。林森到现在没结婚，大概也是想当英雄，想上"样板戏"舞台吧？她心里甚至这样想过。

胖主任送来一份文件，说是"急件"，需要她当天处理，让她看完后签个意见。她当时没有"领会"胖主任的意思，也无心坐下看那份文件。胖主任走后，她仍旧站在窗前发愣，望着进出大门的车辆，盼望着那辆吉普车尽快出现在眼帘中。

过了一会儿，胖主任又来了，问她是否看了文件。她当时未假思索，就拿起笔，在那份文件上签上了自己的名字，又顺手递给了胖主任。

胖主任当时并没有表示异议，只是临走时朝她诡秘地笑了笑。她心里正有事，所以也没有留意胖主任的笑中蕴含着什么内容。

林森是否对她有"意思"？她没有十分的把握。不过，她隐约感觉到林森是关心她的。她已十八岁了，又是离开城市中的父母兄妹一个人在这儿工作，所以对别人的一丝热情都能感觉出来。冯主任对她是一种长辈的慈祥的爱，每说一句话都能让她感觉到强烈的依靠，有一种踏实和安稳感。而林森对她的热情，却是火一样的滚烫，他的每一句话、每一个举动，都能让她激动不已，心潮激荡。早上，林森临出发时，到她的办公室待了两分钟。

于主任，我大概要下午三四点钟回来，你还有什么吩咐吗？林森的话完全是工作上的应酬话，但是对于小侠来说，却比直言不讳地说一声"我爱你""我喜欢你"还要亲切。她觉着他能来对她说这句话，意味着他对她是真诚的、亲密的。

你和谁一起下乡？她不安地问，办公室为什么没安排我同你们一起去？

不知道。不过没有安排你，你也不要争着去。你坐车不习惯，对下边也不太熟悉，不去就不去呗！林森这样回答她。

那你……于小侠想说"你早点回来"，但是说了开头又把下边的话咽了回去。她知道现在还不是说这句话的时候。

林森好像从她的神情中看出了点什么，显得慌张起来，匆匆忙忙中说了句"我该走了"。果真就走了。

她暗暗责备自己不够冷静，本来还是可以再和他说几句话的。其实他已经告诉我下午三四点钟回来了，我又何必……

其实，林森告诉她大约几点钟回来，还不如不告诉她。这样，到了他所说的时间，还不见他回来，于小侠心中焦虑起来。她又后悔当时为什么没把那句话说完。唉，我为什么这样苦自己呢？既然已开头，完全可以说出来，最起码让他知道我想见到他，我需要他。是想留面子？还是怕羞？这二者与感情究竟哪个重要？

正当于小侠心烦意乱的时候，冯主任让人把她喊了去。她一进门就看见冯主任满脸怒气，吓得她连头也不敢抬了。

你怎么这么粗心、荒唐？冯主任开门见山地说，上次你在中央的一份文件上错签了字，我没有批评你，是想给你一个机会。可是，这一次你又犯了个大错……

于小侠一惊，抬头望了一眼，只见冯主任手中拿着她刚才签过字的那份文件，手都气得不住颤抖。她这才想起，那份文件她连看也未看，就在胖主任的催促下签了字。因此，她不知道自己又错在什么地方。

这是一个老反革命写的材料，要为自己翻案。你在上边签字，表示什么吗？表示你同情他的遭遇，同意让他翻案？冯主任余怒未消，手中的文件拍在桌子上，也发出一串震怒的声响。

我，我不知道……我没看！于小侠惊慌地又是摇头又是摆手，急得掉下了眼泪。

冯主任怒不可遏，"啪"的一声把文件摔在地上：你，你真混！送阅的文件为什么连看也不看就签字？亏着办公室的同志发现了，把这份文件截留下来，否则将铸成大错特错，严重影响"文化大革命"和"一打三反"运动，到那时，你可是也要站到批判大会的批斗台上的。

于小侠这时感觉到了问题的严重性，心里又慌又怕，两条腿不自觉地哆嗦起来。她语无伦次地说：冯主任，你救救我，再救我一次，我当时心里在想……唉，都怪我不好，我不好。你处分我吧，让我再回乡下去向贫下中农学习吧！我干不了这份工作，我真不想干了！

冯主任叹息一声，心情渐渐平息了一些，说：你先写份检讨，等待处分意见。这一次事情闹大了，我也做不了主。

于小侠神情慌张，心情不安地离开了冯主任的办公室。她不敢再迈进那间办公室。在她看来，那间办公室里等待她的是无穷无尽的灾难。她当然不知道，的确有人在为她设陷阱，从她上任那天起。在那个时代，在那个机关，权力斗争的旋涡随时会吞没每一个人。她毕竟对这些一无所知。

回到招待所，她铺开纸，准备写检讨书。可是，提起笔来却不知道如何下笔。写自己当时的真实心情？不，不行！那不仅暴露了自己对林森的痴心、资产阶级的情感，也等于把林森连累了。林森会不会为此倒霉？她丢开笔，躺到床上，拉过被子蒙住了头。

突然，有人敲门。

于小侠忐忑不安地开了门，秦主任魁伟的身影犹如一座铁塔挡在门前。不知为什么，于小侠今天见了秦主任倒觉得一下子亲了许多，也许是秦主任脸上亲切的笑容吧？

秦主任进屋后，也开门见山地说：我刚回来，就听老冯告诉了我这件事！

秦主任，你们打算怎么处置我？于小侠惊恐不安地问。

我们？我和谁？秦主任故作惊讶地说，他们是要处理你。不过，我和他们不一样。秦主任说到这儿止住了，眼睛眯成一条缝，上上下下打量着于小侠。

于小侠瞪着两只泪水蒙蒙的眼睛，不安地望着秦主任，等待着他说下去。这一刻，她好像抓住了救命的稻草，对秦主任充满了期望。

秦主任突然伸出手，摸了一下于小侠的脸，惊异地说：瞧你这闺女，吓成这个样子，脸上好烫人！

于小侠无动于衷。她觉着秦主任刚才的举动无可非议。

秦主任脸上的神情突然又变得冷峻了。他起身走过去关上门，回转身来说：你这个错误，说大就大，说小就小。大到能让你蹲监坐牢，小到什么事情都没有。

于小侠的心一下子悬到了嗓子眼。她仿佛置身在冰天雪地之中，浑身都冷得不停抖动。

秦主任慢腾腾地边向于小侠走近，边说：现在冯主任他们都在等我拿意见。你也知道，我的一句话可以代表省"革委会"和地"革委会"……说着，他又止住了，留下一串省略号。

于小侠仿佛觉着自己掉在深水中，正在挣扎，随时都有丧命的危险，而恰在这时，一只小船向她身边驶来。她必须靠这只小船摆脱危险。她颤抖着，一下子跪在秦主任的面前，泣不成声地说：秦主任，你不能不管不问啊。我不是故意犯错误的！你说一说，让我回乡下劳动吧，千万不要送我去坐牢！

秦主任突然弯下腰，把于小侠抱了起来。他一边朝床前走，一边迫不及待地说：这事包在我身上了。你这么讨人喜欢的闺女，怎么能送到大牢里去呢。来，来，你睡到床上去，咱们慢慢谈。

正陷在痛苦、恐惧中的于小侠，根本没有注意秦主任对她安的什么心。

秦主任把她放在床上后，一只手揩拭着她脸上的泪水，一只手却不动声色地按着她的左乳。两只眼睛被欲火烧得通红。

突然在这时候，又有人敲门。

谁，干什么？秦主任气急败坏地冲着敲门声吼了一句，我正在同于主任谈心呢！

秦主任，冯主任电话找你。门外传来小玲小心翼翼的回答。

秦主任无可奈何地离开了于小侠的床前，临走又丢下句话：你等我一会儿，回来咱们继续谈。

秦主任走后，于小侠才感觉到左边的乳房有一种情绪。它是第一次被男人抚摸，而且是粗暴的、野蛮的，因此，它因创伤而激怒。忽然之间，于小侠好像明白了点什么。她发了疯似的跳下床，向门口冲去。可是，到了门前，她又站住了。

这天晚上，于小侠失眠了。第二天，她开始发高烧，一连睡了两天两夜没有下床。昏睡中，她说了很多梦话。

第四章

一

于小侠是大年三十下午回家的。当时爸爸不在家，上班去了。妈妈见了她，头一句话就说：听说你当了干部，一家人都不安，终日提心吊胆的……

于小侠理解爸爸、妈妈的心情，也是早已在她预料之中的。其实，到县里工作几个月，她何尝不是每天提心吊胆？有一次小玲学给她听，说是大伙都议论，她当这个副主任是"活受罪"，还说她是聋子的耳朵——摆设。她听了，心里一阵酸楚。是的，人们看到的她，仅仅是一些表面现象，根本不了解她的内心世界。她不敢进办公室，害怕看文件，参加"革委会"例会时，也是远远坐在角落处或偏僻的位置，一言不发，看着别的主任为了一件事无休止地争吵。她在县"革委会"的位置不算低，但权力还不及办公室胖主任的一个指头。有一次，一个局"革委会"的主任向她请示工作，她明确做了答复，但是胖主任一句话就把她的意见否决了。别人宁愿听胖主任的，也不理睬她。她不想要那些权力，但是她需要工作。而她是在工作吗？她自己最清楚。她曾对自己一个星期的工作做过一次有意识的统计。七天的时间，她一天也没休息，参加过十二次会议，有两次是拿着别人写好的稿子照念，有十次是像会场上的一把空椅子一样，在会场上坐了半天，有两个下午还接连参加了三个会议。有一天时间是跟着秦主任下乡检查，一天跑了六个公社，地地道道是走马观花。每到一处，秦主任听了几分钟汇报，就迫不及待地发号施令，连田头场边去也没去。而她根本就没有插话的余地。在一些不认识她的干部眼里，她同林森一样，好像只是一个普通的小秘书。她实实在在、无时无刻不感受到自己在这个位置上是一个多余的人，在这个环境中是个苦难的人。她曾不止一次地想过辞掉这份工作回乡下去，但是她没有勇气提出来。即使提出过，也是在因为惹了麻烦、无可奈何又惊慌失措时张的口。真正让她写一份报告或者公开在会议上提出来，她还做不到。因为她知道一旦离开这个位置将意味着什么，回到农村去劳动她不怕。她怕的是名誉、面子，那是丢了再无法弥补的。她考虑再三，还是下了决心，在这个位置上干下去，不过要活得小心一点罢了。

爸爸妈妈对她不理解，这一点她是想到了的。一个普通工人的女儿，一个普通的下乡知青，在那么短的时间里提干、入党，而且位置十分显赫，靠的是什么呢？她过去在家里时，就不止一次听爸爸妈妈在一起议论，这些年很多为老百姓办事的好官都被打下去了，上来不少坏人。爸爸感叹如今当官的不是会耍嘴皮，就是会钻营；不是会卖身投靠，就是会出卖良师益友；不是会挥霍，就是会行贿……那么，在他们的眼中，女儿是哪一类呢？在爸爸妈妈面前，她不愿意解释，也不知道如何解释，因为她自己至今也莫名其妙。

不知风声怎么传得那么快。她到家不久，刚刚洗了手脸，准备帮助妈妈做年饭，家里就来了几个不速之客。第一个是大刘，她下乡的知青点的姐妹。

哟，我们的于大主任亲自下厨了？大姨，你可小心，累伤了我们于主任，你赔不起呀！大刘还是老样子，一张嘴就是讽刺挖苦。

你怎么知道我回来了？于小侠感到十分惊奇。但是，她见了大刘仍然感到非常亲切，握着大刘冰冷的手，半天也没有松开，激动地流出了眼泪：大刘，我可想你们了。小刘、小马、小胡，还有韩班她们都好吧？

大刘把脸一板，说：你真的想我们呀？想我们为什么不回去看看？你八成早已把我们忘到九霄云外去了。还有，那个韩班你也想呀？她可没少了骂你！

于小侠指了指母亲的背影，示意大刘不要把知青之间的矛盾让妈听到，然后真诚地说：真想你们。可是县里工作太忙，抽不开身。你也知道，那儿不像咱们知青点那么随便。说着，她想到了自己几个月来经受的遭遇，眼圈也红了。

好了，好了，我相信你！大刘受于小侠的感染，眼睛里也泪光闪烁了，我这不是来看你了吗？说真的，我们几个人一个月前就在一起商量，准备春节来看你，就是不知道你会不会回来！等一会儿，小刘她们可能也要来！

大刘的话刚落音，接着就响起了敲门声。于小侠激动地跑过去开了门，门口果然站着小刘、小马和小胡三个人。于小侠热情地和她们一个个紧紧地拥抱。

大年三十晚上，她和大刘、小刘、小马和小胡一起出去看了场电影。她家里住得太挤，两间房子挤了祖孙三代七口人。哥哥、嫂嫂和两个孩子住一间，她和爸爸、妈妈住一间，来了几个朋友，的确没有能坐的地方，显得十分尴尬。还是小刘出的主意，一起出去看电影既可以热热闹闹，又一饱眼福。她们下乡插队的地方，一年也看不上一场电影。

这天晚上放映的是《龙江颂》，据说已演好多天了，都是上边压着单位集体订的票。她们五个姑娘一次买了五张票，把影院的售票员惊讶地瞪大了眼睛。大年三十晚上，几个女孩子不在家熬岁，跑出来看电影的确是稀罕事。于小侠在县里早已看过这部片子了，但是为了不让大伙儿扫兴，也为了不让伙伴们骂她翘尾巴，她也装作没看过，看得十分认真。

电影院里稀稀拉拉，观众占座位的不到四分之一。她们五个人挤在一堆，边看电影边唠起来。无怪乎是谈知青点的事，谈知青的前途命运。于小侠既不多说话，更不乱说话。她很小心，怕说错话犯错误，吃苦头。

电影散场以后，她们又在大街上溜达了一个多小时。不知为什么，走在大街上，她们心里都酸溜溜的。小胡还用悲酸的声调哼了一首歌：

插队的姐儿归来，
荷花水中开，
花儿虽美无人爱，
心中多悲哀。
我走在大街上无人理，
心中多凄惨……

小侠，你在县里，看的文件多，知道消息多，关于咱们的事有没有什么说法？大刘打断小胡的低吟，问于小侠说，听说有的地方已经开始招工了！你可不能自己长了翅膀，忘了我们这些姐们儿！

于小侠苦苦一笑，说：我知道怎么做，你们放心好了！其实，她说这句话是找个台阶。她自己心里最清楚，即使有关于知青招工的消息，她也没有能力帮助她的这些姐妹。

小刘好像明白于小侠的苦心，说道：全县那么多插队的知青，一批批招工还不知等到哪一天轮到咱们呢！再说，小侠也当不了这个家！

小刘的话音刚落，大刘就喊了起来：你这话怎么说的？于小侠是县里几个头头之一，连说句话的权力都没有吗？那不成了摆设吗？与其这样，还不如不干呢！

就是。有了权就得用！不用白不用。小胡也附和着大刘说，小侠要是连说句话的权力都没有，那不是去当丫鬟的？

大刘和小胡的话深深刺痛了于小侠的心。是呀，我过去是不是太小心了？不，不是小心，而是窝囊。同是副主任，姓秦的说句话县城四面的山都要抖一抖，我于小侠说一句话却等于放屁，放屁有时还响一声、臭一片呢！可是，我该怎么做呢？

于小侠回到家时，已是夜间十点多钟。她没有和家里人一起守灯熬岁，推说头痛，上床睡觉了。可是，她翻来覆去睡不着，脑子里乱哄哄的一片。

二

　　大年初一一大早，于小侠就告别了家人，顶着凛冽的寒风、飘洒的雪花，踏上了归程。

　　公共汽车里人很少，除了司机和售票员，只有于小侠和另两位乘客。刚上车时，天还未亮，车里又未开灯，所以几个乘客之间互相看不清面貌。于小侠也没有心思去管其他人，她用围巾把头脸遮住，又把身上的大衣裹紧，闭上眼睛想起自己的心事。

　　大年三十早上，于小侠就生了一肚子气。

　　按照"革委会"办公室头一天的通知，于小侠六点半就起了床，洗漱完毕后，七点钟赶到了办公室，等待着下乡去慰问。她已经考虑好，这次一定要拐个弯，顺便到她们那个知青点去看看。她自从离开那些姐妹，至今还未回去过。好在这次也要到那个公社去，拐个弯最多是多走七八里地。

　　于小侠在办公室一直等到七点半，还不见有一个人来。她到秘书科去了一趟，秘书科的门关着，里边也没有人。昨天明明说好七点钟出发，怎么超了半个小时还没有人呢？她怀疑是自己因为激动而听错了时间，所以又回到了办公室。

　　昨天晚上，她忙了半天，给姐妹们每人准备了一份新年礼物：每人一本上山下乡知识青年学习材料，一本红塑料皮日记本。这些都是她参加一些会议领的。进城以后，她很少上街，到现在都说不清县城有几家比较知名的商店。昨天晚上，她也没有时间再上街给伙伴们买什么礼品了。回到办公室坐下后她随手打开抽屉，突然看见了那本袖珍版《毛泽东选集》。她想起韩玉晖早已想买一本这样的书了，犹豫了片刻，把它装进了书包里。尽管在知青点时，她没少挨韩玉晖的训斥，心中对韩玉晖充满了怨气，但是分别这么久之后，她倒对韩玉晖有点怀念了。毕竟在一锅里吃了一年多的饭，再说，都是上山下乡的苦姐妹，没有什么根本的利害冲突。

　　收拾好东西，于小侠看了看表，不由惊讶地跳了起来。已经八点钟了，机关上班时间都到了，怎么还没听到出发的动静？她沉不住气了，又到秘书科去了一趟。秘书科的门仍然紧闭着，敲了几下也没有回声。整个县"革委会"办公楼静悄悄的，仿佛一位陷入沉思的老人。她急匆匆地推开值班室的门，看到的是一位满头银发的老秘书，正趴在办公桌上昏睡，手指间的香烟快要燃尽，就要烧到皮肉了，他却丝毫没有察觉。

刘秘书！于小侠接连喊了七八声，刘秘书才抬起头，睡眼惺忪地望着于小侠，那神态好像根本没发现于小侠一样。

刘秘书，于小侠十分尊重这位老秘书，所以说话很轻柔，请问下乡慰问什么时候出发？

出发？你也出发？刘秘书戴上桌子上的老花镜，朝记事用的小黑板上望了一眼。那上边果然写着于小侠的名字。她是被排在和胖主任一个组的，而且是她带队。他摘下眼镜后，摇了摇头，无可奈何地说：他们早已走了。今天一天跑七八个公社，所以走得很早，大概六点半就动身了！

不会吧，昨天明明说是七点钟出发！再说，就是时间提前了，他们也会通知我一声。于小侠很天真。她到这时还没有认识到自己已经被胖主任要猴了。

刘秘书叹息一声，说：我也不知道呀！

于小侠想了想，要通了小车班的电话。小车班的班长明确地告诉她，胖主任在六点半时的确要了车，六点四十五分出发的。她这才恍然大悟，气得一屁股坐在椅子上，半天没有说出话来。

她又一次实实在在地感受到了自己的位置。

这是什么？是疏忽？不，要是换了冯主任或秦主任，他胖子再添一百斤肥肉也不敢这样做！这明明是欺负我，看着我无权无能。我于小侠是带队，是组长，你不过是陪同我的。可是，你为了显示自己，竟然可以把我甩掉。

气归气，怨归怨，认真起来也是无可奈何。她知道自己没有什么办法对付胖主任。回到办公室，她委屈地掉了泪。

汽车突然一个急刹车，惯性把毫无准备的于小侠推离座位，一个趔趄，差点跌倒。只听司机大声骂了一句什么，车又缓缓开动了。于小侠快快不乐地回到座位上。思路已被打断，困倦已被赶走，她把目光投向窗外，窗外的天已经亮了，可是雪也越下越大了，远远望去，天地间白茫茫的一片。于小侠忽然之间感到自己的头脑也像雪的世界一样空白，心胸也像雪的世界一样冰冷。她长长地叹了一口气，仿佛要把几个月来积压在心中的怨气、闷气都倾泻出来。

听到于小侠的叹息声，坐在前边座位上的一个乘客猛回首，惊奇地望着她。那位乘客打扮得十分有趣，头上戴着一顶狗皮帽，像是个男性，而脖子上却系着一条蓝围巾，则像是个女性打扮，一只大口罩把脸遮住了半个；虽然穿着一件黄大衣，可在那个年代是男男女女都喜欢穿，无法区别性别的。于小侠见那人目不转睛地望着自己，感到有几分讨厌，愤愤地望着窗外。可是，那个人却站起来，摇摇晃晃地走了过来，挨着于小侠坐下了。

神经病！于小侠在心里不满地骂了一句。可是，在举目无亲的公共汽车上，她又不敢表示自己的愤懑。她曾经听大刘说过，一个女知青在回城的公共汽车上遇到两个流氓纠缠，满车的乘客竟然都无动于衷，没有一个上前制止、保护她一个弱女子的。她在忍无可忍的情况下，一气之下冲到驾驶员身边，奋力推开驾驶员，猛打方向盘，把车开到河里，与那两个流氓和一车乘客同时"献身"在湍急的洪水中。于小侠没有那个女知青的勇气，而现在车上也没有多少乘客。她心中想，既然惹不起，那就躲远点。所以，她站起身，准备到前边去。

于主任！那个乘客突然喊了一声。

于小侠一愣，转脸看时，那个乘客已经摘去了狗皮帽，取掉了口罩。于小侠又惊又喜地丢掉书包，上前抓住了他的双手，声音都因激动而颤抖了：林秘书，林森，怎么会是你呀！

林森也显得很激动，说：我也是刚从家里回来。于主任，上车时我很困，加上天黑，没有认出你，你不要见怪呵！

怎么会呢？我不是也没有认出你吗？你看，我刚才还把你……于小侠这时发觉，自己的手还在林森的手掌中，脸腾地一下红了。

林森不好意思地松开了手。

三

林森和于小侠同住在一个城里。这一点他们彼此都知道。

有一次，于小侠同秦主任、林森一起出发。在车上闲聊时，因为一个偶然的话题，她和他谈到了城市的教育。他们不仅同一个母校，而且居住的也不算远。但是，就在他们谈兴刚起时，秦主任十分粗暴地给打断了。

小林呀，你不要给于主任上这种课。咱们革命的队伍来自五湖四海，不要搞拉拉扯扯拉帮结伙。过去的几大派都联合了，现在还搞什么这派那派的？当心别的同志听了有意见，有反感。干什么事还是团结好！秦主任大概不好意思说于小侠，所以点林森的名。不过，这种敲山震虎、指桑骂槐的话，于小侠还是能听出来的。

从那以后，他们再也没有谈起过这个事。有时，林森到于小侠的办公室去，于小侠提起来，林森也是躲躲闪闪，或者把话题岔开。

于小侠这一段时间来，多次想找机会和林森谈一谈都没有找到。不是没有单独在一起的时间，而是那种时间太寄蔷，也有一定的风险。林森到她的办公室去，每次都匆匆忙忙，偶尔有一次因为工作多待了十分八分钟，胖主任就会不约而来，忽然打开门，弄得他们都很尴尬。她尽管心中不满，也不好明显说出口。她曾经想过如果有一天能和林森在没有拘束、没有白眼、没有担心的地方单独待几分钟，谈谈心里话，那该是多么好啊！没想到，今天机会突然降临，她内心的激动是可想而知的了。

林秘书，你是什么时候回来的？

昨天，我同秦主任一起下乡慰问。我们才走了两个公社，秦主任就让司机把我送到汽车站，让我回家过年。林森说完，又惊异地问，于主任，你不是也带队下乡慰问去了吗？你是什么时候回来的？

于小侠的神情黯然了。她叹了口气，说：我根本就没有下去。接着，她像一个委屈的孩子见到能够给予她安慰和保护的亲人一样，一边抹着眼泪，一边把昨天早上发生的事向林森叙述了一遍，最后她几乎泣不成声地说：我也不知道他们为什么要这样对待我。我以前觉得乡下干活累，没有想到到县里当官更累。我真不知道以后他们还会对我怎么样。我真想打报告辞去这个职务回乡下当农民去！

林森很认真也很平静地听完于小侠的叙述。他脸上的表情十分复杂：既有几分气愤、不满，又有几分同情和怜悯，但是还有几分忧虑、不安。过了好大会儿，他才用安慰的口吻说：于主任，你这又是何必呢？人是不应该回避自己所面临的困境的，回避不是好办法更不是唯一的出路。先不说你要求辞职的报告会不会得到县"革委会"的批准，就说你自己想过没想过辞职以后又做什么呢？回乡下当农民？留在县城当工人？

于小侠不想欺骗林森，因此直言不讳地说：我是这样想过，可是直到现在也没有那份决心和勇气。

林森点点头，表示理解，然后又诚挚地说：我早已看出有人给你处处下绊子。你当初不了解真相，被人硬推到这个岗位上来的。你的到来，有人高兴，因为你既可以缓冲他所面临的困境，又让他失去一个威胁，少一份危险；有人不高兴，因为你既占了一个位子，又增加了他的障碍。所以，这两方面决定了你必然面临艰难！

于小侠没想到林森知道这么多内情，也没想到林森会这么了解她的处境和难处。她为自己遇到这么一个知音而感到欣慰和激动。她不无感激地说：林秘书，你看我该怎么办？再这样下去，我都要活活憋死了。昨天见到我们知青点的姐妹，她们都说我这几个月变得又黑又瘦，不知道我吃多少苦呢。我，我怎么好意思向她们说我现在的处境……

林森点燃了一支烟，抽着，目光却转向窗外，神情显得既严峻又冷漠，仿佛已经忘却于小侠就在他的身边，并正期待着他的回答。

于小侠第一次看到林森这种凝思的形象。他恰是临窗而坐。窗外，雪花飘飘，天地间一片洁白。林森的形象与洁白的雪的世界叠映在一起，显得既有几分孤傲，又有几分稳重。于小侠好像发现她心目中的"白马王子"正飘然而至，心中的一腔热情燃烧起来。她情不自禁地抱住林森的胳膊，说：林大哥，你帮助我想想办法吧，我听你的！

林森回过头来，望着因激动脸都涨红了的于小侠，眼睛放出了光芒。他从于小侠手中抽回胳膊，然后又伸出去挽住了于小侠。

坐在最前边的售票员扭过头来，看到了这一幕。她是一个已过而立之年的"过来人"，没有任何惊讶的表示，而是轻松地把目光转向了窗外。

于小侠第一次和她喜欢的男人相偎在一起，心中充满了热情、温暖、希望、冲动。她忽然迫不及待地说：林哥，我真想永远和你在一起。我们都一起离开县"革委会"，找一个安静的地去生活好吗？

林森笑了笑，说：你真是个不懂事的小姑娘，又胡思乱想了吗？如果我们每个人都能想干什么就干什么，想去哪里就去哪里，还不乱了套！

那么，你说我们只有这样下去了？于小侠不满地说，我的日子不好过，你的日子也不比我好多少。

林森说：会好的。这就要靠我们自己努力。你既然是有职务的，就应该有你的权力。任何事情都不是不能改变的，关键看你怎样去为之。比如黄大胖子黄坤，他只是办公室主任，为什么敢冷落你，戏弄你，还不是因为你太软弱了吗？你不要忘了，有时候那里的两派人物都想拉你，你的一句话、一举手都有一定的分量。可是，你恰恰没有看到这一点，没有发挥你的优势……

于小侠愣怔地望着林森，仔细回味着他的每句话乃至每一个字。这时，大刘她们几个人昨天晚上说的话，也同时在她耳畔响起。她忽然觉得明白了许多。

第五章

一

于小侠刚进办公室，还未坐下，办公室主任就跟了进来。他个子又高且肥胖，仿佛一座铁塔，把门堵了个严实。

于主任，卫生局今天要开大批判会，你去参加一下吧！胖主任对于小侠说话，历来都是带有命令式的，甚至连个"请"字都没带过。说完，他转身就要走。

我今天下乡，你忘了吗？于小侠小心地提醒说，这是昨天常委会研究过的，你当时也在场呀！尽管林森、大刘他们的话曾让她心血奔涌，恨不得以一种新的形象出现，但她毕竟小心翼翼惯了，一下子改不过来，在办公室主任面前还是显得有些局促。

胖主任连头也没回，只轻描淡写地说了一句：下乡的事你不用操心了。你还是去卫生局开会吧。

胖主任走后，于小侠愣怔了一会儿。她慢慢地坐在椅子上，不由在心中愤愤地骂道：于小侠呀于小侠，你怎么还要受他的摆布呢？你就不能理直气壮地同他斗一回合吗？

恰好，这时林森进来了。他看见于小侠一脸不高兴，就问了一句。于小侠把刚才的事说了一遍，不无后悔地说：你看，我又是老样子了！我真不知什么时候才能克服这个软弱的毛病？

别着急，慢慢来嘛。林森看看走廊上没人，压低声音说：你今天就别去开会。他一会儿来催你时，你再硬朗起来也不迟。

林森说完，放下文件夹就匆匆走了。

于小侠想喊住林森，让他留下来再给自己打打气，可是话到唇边又咽了回去。她不愿在林森的眼里永远做一个扶不起的"阿斗"。

那天，他们是在深夜一点多钟回到县城的。由于雪大，山路崎岖，公共汽车跑不起来。中途，司机几次要停下休息，并要把他们几个乘客撵下去，幸亏林森紧急关头亮出了于小侠的身份，而那班车恰好又是本县汽车公司的，司机慑于她的身份，才勉勉强强开了回来。于小侠第一次尝到了权力的滋味。直到现在回味起来，她还颇有些扬扬得意。是的，权力能给人带来荣誉、特殊、自信和满足。她甚至觉得林森之所以亮她的身份，也是让她体会一下权力带给她的满足，以便使她珍惜权力。几天来，她也不断为自己壮胆，可是一到关键时候，她总是硬不起来。

过了大约半小时，于小侠见胖主任还没来，心中有点急了。她担心胖主任到冯主任那儿去告她的状，又害怕胖主任不再安排她做事。如果是那样怎么办呢？胖主任是冯主任的心腹，这一点她是知道的。来了快半年，人际关系的复杂她是有所了解的。胖主任除了她以外，对任何一位领导都是唯唯诺诺，尤其是在冯主任和秦主任面前，乖巧得犹如一只哈巴狗。万一冯主任和秦主任听信胖主任的一面之词，会对我产生什么样的印象呢？她又犹豫了。

这时，桌上的电话铃响了。于小侠刚抓起话筒，胖主任带着愠怒的声音就响了起来：于主任，卫生局的大批判会马上要开了，你怎么还不走呢？人家的车子已经来了四十分钟。再拖恐怕对县"革委会"的影响不好呀！

我……于小侠心慌意乱，不知如何回答。这时，林森的身影从门前一闪而过。于小侠忽然之间来了情绪。她觉得林森今天的脚步声都比以前沉重、响亮，仿佛在提醒她鼓起勇气来。爱情的力量是巨大的，它能改变人的一切甚至本性。于小侠突然站了起来，用一个十八岁少女愤怒时的略带沙哑的声音说：同志，我提醒你注意一下，你是在同谁说话！我于小侠不是你办公室管辖下的小秘书。今天我要下乡，请你立即给我安排车！说完，不等对方反应，她就急急忙忙把电话挂上了。不知为什么，她的额头上沁出了一层水滴般的冷汗，心也像受了惊吓的兔子惶惶不安。她怕胖主任会气咻咻地进来找她理论，赶忙走过去关门。可是，门是关着的。奇怪，刚才还看见林森的影子从门前闪过，怎么会是关着门的呢？难道那一刻仅仅是一闪而过的幻觉？

于小侠重新回到座位坐下，忐忑不安地等待着门被推开。她不知道，当那肥胖的身躯出现在办公室门前时，会是什么样的情景？如果胖主任气势汹汹，她应该怎样迎接？是针锋相对，以牙还牙，还是忍气吞声、赔礼道歉？此刻，她十分期待着林森出现，能够给她安慰、鼓励。

可是，十分钟过去了，没有人敲门；半个小时过去了，还是没有敲门声；一个小时过去了……于小侠气急败坏地在办公室里转来转去，不知所措。有几次，她想去找胖主任，当面向他说清自己是一时心血来潮，说错了话，请他原谅。她还想去找林森，问一问她那样对待胖主任错没错，下一步怎么办？可是，手拉着门上的拉手，又缩了回来。

她根本不知道，胖主任在给她打电话时，没把话说完就把电话放下了，根本没有听到她一句话。她那些发火的话，只是说给自己一个人听了。而她当时也没有注意到对方的电话已挂上，线已断了。

上午十点整，正当于小侠急得心神不定、满头大汗时，胖主任推门进来了。他脸上的神情严峻，说话却很冷淡：于主任，你没去卫生局开会呀？

我不是告诉你，我今天要下乡，请你给安排车吗？于小侠表面上强作镇静，心里却乱糟糟的。

胖主任看了看表，说：我说你还是去一趟吧。讲几句话，然后吃顿饭，来回小车接送，又累不着你！

要是在以往，胖主任说了这几句话，于小侠即使再气，也会咽下去。可是，今天的于小侠毕竟不同以往了。她不但是自尊受到伤害而恼怒，还有权力的虚荣在作祟。她一拍桌子，指着胖主任厉声说道：你说话注意点。我可不是你随便捏着玩的泥蛋蛋……

你，你怎么啦？胖主任显然被于小侠突如其来的威风吓惊了。他愣怔地望着于小侠涨红了的面孔，半天没说出话来。

于小侠积蓄在心中的怨气、怒气、闷气顷刻间变成了猛烈的风暴，恶狠狠地向胖主任扑去：我是县"革委会"负责人，不是一个不懂事的黄毛丫头。你想怎么安排我就怎么安排我吗？让我去坐冷板凳，把我当成只知道吃饭的乳臭未干的婴儿？你彻底错了。告诉你，我今天要下乡检查工作，你赶快给我派车。影响了工作，我向常委会反映处理你！

于小侠句句话咄咄逼人。其实，她心里既空虚又恐慌，整个人都像掉进了冰窟里，浑身不住地哆嗦。她自己很清楚，万一胖主任反戈一击，她就会招架不住的。

胖主任听于小侠发完火，脸色由白变红，又由红变白。他一句话也没说，转身走了出去。

于小侠长长地吁了口气，浑身像散了架一样，瘫在椅子上。

大概又过了十分钟，林森走了进来。他朝于小侠递过来一个满意的微笑，然后高声说：于主任，办公室主任派我同你一起下乡，车子已在楼下等候了！他的话好像是故意说给别人听的。

于小侠端起桌子上的茶杯，也不顾开水已经冷了，一仰脖子一气喝了个精光。

下楼的时候，看看四下无人，林森低声说：好，你今天做得对。那家伙正在办公室里骂娘呢！不过，到了车上别再议论这些事了！

于小侠笑了。但是，她的笑中没有欢愉和满意，而是一种苦涩。

二

晚饭后，于小侠就开始洗脸、梳妆。

今天晚上六点钟，她要和林森在县城东北郊外的女儿河桥上约会。这是她生平第一次约会。在她心目中，这次约会比任何盛大的节日都重要。

镜子里的于小侠，美得像一朵花。这是一朵在爱情的阳光下绽开的幸福花，洋溢着青春的朝气，闪烁着生命的光彩，炫耀着迷人的魅力。于小侠自己好像第一次发现自己长得这么美。林森喜欢我，我的美丽就属于他。于小侠想象着和林森在一起时的幸福情景，心中充满了甜蜜和幸福。

"咚咚！"响起了敲门声。

于小侠刚要起身去开门，门却被推开了，进来的是秦主任。

秦主任，您……于小侠慌忙把拿着镜子和梳子的手放到背后去，心里一阵慌张。

秦主任嘴里噙着旱烟袋的烟头，眼睛眯成一条线，脸上的神情显得若无其事。

秦主任，您，您坐……于小侠已经到了桌子前，再没有退路了。

这几个月来，于小侠一直躲着秦主任。自从"文件事件"发生以后，她对秦主任这个农民出身而且至今还是农民打扮的干部，既产生了几分困惑又产生了几分恐惧。她总觉着秦主任脸上的每一道纹沟里都隐藏着看不见的东西，究竟是什么她说不清楚。不过，她能隐约感到那是危险和可怕的。有几次秦主任约她一起出去，她都推托了，当然是有借口或者是婉言。回到宿舍后，她也常常把小玲叫来陪自己，以免秦主任这位不速之客进来。但是，躲避归躲避，看法仅仅是看法，她对秦主任还是有几分惧怕的。

于主任，你要出去呀？！秦主任拍了拍屁股，在沙发上坐下了。他的这一动作，于小侠已经习惯了。在乡下，农民劳动休息时，大都是席地而坐，屁股上沾了一片黄土。回到家里时，总是习惯地先拍打一下屁股上的土，才在板凳上落座。秦主任还保持了一些农民的另一个"光荣传统"，坐下以后，就脱鞋子，把脚放在凳子上，用手去搓脚趾缝中的瘙痒。他们在做这些的时候，常常是一副旁若无人的态势。

于小侠不知如何回答，胡乱地点了点头。

秦主任笑了笑，又问：这么晚了，还有会议呀？还是有人请你去做报告？

于小侠的心更加慌乱了。她找不到搪塞和回答的话，只好低下头不说话。林森曾再三嘱咐她目前要采取一切办法保护他们两人的"秘密"。她不知道林森为什么要她这样做，不明白谈恋爱是不是都要经过"地道战"的阶段。但是，她很尊重林森、信任林森，觉得林森一定有他的道理。

秦主任大概看出了于小侠有难言之隐，于是改变了话题。他又装了一袋烟，摆出了正儿八经"侃大山"的架势。

小于，于主任！我今天才听说，你和那个胖驴之间有点误会。那东西也不是好货色，自觉着和冯老头子贴得紧，眼里就没有别人了。你撸他，活该！我要是见了他，还得骂他一顿。你现在看出来了吧，这鬼地方是个"是非窝"。老子我就看不惯他们吹吹拍拍那一套。共产党员吗？拿命造反派吗？我早就琢磨着，非他娘把姓黄的小子给撸掉不可。对了，于主任，你觉着把胖子撸掉，谁当办公室主任合适？

于小侠听秦主任问她话，毫不掩饰地脱口而出：我看林森最合适。他能文能武，人也老实本分。于小侠说这话是有原因的。那天从城里回来的路上，林森在她面前发过牢骚，说是再干也没有出头之日。后来，他竟对她说：你是县"革委会"主要负责人之一，我只是个小小的秘书，咱们俩的地位悬殊。

秦主任听了于小侠的话，眼睛都直了，仿佛于小侠在说传奇的神话。过了好一会儿，他才似笑非笑地说：你提的意见可以考虑，可以考虑！

于小侠偷偷地看了下表，已经五点四十分，再不走非迟到不可了。但是，眼前这位秦主任却泰然处之，丝毫没有要走的意思。于小侠不禁心中发急。第一次约会就迟到，林森会怎么想我于小侠？又会给我们之间增添什么样的影响？可是她又不好当面赶秦主任走。不管怎么样，她现在还不敢公开得罪这位凶神。正在着急时，突然目光落在暖水瓶上。她刚才洗脸、洗头时，把两瓶开水都用光了，现在瓶盖还没有盖上。她终于想到了办法，趁秦主任低头装烟的工夫，迅速把镜子放在桌上，然后热情地说：秦主任，您坐着等一会儿，我去打开水就回来！

秦主任也看见于小侠的水瓶空了，再说他也没有理由不让她去打开水。于是点了点头，还假惺惺地客套说：我帮你去打水吧！

不用，我自己行！于小侠话未说完，人已经出了门。她没有去锅炉房，在经过一楼服务台时，把水瓶放在服务台上，就匆匆出了招待所。出了门，她就跑起来。

县城的街道本来就很狭窄，晚上又没有路灯，街上的行人非常稀少。于小侠心急，跑得也急，脚步声十分仓促、沉重，引起了过往行人的注意。两个某工厂的"人保"队员，正在传达室里饮酒，听见有人匆匆跑过，"革命警惕性"使他们警觉起来。他们丢下酒杯，拎着小白棍追了出来。

站住！一个这样吆喝。

快抓坏蛋！一个这样喊道。

于小侠只顾着抢时间赶到约会地方，没有注意到身后有人追踪，更没有想到她已经成为那两个"人保"队员准备建功立业的"猎物"。

县城很小，但却又偏偏呈南北狭长状。县招待所在南关，女儿河大桥又在最东北的郊外，相距约有三公里。于小侠跑了一半路程，浑身上下就已经大汗淋漓了，两条腿也越来越沉重。她咬着牙坚持着。

女儿河大桥上一片墨黑。风吹着河水，撞击着大桥的桥墩，发出一阵阵破碎的哀鸣。

于小侠满头大汗，气喘吁吁地跑到大桥上。她顾不得喘口气，急切地喊道：林哥，林哥！

可是，回答她的是一片寂静。

林哥！林秘书！于小侠沿着大桥从西向东走了一趟，接连喊了十几声，也没有听到回答。一股失望的情绪瞬间涌上了心头，她气急败坏地骂起秦主任：都怪你这个死老头子，早不来晚不来偏偏在人有事的时候来！你安的什么心？瞧你那副缺德样子……

于小侠不知道，那两位"人保"队员已经跟着追上来了。还有一些人出于各种动机也跟着那两位"人保"队员追上来了。两位"人保"队员的两只手电筒同时打开，惨白的灯光呈扇形包围了于小侠。

你们要干什么？于小侠大吃一惊，连连后退了几步。你是干什么的？做了什么坏事？一个"人保"队员打着饱嗝，气势汹汹地问道：你在这儿骂谁？

于小侠说：我没有做什么坏事，你们凭什么这样跟踪我？凭什么这样对待我？

另一个"人保"队员冷笑几声，问道：你没做坏事，为什么吓得慌里慌张如丧家之犬？我们命令你站住你为什么不站住？一个女孩子晚上朝郊外跑，想干什么？

于小侠不知如何回答，一时语塞了。

怎么样，我看你就不像个好女人，现在没有话说了吧？一个"人保"队员得意地说，走吧，跟我们走一趟！说着，他走上前来就要拉于小侠。

这时，人群中走出一个中年男人。他走到于小侠面前，借着手电的灯光，仔细看了看她，惊讶地转身就走。走出几步远，他又转过头来，对那两个"人保"队员，也是对其他围观者说：你们错了，惹祸了，她是县"革委会"的于主任！

那个中年男人慌慌张张离开的举动，使那两个还在疑惑中的"人保"队员清醒了一些，也使其他的围观者感到惶恐。人们窃窃私语了一阵儿，然后一哄而散。那两个"人保"队员也随着散去的人群消失在茫茫的黑夜中。

于小侠孤单地站在桥上，忽然感到浑身发冷。失望、羞辱、愤懑一起涌上心头，她双手捂着脸哭出了声。

夜色越来越浓重了。

三

于小侠夜里发了高烧，到第二天早晨还昏迷不醒。服务员小玲发现后，一边向县"革委会"办公室汇报，一边与县医院联系。半小时后，县医院的救护车首先赶到，把于小侠拉进了医院。

于小侠醒来后，一眼就认出自己住进了医院。她既羞愧、惶恐、惊异、不安，又气愤、恼怒、痛苦、失望。她挣扎着从床上坐起来，对守候在一旁的小玲说：给我拿衣服来，我要下床，我要上班！

小玲眼中含着泪花，劝阻说：于主任，你现在还没退烧，不能去上班。我已经给办公室打过电话，你就放心吧。

于小侠一听，更加着急了。她气急败坏地脱口说道：你，你太混了！你怎么能不经我同意，就向办公室汇报呢？你这不是打我的小报告吗？

小玲没想到于小侠不但不感激她，反而还责备她，委屈的泪水落了下来，辩解地说：当时你还没有醒，已经到了上班时间，我也不知道该怎么办，所以……

好了，好了。于小侠粗鲁地打断了小玲的话，问道：你说，办公室主任接电话时怎么问你话的？她现在心里十分惦念昨天发生的事，冯主任、秦主任他们是不是知道？林森昨天晚上为什么没去约会？林森是不是知道昨天晚上发生的事，知道不知道她受的委屈？因为心里一片混乱，她说话的态度十分急躁，显得气势汹汹。

小玲犹豫了一会儿，吞吞吐吐地说：主任问我你昨天晚上到哪儿去了？还说他马上就向冯主任和秦主任他们汇报，他还说……

说什么？于小侠迫不及待地问。她的态度突然来了个大转变，脸上换了可敬可亲的笑容，双手也拉住了小玲的手，显得非常热情。

小玲低着头，说：他叫我不要问你的事。说完，小玲又赶紧补充一句，于主任，你千万不要说是我对你说了这些话。不然，胖主任一句话就会把我从招待所赶走的。

于小侠点了点头，安慰小玲说：你不用怕。我不会对他说的。就是我说了，他也不敢对你怎么样，因为我还能替你说话。

你……小玲惊异地望着于小侠。那双眼睛仿佛在问：你能行吗？

于小侠接着又说服了小玲，让她回去给自己拿衣服。小玲走后，于小侠越想越觉着担心，越想越觉着不安。冯主任慈祥、稳重的面孔，秦主任深奥、狡黠的目光，胖主任冷峻、骄横的笑容……——在她眼前浮现，她一时想象不出，如果他们知道了她昨天夜里被人当贼抓的事情，会是什么样的态度，也不知是出院去见他们好，还是躲在医院里回避他们好。这时，她又想到了林森。不能怪他，也许他昨天晚上早已到了约会地点，没有见到我才走的。也许是他昨天晚上突然又接到了写稿任务，加班加点没能抽开身。总之，他不会有意不去或者躲开我。他是个诚实的人，更重要的一点他是爱我的。那么，他知道我昨天晚上受了委屈，夜里又生了病，心中一定会很难过的。刚刚开始初恋，我就给他添心思，让他跟着为我难过，多么不好啊！这一切都怪我。我一定好好再约个机会向他"斗私批修"，请他原谅。

于小侠昨天晚上离开女儿河大桥后，并没有直接回招待所。一是她担心那位秦主任还在她的宿舍里等着，而她又不想见到他。二是她心里还有些不舍得，总认为林森可能被什么事情耽误了，过一会儿还会再来。她要扑到他怀里，向他诉说自己蒙受的委屈。三是她感到非常羞恼，自己明明是一县的"革委会"副主任，却不被人们所认识，甚至当作了贼，实在是无地自容。她在女儿河大堤上徘徊着，思索着，等待着。因为她当时骗秦主任说是去锅炉房打开水的，所以没有穿大衣。女儿河大堤上的风又野又狂，冻得她不住发抖。她自己也不知等到了几点，直到浑身上下都像结了冰一样冻得发僵，也感到林森不会再来时，她才慢慢走回招待所。她在一楼，被小玲喊住了。

于主任，你到哪儿去了，怎么这么晚才回来？小玲望着于小侠被风吹红了的两颊、吹乱了的头发，惊奇地说道，我吃过饭时，看见你的水瓶在服务台上，就帮着打了两瓶水。我到你房间一看，满屋烟雾腾腾，呛得我直咳嗽。后来，我一看你不在屋里，只有203屋的那个人，我就赶紧出来，在这儿等你。你是不是出去有事了？

于小侠含糊其词地回答说：我有点事。203那位走了吗？

小玲回答说：走了。我刚下楼没多会儿，他就穿着大衣出去了，到现在也没回来！

那，还有谁来找过我吗？于小侠不好直接提林森的名字，但又按捺不住心中的情绪，就拐弯抹角地问，办公室有没有人过来给我送讲话稿或者文件、通知什么的？

没有！小玲的回答十分肯定。

于小侠回到宿舍后，望着电话机，几次都想向林森的办公室打个电话，可是手刚触到话机，又像触了电一样缩了回来。躺下以后，她还不住望电话机，直到疲倦催着她闭上了眼睛。

病房的门被推开了，胖主任走了进来。跟着小玲也走了进来。胖主任今日满面春风且有几分扬扬得意，径直走到病床前，边向于小侠伸出手，边说：于主任，实在对不起，我刚刚听到你生病的消息，所以来晚了。你怎么不让招待所给办公室汇报一下呢？

如果说于小侠过去对胖主任有意见、有看法，今天却不仅是这些，而是多了厌恶。当着小玲的面，他都可以大言不惭地撒谎，可见他平时对人又能有几分真诚呢？但是看在小玲的面上，她又不能揭穿他，只好应付地同他握了握手，冷冷地问道：有什么事情要指示我干吗？

不敢，不敢！胖主任说话时并不是毕恭毕敬，相反有几分傲慢，神态就像于小侠看过的样板戏《沙家浜》中的忠义救国军参谋长刁德一对阿庆嫂那样，不过他比那个刁德一要胖出一倍。胖主任没等招呼，就在于小侠病床旁边的一张椅子上坐下了，接着说道：我是听说你病了，特地来看望的。冯主任和秦主任正好都有会，也委托我当代表。说来也太巧，今儿一早，农具厂也就是招待所北边那个农具厂有两个"人保"队员来送什么检查，说是昨天晚上犯了错误要求宽大，我接待的。要不然，我也早来一步了！

于小侠一听，脑子轰的一声，仿佛就要爆炸一样。她从胖主任的神情、语气和说话时的表现已经看出，胖主任是在向她敲山震虎。她不由暗骂那两个"人保"队员多事。昨天晚上，我又没说什么，你们何必又搞得这么大张旗鼓？什么送检查，分明是在告我的状。如果是冯主任或秦主任，你们也敢吗？这样一想，她倒来了情绪，对胖主任不卑不亢地说：是的，他们有眼无珠，昨天晚上要把我当贼抓。我也正想找你，让你好好处理一下这件事。我于小侠要么不在这儿干，要干不能总是窝窝囊囊，任人摆布和欺辱！我是人，不是一堆屎，谁能除了去？

这回轮到胖主任吃惊了。他本来上次受了于小侠的一顿训斥后，憋了一肚子火，时刻寻找报复的碴子。昨天晚上的事，他的确是今早听那两个"人保"队员讲的。他听后暗自发笑，心想这回找到了于小侠的把柄。但是，他毕竟不掌握于小侠去女儿河大桥干什么的实情，所以还不能马上下结论，动手。他刚才说那番话，是为了敲山震虎，一来报复一下于小侠，寻求一下心理平衡；二来看看于小侠的反应，好做进一步分析，为整倒她做准备。他没想到于小侠竟然毫不理会，反而又给了他一顿猛轰。他一时不知该怎么应付，只得赔着笑脸说：于主任这你放心好了。我已经狠熊了他俩一顿，并让厂里把他们撤职，下到车间劳动去。我会尽我的一切能力来维护你的形象的。

说完，胖主任又慌慌张张地站起来，要去找医院"革委会"主任来给于小侠会诊。于小侠摇头摆手，说：不必了，我现在好多了。请你给办公室要个电话，叫他们派个车，我想下乡去一趟。对了，让林秘书同我一起去！

好吧！胖主任无可奈何地出去打电话了。

小玲望着胖主任的身影消失在门外，长长吁了一口气，仿佛她刚才一直很紧张。她说：他平时对我们可凶啦，怎么在你面前这么乖？

于小侠笑了笑。她的笑是满足的、自信的。

第六章

一

冬去春来，转眼到了彩色的3月。

3月是热情的，真诚的，繁忙的，她以她的爱心迎接着爱情，等待着受孕。

在这样的季节里，于小侠种下了她的爱情，也种下了她的悔恨。一次偶然的事件，使她在全县名望剧增。那一段时间，她几乎成了人们议论的中心和热点，差一点跨上了一个新台阶。

那是春天里一个极普通的日子。

在东部山区某公社"蹲点"的县"革委会"副主任于小侠，天刚蒙蒙亮就起身下队去。她住在公社"革委会"的机关里，离最近的村子少说也有二三里地。她每天都是这个时候起身，走到村里时，生产队刚敲上工钟。她可以和社员一起下田。

于小侠已经来乡下蹲点半个多月了。这半个多月，是她最愉快的时光。不管怎么说，她是县"革委会"的领导，公社、大队的领导们对她面子上都十分恭敬，不像在县"革委会"时，她前边还排着六位主任，大事小事都轮不到她做主，常常因为权力的事弄得一肚子怨气。农民群众对她也很热情。这是因为她"没有架子"，天天和农民一样出工收工，有时还和农民们闹几句玩笑，经常到农民家中"访问"。其实，她在办公室里闷了太久，一下来就像鸟儿出了笼，拼命呼吸着新鲜的气息。平时，公社没人管她问她，她也不喜欢一个人闷在屋子里，所以就经常到一些认识的农民家里解闷。那些农家姑嫂拉起大呱来，酸甜苦辣，嬉笑怒骂，常常使她捧腹大笑或者悲痛欲绝。有些故事，迫使着她不断期待着新的情节发展和故事结局。特别是她们谈到的本村或邻村一些男男女女之间的风流韵事，更把她引到一个五光十色的世界，她过去不知道男男女女在一起还会有那么多的悲欢故事，那么多的苦难和幸福。每当听完这些事，她都会想起林森，有时一夜都翻来覆去睡不着。

自那天晚上在女儿河桥上被人误当贼抓以后，她和林森再也没有出去约会过。不过，并没有影响他们的感情发展。从医院出去，当天下乡时，她是和林森一起去的。当着司机的面，她不能和林森谈情说爱，可两只眼睛一直是泪汪汪的。她那时只想扑在林森怀里痛痛快快地哭一场。也该是天公作美，司机那天闹肚子。车出县城，到了郊外，司机就停住车，匆匆忙忙跳下去，钻进一条大沟里。她望着林森，林森望着她。四目相视时，她的泪水夺眶而出。林森什么也没说，突然伸出胳膊紧紧抱住了她。瞬间，她浑身的血都热了，一颗沸腾的心几乎要跳出胸膛。可是，当林森低下头要吻她时，她却惊慌地把脸扭到了一边……她真正接受林森的亲吻和爱抚是在几天后，在她的办公室里。她实在忍受不住感情的折磨，堂而皇之地把正在写材料的林森叫到她的办公室，名义是让林森为她写一篇讲话稿。林森进到办公室后，她就迫不及待地扑到林森的怀抱里。当时，林森吓得连连后退，脸和脖子都涨红了。一个小小的秘书，怎么敢在办公室里猖狂地做爱呢？她没有放开林森，林森的热情最终被她点燃了。就在她的办公室里，他们长时间地相吻。谁也不会相信，一个县"革委会"副主任和一个秘书会在办公室里写他们的爱情故事，太浪漫了！此后，他们每天都要在她的办公室里温存一会儿，把浪漫的爱情故事继续写下去。但是，那毕竟不是爱情生长的土壤。每次，他们都提心吊胆，小心翼翼。林森尤其恐慌，有时紧张得大汗淋漓。因此，他们的爱情故事并不是十分甜蜜。所以，她每次听那些农村姑娘大嫂谈起农村的风流韵事，都激动不已。那些农村的男男女女爱得太从容，太浪漫，太幸福了！他们在田野上、在乡场上、在山梁上、在沟坡里都能痛痛快快地给予被爱的人以满足。农村的广阔天地，的确给了于小侠从来没学到过的知识。她曾给林森写过几封信。信中，她呼唤着林森离开办公室到乡下来。可是，这些信都无法发出。她不愿让林森收到信时犹如收到了灾难。林森不止一次对她说，除非他因为工作到她"蹲点"的地方去汇报，他不给她写信也不来找她，也不让她给他写信和打电话。他说他目前不愿意公开他们之间的关系，以免影响她和他的前途。她相信林森是爱她的，是为了她好的。但是，她不能理解的是，她已经来乡下半个月了，林森一次都没有来过。会不会是胖主任有意识把我和林森分开的？会不会是林森有别的事情，比如生病？

于小侠正在走着，想着，不知不觉已到了村头一座小桥上。她正要过桥，忽然看见一个披头散发的女人哭喊着，飞也似的向这边跑来。那个女人的身后，跟着一个穷追不舍、手持棍棒的男人。还没等于小侠弄清发生了什么事，那个女人已经跑到河边，一头栽进了河里。

于小侠一惊，马上就意识到出了人命关天的事情。她没有犹豫，从桥上跳了下去。春天的早晨，河水还很冷。她刚跳到水中就打了个寒战。她看见那个女人已经被河水淹没，只有一团乱发漂在水面上。她朝那个女人游了过去。可是，岸上那个男人不仅没有下来帮忙，也没有感激她，相反抓起地上的坷垃头向她砸来，还骂道：不要管她，让她去死。你为什么要救她？

于小侠的水性只能称为一般。她的父母管得严，平时从来不让她单独外出。城里的河水受工业污染很脏，没有人下去游泳，而游泳馆又要收费，她拿不出那一毛钱买票。她只是在体育课时，由学校组织，到游泳馆参加过几次游泳训练。一个人在浅水河中边游边歇，还可以勉强不出大麻烦，现在要再加上一个人的负担，她就力不从心了。她游到那个女人身边后，先是伸出胳膊去抱那个女人，只游了两米远，自己也沉了下去，连喝了几口冷水。无奈，她只好松开胳膊，用手去抓她，抓了几下都没抓住。她急了，又去抱她……这样折腾了一会儿，她自己浑身上下都没有了劲，而偏偏腿又抽筋，怎么也挣扎不出水面了……

于小侠醒来时，已经在公社卫生院里。床边站满了人，有公社"革委会"的头头，也有她"蹲点"常去劳动的那个大队社员。她醒后马上就明白发生了什么事情，张口就问：那个大嫂怎么样了？

没事，她也醒来了，正要过来感谢您呢！公社"革委会"主任说，她不是大嫂，是个年轻姑娘。

她为什么要自杀？追着打她的是什么人？于小侠不解地问。她突然想起那个姑娘她认识，好像是生产队的会计，叫小芬，是个长得很俊秀的姑娘，性格也很活泼。

站在她床边的人都面面相觑，没有一个回答的。公社"革委会"主任的脸不知为什么刷地变红了。他踌躇了片刻，转了话题说：于主任，我们已经把您舍己救人的事用电话向县"革委会"做了汇报。秦主任说他亲自来看您！

于小侠摆摆手，说：不要这么说。这样的事无论是谁碰上了，也不会不管不问偷偷走开的。我现在很想见到小芬，问问她到底是什么原因要自杀。她还年轻，好像只比我大一岁！

于小侠的话刚落，不知旁边谁低声嘀咕了一句。她还未看清那个人，公社"革委会"主任就粗暴地下了逐客令：走，走，别围在这儿，影响于主任休息！

人都走光了，只剩下于小侠孤孤单单一个人。她不禁又想起了林森。她知道我的事，会不会着急？会不会来看我呢？

二

于小侠离开医院，回到公社她的临时宿舍不久，秦主任就来了。他对于小侠夸赞了一番，但是于小侠并没有高兴和激动，相反十分失望和沮丧。因为秦主任是一个人来的，于小侠盼望见到的林森没有出现。

第二天早上，县"革命委员会"毛泽东思想广播站在自办节目的头条新闻中，介绍了于小侠奋不顾身下水救落水社员的事迹。令于小侠奇怪的是，广播中说那个叫小芬的姑娘是"不慎落水"。

第三天早上，省电台的地方新闻节目，也在头条介绍了于小侠舍己救人的事迹，更让于小侠瞠目结舌的是，在文章中说小芬姑娘是早晨起来向田里送粪，因为天色还很朦胧，没看清楚，一脚踏空落进水中的。而省电台广播的文章，署名是林卫东。于小侠知道，林森经常写一些新闻稿，林卫东是他的笔名。

这到底是怎么回事？于小侠找到公社"革委会"主任，严厉地问道：没有一个人找我问情况，他们怎么知道小芬姑娘怎样掉下的水。你们为什么要提供这样的假材料？

公社"革委会"主任面有难色，说：这是秦主任那天来时专门安排的。他说这是为了我们好，也为小芬好。现在是"文化大革命"取得伟大胜利的时候，我们公社有女社员跳河自杀，是给"文化大革命"抹黑。如果照实宣传出去，不光我们县里公社里无光，小芬姑娘也会落个背叛"文化大革命"的罪名，说不定还要戴"现行"帽子呢！

于小侠一听就火了：我不相信。这不是理由！就是要戴"现行"帽子，也得给追着打她的那个男人戴上。还有，小芬为什么不见了？我去医院找，说是回家了；到她家里找，说是去医院了。我在她家见到了那天早上追着打她的那个男人，可能是她二哥。这里边究竟有什么事情，你们都瞒着我。

公社"革委会"主任矢口否定，说他也不知道内情。

于小侠不甘心。这天，她偷偷躲开公社"革委会"的人，到村里去了。自从她出院后，公社"革委会"一直派妇女主任陪着她，不让她下村劳动，不让她随便外出，说是怕她身体没恢复过来。她心里明白，一定是他们有什么事情瞒着她，甚至可能还与秦主任有关。

她来到一个平素与她混得很熟、外号叫"孙二嫂"的家里。"孙二嫂"一见她，忙把她拉到屋里的床上坐下，说：我准备了十几个鸡蛋，原说邀几个姐妹一起去看看你，可是公社和大队都不让去。我们也没有办法。你不会怪我这个当嫂子的吧？

于小侠抑制住激动，说：怎么会呢？我现在什么事情也没有。不过，我想见见小芬，她现在在哪儿？

"孙二嫂"一听，叹了口气，脸上的神情也慌张了。她起身走到大门口，装作赶鸡，四下看了一眼，然后关上大门，回来后才说：于主任，你这次救了小芬不死，可是她现在活着比死还难熬呢！

到底是怎么回事？

"孙二嫂"说：咱姐妹平时不错，我才敢对你说真话。告诉你吧，这事要是换了别人，打死也不会对你说的。现在的人都比过去精了，眼睛珠儿转得活，只要不关自己的事，谁也不操心不过问……

于小侠被"孙二嫂"惹急了，打断她的话，迫不及待地问：到底她为什么寻死？她哥为什么追着打她，你就直说吧！

"孙二嫂"压低声音说：小芬这姑娘你也见过，长得水灵，没说的。春节前，她和几个姐妹去邻公社的大马家赶集。她没注意别人，别人倒注意上她了。听说是县里一个头头的亲外甥，他姐的三儿子。那小子是个瘸子。瘸子还不说，那小子仗着他舅的势力，啥坏事都做绝。光让他搞大肚子的姑娘就有三四个。你说小芬能同意这门婚事吗？可是她没有父亲，家中是她哥当家。她哥是个什么东西？是个头上长疮、脚板底下流脓，一个心眼想攀高枝！她哥自然就逼着她嫁，她不愿意，就为这事……

于小侠恍然大悟。她刚下乡来时，在公社院里见到过一个瘸子，他是来找公社"革委会"主任的。公社"革委会"主任请他吃了顿饭，后来还找了部手扶拖拉机把他送走的。她在食堂吃饭时，听到旁边有说那个瘸子的什么亲戚是公社"革委会"主任的上级，所以公社"革委会"主任对他毕恭毕敬。她当时并没有把那事往心里放，甚至根本就没注意。她还想起公社"革委会"主任最近曾经到这个村来过几次，有一次她正和社员们在地里撒粪，公社"革委会"主任骑着自行车到田头，把小芬喊过去说了一会儿话，小芬回来时快快不乐的。现在看来，这事并不简单，公社"革委会"主任可能也参与了。

小芬现在在哪儿？

不知道，去了医院就没回来过。"孙二嫂"又叹了口气，说，这世道里有的人咋又跟新中国成立前的黄世仁、穆仁智一样了呢？

于小侠从"孙二嫂"家出来，心中憋着一肚子火。她几乎是一溜小跑赶回了公社。

公社"革委会"主任正在办公室里大发雷霆，批评妇女主任没有看好于小侠。于小侠径直走进他的办公室，气势汹汹的模样把他吓得大吃一惊，从椅子上"腾"地站了起来。

于主任，您坐！妇女主任是个很精明的女人，据说和公社"革委会"主任经常一起过夜，她丈夫明明知道也不敢问她。她忙给于小侠搬了椅子，又倒了杯开水。

公社"革委会"主任镇静下来后，对于小侠说：于主任，我们刚才正到处找您。县"革委会"办公室来了电话，让你今天就回县去，说是换了一个同志来我们公社"蹲点"。县"革委会"派来接您的车子一会儿就到。

于小侠冷冷一笑，说：我现在不能走。有一件事情我还没有调查清楚呢。

什么事？公社"革委会"主任脸上的笑容逝去了，代之是慌乱。

于小侠开门见山地问道：小芬姑娘的事到底是怎么回事？你们现在把她打发到哪儿去了？你必须把这件事情向我说清楚。否则的话，我就向县"革委会"常委汇报，并且让公安局来人调查。

公社"革委会"主任听了反而镇定了一些。他慢慢腾腾地坐下后，皮笑肉不笑地说：于主任，不该您管的事还是少管为好。您还年轻，涉世不深，原谅我开导您一句。要想当个好官，首先要做到宁可少知道一件事，不可多管一件事；宁可离得远一些，不可看得太清楚……

他的话还未说完，于小侠就跳了起来，指着他身后的墙上说：你敢转过脸去，再重复一遍这句话吗？

公社"革委会"主任身后的墙上，贴着一张毛主席画像。毛主席身穿草绿色军装，佩戴"红卫兵"袖章，正在向天安门城楼下欢呼的人群致意，下边写着一行字："你们要关心国家大事，要把无产阶级文化大革命进行到底！"于小侠怎么也不明白，像公社"革委会"主任这样身为共产党员、国家干部的人，在毛主席的画像面前说出那种不负责任的话。一气之下，她跑回自己的临时宿舍，关上门，躺在床上哭了。

县"革委会"当天并没有派车来接于小侠。

三

晚饭以后，妇女主任来找于小侠，要陪她一起去乡场上看电影。于小侠推说头疼，要睡觉。妇女主任也没劝她就走了。其实，妇女主任只是例行一下公社"革委会"主任给她的"公事"。她本人也没去看电影，而是钻到公社"革委会"主任房子里去了。

这个公社还没有通电，所以到了晚上一片漆黑，死气沉沉。公社里的干部大多数都是本地人，太阳没落山时就都回家去了。公社"革委会"主任和几个家不在本地的干部，都住在自己的办公室里。除了公社"革委会"主任要和妇女主任一起亲热，没有外出，其他几个干部都被别人请去喝酒了，不到半夜三更不会回来。于小侠在煤油灯下写了一会儿日记，然后真的感觉到头有点疼，就开始铺床，准备睡觉了。

她刚刚洗了脸，打开门倒水时，忽然看见门外站着一个人。她吓得一哆嗦，手中的脸盆差点掉在地上。她刚要张嘴问，那人向前一步用手捂住了她的嘴，然后把她推进屋里。

是我。千万别喊！来人嘴上还戴着个大口罩，让人看了不说是神经不正常，就得以为做了坏事怕人看出来。可是，他摘下口罩后，于小侠激动得心怦怦乱跳。原来是她日思夜盼的林森。

你，你怎么来了？于小侠问。

林森冲她摆了摆手，走过去吹灭了灯。然后，才又蹑手蹑脚走回于小侠身边，嘴对着她的耳朵，低声说：别大声说话，让人知道了对你对我都不好!

于小侠轻轻地倒在林森的怀里,忍不住哽咽着说:我想你都快想病了,你怎么不来看我呢?

林森说:我也想你,也想来看你,可是你知道我身不由己呀!我这个小秘书,出门一步都要向胖子请假。

你是怎么来的,胖主任他们知不知道?

他们要是知道了是不会让我来的。我下班以后,自己骑着自行车来的!

什么,你骑自行车来的?于小侠又惊奇又感动,一时不知说什么好了。从县城到这公社驻地,少说也有四十里地,还要翻过两座山,路也并不好走。一个被人爱着的少女,最珍惜爱人为自己付出的一切。于小侠激动得身心都像泡在酒缸里,醉得发酥。她不由抱紧了林森,说:林哥,今晚你就住在这儿吧!

林森沉默了许久,没有回答。

于小侠松开林森,张罗要为他倒水洗脸、洗脚,还打算着怎样给他弄点饭吃。林森制止了她,说:算了,你只要不嫌弃我脏就行了。千万别闹出什么动静,让人发现就不好了。我刚才没敢先进来,把自行车扔在医院走廊里,从后边爬墙过来的。幸亏没人发现!我在这儿住可以,不过明天要早早起,赶回县里上班。

于小侠住的是一张小木板床,盖的是单人用的窄幅被子。他们两人开始上床时,都穿着衣服,虽然拥挤,但都没觉得冷。

于小侠是第一次和一个男人睡在一个被窝里,心中的激动和幸福像火一样燃烧着,使她不能自已。当林森解她的衣扣时,她温顺得像一只小绵羊……

屋后的窗下,不知什么响了一下。

林森一惊,浑身都开始哆嗦起来。他刚刚脱光衣服,惊慌中忙起了身,一脚把被子蹬掉在床下。于小侠赤裸的身子,立刻感到了寒凉。她一下子抱住林森,恳求地说:林哥,别害怕。不要离开我!

林森粗暴地推开于小侠,两只手到处乱抓,好像是在找衣服。当他的手触摸到于小侠的乳房时，忽然浑身都像冻僵了，一动也不动。

林哥，你，你怎么了？

林森没有回答。他伸手拾起掉在地上的被子，盖在身上，然后把于小侠压到了身下……

于小侠的人生，在这样一个普通的、带着几分寒意的春夜揭开了新的一页。

黑夜中的故事伴着痛苦，伴着惊奇，伴着神秘和不安，很快就结束了。

原谅我！林森说：我爱你。我实在控制不住了！

于小侠眼中的泪水还未干。她感激地说：林哥，我的一切都属于你。所以，你不必求我原谅什么。

林森突然叹了口气，说：我是怕以后对不起你！所以心中才不安的。我太自私了，不该这样对待你。

于小侠一惊，问道：林哥，你为什么要说这样的话呢？难道……

你不要误会！林森赶忙解释说，我当然不会做对不住你的事。不过，我这个小秘书配不上你。万一你将来官做大了，又有更好的人追求你。而我又曾经这样对待过你，岂不就是对不起你了吗？

于小侠诚恳地说：林哥，你不要说这种话，我不会背叛对你的爱。

林森吻了吻于小侠，说：你可能还不知道，据说你快要走了。我听了很不安。你这样一走，把我一个人丢在这儿，我不是更没有依靠，没有前途了吗？

于小侠问道：我没听说什么消息。你知道他们要怎么整我吗？她虽然表面上不慌张，心里却十分不安。

林森说：你别误解了。这次不是他们整你，而是上边要提拔你。据小道消息说，可能要你到省里去工作。

于小侠松了口气，自我安慰地说：这是不可能的。他们又不是不知道我的能力。我现在都干不好，怎么可能再提拔呢？就是我走了，也不会忘了你。

唉！到那时就是天高皇帝远，你管不了我的事了。林森说，这些天，胖子对我更严格了。我有一种预感，他可能想把我赶出办公室。如果那样，我还不知道被流放到什么地方去呢。

于小侠没有想到这一点。她一时不知该怎样安慰自己心爱的人。

林森见于小侠沉默了，又说：不过，我也掌握了胖子的一些材料。如果我公布出来，也够他受的。只是县"革委会"常委会议上没有我说话的地方。我要是对别人说了，别人还不一定相信，那样就对我更不利了。

于小侠一听，兴奋地说：你可以把材料给我，我在常委会上讲。前些日子，秦主任还问我谁当办公室主任合适，我推荐了你。我还可以让秦主任表态。他一讲话，别的常委不会反对的！

你说得对！林森又一次吻了吻于小侠，说：前些天，我收到过一封信，是你们的同伴写的。她是一个知青，春节期间没有回家。胖子到那儿视察时认识了她。胖子让她到公社"革委会"当广播员。可是，前几天胖子主任去时，喝醉了酒，奸污了她。她是写给"革委会"负责人的信。我当时没看清，误把信拆了。现在，这封信在我手里，我不敢拿出来。一是怕他们不相信，二是怕他们给我安个偷拆领导信件什么的罪名。我想来想去，这封信由你拿出来最合适，因为你既有权力拆信，又有在会上发言的权力。

于小侠听林森讲完后，又惊异又气愤。她没想到胖子会干出这种缺德的事，也更没想到他污辱的是自己的"知姐"。她当即表示，一定要全力促成处分胖主任，既为林森解除后顾之忧，也为自己的"知姐"报仇雪恨。

林森接着又说：我下午听说明天要来车接你回去。你回去后可能就要开常委会。我怕到时时间仓促，与你说不清楚。所以……他好像意识到了什么，忙又改口说，我早都想你想疯了。你回去以后，咱们这样的机会就没有了。所以，我今天晚上再苦再累也得来看你！说完，林森又吻了于小侠。

第七章

一

根据林森的建议，于小侠一回到县里，立即去见秦主任。从内心讲，于小侠对秦主任很有意见，小芬那件事在她心中留下了难以磨灭的愤懑。但是，林森再三嘱咐她把小芬那件事忘掉，尤其要把关于秦主任的一切都忘掉，并说这与她和他的前途有关系。所以，为了她和他的爱情、前途，她只好强装笑颜去找秦主任。

于主任，回来了！身体怎么样了？看看才两个月的时间，人都瘦了！秦主任一见于小侠，格外亲热。

秦主任，我收到一封检举信！于小侠开门见山地说。

检举信。检举谁的？秦主任脸上掠过一丝惊恐，但神情很快又镇静下来，两眼平静地望着于小侠。

于小侠按照林森教她的方法，没有马上把信交给秦主任，而是用怒不可遏的语气把信的内容"摘要"做了介绍，也没有点胖主任的名。

秦主任听罢大怒，拍着桌子骂道：这是哪个杂种干的坏事，查出来老子一定亲手把他的头给拧下来。

是呀，知识青年是毛主席派到农村接受贫下中农再教育的。用贫下中农的话说，知识青年是毛主席的客人。污辱女知青，就是对毛主席的革命路线的态度问题。秦主任，咱们在大是大非面前不能动摇和让步呀！于小侠根据林森的交代，用循序渐进的办法，把秦主任引向震惊、恼怒、冲动、不平，然后再施加压力，逼他表态：污辱女知青还不同于污辱一般农村妇女。比如我从河中救出的那个小芬姑娘，也是被人逼迫得走投无路，但是……

对，不一样！秦主任有点慌张，把话接了过去，说，小芬那件事在农村太常见了。人只要不死，事也就算完了。关键是污辱知识青年破坏毛主席上山下乡的战略部署，不治，能对得起毛主席吗？于主任，你说说检举信里提没有提那个该杀的家伙的名字？你说出来，我让公安局去抓他！

于小侠看时机已经成熟，把信掏了出来，朝秦主任面前一推，说：秦主任，你自己看看吧。这个人还是个别领导十分信任的大人物！

秦主任识字不多，但是长期和胖主任打交道。他看了一眼，脸就红了，额头上的青筋都暴跳起来。

秦主任，你看是不是不用说了。于小侠装出小心翼翼的样子问道。

不行！秦主任吼叫一声：不能便宜这小子。既然他想沾腥味，就得让他一身湿。天王老子犯法也不行。说着，他摸起桌上的笔，在信上工工整整地写了个"杀"字，然后签上了自己的名字。

当天召开的县"革委会"常委会上，由于秦主任表了态，加上这事的确影响很坏，几乎没有任何反对意见就通过决议，撤销胖主任的办公室主任职务，开除党籍，交公安部门依法处理。并决定由林森代替他的职务。

散会以后，已是夜间十一点多钟。于小侠被冯主任留下说了一会儿话，让她到省会参加省"革委会"举办的一个女干部培训班学习，并说是省"革委会"直接点的名。冯主任说：你准备一下，可能明天就要走。我希望你好好学习，提高自己。结业后最好要求回咱们县里工作。当然，省里如有安排，我们服从组织决定。

于小侠听后高兴得眉飞色舞。她觉得困难时期已经过去了，今天的双喜临门就是佐证。一喜是搞掉了胖主任提拔了林森，实现了林森的愿望；二喜是她被省"革委会"点名去参加学习，听冯主任的口气可能真像林森给她透露过的，要提拔她到省里去工作。出了会议室，她就去秘书科找林森。通常，常委会开会，秘书们都要值班陪同。秘书科一位秘书告诉她，林森被秦主任叫去谈话了。

于小侠非常惊奇。县"革委会"常委并没有委托秦主任与林森谈话。秦主任为什么要迫不及待地抢先同林森谈话呢？究竟是秦主任主动还是林森主动呢？她见秦主任办公室的灯早已关了，猜想他可能是把林森找到宿舍去谈了。今天晚上还能不能见到林森？如果见不到他，明天万一县里派车送她到省会去，就连和林森单独说句话的机会也没有了。因此，于小侠决定无论等到什么时候，都要见林森一面。

于小侠回到招待所，没有上楼，而是到服务室去找小玲。

小玲正在织毛衣，还没有睡觉。她见于小侠进来，张口就问：于主任，你是不是不舒服，脸色怎么这么难看？于小侠笑笑，说：我没感到不舒服，可能是灯照的吧！说着，她在小玲的床边坐下，欣赏着小玲的毛衣，又说，小玲，你好像织的是男人穿的毛衣，是不是给你男朋友织的？小玲羞涩地低下头，但是从眼神中可以看出她陶醉在幸福中。

于小侠其实只是找个话说，她的心思还在楼上。她一进招待所，就看见秦主任宿舍的灯光还亮着。她猜测林森还没有走。如果她回宿舍去，林森走时她就不可能见到他。她现在也找不到理由去秦主任宿舍里去找林森。所以，她想到了在服务室等林森的办法，这也是唯一可以在今晚等到与林森见面的途径，因为林森下楼回宿舍必然要经过服务室的门口。她一边同小玲谈话，一边不住地向门外张望。

于主任，听说你要到省里当大官了，是不是真的？小玲问。

对！不一定……于小侠听到楼梯间有脚步声，所以心神也不定了，回答小玲的问题也不认真。

于主任，你走了以后还能记着我吗？以后我要是去找你，你还认识我吗？小玲低着头织毛衣，没有注意于小侠的情绪。

于小侠根本没有听清楚小玲问的什么话，胡乱地回答道：对！是这样。

小玲这时抬起头来看了于小侠一眼，不满地说：哟，你们当官的真没有人情味。好歹我们相处这么久了，你竟然说以后见了不认识我。唉……她的话没说完，于小侠已经匆匆忙忙出去了。因为她看到林森低着头从门前走了过去。小玲没看见林森，还以为于小侠冷淡了她，气得"砰"的一声，狠狠地把门关上，还插上了销。

于小侠在招待所门口追上了林森。

谢谢你对我的信任和支持！林森说。

于小侠笑了：我们之间还存在着谢谢这个必要吗？秦主任都对你讲了吧？

林森点了点头。他显得惴惴不安，目光不住地望着秦主任宿舍的窗口。这使于小侠感到有些意外和惊奇，她又问道：秦主任没告诉你我明天就要走吗？

说了。这一点我早就听说了。林森显得并不热情，也看不出他对于小侠有什么留恋，相反，他今天站在于小侠面前既有几分拘谨，又有几分不安，还有几分冷淡，与几天前的林森判若两人。

于小侠感觉出来林森的情绪。她既有些疑惑，又有些不满。可是，她心里又有很多话要对林森说，不舍得离开林森。不过，林森的态度又叫她心中有些灰冷，不知话从哪儿说起。两个人沉默了一会儿，还是林森先开口了。他说：天太晚了，我回去还要赶个材料，你也该休息了。有话明天再说吧！他说完，不等于小侠说话，转身匆匆地走了。

于小侠直想哭。她第一次知道了爱并不轻松。

二

早晨起来，于小侠就把行李整理好，只要一声召唤，可以立即出发。

接着，她就在招待所的宿舍里等林森。她相信林森会来给她送行。昨天晚上的不愉快她早已淡忘了。他是做秘书的，工作很辛苦。也许是秦主任又交给他新任务，他真的需要加夜班。她是这样为林森开脱的。她始终不能忘记林森骑着自行车翻山越岭几十里去乡下看她，所以相信林森是爱她的。一个人的爱情是两个人的联系，信任是这个联系的桥梁。

小玲来了。她抹着眼泪说：于主任，这间宿舍还是你的。你尽管不在这儿，我仍然每天要来打扫。等你回来了，保证干干净净，一丝尘土也不会有。

于小侠感动地拉着小玲的手说：小玲，真是太谢谢你了。你要是有机会，到省城来找我，我一定请假陪你一起玩玩。

小玲拿出一条红色的毛线围巾，说：我也没有多少钱买东西送你，这条围巾织好后我还没有围过一天，送给你做个纪念吧！以后你如果不嫌弃围在脖子上，既可以防寒，又可以想着我这个服务员！

小玲走后，又有几批客人来给于小侠送行。可是，时间到了十点钟，还不见林森出现。于小侠不禁沉不住气了。她给办公室挂了个电话，说是还有几份文件放在宿舍，让林主任过来处理一下。接电话的秘书告诉于小侠，林主任已经请假出去了。

他走多长时间了，到什么地方去了？！于小侠焦急地问。

对方回答说：刚走十分钟，可能是到招待所去了。

于小侠放下电话，又激动又欣喜，不禁拿起镜子，仔细地梳妆了一番。她断定林森是到她这儿来的。是的，他怎么会不来和我告别呢？他爱我，也知道我爱他。不管我们分别时间长短，别离毕竟是痛苦的。我要告诉他我会想着他，而且会定期回来看他；我还要告诉他，不管将来我在哪儿工作，都永远是属于他的，只要他愿意，我可以服从他的工作来安排自己的工作；我……

正在这时，响起了敲门声。于小侠激动地跑过去开了门，门口站着的是冯主任。

冯主任，现在，现在就走吗？我还有点事没办完……于小侠失望之余，有点慌张。她怕冯主任现在就让她登车启程，因为她还在等着林森。

冯主任摆摆手，示意她不要紧张，然后在沙发上坐下，望着于小侠平静地说：于主任，咱们今天有几件喜事，我琢磨不管是公是私，都应该高兴，所以想请您吃过午饭以后再走！

什么喜事？于小侠问。

冯主任说：一是您要去省里学习，据说咱们地区八个县只有您一个人；二是咱们县的上山下乡工作又受到了省"革委会"的表彰，我要与您同车去省里参加表彰会；第三嘛，是件个人的事，不过也同咱们县"革委会"的同志们都有点关系，就是秦主任的女儿和林森同志定了亲……

谁和谁定亲？于小侠迫不及待地问了一句。其实，冯主任刚才说的她都听清了，只是她不愿相信，所以才又问了一句。

冯主任站了起来，走到于小侠面前，沉默了片刻，严肃而又认真地说：

小于同志，希望您不要忘记自己的身份和工作！您还很年轻，前途远大，千万不要自己一时冲动毁掉了自己的理想和前程。我先走一步，中午饭后咱们一起上路！

冯主任走到门口时，又回头望了于小侠一眼，目光仍然是严峻而坚定的。

于小侠愣怔地望着冯主任的身影消失。她突然发疯似的扑到门前，狠狠地关上门，失声痛哭。她这时才发现自己被人要弄了。秦主任、林森都轻而易举地利用了她，捉弄了她；再去找林森吗？那将毫无意义，也毫无用处。去找秦主任？那更是自找没趣，自找无聊。可是，她不明白，他们为什么这么不公平地对待她，人生为什么这么不公正。

于小侠失魂落魄地走到床前，轻轻地坐在床沿上。这时，她的思绪完全乱了，像脱了缰的野马四处奔腾。她想到了她的知青点的姐妹们；想到了乡间的玉米地；想到了城里的父母；想到了大年初一那天的大雪；想到了乡下那个不寻常的夜晚……她又走到桌前，从收拾好的书包里取出纸和笔，墨汁的蓝色还没沾到纸上，晶莹的泪珠已在纸上绽开了簇簇花瓣。

写什么呢？写给谁呢？绝命书。是的，少女的初恋经不起风暴摧残。可是爸爸妈妈呢？他们在女儿身上的希冀还没有泯灭，儿女没有权利强加给他们绝望。还有冯主任、小玲、大刘、小刘、小胡……绝情书。给林森写吗？不，他已经做了绝情人，对于绝情的人还有什么可谈的呢？他还要登天，而于小侠只是做了他的第一个台阶。他现在需要的是秦主任这样一位有权势有能力帮助他的人……还是给大刘、小刘她们写封信吧？她们不知道我要走了，要是知道一定会来给我送别的。好长时间没给她们写信，心里真想她们。她们总以为我活得既潇洒又轻松，其实我比起过去的于小侠，比起现在的她们活得还要艰难还要辛苦。这些当然不能告诉她们。我要对她们说，等着我回来。我一定会帮助她们尽快摆脱蹉跎的日子。还有，我想和她们一样回城，回到父母身边，回去做一名普普通通的工人……

小玲又来了。她交给于小侠一封信，说是林森让转交的。于小侠接过来，连看也未看，轻轻地撕成了碎片，扬手扔到了窗外。她对小玲说：小玲，我都十八岁了。可是，我的十八岁和你的十八岁字是一样写的，内容却不一样。

人生只有这么一个十八岁啊！

小玲莫名其妙地望着于小侠。

于小侠也莫名其妙地笑了。她的笑依然那么美。毕竟她才十八岁！

尾　声

十年后，初秋的一天下午，大学毕业后当了记者的小胡在本市一家商场找到了于小侠。她刚刚同一位买东西的顾客吵过架，脸上的余怒未褪，见了多年不见的老朋友，连笑也笑不出来。

听说你是咱们那个县最后一个回城的？小胡说，我在大学读书时，给你寄过几封信，都被退了回来。

于小侠想了想，说：那时我可能还没从"学习班"里出来。她接着又告诉小胡，粉碎"四人帮"不久，她就进了"学习班"。"学习班"负责人让她交代她的问题，她写了不下十多万字的"揭发"材料和检讨：光是我怎么当上的县"革委会"副主任这一问题，就反反复复让我写了十几遍。最后，我急了，再写只有"不知道"或"莫名其妙"几个字。因为这是实话。

她告诉小胡，"学习班"结束后，有关领导找她谈话安排她的去处。找她谈话的就是当了县委副书记的林森。林森告诉她，她不是国家干部，尽管她当过县"革委会"副主任，在省里培训结束后当过地区妇联主任，但她始终是"亦工亦农"干部，就是说人当了干部，户口还在乡下，而且没有转为国家正式干部。所以，她实际上还是个农民。因为查来查去，她既与"四人帮"无任何瓜葛，又与当地的重大事件没有牵连，决定让她在县城里当个工人。她拒绝了这一安排，要求以知青身份回到乡下去。后来，知青大规模招工，基本走完了，因为领导拿不准该不该让她去，所以对她的回城问题迟迟未能明确表态。再后来，她母亲退休，让她接班，这才回来的。

说来更荒唐的是，我到县上不久就被通知是党员了，而且每月都交党费。搞"清查"的时候，既查不到我的入党申请书，也找不到批准我入党的任何手续，最后只好宣布我不是个党员！于小侠说着，长长地叹了口气。

小胡感慨万端地说：只有在那个荒唐的岁月能发生这种荒诞的故事呀！

问到现在的生活，于小侠笑了笑说：我结婚也是咱们这一代人中算最晚的。现在，孩子还未出世呢。还有，经济上也感到紧张。我过去就那几个钱的工资，后来什么收入也没有。回城又晚，存款折到目前还不到四位数。我同我爱人商量了一下，打算辞职干个体户。当然是我辞职。他是个教师，教学上还有一套，不能为了个人发家致富，丢下孩子们不顾。我当过营业员，嘴皮子也磨出来了，搞个服装经营什么的还能胜任。

你今年二十八了吧？小胡问。

于小侠若有所思地点点头：可不是，十年又过去了。

你十八岁那年生日在哪儿过的？小胡又问。

于小侠苦苦一笑，摇摇头说：那年没过生日，忘了！也记不清那天忙什么，那年忙什么了。

小胡看见，两颗星星从于小侠的眼中滚落在脸颊上。

金骏马

一

金骏马既不是一匹价值昂贵的马，也不是一个人名，而是北方省著名画家马骏的绰号。马骏擅长画马且别具一格，曾多次在国内国际画展上获奖。这些年书画市场红火，他的画已卖到五万元钱一平尺，八尺整张就是四十万元，可以买一辆豪华小轿车。上周的一次拍卖会上，他的一张八尺画居然拍出了八百万元的价格。那张画上是八匹马，等于一匹卖一百万元。由此看来，他在纸上画的马的确比黄金价贵，他本人被称为金骏马也不夸张。媒体一片惊呼，"当代马王""神马""金骏马"等称谓跃然纸上。这件事不仅轰动了北方省画坛，就连在社会上也产生了很大反响。一位网民在网上感叹，画家一笔的收入超过一个工薪阶层几十年甚至一辈子的收入。由此还引发了一场争论。有的说，一个大牌歌手上台唱两首歌而且是假唱就几十万，你一个打工的能比吗？有的说，这就是现实。吃地沟油的怎能与喝茅台的比？更多的网民发问：几百万一张的画是谁买的？买画的人是送人还是自己收藏？……他在内蒙古插队时的伙伴史向前看了报纸后给他打来电话，直言不讳地把他损了一通：我说你小子画的马越来越不像了，原来是你给马眼、马耳、马的蹄子都镶了金边。

马骏没有辩解。一方面他从在内蒙古插队时就怕史向前，听他那雷鸣般的声音心里就打怵，如果他辩解，史向前肯定会不依不饶地骂下去；一方面他懒得理史向前。朋友归朋友，艺术归艺术，我和你史向前虽然交情深厚，但毕竟追求不一样。与一个不懂艺术的人争论艺术上的事，无疑是对牛弹琴，白费工夫和口舌。不过，他放下史向前的电话后，叼着烟斗站在拍卖八百万元的那幅画的原大尺寸照片前，足足看了十几分钟。不像马吗？马的眼睛、马的耳朵、马的蹄子，竖立的马鬃……栩栩如生，活灵活现。史向前这个混球纯扯淡！看着看着，他的眼睛湿润了，不由自主地用手抚摸着马头，渐渐地，两颗豆粒大的泪珠顺着眼角的皱纹落了下来。

门铃声响了。马骏家的门铃音乐声是他女儿从网上下载设计的，是国内一位著名歌唱家唱的一首歌，一开头就是骏马奔驰。马骏喜欢这首歌。女儿喜欢他画的骏马。所以，女儿把手机铃声、门铃声全都设置为那首歌的音乐。

马骏问：谁？

对方回答：是我老马。

马骏说：你是老马，那我是谁？

对方笑了：我是潘大海。

马骏说等等。他进了卫生间洗了把脸，又把烟斗叼在嘴上，然后才开门。

潘大海是北方省文联驻会副主席，副厅级。文联的全称是文学艺术界联合会，在国家的体制中属于社团组织，事业单位。但是这个社团组织因为有级别，参照公务员管理，并且拥有一些官方的职能而又具有鲜明的官方色彩。潘大海在北方省的一个市任过市委常委、宣传部长，后来又当过市委副书记，平调到省文联任驻会副主席。一开始，他的情绪很大，拖了半个月才到文联报到。他在熟人、朋友面前发牢骚，说组织上不重用自己。他还上下找熟人、托关系想调整一下岗位。没想到半年后，他的态度发生了一百八十度的大转变，不仅爱上了文联的工作，还爱上了美术，准确地说爱上了画鸡。几年的工夫，他的画也卖到了两万元一平尺。有人开玩笑说：潘大海成了养鸡专业户，而且养的全是金鸡，一只鸡能卖好几万。马骏看不上他的画，也看不上他的为人。有一回，他做客省电视台文艺频道的一个访谈节目，对着电视镜头直言不讳地批评有的人挤进画家队伍中滥竽充数，比如有的人一年之间能画八百只鸡，全都是吃了添加剂的大肥个儿，如果不是有个鸡冠，说是狗是猪都行，反正四不像……圈里人都知道他是在批评潘大海。潘大海却不以为然，你画你的马，我画我的鸡，咱是马不犯鸡，鸡不惹马！他曾任过职的那个市的干部说，潘大海自从学画画，成就最大的不是艺术而是脾气，要是搁过去马骏这样损他，他非把马骏整得上吐下泻不可，看来艺术真能陶冶人的情操。

潘大海脸上带着谦恭的笑容，让人感到非常亲和。马骏认识他时他就这样一张脸，多年也没变过，好像那张脸是用铁浇铸成的，风吹雨打不会改变。

没等马骏招呼，潘大海主动坐在他对面的沙发上，开口就说：马老师，祝贺你！

马骏知道他是说自己的画拍卖出八百万的价格，心里有点乐滋滋的。没有人不喜欢听别人夸奖，不管是官居高位的，还是名扬天下的。这也是人性的特点之一。只要是实事求是地夸奖，实际上是对你的成就、你的功劳的一种肯定和认可。他笑了笑。因为嘴上叼着烟斗，他笑的时候和别人不一样，是从鼻子里发出声音。马骏过去抽烟，一直用烟斗，不是别出心裁，而是他认为烟斗能够起到过滤烟油的作用。构思画的时候，烟斗反过来拿着还能代替笔在纸上勾勒轮廓。同时，叼烟斗也是一种深沉，一种风度。他的许多照片都叼着烟斗。后来烟不抽了，叼烟斗的习惯却保留下来，有事没事都爱叼着烟斗。

潘大海说：有一位评论家称你是北方省当代"马王"，我看不够，应当说是全国"马王"，世界"马王"！当代徐悲鸿……

马骏觉得潘大海这句话过于夸张，甚至有点过分，心里不乐，把烟斗从嘴上取下来，直截了当地问：老潘，你无事不登三宝殿，有什么事说吧。我一会儿有学生来。

潘大海嘿嘿笑着：想和你商量一下美协换届的事。

马骏的眉毛动了动，没接话碴儿。

潘大海又嘿嘿笑了几声，说：这次换届，其他几个协会的筹备工作都比较顺利，就是书协和美协比较难办。就说这美协吧，老主席要退休，几个上一届的副主席……

马骏不耐烦地打断了潘大海的话，诚恳地说：老潘，潘主席，我是一个画画的，对这些丝毫也不感兴趣。我几次声明不参与换届的筹备工作，更不当美协主席。

潘大海沉吟片刻，说：张木虎老先生全力推荐你，还给孙副书记写了推荐信，说美协主席非你莫属。

张木虎是北方省美术家协会副主席，以画虎闻名全省，在全国也有一定的影响。他比马骏大十多岁，马骏一直以老师称呼他。当着面，马骏这样称呼他，他总是摆手，谦恭地说：老马你太谦虚了，我怎么敢当你老师！可是到了一些重要会议上，或者是关键时候，他却主动对别人说：马骏刚回城时，经常听我的课。不言而喻马骏当过他的学生。马骏听说后既不承认也不否认。在前不久召开的换届筹备工作会上，马骏借口想带两个学生出国写生，没时间参加筹备工作，张木虎马上自告奋勇地把这事揽在自己身上。他说得还让大家诚服：换届是个大活累活，又是个得罪人的活，马骏不参加筹备也是个解脱，省得以后美协的工作不好开展。言下之意是说他赞成马骏当美协主席，同样支持马骏不参与筹备工作。不过，张木虎性格过于张扬，又喜欢拉山头，在人才济济的北方美术界口碑不佳，投票时没过半数，连筹备组成员也没弄上。

潘大海说：木虎是个热心人。不过，我在党组会上提了个建议，省美术家协会这样的群众组织没有什么权力，不能靠权力和权威来施加影响，还应当选一个在全国有影响的重量级画家，靠能力和水平服众……说完，笑眯眯地看着马骏。

马骏说：木虎也是有影响的人嘛！他最近拿了个全国性大赛的金奖，这几天电视台天天播他的访谈节目。

潘大海又是摇头又是摆手：哈哈，他怎么拿的金奖大家都知道。外省有个画家已经在博客里曝光这件事，说他花了大价钱。老张很恼火，要跟那个人打官司，还是我好说歹说劝阻了他。他停顿了一下，看着马骏的表情，说，老马你想想，万一哪一天曝出咱北方省美协主席不择手段，影响多不好啊！他口气很严厉也很严肃，但表情仍然带着笑意。

不择手段的人不是没有！马骏脱口而出地说了一句。就这一句，让潘大海的脸一下子涨红了。尽管他脸上还带着笑意，但是那种被很多文人描写过的皮笑肉不笑。

马骏显然有口无心，或者根本就没有想到该不该在潘大海面前说这种话。因为潘大海身上也发生过类似的事。有一年潘大海的画获奖，就被人曝光说他是请了外省一位画鸡的画家代笔。马骏马上觉得说得有点过火，接着强调说：老潘你也知道，我只想画画，对政治没兴趣。

潘大海说：政治是艺术的灵魂。艺术不能脱离政治，或者说艺术作为意识形态，本身就是政治的一种表现形式。

马骏不高兴了。他站起来，走到画前，一边自我欣赏着，一边说：我画的这些马姓什么？它就是马。

潘大海说：孙副书记经常夸你画的马具备"三气"，大气、雄气、骄气，大气磅礴，雄壮有力，具有强烈的时代精神，能激发人们的爱国热情和生活信心。时代精神就是政治啊！

马骏无奈地笑了笑，把烟斗含在嘴上。这也是他的习惯动作，表明不想再发言，再具体点是表明要送客。

潘大海站在马骏身后，说：上个月有个活动你没参加。大伙都动笔了，张木虎却不动。孙副书记来了，他马上画了一张，题了孙副书记的名字。孙副书记当众开玩笑说，张老师，我家已经有你三只虎了，再多就养不住了。

马骏好像没听见。

潘大海又说：孙副书记说他喜欢马。马挂在屋子里，可以听到马蹄奔腾的声音，让人精神振奋。

马骏皱了皱眉头。他记得潘大海这是第三次在他面前提起孙副书记喜欢马。第一次说得很直接：孙副书记属马，你送一张给他。他分管文联，是咱的直接领导。马骏没有理睬。他最恨那些靠着权力伸手的官员。第二次是在一个月前教师节活动上，孙副书记也在现场。马骏画好后，潘大海在他耳边嘀咕，让他签上孙副书记的名字，可能怕他写错，还写了张纸条给他。他却签上了一个老师的名字。这一次没那么直接，但目的还是要画。所以，他没有搭理。

潘大海又说了一些话，无怪乎动员马骏顾全大局，替北方省美术界的团结着想等。

马骏取下烟斗，突然问：我答应你给孙副书记画一幅画，但是我有个请求你得带给孙副书记。

潘大海一愣，看了马骏一会儿，见马骏态度认真，才说：行。孙副书记对艺术家特别关照，你求他的事，他肯定会办。

马骏哈哈大笑，然后严肃地说：我请孙副书记出面做做工作，别让我在美协任什么职务！

潘大海惊讶地张大了嘴巴，一直到上了电梯那张嘴也没合上。

二

送走潘大海，马骏心里火气未消，转了几个圈子，打开冰箱，取出一瓶红酒，哗哗哗倒一大半杯，杯子刚沾着嘴唇却又放下了，然后倒了半杯白酒，咕嘟咕嘟喝了个底朝天。他含着烟斗，侧躺在沙发上，脸对着墙。墙上挂着他的一幅还没画好的马，他心里默默地想：伙计，你得帮帮老马，别让他马失前蹄啊！

马骏从小就喜欢画画，小学时就在全市少年图画大赛中获过奖，直到前年他去少年宫参加一次活动，看见展览室里还挂着他五年级时一幅获奖的习作。不过，那时的习作用的是蜡笔。到了中学时，学校的黑板报、壁报、美术字、插图都出自他的手。他画马是在内蒙古当知青"插队"时看套马比赛得来的灵感。那种场面，他和伙伴们在城市做梦也想象不出来。辽阔的空间，磅礴的气势，天地之间散发着阳刚之气，雄性之美。那些威武雄壮的草原汉子在马上拼搏、追赶、争夺、呐喊，而那些马在拼斗、角逐、挣脱、嘶叫……观看的人紧张、亢奋、激动、欢呼，整个场面惊心动魄，扣人心弦。第一次看比赛，他的同伴史向前紧张得尿了裤子，小便沿着大腿一直流到脚下。马骏却非常亢奋。在回驻地的路上，他脑海里一直在翻腾着那个场面，情不自禁地用树枝在地上画了脑海中印象最深的一匹白马。那真正算得上大写意，简约几条线，结构也很简单，史向前看了大呼：你这是画的啥玩意儿啊？他说是马。史向前围着转了几圈，边看边摇头：得了吧，得了吧，我看不像马！

我看像！一个姑娘的声音。

马骏仰脸一看，是个骑枣红马的姑娘，脸蛋儿红扑扑的，嘴唇也红红的，两只黑黑的大眼睛镶嵌在脸上格外有神。她的草帽倒扣在背上，上边一行"广阔天地炼红心"的红字表明她也是来自城市的知青。她勒马围着马骏画的马转了几圈，边看边点头，称赞地说：像，像一匹烈马，好马！

那个姑娘说完就飞马离去。马骏久久望着她的背影，直到目光被一片飞扬的尘土遮住。

史向前问：你认识她？

马骏说：哪个人认识她！

史向前摸着脑袋瓜子：不对吧？你不认识她，她怎么会夸你画得像？我怎么看不像。

马骏说：你没长艺术细胞！

从那以后，马骏就迷上了画马。每天早晨睁开眼第一件事就是去看马，画速写。只要遇上马，他就着实会盯着看。拉车的、耕地的、吃草的、哺乳的、散步的、交配的……形形色色，应有尽有。有一段时间，马骏画的马几乎都和那个姑娘有关。他第一次参加知青画展的一幅作品，就是画的一名骑枣红马的女民兵。只有史向前知道他的心思：他是想通过自己的作品找到那个姑娘。后来，他在给学生讲课和做学术报告，以及发表的论文中，多次坦诚这是他的初恋。

离开插队的地方时，他已小有名气。

后来，他终于在一次画展上邂逅了那个姑娘。再后来，那个姑娘成了他的妻子。

也许是有内蒙古插队生活的那段经历，也许是从草原开始画马的经历，也许是画马与他的初恋相关，出现在他笔下的马，其形态、姿态、神态、动态都非同一般，给人震撼的力量。有一位全国有名的美术评论家称他的画法是中国画画马史上的一个新的里程碑。为这篇文章，张木虎问过他几次：老马你花了多少钱买的这篇评论？他说一文没花，连面也没见过。张木虎摇头，见人就说马骏虚伪：眼下这社会写个豆腐块大的新闻都得送个红包，你一分钱不花人家凭什么给你写那么有分量的评论？

马骏的妻子也为他的成绩高兴。妻子说：我第一次看你画的马就觉得很特别。妻子一直在鼓励他，支持他。可是，十年前他第一次在北京举办全国美展的前夕，他的妻子因病去世了。这十年来，一拿起画笔画马的时候，妻子的形象就会浮现在他眼前……

又有几个客人登门，打断了马骏的回忆。这几个全是马骏的学生。这些年，社会上有人对马骏提出非议，说他不要脸，明明是人家的弟子，到他这进修几天，就成了他的学生。马骏不认为自己错了，是那些人硬要说成是他的学生，朝他的圈子里挤。

这几个学生有省城的，有几百里外市里的。带头的叫柳树，省美术馆副馆长。还有个女学生叫万秋，在北方省的一个市群众艺术馆工作。另一个戴眼镜的胖子马骏不认识。柳树介绍说：这是方老板。

方老板一边递名片一边恭维地说：方正！早已仰慕马老师的大名。

马骏看了一眼名片。上边密密麻麻地印着一大串职务，省政协、市政协、工商联、民营企业家联合会、文化产业发展促进会、慈善家协会、煤业公司董事长，十几个职务。让他惊讶的是，还有省美术家协会会员的头衔。他皱了皱眉头，把名片轻轻地丢在茶几上，问柳树说：你们几个怎么凑到一起了？

柳树指着万秋说：师妹搞画展，我们不都得全力以赴。然后指指方正，师妹的画展是方老板慷慨解囊赞助的。

马骏赶忙取下嘴上的烟斗，握着方正的手，连说了几声谢谢。尽管从上到下级级都喊着要促进文化繁荣，但毕竟是在市场经济条件下，得遵循市场经济规律，一个画家想搞一次画展不仅要用很长时间创作作品，还得花一大笔钱，场地租金、布展、开幕式礼品、招待酒会、记者红包……像他这样有名气的画家自然有人争着掏钱，而万秋这样尚未成名的画家则需求爷爷告奶奶厚着脸皮地拉赞助。所以，他理解万秋，也替万秋感谢方老板。

没想到方正接了一句话，让马骏十分不高兴。方正说：孙书记指示，孙书记指示。

马骏听了，像吞了一只苍蝇，直犯恶心。他严厉地看了万秋一眼。他虽然平日不太关心美术圈子里的事，但毕竟接触的多是圈子里的人，对圈子里的一些人和事还是知道一些。这些年字画的价格突飞猛涨，书法家、画家也层出不穷。潘大海在一次会议上解释说：随着物质生活水平不断提高，人们对精神文化的需求也越来越强烈，所以，爱好书法和绘画的也多起来。但是，有的画家私下里议论最多的是两条，一是书画成了行贿受贿的赃物；二是书画家队伍中拥进不少官员。因为纪检部门对官员卖字画没有明文规定禁止。去年，有一个市长被查，在办公室和家中搜出现金几百万元。他在法庭上公然咆哮，说是卖字画挣来的，还攻击办案人员说：你们在党内和公职人员中搞一党多制，唱歌的党员官员出场唱一首歌挣几十万为什么就不算犯错误？演电影电视剧的党员官员一场几十万为什么就不犯错误？我是书法家，卖字挣的钱怎么就算违法？这合理吗？马骏认为，官员书法家画家进入这个队伍无可非议。法律面前人人平等，艺术面前也应当人人平等。问题是你到底达没达到称"家"的艺术水准，你是不是利用职权为自己的字画卖钱？他对孙副书记爱好收藏名人字画，用各种名义向画家、书法家伸手早有耳闻。所以一听方正提他的名字，打心眼里不高兴。这个万秋，怎么也学会搞这些了？

万秋看出马骏不高兴，脸一下子红了。

柳树说：老师，方老板还有件事求你。

方正没等马骏表态，取出一幅画，在柳树的帮助下拉开了。这幅画题名为《我爱这辽阔的草原》。画面上是一匹奔腾的枣红马，马上是一位长得非常秀气，但身体非常健壮、背着钢枪的姑娘。下边落款是马骏，时间是他还在内蒙古插队的日子。方正说：马老，这是我从一个自称是你插队时的伙伴手中买下的，想让你给看看是不是你当年的作品。

马骏戴上花镜，仔细看了看下边的落款，没有立即表态。方正看了一眼手机上的时间，时间过了三分钟。他又看了看柳树，看了看万秋，见他俩也不吭声，于是沉不住气地说：马老，请您再看看。

方正沉不住气是有来由的。在北方省画界，马骏还有个绰号叫马三眼，意思是说他鉴定名人字画时只需看上三眼就可以认定真伪。第一眼看落款，第二眼看笔法，第三眼看纸张。他对自己的画看了不止三眼，三十眼也有了，既不否定也不肯定，那就说明有问题了。方正打开包，从里边掏出一沓钱，连银行的封条也没拆，整整十万，朝茶几上一放。

马骏不高兴地问：你这是干什么？

求马老在旁边题个字，以证明这幅是真品。方正恳切地说：马老，我这可是花大价钱买的，打算送给孙，孙……我有个很好的大哥，也姓孙，帮过我不少忙。人家什么回报也不要……

方正的话没说完，就被柳树用严厉的目光制止了。柳树轻轻地搀着马骏进了里屋，又神神秘秘地关上门，对一脸茫然的马骏说：老师，为了师妹的画展成功，你就给他定心丸吃！

马骏皱了皱眉头：是你卖给他的？

柳树说：不是。但是……他犹豫了一会儿，才壮着胆子说，是我岳父收藏的你的画。我岳父起先不同意卖，方老板跑了七八趟，硬磨，我岳父才答应。

柳树的岳父是马骏插队时的伙伴史向前。他和史向前的女儿的婚事是马骏从中做的媒。这么多年来，柳树一直像对待父亲一样对待马骏。事情到了这个地步，马骏觉得无话可说。他无力地坐在沙发上，冲柳树摆摆手，让那个姓方的把钱拿走！

柳树出去一会儿，万秋进来了。她像是一个犯了错误的孩子见着严厉的父亲，低着头，两手来回搓揉着，不时抬抬眼皮看看马骏的表情。马骏示意她在对面沙发上就座，她踌躇了一会儿才静静地坐下。马骏问她：日子定了吗？她点点头，嗯了一声。马骏说：不是说省美术馆今年的展览全排满了吗？她吞吞吐吐地回答说：有一个搞书法的出了点事，展览也撤销了。柳哥费了很大劲把我替补上去了。马骏听后又沉默了。他认识万秋说的那个"搞书法的"，是省交通厅原副厅长，姓张，主管高速公路建设招标。之所以出事，是他的书法作品价格涨得太离奇，一平尺卖到了十多万元，被人称为"张十万"。"张十万"的作品全都是那些施工单位或者老板掏钱买。一位老板买了他四幅八尺的书法作品，花了三百多万，到头来没有中标，于是把他给告了。想到这里，马骏不由得感叹道：我真打算退出了！

万秋一惊：老师，您千万不能退出。像您这样的大家，作品越来越值钱。她大概发觉自己的话可能会引起老师不满，赶忙补充说，您要是当了美协主席就更不能退出，否则有人会说您吃老本。

马骏看了她一眼，说：谁说我要当美协主席？

万秋的眼珠儿转了转，说：众望所归。

马骏说：都是柳树他们几个在那儿瞎起哄。我早就警告他们不要在下边操作这种事，让别人以为我想当这个主席，指使学生为自己拉选票。一个搞艺术的干那种事多无耻呀！停顿一下，又说，你帮我给柳树几个说一说。我要是听说了他们做那样的事，就是给我泼脏水，我就和他们断绝师生关系。

万秋扑哧笑了，说：老师，有那么严重吗？

马骏认真地说：就那么严重！小万秋你给我听好了，我马骏从来是说话算数。

万秋这才把马骏的话当了真，说：老师，要是让我说句真心话，我倒是劝您竞选省美协主席。您老人家大公无私，清正廉洁，美术界的都知道。您当不当主席，在北方省美术界的地位也不可动摇。可是，您也得替您的学生我们想想吧。

马骏问：什么意思？

万秋说：说起来美术家协会主席的地位不算多高，但影响很大。咱不提卖画的价位不一样，就说每年美术界的各种评奖、各类展览、国内国外交流

活动，包括发展会员，大权不都在主席手中？如果您老人家现在是美术家协
会主席，我办画展还要那么穷折腾？

万秋看马骏不吭不响，以为说动了马骏，就把话题转到自己的展览上。
她告诉马骏，她所在的市群众艺术馆一分钱不出，还要挂个协办单位的名字，
馆里几位领导加上市文化局、宣传部的领导十二个人的往返机票、食宿等也
得她负责解决。我们馆长说了，小万你是咱市第一个在省美术馆举办个人画
展的女画家，要好好宣传宣传。市电视台、报社都得报道报道。我一算，这
又得不少钱……

马骏生气地拍了下沙发扶手：这，这不是讹诈嘛？

万秋揉了揉眼睛，说话的声音变得又尖又细：馆长说了，现在傍大款也
不是什么丢人现眼的事。你万秋也别老是那么清高，艺术和金钱之间本来就
没有仇……

马骏摆弄着烟斗，好像没听进去。其实他是无话可说。万秋的馆长说得
没错。这几年名声大振的画家、书法家，包括歌唱家哪个不是价钱抬出名的。
艺术也得靠市场啊！

万秋说：市里也不是不可以帮你解决点问题。但是，但是，但……

马骏急了：你有话就说呗！

万秋说：馆长说你小万要是能请你老师给咱们部长画幅画……她没说完
又改了口，老师，我当时就给他拒绝了。

马骏说：你别拒绝。这幅画我可以给。

万秋激动地搂着马骏的脖子，在他额头上亲了一口，喊了一声老师，接
着就哽咽了。

三

北方省美术家协会换届筹备会议一周后在省城一家五星级酒店举行。马
骏作为上一届的美术家协会副主席，这一届的筹备工作领导小组成员，自然

也接到了通知。接到通知时，他给潘大海打了个电话，打算请假。潘大海说：马老师，这是筹备组第一次会议，你无论如何都要克服困难来参加一下。咱北方省美术界的团结在全国都是赫赫有名的，"黄金协会"啊……

潘大海说得很诚恳，让马骏没好意思把请假的话说出口。人都怕敬。既然人家敬重你，你也得尊重人家。再说你马骏毕竟是上一届的美协副主席，一天不换届你就一天在职，一天在职就得尽一天的职责，这是做人最起码的原则。他没想到张木虎和方正也参加了会议，而且是筹备组成员。会场上还有几个陌生的面孔，他不认识他们，他们却好像早认识他，都对他点头微笑。

主持会议的是省委宣传部的一位副部长。这位副部长不知是昨天晚上没睡好还是早晨就多喝了几杯酒，精神有点不振，还时不时皱下眉头。不过，他说话却颇具震撼力：给同志们通报一下，这个会前我们开了个筹备组党员同志会议。不要把美协换届看作一个协会业务上的事情，而是政治任务。党员同志都能服从党组织决定，服从大局，保证开好换届会……他开了个头，就把话筒放到潘大海面前：老潘，你介绍一下到会的同志吧。

潘大海拿着打印好的名单，逐个介绍到会的人员。在新增加的省美协副主席和常务理事、理事候选人中，有两个是省重要部门的负责人，一个退休，一个在职；有两个刚从市委书记、市长位置上退下来，分别在省人大、省政协任专门委员会副主任；还有几个企业老板，有国有企业的，也有民营企业的。方正也是理事候选人之一。坐在马骏旁边的老画家不时拍桌子、跺脚，还暴了粗口：这还是美术家协会吗？老子退会！他说着颤抖着就要起身。马骏拉了他一把，用左手中指在桌子上写了两个字"大局"。马骏虽然表面上显得很平静，心里的波澜翻腾却比那位老画家还要厉害，嘴上的烟斗不住地颤抖。他扫了一眼那些新面孔，发现有的扬扬得意，好像胸有成竹；有的踌躇满志，好像志在必得。方正倒是表现得和他们有别，目光像探照灯在与会人脸上不停地扫来扫去，只要和人家的目光遇上了，就冲人家咧着嘴笑一笑。马骏心里感到一阵悲哀。

潘大海在介绍张木虎时，不知是故意还是无意地提了一句：木虎同志最近又在一个全国性大展中获了金奖。这块金奖的含金量非常高……

　　张木虎赶忙站起来，双手合十，谦恭地笑着，朝着会场的东西南北方向各鞠了一个躬，说见笑，见笑。他的用意是不想让潘大海往下说。会场上出现一阵骚动。坐在马骏旁边的老画家轻声骂了一句：不知羞耻！马骏不了解张木虎获了个什么样的奖，更不清楚潘大海所说的"含金量"，所以无动于衷。这是他平时的为人之道：事不关己，高高挂起。

　　潘大海等会场上平静下来后又说：考虑到木虎同志政治方向坚定，艺术上也很有成就，以及他在我省美术界的影响，文联党组根据大多数美协会员的意见，建议木虎同志参加筹备组领导小组的工作。

　　会场上响起一片唏嘘声，不知是对潘大海的解释不明白，还是对这样安排张木虎有意见。马骏旁边的老画家低声嘟噜一句：还大多数美协会员呢，我怎么就不知道。说完，问马骏：小马你知道吗？他的年龄长马骏二十多岁，历来都是以小马称呼马骏。

　　马骏无奈地笑笑，没有回答。就在这个时候，柳树开口了。他是筹备工作领导小组成员，排名在前，加上省美术馆副馆长兼办公室主任这样一个职位，以及他平日做人的圆滑，在北方省美术界的话语权很重。所以他一开口，大家都把目光转向了他。他说：今天到会的有我尊敬的前辈，有成就比我大的同行，说句实事求是的话，我和张木虎老师共事多年，对他的领导能力、学识、艺术修养都很敬佩。说到这里，他停顿了一下，偷偷地看了马骏一眼，见马骏的表情很平静，才又接着说道，文联领导的决策非常英明，我举双手拥护！说完，胸脯起伏了一下，仿佛如释重负地吐了口气。

　　柳树讲完后，筹备组的其他一些人先后发言，大多三言两语表个态度。眼看就要轮到马骏了，潘大海却宣布茶歇十分钟。会场上的人有的上卫生间，有的到外边去抽烟，有的三三两两聚到一起瞎聊。马骏坐着没动。柳树端着一杯茶走过来，说老师您喝茶，然后就挨着他坐下，四下扫了一眼，低声骂道：张木虎真不要脸，没选上筹备组成员，到处活动进了领导小组，也不知潘大海收了他多少好处！

　　马骏白了他一眼。

　　柳树明白老师看不惯他的做法。当面一套背后一套是马骏历来反对的。

于是，他解释说：会前那个会上，宣传部的领导讲得很明白，张木虎是参加筹备工作领导小组，不是筹备组。换届筹备组成员需要我们举手，领导小组是上边定，谁反对？反对又有个屁用？

烟斗嘴在马骏嘴上转了几圈，看样子他想说话，却在犹豫。

柳树说：听说省委一个领导指示要让张木虎进美协的班子，还放了话说，文联党组织这种事情把握不了，那就值得考虑考虑这个班子的执政能力了……

马骏取下叼在嘴上的烟斗，吭吭两声，问：秋秋画展的事筹备得怎么样了？

马骏就是马骏。他要求学生做到的，自己首先做的。柳树了解自己的老师对人事上的事从来不关心，也不喜欢背后说别人的不是。他回答说：时间已经定下来了，公告也发了。秋秋说第一个要感谢的是老师您。您的一幅画帮她解决了大问题。

马骏说：没那么夸张。他嘴上这样说，心里却一阵疼痛，不是疼给万秋那幅画值多少钱，而是为艺术到了折腰的地步疼。

张木虎笑眯眯地走了过来，握着马骏的手说：老马，谢谢你给我投赞成票啊！

马骏一愣。柳树忙接上说：我老师前些天就给我说过，美协换届筹备工作上的事，要多听张木虎这样有影响的同志的意见。他说着，看了马骏一眼。马骏既不好认定也不好否定，好在嘴里含着烟斗，嗯啊一声含糊了过去。

张木虎又要和马骏旁边的老画家握手。那个老画家说：我刚从卫生间出来，怕手不干净。张木虎说：没关系，没关系。我是想告诉您老人家，省里这次组织到欧洲几个国家考察，我向省领导建言，给省美协争取了几个名额，准备组织几个画家一同去采风，并且和欧洲艺术家交流，回来再办个展览。我推荐了您！

那个老画家的目光在张木虎的脸上停留了足足有一分钟，突然站了起来，把张木虎紧紧抱在怀里，深情地说：木虎老弟，就凭你办事这公道的劲儿，我赞成你当美协领导。

张木虎朝马骏挤了挤眼皮。

打那时到散会，马骏都没再和那个老画家说一句话，也没看那个老画家一眼。他突然觉得那个老画家身上散发着一股子特别的气味，再和他一起多待一会儿就会呕吐。出了会场，柳树一直送他到停车场。他人上车后，柳树给他递了个眼色，示意他看看左边。他一眼就看到那个老画家坐的奔驰车驾驶位子上，是一个年轻漂亮的女子。柳树感慨地说：他又认了个干闺女，也不知是第几个了！

马骏说：办好你自己的事吧！秋秋的画展别出差错了！

柳树连连点头：老师您放心，您放心。

马骏的车已经发动。他不经意地朝窗外看了一眼，见方正指挥着几个随从，热火朝天地忙着从一辆奔驰商务车上往下取提袋，笑容可掬地分送给与会的人员。他心里想，这种人也掺和进来，把艺术变成商业市场了！

四

差错还是出现了。

这天早晨，马骏正在书房读书，门铃响了。他开始没听见。他读书时十分专注，妻子活着的时候曾评价他读书"忘我"。有好多次他看到扣人心弦的章节时，妻子喊他吃饭，他说等一会儿，看完这一页。过了一会儿，妻子再喊他，他说你先吃吧，我看完这一页。最后妻子没办法了，吃完饭，给他留好，上班走了……他早晨读书的习惯始于内蒙古插队时，兵团纪律很严，上班时间不仅不允许看书，连带书都要挨批评。晚上，十几个人的大宿舍里打牌的打牌，吹拉弹唱的吹拉弹唱，看书看不进去，所以他每天比其他人早起两小时，用这个时间读书。多少年来，已成为他雷打不动的习惯。在他看来，一个艺术家首先要是个学问家，最起码也要是个读书人，博览群书，博古通今，才能博采众家之长。熟悉他的人都知道他这个习惯，不在这个时间来打扰他。他对这个时间来找他的人也不客气。

门铃再次响起的时候，他听见了，可是没理。他想，人家没反应，你总不至于无休无止地摁铃吧？没想到来人坚忍不拔，屋里人一次没反应，接着再次摁门铃，最后索性不停顿地摁。这下，马骏恼火了，开了门就嚷：还让人活不活了……一句话说出口，他目瞪口呆。站在他面前的万秋头发蓬乱，神情疲惫，目光还显得有些慌张。他意识到可能发生了什么事情，忙把她让到屋里。

万秋一坐下就开始抹眼泪。

马骏问：出什么事了？

万秋说：老师用您的话说，还让人活不活了？我这边热火朝天地忙着，孩子中考都没时间操心，眼看着万事俱备了，师哥一个电话告诉我，我的画展时间要往后推迟。

马骏冷静地问：他没说什么理由？

万秋啪啪地拍了下茶几：理由，理由！这年头有权的人办事还给你讲理由吗？

屋子里沉寂了几分钟。烟斗在马骏的嘴上转着，转着。

万秋到卫生间里洗了把脸，出来后先从包里掏出一包黄金叶点燃了一支，狠狠地抽了几口，才又接着说：我开始还以为师哥给我开玩笑呢。老师您想想这怎么可能？我没工夫和他开玩笑，他再来电话我就不接了。

万秋的老公是个内科医生，对艺术是个门外汉，加上工作忙，帮不上万秋的忙。画展的事全靠万秋一个人跑来跑去。第二天，万秋的老公下班回家，拿来一张省报，指着报上刊登的省美术馆画展公告给万秋看，不解地说：同一个时间、同一个展厅办两个画展，是联展？你们美术界怎么这样办事？万秋接过报纸一看，不以为然地说：可能是报纸印错了。你没听人说报纸上的话不能信？话是这么说，心里不踏实，她还是给柳树拨了个电话。柳树肯定地告诉她：报纸没搞错，只是没把你的画展公告及时撤下来。你的画展时间的确推迟了！万秋哇地就哭出了声：师兄你这个玩笑开大了！我已经开始布展，请柬已发出去了，该花的钱也花了……柳树说：我也没办法，这是上边压下来的政治任务。万秋急了，冲柳树吼起来：我和你们省馆有合同。你们单方面撕毁合同，我可以上法院告你们！

柳树嘿嘿一笑：万秋你以为你是谁？说完就挂断了电话。万秋再打过去，他已经关了机。

万秋那才叫急，急得失魂落魄。她老公劝她说：我早就劝你给柳树送点，你不是摇头晃脑就是吹胡子瞪眼对我。看看，让我说对了吧？你以为人家柳馆长和你是师兄妹，你们这种关系说近了是你们老师面子，说远了八竿子打不着。一辈子同学八辈子亲，那都是老皇历了。我们院长是我大学同班同学呢，逢年过节不照样给我打电话，名义上说问我过节好，实际上赶着我给他送红包！有一年节前我忙没及时送，过了年见了他一脸不是一脸，差点把我的科主任给撸了！

万秋不服气：他想要怎么不明说？

她老公笑了：你呀！真是个涉世不深的大丫头，这种事还有明说的呀？

万秋说：不行，老师知道了会骂我。

她老公说：你得了吧！你怎么知道你老师不做这种事。他不送现的我信。他一幅画值几十万几百万，送多大的红包顶得上他送一幅画？

万秋恼了：不许你这样讲我老师。我老师从来不干歪门邪道的事。话是这样说，她也不好再坚持己见。两口子商量了大半天，颇费脑筋。直截了当给柳树钱吧，怕柳树不敢收，再说也不知道该给多少；给他送烟酒茶，又觉得礼太轻拿不出手，起不了作用。她老公突然想起什么，从包里取出一个信封，说是给一个老领导做手术，老领导的子女送给他的一幅画。取出画一看，两口子哭笑不得，原来是马骏的一幅画。万秋说：这幅画是老师前些年画的，柳树肯定喜欢。

到了柳树办公室门口时，万秋心里还是七上八下，怕师兄骂她。没想到柳树看了那幅画，马上笑逐颜开，连声称赞说：绝版！马骏的绝版之作，太难得了。说着，看了万秋一眼：有人说老师爱美女，我还不信。今天我算信了。

万秋明白柳树的意思，红着脸解释说：不，不是你想的那样。她不能说这幅画是她老公收的礼。那样就把她老公卖了。她赶忙转了话题，师兄，我的画展时间还变吗？

柳树脸上的笑容瞬间即逝：这个，这个，我协调协调再告诉你吧。

马骏听万秋讲完，神情越来越严峻。

万秋小心翼翼地说：外边人都说师兄是有名的"三都"：什么人的钱都敢收，什么样的礼物都敢拿，但是什么事都不办。

万秋以为马骏会给柳树打电话，帮她说说话，最起码帮她问个究竟，让她心里踏实一些。而马骏没有。直到她告别，马骏一句安慰她的话也没说。这不免让她心里有些失望。

其实，马骏是不想当着万秋的面给柳树打电话说事，万秋前脚出门，他就拨通了柳树的电话，直截了当地问他：万秋画展的事是谁在折腾？

柳树好像早已猜到万秋会找老师告状，也早有准备，平静地回答说：老师，谁也没折腾她。是馆里临时接到一项公益画展的政治任务，时间冲突了。

马骏没问他什么政治任务。他不关心这个。他说：你们谁的也不撤，偏偏就撤她的……

柳树说：老师您不是不了解我们馆的情况，就那几个展室，在那个时间段里，有张木虎从艺五十年的画展，有孙副书记推荐的、方正牵头的民营企业家的画展……

马骏打断他的话：我听明白了，你小子是柿子专拣软的捏。万秋她一个女同志，又在基层工作，在省美术馆办一次个人画展容易吗？你知道这样对她的打击有多大吗？停顿一下，他取下叼在嘴上的烟斗，又说，你那个美术馆是艺术阵地，不是书画市场，也不是商场，更不是官场。说完，他气愤地挂断了电话。

马骏很久没有发过这么大的火了。他是北方省美术界公认的有修养的人。有的画家，别人批评一句就暴跳如雷，老虎屁股摸不得；有的画家，为了一个艺术观点争吵不休，互不来往不说，私下里不放过一切机会攻击对方……马骏不是这样。他好话坏话都听得进去，和任何人也不发生矛盾。虽然他的脸上很难见到笑容，但是也很少看到怒容。这一次，他为了学生的画展对另一个学生发了火。很快，他就意识到自己不该对柳树又吼又叫。柳树自然有他的难处。他正在考虑要不要给柳树打个电话，算是赔礼道歉也好，做个解释也好，不能让他觉得老师偏向一方。正在这时，柳树的电话打进来了。柳树先是一番检讨：这事我早应当给老师您汇报，就不会让老师生这么大的气。我隆重检讨，隆重检讨！

马骏说：我也不该对你发火。

柳树说：老师您知道，每年这个时间段办画展、搞笔会的扎堆，还有各种各样的研讨会、大赛，忙得我晕头转向。我媳妇都说我脑子进了水……

接着，柳树告诉马骏，一位刚从市委书记岗位到省政协任职的领导，这次想在省美协弄个名誉主席。但是美术界的人很多与他不熟悉，所以，得在换届之前办一次画展。省委孙副书记发了话，美术馆和美术馆的上级部门敢不服从？

马骏觉得心里热烘烘的，仿佛一堆干柴刚刚被点燃，火苗正在蹿腾。他喝了一口水，尽量不让火气扩大，平静地说：你们这样做就不怕全省美协会员投反对票？

柳树沉默了片刻回答说：老师，说句您可能不爱听的话，咱美协会员中像您这么正直的还有几人？多数像张木虎那样见风使舵，见钱眼开。我听说那个老书记的画展中的大多数作品是张木虎给修改的，有十几幅是张木虎画的，署的那个老书记的名字。画展的赞助钱是方正出的。方老板就是在那位领导市委书记任上发了财……

马骏霍地站了起来，由于用力过猛，身子向前倾斜了一下差点摔个"嘴啃泥"。他把手机丢在茶几上，任凭柳树在那边不停地解释也不搭理，在客厅里转了一圈，又转一圈，再转一圈。他感觉自己就要崩溃了。

柳树还在那边喋喋不休地解释：老师您帮我给师妹说说，不就是晚几天再展吗，又不是不展。遇到这种特殊情况，我也没办法啊！

马骏大概累了，回到座位上，重新拿起手机，问：方正给万秋的赞助也撤了吗？

柳树说：没有。方正说了，万秋要是不折腾，他给万秋的赞助再加一倍。

马骏叼在嘴上的烟斗掉在地上，咔嚓摔成两截。

五

　　万秋把省美术馆告上了法庭。这不光是马骏没想到的，也是柳树没想到的，整个北方省美术界也没想到。柳树对马骏说：接到法庭的传票，我的手都哆嗦，不知是气还是怕。这是省美术馆第一次接到法院的传票。

　　更重要的是这件事发生在省美协换届之前。万秋告的是省美术馆，但牵涉到的却是一批在美术界有地位有影响的人。因而，有人说万秋的背后是马骏，是马骏指使万秋给北方美术界泼脏水，搅混北方美术界，然后自己混个省美协主席当当。于是，各种各样的议论随之而来：马骏是北方省美术界最大的伪君子，表面上、嘴上说不想当美协主席，其实多年来都想这个位置，如今的美协主席绝不仅仅是个名誉，而是和经济收入挂钩，主席和副主席、理事的画一平尺的价格相差不少；马骏和万秋早就有不正常的关系。他白天是她的老师，晚上是她的情人，如果没有这层关系，他凭什么对万秋那样好？柳树也是他的学生，挑动一个学生告另一个学生，老师的品质显然有问题……

　　马骏听不到这些议论，但是能感觉到。流言蜚语在某种程度上和流行音乐一样，能让人感受到其影响。马骏对此并不在意。你们把别人当成随意宰割的小绵羊，还不兴别人蹬歪蹬歪，那这个世道的公平从何体现？而没有公平的世界能和谐吗？一伙子人凭借权力、权威、权势压制另一伙子人，另一伙子人自然不会随便服软。当然他也很清楚，自己实际上是在默许万秋，默许就是一种支持的态度，或者说是一种支持的方式。同时，他心里也为万秋叫好。这个平时看上去温柔敦厚的女画家，竟然在自己的权利受到侵犯时敢对簿法庭，是他过去没想到的。省美术馆、省美协的的确确该让万秋用这样的方式来冲击一下了。本来是艺术净地，让一些唯利是图之辈搞成了名利场所甚至腐败的温床。这样下去，艺术何谈生命力？他突然萌生了一个想法，支持万秋进省美协！

　　其实，万秋告状的理由很简单：省美术馆违约，单方面撕毁合同。

消息一经曝光，马骏接到这方面的第一个电话是张木虎打来的。张木虎开门见山，问他事前知不知道万秋要起诉省美术馆？马骏没正面回答，反过来问他对这件事的态度。张木虎的回答让他大吃一惊：我已经给万秋发过短信，又打了电话，我强烈支持她！我们这些画家只顾着埋头画画，没有维权意识，谁想欺负我们都能欺负。万秋这一炮放得好！

马骏问：美协其他人的意见呢？

张木虎更气愤了：有些人你还不了解？压根儿就没把画画当成艺术，只是升官发财的工具。他们当然怕官府怕当官的。美协、美术馆说起来是群团组织、展览场地，其实官气十足，还一身铜臭味。老弟不瞒你说，我早都看不惯了。要不是柳树是你的学生，嘿嘿，嘿嘿嘿……

潘大海是登门拜访的。他一坐下就摘下眼镜，从茶几上的纸巾盒里取出几张纸巾擦拭。第一遍擦拭完了，举起来看了看，发现还有尘粒，把镜片放在嘴边哈了口气，又掏出几张纸巾再擦拭。马骏看不惯他这种习惯。你想找人家谈事，又没考虑好，这本身毫无疑问是对人家不礼貌！

马骏又换了一只新烟斗，红木的，质地、造型都称上乘。这只烟斗有拳头一样大，把他的表情遮盖三分之一还多的面积。画了那么多年画，他悟出一个道理：人是需要伪装的，没有伪装就会被动。此刻，尽管潘大海把镜片擦拭得锃亮，也很难看清他的真实表情。

咳，咳，潘大海开口了：老马，马老师，你两个学生龃起来了。这事你不会不知道吧？

马骏没吱声。

潘大海两手一摊：何必呢？古诗说得好：本是同根生，相煎何太急！这样对你当老师的面子也不好嘛。

马骏说：我没感觉有什么不好啊？！

潘大海笑笑：我是说影响，社会影响。省上一位领导昨天见到我时对我说，老潘啊，马老师是美术界有影响的重量级人物，这回还可能出任省美协领导职务。他这两个学生真不争气。他一边说，一边观察着马骏的眼睛，想从他的眼神中看出他内心的想法。人的眼睛和嘴巴一样，是人的情绪泄密的通道。

马骏还是和过去一样不想让废话浪费自己的时间。他说：老潘你是无事不登三宝殿，有什么想法就直接说吧。

潘大海说：那就我直说了。你能不能给万秋说说，让她撤诉。

马骏没吭声。他不吭声就表示让潘大海继续往下说。潘大海早有准备，接二连三地说了三条理由。第一，合同是美术馆和她定的，这不假；可换展是上边定的，她一告美术馆不等于把领导也告了？第二，美术馆并没有说不给她办展览，只是换了个时间而已，这是经常发生的事情，也很正常。第三，她和柳树都是同门师兄妹，撕破脸皮，搞得沸沸扬扬何必呢？潘大海自以为这三条理由足可以说服马骏，让马骏做做万秋的工作。马骏听后沉默了一会儿，烟斗里发出咝咝的声音，说明他在思考。

潘大海扬着脸，笑眯眯地等待着马骏表态。

马骏说：如果就这么几条理由，你可以直接给万秋说，也可以让柳树给她说。这孩子不是那种存心跟谁过不去，故意找碴儿的人。

潘大海的脸上掠过一片阴云，不过稍纵即逝。他说：柳树跟万秋谈了。万秋听不进去，后来连柳树的电话也不接了。你说说，不就时间早晚，又不是生孩子……

马骏取下烟斗，起身到卫生间吐了口唾沫，反回身后问潘大海：那个展览不能往后推日子吗？为什么就一定要把万秋的展览往后推？你知道她一个女同志办这么大个展览不容易。

潘大海还是笑眯眯的，话却硬了起来：老马，你也得替柳树他们想一想吧？这对他来说是一道坎啊！

马骏眼睛一瞪：怎么，还能撤了他的职？

潘大海扑哧笑出了声：没那么严重！但是，但是……省美协副主席这个职务恐怕要花落他家了。柳树为了这个副主席的职务可没少了做工作。

有什么意思？！马骏恼火地说：画家是靠自己的作品说话的。要说作品，他这几年进步还不算小，可就是钻窟窿打洞拉关系这一点我就看不惯。你就是当了美协副主席，拿不出好作品还不是白搭。

这回轮到潘大海沉默了。他沉默时脸上仍然笑眯眯的，眼角边的皱纹像微风吹动的涟漪。马骏神情专注地看着潘大海的笑容。他今天才第一次发现，人的笑容有着本质的区别，潘大海此刻的笑容就让人生厌。潘大海好像从马骏的目光中感觉到了点什么，下意识地摸了摸脸颊，拿到眼前看了看，见并没有什么不干净的东西，才不好意思地说：老马马老师，你有理由支持万秋，也有理由支持柳树。俗话说得好，手心手背都是肉！

马骏抽了两口烟斗，欲言又止。

潘大海见再聊下去在马骏这儿得不到什么结果，只好起身告辞。临出门时，他从包里取出一封信：老马，柳树知道我来找你，让我带了一封信。说完，顺手放在门后的鞋柜上。

马骏目睹着潘大海上了汽车才转身回到屋里。他犹豫了一下，打开了潘大海留下的大信封，刚看了几眼，他的呼吸突然加速，接着眼前一阵昏眩，身子像风吹的树叶晃了几晃，差点倒在地上。

六

万秋赶到医院时，马骏已经从重症监护室转到了普通病房。不过，马骏还很虚弱，脸色白得像一张纸，喘息也有点不匀，一看就像刚在生命线挣扎、折腾累了的病人。万秋跪在马骏的床前，失声痛哭：老师，老师，对不住，让您为我承受的苦难太重太重了。

马骏摇头。他指着床前的板凳，示意万秋坐下说话。

万秋站起身，但就在床前站着，眼眶里泪水还在打着转儿，胸脯仍然一起一伏，好像里边有什么东西被堵塞住了，想吐又吐不出来。过了一会儿才说：老师，我已经撤诉了，也撤展了。看明白了，一次展览也不能代表一个人的水平，更不能代表一个人的一生。我要坚持画下去。

马骏说：这就对了！

这时，门闪开了一条缝，柳树的脑袋探了进来：老师，领导来看您了！

他的话音刚落，门被推开了。第一个进来的是马骏的主管大夫，他向马骏介绍着随后进来的人，院长、院党委书记、卫生厅长……他们一个个热情地和马骏握手。马骏心里正感到诧异，院长开口了：马老师，前几天我一直在外出差，没能及时过来看望您，照顾不周，还请您多多海涵啊！

马骏说：很好很好。

院长说：我们打算给您换到高干病房去，那里也是刚腾出一个病房。现在就搬吧。

两个护士推着轮椅进来了。

马骏现在的病房住着三个人，而且没有卫生间，上厕所要穿过长长的走廊去病房楼尽头的公共厕所。他对此没有介意。他说：算了，这里就挺好。再说我又不是高干，住那里别扭。

院长看了一眼马骏同室的两个病友，低声说：条件好一些，也方便首长来看您。

马骏不以为然：首长？

柳树凑到他耳边：老师，省委领导要来看您……

马骏愣怔了一会儿，然后一骨碌从床上下来，握着院长的手，恳切地说：院长，请你告诉我，我还有多长时间？

院长瞪大眼睛看着马骏，又看看周边的人。周边的人也都莫名其妙地看着马骏。马骏见院长不回答，又握着主治大夫的手，问：大夫，你实事求是地告诉我，我还有多长时间。我得准备准备呀！

柳树说：老师，来的省领导您认识，不需要做什么准备。

马骏白了他一眼，说：我是问我还能活多久？别人不了解而你很清楚，我还有没完成的心愿啊！

屋子里的人都出了一口气，笑了。院长说：马老您过虑了。给您做的搭桥手术很成功。不是夸海口吹牛皮，保您长命百岁没问题。

马骏显然不信。他说：我要办出院手续出院。说着就要收拾东西。万秋也给他帮忙。柳树急了，冲万秋吹胡子瞪眼地吼道：万秋你跟着瞎折腾什么？你不知道咱老师还不能出院？

万秋没好气地回应了一句：你又不是医生，你说了不算！不是在你的美术馆，你让谁展谁能展，不让谁展谁就不能展。

柳树的脸腾地一下红到了脖子根。他朝院长点了点头，院长又向两个护士点点头。两个护士一左一右搀起马骏就向外走。马骏好像突然患了软骨病，浑身上下失去了力量，任凭两个护士摆弄。万秋想上前阻拦，柳树粗暴地推了她一把，把她推倒在马骏的病床上。等到她爬起来，马骏已经被前呼后拥的那群人架出了病房。不过，院长没有跟着出去。万秋以为是在阻拦她，生气地问他：你们这是不尊重病人的权利，我要替我老师向媒体反映。

院长没有正面回答，笑容可掬地问道：你就是万秋，北方省第一美女画家？

万秋没理他。她心里现在装的全是老师，所以就向外走。院长并没有阻拦她，而是跟在她身边，边走边说：小万，不，不，万老师。我仰慕你很久了，只是一直没有机会见面。

万秋没理。

院长又说：我收藏了你几幅画。不瞒你说，我家里连你老师的画都没有挂，就挂着你的一幅水仙。你画的水仙真是活灵活现，十分逼真，就像从墙上长出来的一样。

万秋停下脚步，严肃地问：院长先生你想说什么就直说吧。

院长有点不好意思，扶了扶眼镜架：没什么，没什么。我就是喜欢你的画。又说：我非常尊重你们这些搞艺术的人。

万秋嘲讽地说：是吗？那你为什么不尊重我老师的意愿，强行让他搬病房？

院长说：那是两码事。你老师一定误解了我的一片好心。实话说，高干病房在咱北方省最起码得副省级领导才能住进去，文联那些头头脑脑都没资格。潘大海你认识吧，他几次住院想进高干病房，给我送画，送礼，我都没同意。

万秋心中惊诧：天下还有这种人，对一个自己不熟悉的人讲什么送礼收礼。没想到，院长往下的话更让她目瞪口呆。院长告诉她，省卫生厅一位副厅长因年龄大了，下个月就要退休。医务界传说有两个候选人，其中就有他。他说：现在的规矩我也明白，你专业再好，能力再强，不跑不送也没有用。我手里有张马老师的画，但我对这是外行，拿不准是不是马老师的真迹，想请马老师给鉴定一下。

万秋问：你那幅画是谁送给你的？

院长的脸红了，吞吞吐吐地说：不是谁送的，是我两年前买的。

在哪买的？万秋又问：你得给我说实话，我才能判断那幅画是真是假。

院长说：我在人艺画店买的。八平尺要了我八万元。

万秋在心里冷笑了两声。她清楚老师的画两年前已经卖到十万一平尺。八平尺才八万，而且是在省城最大的人艺画店买的，明显就是说谎。人艺画店从来不做这种事。她突然想起方正在省城开了一家医疗设备公司，专门做医疗设备。有一次她母亲生病需要做手术，方正说过帮助联系省第一人民医院。他还拍着胸脯说院长是他的铁哥们儿。也许院长手里的那张马骏的画就是方正送的。不过，她没有挑破。世界上最厚的一堵墙是人的脸皮，因而才有人们形容某人脸皮厚时用"脸皮比城墙还厚"一说。

万秋和院长到了高干病房不久，省委孙副书记就到了。陪同孙副书记来的有潘大海、张木虎等。好像事前有安排，孙副书记一来，柳树、万秋这些人都被孙副书记的秘书请出了病房。柳树趁这个机会对万秋说：万秋谢谢你撤诉。

万秋说：我不是为了你，也不是为了你们省美术馆，我是不想让老师为我担心、生气。

柳树说：不管怎么说也得谢谢你。我已经给方正说了，他赞助的费用不退，放在那里给你的画展用。我还让他追加资金，把你的画展办得隆重些。

万秋说：我办画展是交作业，和你们不一样……

柳树心事并不在和万秋交流上，更谈不上交心。他的目光一直盯着马骏病房的门，手机响了几次他都没接，好像生怕误了什么事情。果然，孙副书记一出来，他赶忙迎上前，毕恭毕敬地给孙副书记领着路，而且再也没有回来。

病房里剩下万秋和马骏两个人。万秋问：老师，您刚才怎么那么紧张？

马骏说：这还不明白？你生病住进医院，领导来看你，说明什么？

万秋摇头：说明什么？

马骏说：那就说明你快不行了，领导来给你做最后一次告别。我媳妇生病住了几个月的院，她那个院长从来没来过，有一天来医院看望她，她第二天就走了。

万秋说：噢。

马骏又说：你没看电视和报纸的新闻上说，某某临终前，某某领导，某某领导到医院给他送别。

万秋恍然大悟：老师您不用担心。我觉得领导来看望您，一是因为您名气大威望高，二是因为想动员您出任省美协领导职位。

马骏问：你怎么知道的？

万秋说：猜都猜得到。

马骏笑了：你真是个人精。孙副书记刚才动员了我大半天，光重要意义就说了一大堆。你说说一个省美协主席让谁当有那么重要吗？

万秋说：老师，还真重要。您是名画家，有面子；但美协主席是领导，有权力。您要是美协主席，他们能撤您学生的画展吗？

马骏没吭声。

七

省美协换届候选人名单出来了，潘大海拿着名单来到马骏家里，说是和他"通通气"。让马骏想不到的是，他并不是美协主席候选人，而是名誉主席。省美协主席的候选人是潘大海。张木虎、柳树等都在副主席候选人之列。这一次副主席、常务理事、理事比过去任何一届都多，而且有几个他不熟悉的名字。潘大海不厌其烦，一个一个地给他解释。甲是省委宣传部的某处长，乙是省政协某中心主任，丙刚从某市市委书记上退下来，丁是……

马骏不时皱着眉头，目光越来越严峻，当方正的名字跳进他的眼帘时，他忍不住问了一句：是那个地产商吗？

潘大海点点头，笑着回答：是，是！他虽然是个商人，但对艺术比较执着，一直坚持画画，上个月在省人美刚出了一本画册，反响还不错。

马骏的手抖动起来，印着名单的那张纸唰唰地响了一阵落在地上。他说：这，这还叫美术家协会吗？

潘大海笑了：马老师，你对哪个候选人有意见，可以明确说出来。

马骏说：我，我……

潘大海的眼睛眯成钩子，盯着他的眼睛，好像要从他的眼睛里挖出什么秘密。

马骏气愤地说：这些人要进美协，我就退出。

潘大海的笑容凝固了。

马骏在地上走了一圈，又走了一圈，脚步好像汽车的刹车失灵控制不住。潘大海的目光跟着他的脚步转动着，仿佛在欣赏一场马拉松赛。马骏终于停下脚步时，潘大海才问他：马老师，你的意见要不要我给筹备组领导反映一下？

马骏没回答。

潘大海指着名单说：你看是不是建议把张木虎换下来？圈子里对这个人的反映的确不怎么样。

马骏还是没回答。

潘大海又问：柳树，你对柳树没意见吧？

马骏突然拍了桌子：这帮子人里也就柳树年轻，有作为……

潘大海的笑容一下子凝固了。他不明白马骏为什么对柳树的态度来了个一百八十度的转变，说起柳树的好话来。

马骏自己也不明白。生病住院前他收到的柳树转来的信，不是一封普通的信，而是检察院的一份公函，内中称最近查处的几位腐败官员家中都藏有马骏的画，送画者有的是求官，有的是求工程，有的是求子女工作……检察官希望马骏能对这些画的真伪做个鉴定，以便给腐败官员定性。柳树在信中说，潘大海的、张木虎的，包括他本人的画连这种资格都没有……马骏当时的感觉就像被人强奸了，所以一气之下心脏闹病住进了医院。

住院和出院后的这段日子里，他没有再动笔，省里一次大型美展，他也没送作品参展。有的网民惊呼：金骏马是不是不在人世了？可惜啊可惜！史向前也给他打来电话，开口就把他炮轰一通：老马你小子真打算封笔了？你媳妇九泉之下有知，会为你难过的！

其实，马骏在犹豫不决。

就在昨天晚上，柳树来家看他，告诉他说事情都摆平了。他开始一惊：什么事情摆平了？

柳树吞吞吐吐不愿说。

马骏急了，用烟斗敲了敲他的额头：你小子别在我面前玩深沉，有话就明说。

柳树说：检察院的同志去美术馆找你三次，都让我给挡了。我说我老师只管画画，至于买他画的人是挂在自己家墙上还是收藏起来，或者是送了什么人，一个画家怎么知道那么多。再说，这价位也不是我老师定的，是艺术市场定的，供需关系嘛！

马骏说：你不用挡，我自己去说。他的工作单位是美术馆，检察院的同志是通过组织找他的。他觉得自己有责任配合检察院的工作。柳树一听他的话急了，从沙发上跳起来，冲他瞪着眼叫了起来：老师，我是维护你的威信你懂不懂？我是在保护你的名誉你知不知道？

马骏从没见过柳树用这样的态度和他说话。他一时不知所措，愣怔地看着柳树，喃喃地说：我也可以像你那样对检察院的同志说明白啊！

柳树说：你说不明白。再说了，你不能帮他们做鉴定。一般来说画家不为自己的画做鉴定，因为不好鉴定。

马骏摇摇头，表示不明白柳树的话：我的画我还鉴定不出真假来？

柳树说：你想想，你要是鉴定画是真的，那等于给那些手中存有你的画的官员定了罪。你要是否认不是你的画，那就等于是做伪证，要承担法律责任。

马骏这下子明白了。他咬着烟斗沉吟了半天，在送柳树出门时才说了一句：要是他们再找我，你就说我的病还没好而且又重了。

此刻，他猜得到潘大海内心的真实想法。在北方省美术界，他马骏疾恶如仇，敢于直言是出了名的，其次就是柳树。古人说艺高人胆大。你批评别人的作品，指出别人作品的不足，必须说到点子上，也就是说你必须具有比你批评的人更高的真才实学。真才实学从哪里来？一个重要的方面是博学。据他所知，那些小有名气的画家大多忙于参加各种各样的笔会、活动，一遍遍地复制加工作品，很少抽时间读书；而有些官员画家甚至连书画艺术类的书都没看过一本。相比之下，长期受他熏陶的柳树还读了不少书，并且一直坚持读书。如果柳树被排挤出美协领导的行列，北方省美术界振兴的希望会更渺茫。想到这里，他对潘大海说：我的学生我了解。柳树是有这不足那不足，但就艺术造诣上说，他并不在我之下。

潘大海说：那是，那是，名师出高徒嘛！还有一句古诗叫什么，什么青出于蓝而胜于蓝，是吧？不过，我最佩服柳树这小子的是他的领导能力。有的事我都觉得棘手，到他那儿就能摆平。

马骏明白潘大海话中的意思。他本想说自己是哑巴吃黄连有苦说不出，到了嘴边又咽了回去。潘大海也没给他说话的时间，接着又介绍了其他几个候选人的情况。不知是马骏没开空调，屋子里又热又闷，还是潘大海心里有火发不出来，他的额头上冒出一层密密麻麻的汗珠。

潘大海停下一会儿，马骏才问：完了？

潘大海嘿嘿一笑：完了。

马骏又问：就这些人？

潘大海又嘿嘿一笑，点点头说：就这些人。想听听你的意见。

马骏皱着眉头，说：我有意见，年轻人少了。柳树最年轻，也四十大几了。

潘大海问：你的意见是……

马骏叼着烟斗想了一会儿。潘大海解释道：这是征求意见名单。孙副书记再三强调要广泛征求意见，尤其是要听老同志的意见，还专门提到了你。

孙副书记说，金骏马可是咱北方省美术界真正的骏马啊！

马骏的嘴里吐出两个字：老马！

潘大海说：孙副书记说了，潘大海你别给老子抖！如果不是金骏马再三推辞，这北方省美术家协会主席的座位轮不到你坐。

马骏无动于衷。他全神贯注地看着墙上的一幅画。那幅画是万秋为他即将到来的六十岁生日而作的，前天刚送来。画面上是一棵大写意的松柏，顶天立地，名字也很简洁：松骨。他非常喜欢这幅画。不是因为万秋称他有松骨一样的精神、一样的气度、一样的风格，是因为万秋运笔有神，结构完美，体现了她的艺术水平。潘大海好像悟出了什么，笑了笑：老马，马老师，我知道你的意见了。

马骏取下烟斗，朝茶几上一放，搓了搓手说：我没发表意见啊！

潘大海哈哈大笑。马骏也哈哈大笑。两个男人的笑声虽然同样豪放，但因为笑声发源的地方不尽相同，所以笑声也融合不到一起。

八

省美协换届、万秋的画展、检察部门要求鉴定画的真伪……一连串的事情让马骏心烦意乱。他给远在美国读书的女儿打了个电话，告诉她要去她那里。女儿十分高兴：爸，你是来美国搞画展吗？

马骏说：我好多天没画了，没有新作品，再说，我打算封笔了。

女儿在电话那边笑了：金骏马封笔了，不画了，说出来全世界的人都不信。

马骏烦了：你到底欢迎不欢迎老子去？

女儿听出他着急，没再打破砂锅问到底。可是放下他的电话后，马上给史向前伯伯打了个电话。马骏正要上床时，史向前的电话打来了，劈头盖脸就是一通骂：马骏你小子才多大啊，就动了这样的邪念歪念。谁的画在社会上越少价位就越高，你信这个？你就不想想你的画少了，知道你的人也就少了。

马骏知道是女儿给史向前告了状。他不好解释，也不愿解释，所以用沉默来回答。

史向前那边还嚷嚷：马骏我告诉你，不管你封不封笔，你还欠我的十八幅画必须给我，不然的话我叫你一天都不安宁。

马骏欠史向前的画是确有其事。他和妻子刚认识时，史向前帮了他不小的忙。那个时候，青年人恋爱不敢轻易迈开第一步。你要追一个姑娘，给那个姑娘写信，必须得瞻前顾后考虑后果。人家要是看不上你，或者人家已经有了心上人，把你的信朝领导那儿一交，你就可能戴上顶流氓的帽子，写检讨是小事，说不定还会挨批判。马骏那时胆子小，写了几封求爱信，见了那个姑娘的面没敢拿出来，更不敢寄给她。有一天，史向前发现了他藏在被窝里的信，骂他光有贼心没贼胆。他求史向前帮他送信：要是她不喜欢我，把信交给领导了，我可以推托说我不是写给她的，是你偷了送给她的。可是笔迹又不是你的，也处分不到你……史向前骂他鬼点子多。不过向他提了个条件：我帮你送一封信，你以后要给我画一幅画，直到她答应和你恋爱，不用我再送信为止。那时的马骏只是个业余美术爱好者，画过墙报，给黑板报和大批判专栏画过题头，所以一口答应了史向前的要求。史向前先后帮他给那个姑娘送了二十封信，成就了他的姻缘。只不过史向前当时也没盯着向他要画。他成名后，曾主动给史向前画了两幅画，方正拿来找他鉴定的就是其中一幅。后来史向前没再追着要，久而久之两人仿佛都把这事扔在脑后了。

史向前等了一会儿不见马骏回答，嚷嚷道：你现在成大画家了，值钱了，就想赖账是不是？我告诉你马骏，你小子少给我一幅画，我都骂得你三年不安生！你自己考虑考虑吧。说完他就挂断了电话。

马骏清楚史向前并不是一定要逼着他给他画十八幅画，而是不希望他封笔。听话听声，锣鼓听音，他马骏这一点还能不明白？其实，对他来说封笔是件最痛苦的事。一个艺术上正如日中天的画家突然封笔，无异于将自己的艺术生命谋杀。但是，他站在画板前时，眼前已不再是宽广、绿色的草原，奔驰的骏马，白云般的羊群，充满激情的人们，而是飞舞的钞票，以及张木虎、柳树等一张张十分熟悉又感到陌生的脸孔。他画了一幅，没画好就看不下去，扯下来撕成碎片；又画了一幅，还是觉得不满意。他甚至怀疑自己还能不能画画。在妻子的遗像前，他默默地流了泪。

万秋来看望他的时候，他正把自己的身子埋在沙发里，痛苦地思索着。万秋看着地上一片狼藉，赶忙弯下腰帮着收拾，被他制止了。他让万秋看他最近构思的几幅草图，给他提提意见。万秋说：老师，您怎么，怎么……？

马骏说：有话就说。

万秋见他样子有点凶，就更不敢往下说，低着头看那几张草图。突然，寂静的屋子里响起砰砰的声音。原来是万秋的两颗泪珠滴落在草图上。要是在以往，马骏一定会勃然大怒。他女儿小时候因为弄坏了他的草图被他打肿屁股的事不止发生过一次。这回，他却好像麻木了。

老师，您，您不能……万秋哽咽着说：这哪里是金骏马的作品？

哈哈哈……马骏开怀大笑，声音又尖又高：万秋你说，你说我要是把这些作品拿到市场上还会有人要吗？我要是把这种作品送给孙副书记那些官员他们还会收吗？

万秋明白马骏的用意，一边抹着眼泪，一边小心翼翼地说：那老师您也得换个名字，不能叫金骏马了。

马骏说：我从来没承认这个名字。说完就沉默了。

万秋也在沉默。师生二人沉默了十几分钟，万秋才从书包里掏出一张她所在城市的报纸放在马骏面前。马骏拿在手上匆匆看了一遍，又看了一遍，没看到与自己相关的新闻，不解地问：这些方块字里有什么秘密吗？

万秋指着头版上一条两行字的新闻说：我们市宣传部的那个部长被"双规"了。

马骏说：噢。

万秋吞吞吐吐地说：老师，我来是求您帮个忙。

马骏说：你是想让我帮那个部长说情是吧？我和官场上的人不来往，帮不上你这个忙。再说了，就是我熟悉他的上级领导，我也不会为他这种人说情。

万秋说：老师，检察院从他家中搜出一批现金和名人字画……

找我鉴定是不是？马骏马上想到柳树曾经给他说过的事情。他摆摆手，这事找柳树。上两次检察院的同志找我鉴定，就是柳树帮我鉴定的。我是画家不是鉴定师。柳树是画家又是鉴定师。再说了，我的那幅画是给了你，你送给他的，又不是花钱买的。

万秋犹豫着，想说，好像又怕马骏生气。

马骏其实已经生气了。他手拿着烟斗在空中比画着：这还叫人怎么搞艺术？买画的是有钱人，收藏画的是腐败分子，他们不是喜欢艺术是拿来交易。艺术成了腐败的帮凶，岂不是艺术之大辱、天下之大辱！

万秋鼓了鼓勇气说：老师，那人家属说了，凭您的影响可以一锤定音。您要是坚持说不是您的画，假的，给那人定性和量刑时就会减轻。他家人说，到时候按真的价位给您钱。

马骏冷冷一笑，仰天长叹一声，说：万秋呀万秋，你怎么也让老师失望了。

屋子里的空气仿佛一下子凝固了，万秋清晰地听得到马骏粗重的喘息声。不过，她受人之托，急于成事，所以不甘心，又说：老师，圈子里也有人说您前些年卖画挣够了，城里两套房，郊区有大别墅，女儿也送到国外，存款八九位数，什么都不缺，又开始要求别人……

马骏的眼珠一下子停止了转动，紧紧地盯着万秋，脸上所有的部位也都凝固了，面色苍白，仿佛变成了一个冰雕的人，透着一股寒气。万秋见他的模样恐怖，吓得大惊失色：老师，老师您没事吧？

马骏说：死不了！

万秋笑了，揉着眼睛说：老师您刚才吓死我了。

马骏说：以后让你惊吓的事还会发生，你可千万别吓死，我承担不起责任。

万秋以为老师不过是说说而已。没想到两个月后她听到消息，说马骏去美国看女儿回来后，每周一天到街上摆摊画画，专门送给那些平民，有环卫工、出租司机、洗车的、修车的、补鞋的……